PETER LOVESEY

Die Fährte des Mädchens

SERIE PIPER

Zu diesem Buch

Peter Diamond, brummiger Ex-Polizist, übergewichtig und hypersensibel, verliert erneut seinen Job, diesmal als Wachmann bei Harrods in London: Er hatte beim Zusperren des Kaufhauses ein achtjähriges japanisches Mädchen nicht bemerkt. Diamond will seinen Fehler wiedergutmachen und versucht auf eigene Faust, die Identität dieses seltsamen autistischen Kindes zu ermitteln. Da wird Naomi entführt, und Diamond folgt ihrer Spur nach New York und Japan. Mit Hilfe eines berühmten Sumo-Ringers und dem New York Police Department gelingt es ihm, Licht ins Dunkel zu bringen und die kriminellen Machenschaften um eine feindliche Firmenübernahme und ein Arzneimittel mit gefährlichen Nebenwirkungen aufzuklären.

Peter Lovesey hat zahlreiche Kriminalromane geschrieben. Bekannt wurde er 1970 mit »Sergeant-Cribb«-Kriminalromanen aus dem Viktorianischen England, die auch erfolgreich fürs Fernsehen verfilmt wurden. Er erhielt zahlreiche Preise, darunter für »Die Frau im See« (deutsch 1998) den angesehenen Anthony Award.

PETER LOVESEY

Die Fährte des Mädchens

Peter Diamond – der letzte Detektiv

Aus dem Englischen von
Ulrike Wasel und Klaus Timmermann

Piper München Zürich

Von Peter Lovesey liegt in der Serie Piper
außerdem vor:
Die Frau im See (5672)

Deutsche Erstausgabe
Juli 1998

Titel der englischen Originalausgabe:
»Diamond Solitaire«, Little, Brown and Company,
London 1992

Umschlag: Büro Hamburg
Simone Leitenberger, Susanne Schmitt, Annette Hartwig
Foto Umschlagvorderseite: Kathryn Millan/Graphistock
Foto Umschlagrückseite: Kate Butler
Satz: Agents – Producers – Editors, Overath
Druck und Bindung: Ebner Ulm
Printed in Germany ISBN 3-492-25671-6

Kapitel eins

Der Alarm zerriß die Stille bei Harrods, ein durchdringender, anhaltender Ton. Lionel Kenton, der diensthabende Wachmann im Sicherheitskontrollraum, richtete sich auf seinem Stuhl auf. Seine Hände wanderten zum Hals und zogen den Knoten seiner Krawatte fest. Auf der Schalttafel vor ihm blinkte eine der Leuchtdioden rot. Falls das System ordnungsgemäß funktionierte, hatte irgend jemand – oder irgend etwas – einen Sensor im siebten Stock ausgelöst. Er drückte den Knopf, der die Videoüberwachung für dieses Stockwerk aktivierte. Auf den Bildschirmen war nichts zu sehen.

Kenton war in dieser Nacht der ranghöchste Wachmann. Sein Rang war so hoch, daß er sogar ein eigenes Regalbrett über dem Heizkörper hatte. Darauf standen gerahmte Fotos von seiner Frau, seinen beiden Töchtern, dem Papst und Catherine Deneuve, ein Elefant aus Ebenholz und ein Kassettenhalter mit Opernaufnahmen. Puccini hielt ihn nachts wach, das sagte er jedem Banausen, der Bedenken gegen Opernmusik im Kontrollraum hatte. *Nessun dorma.* Musikhören war weniger unverantwortlich, als die Zeitung oder ein Taschenbuch zu lesen. Seine Augen ruhten auf der Schalttafel, und seine Ohren nahmen jedes Geräusch wahr, das nicht mit der Musik harmonierte.

Er brachte Pavarotti zum Schweigen und betätigte den Knopf, der ihn direkt mit dem Polizeirevier Knightsbridge verband. Dort mußten sie den Alarm bereits elektronisch empfangen haben. Er nannte seinen Namen und sagte: »Bewegungsmelderalarm. Ich kriege ein Signal aus dem siebten Stock. Möbel. Abteilung neun. Nichts auf dem Bildschirm.«

»Meldung um 22.47 eingegangen.«

»Kommt jemand?«

»Das ist Vorschrift.«

Natürlich war es das. Er verriet Anzeichen von Nervosität. Er verschaffte sich einen erneuten Überblick über den siebten Stock. Nichts Ungewöhnliches zu sehen, aber er hatte ohnehin nicht viel Vertrauen zu der Videoüberwachung. Jeder Terrorist weiß, wie er sich aus dem Kamerabereich heraushält.

Und er mußte annehmen, daß da oben ein Terrorist war.

Zweiundzwanzig Sicherheitsleute im Nachtdienst waren im gesamten Kaufhaus postiert. Er löste Generalalarm aus und ließ ein zweites Mal kontrollieren, daß auch wirklich alle Fahrstühle ausgeschaltet waren. Die Sicherheitstüren zwischen den Abteilungen waren bereits geschlossen, seit die Putzkolonne gegangen war. Bei der Terrorismusbekämpfung durfte man zwar nichts ausschließen, aber es war wirklich unmöglich, bei Harrods einzubrechen. Der Eindringling – falls einer da oben war – mußte sich versteckt haben, als das Kaufhaus geschlossen wurde. Falls dem so war, würde wohl jemand seinen Job verlieren, und zwar derjenige, der Abteilung neun hätte überprüfen müssen. In dieser Branche durfte man sich keinen Fehler erlauben.

Sein Stellvertreter in dieser Nacht, George Bullen, kam hereingestürmt. Er war auf Rundgang gewesen, als der Alarm losging.

»Wo kommt es her?«

»Siebter.«

»Wo auch sonst.«

Die Möbelabteilung war ein Risikobereich, die Kontrollen dort eine Tortur. Garderoben, Schränke, Kommoden und alle möglichen Einbauelemente. Die abendliche Suche nach Bomben war eine ermüdende Aufgabe. Es war verständlich – wenn auch keineswegs verzeihlich –, daß der zuständige Wachmann dort es derart leid war, in Schubladen zu gucken und Schränke zu öffnen, daß er jemanden, der sich hinter den verdammten Dingern versteckt hielt, übersehen hatte.

Ein weiteres Lämpchen auf der Bedienungstafel leuchtete auf, und einer der Monitore zeigte Autoscheinwerfer, die in die Lieferanteneinfahrt einbogen. Die Polizei reagierte tadellos. Kenton wies George Bullen an, alles im Auge zu behalten, und ging nach unten, um sie in Empfang zu nehmen.

Schon drei Streifen- und zwei Mannschaftswagen. Scharfschützen und Hundeführer stiegen aus. Noch mehr Autos fuhren vor, und ihre zuckenden Blaulichter verliehen der Lieferanteneinfahrt einen unheimlichen blauen Schein. Kenton spürte ein Rumoren im Bauch. Die Polizei würde ihn bestimmt nicht zum Wachmann des Jahres wählen, wenn der Alarm durch einen Fehler im System ausgelöst worden war.

Aus einem der Wagen stieg ein Beamter in Zivil und kam auf ihn zu. »Sie sind?«

»Kenton.«

»Sind Sie hier der Chef?«

Er nickte.

»Haben Sie uns angerufen?«

Er bejahte, und sein Magen krampfte sich zusammen.

»Siebter Stock?«

»Möbelabteilung.«

»Zugänge?«

»Zwei Treppen.«

»Nur zwei?«

»Ansonsten ist der Bereich durch Sicherheitstüren abgeschirmt.«

»Keine Aufzüge?«

»Abgeschaltet.«

»Sind Ihre Leute auf den Treppen?«

»Ja. Das ist Routine. Sie bewachen die Treppen ober- und unterhalb von Ebene sieben.«

»Dann zeigen Sie uns mal den Weg.«

Gut dreißig uniformierte Polizisten, Hundeführer und Beamte in Zivil, etliche davon bewaffnet, folgten ihm, als er durch das Erdgeschoß zur ersten Treppe lief. Eine Gruppe von zirka zwölf scherte aus und hetzte diese Treppe hinauf, während er die übrigen zu der anderen führte.

Sieben Stockwerke hochzusteigen, war für Lionel Kenton ein Fitneßtest. Er war froh, als man ihm nach sechseinhalb sagte, er solle stehenbleiben, und noch froher, als er sah, daß seine Sicherheitsleute auf dem Posten waren, wie er behauptet hatte. Nun hatte er Gelegenheit, seine Atmung zu normalisieren, während zu der Gruppe auf der anderen Treppe Funkkontakt hergestellt wurde.

»Wie sieht's da drin aus?«

Die Scharfschützen wollten vor allem wissen, mit wieviel Deckung sie rechnen konnten. Einer aus Kentons Mannschaft, ein stämmiger Exkripobeamter namens Diamond, zählte rasch die Möbel auf, die der Treppe am nächsten standen. Peter Diamond war der Mann, der heute nacht für diese Abteilung zuständig war. Armes Schwein, dachte Kenton. Du siehst noch kränker aus, als ich mich fühle.

Drei Scharfschützen gingen die letzten Stufen hinauf. Andere bezogen Posten auf der Treppe. Der Rest zog sich auf den unteren Absatz zurück.

Das war das Schlimmste – auf das Unbekannte warten, während andere loszogen, um damit fertigzuwerden. Jemand bot Kenton ein Kaugummi an, und er nahm es dankbar.

Es vergingen vielleicht sechs nervenaufreibende Minuten, ehe das Funkgerät des ranghöchsten Polizisten knackte und eine Stimme meldete: »Bis jetzt negativ.«

Zur Unterstützung wurden zwei Hunde mit ihren Führern reingeschickt.

Wieder trat eine lange Stille ein.

Wachmann Diamond stand gleich links von Kenton. Er hielt die Hände gefaltet und die Finger verschränkt wie zum Gebet, nur daß die Fingernägel vom Druck ganz weiß waren.

Der letzte Rest von Kentons Zuversicht war im Schwinden begriffen, als jemand über die kratzige Sprechanlage verkündete: »Wir haben euren Eindringling.«

»In Gewahrsam?« fragte der Vorgesetzte.

»Kommt gucken.«

»Seid ihr sicher, daß es bloß einer ist?«

»Positiv.«

Der Ton war beruhigend. Seltsam, als ob die Spannung plötzlich verflogen wäre. Polizisten und Wachmänner liefen die Treppe hinauf.

Der siebte Stock war hell erleuchtet. Die Scharfschützen standen in einer Ecke zusammen, wo Sessel und Zweisitzer ausgestellt waren. Aber sie wirkten nicht mehr wie Revolverhelden. Sie lungerten herum wie auf einer Stehparty. Zwei hatten sich auf Sessellehnen niedergelassen. Von einem Festgenommenen war nichts zu sehen.

Kenton war plötzlich in kaltem Schweiß gebadet, als er mit den anderen näher kam. »Aber ihr habt doch gesagt, ihr hättet jemanden gefunden?«

Einer deutete mit einem Blick nach unten auf ein Sofa.

Es war so ein riesiges, schwarzes Kordding, wie man es im Vorzimmer eines Werbefritzen erwarten würde. An einem Ende lag ein Haufen leuchtendbunter Zierkissen. Das Gesicht, das unter den Kissen hervorschaute, gehörte einem kleinen Mädchen, die Haare schwarz und gefranst, asiatisch geformte Augen. Sonst war nichts von ihm zu sehen.

Kenton starrte es verwirrt an.

»Ach so«, sagte der ranghöchste Polizist.

Kapitel zwei

»Sie schmeißen mich raus.« Peter Diamond, der Wachmann, der in jener Nacht, als das Kind entdeckt wurde, für Abteilung neun zuständig war, sprach ohne Groll. »Ich weiß, wie es steht.«

Es stand sehr schlecht für ihn. Er war nicht jung. Achtundvierzig, stand in seiner Akte. Verheiratet. Wohnhaft in West Kensington. Keine Kinder. Expolizist. Hatte es bis zum Detective Superintendent gebracht und dann wegen eines Streites mit dem stellvertretenden Chief Constable seinen Dienst bei der Polizei von Avon und Somerset quittiert. Ein Mißverständnis, hatte jemand gesagt, jemand, der jemanden kannte. Diamond war zu stolz gewesen, um seine Wiedereinstellung zu bitten. Nachdem er bei der Polizei aufgehört hatte, hatte er eine Reihe von Teilzeitjobs angenommen und war schließlich nach London gezogen, wo er bei Harrods anfing.

»Ich sollte das nicht sagen, Peter«, sagte der Leiter des Sicherheitsdienstes zu ihm, »aber Sie haben wirklich verfluchtes

Pech. Bislang waren ihre Leistungen beispielhaft. Sie hätten Aussicht auf eine Beförderung gehabt.«

»Regeln sind nun mal Regeln.«

»Leider ja. Wir werden Ihnen ein vorzügliches Zeugnis ausstellen, aber, äh …«

»… es gibt so gut wie keine Jobs in der Sicherheitsbranche, stimmt's?« sagte Diamond. Er war unergründlich. Dicke Menschen – und er war dick – haben oft Gesichter, die sie so wirken lassen, als würden sie gleich wütend oder wären amüsiert. Es kam darauf an, richtig zu tippen.

Der Leiter des Sicherheitsdienstes hatte keine Scheu, sich seine Befangenheit anmerken zu lassen. Er schüttelte den Kopf und breitete hilflos die Hände aus. »Glauben Sie mir, Peter, diese ganze Geschichte geht mir selbst an die Nieren.«

»Das können Sie sich sparen.«

»Ehrlich. Ich bin mir selbst nicht sicher, ob ich die Kleine entdeckt hätte. Unter den Kissen war sie praktisch unsichtbar.«

»Ich hab' die Kissen hochgehoben«, gab Diamond zu.

»Ach?«

»Als ich meine Runde gemacht habe, war sie nicht auf dem Sofa. Ich habe da hundertprozentig nachgesehen. Wie immer. Es ist ein Platz, der sich gut als Bombenversteck eignet. Das Kind muß irgendwo anders gewesen sein und ist später da drunter gekrochen.«

»Wie können Sie sie dann übersehen haben?«

»Ich glaube, ich habe sie für das Kind von einer der Putzfrauen gehalten. Sie bringen manchmal ihre Kinder mit. Einige von ihnen sind Vietnamesinnen.«

»Sie ist Japanerin, glaube ich.«

Diamond wurde jäh aus seiner niedergeschlagenen Stimmung gerissen. »Sie *glauben*? Hat sich denn keiner gemeldet, der sie sucht?«

»Noch nicht.«

»Kann sie ihren Namen nicht nennen?«

»Sie hat noch kein Wort gesprochen, seit sie gefunden wurde. Drüben im Polizeirevier haben sie den ganzen Tag über versucht, mit einer Reihe von Dolmetschern etwas aus ihr herauszulocken. Nicht eine Silbe.«

»Sie ist doch nicht stumm, oder?«

»Scheint nicht so, aber sie sagt nichts Verständliches. Das Kind zeigt so gut wie keine Reaktion.«

»Taub?«

»Nein. Sie reagiert auf Geräusche. Es ist rätselhaft.«

»Das Fernsehen muß was über sie bringen. Irgend jemand wird sie schon kennen. Ein Kind, das nachts bei Harrods gefunden wird – auf solche Geschichten stehen die Medien.«

»Zweifellos.«

»Sie klingen nicht sehr überzeugt.«

»Ich bin überzeugt, Peter, absolut überzeugt. Aber es gibt noch andere Dinge zu berücksichtigen, nicht zuletzt unseren Ruf. Ich lege keinen besonderen Wert darauf, daß die ganze Nation erfährt, daß ein kleines Mädchen all unsere Sicherheitsvorkehrungen unterlaufen konnte. Falls die Presse an Sie herantritt, wäre ich dankbar, wenn Sie keine Stellungnahme abgeben würden.«

»Über die Sicherheitsvorkehrungen? Natürlich nicht.«

»Danke.«

»Aber Sie können die Polizei nicht zum Schweigen zwingen. Die haben kein Interesse daran, die Geschichte vertraulich zu behandeln. Irgendwie wird es an die Öffentlichkeit gelangen, und zwar bald.«

Ein Seufzer vom Leiter des Sicherheitsdienstes, gefolgt von unbehaglichem Schweigen.

»Also, wann soll ich meinen Spind räumen?« fragte Diamond. »Jetzt gleich?«

Kapitel drei

Der Pater blickte in die vertrauensvollen Augen der Witwe und erklärte hastig: »Das ist doch nicht das Ende der Welt.«

Die tröstenden Worte wurden an einem schönen Sommerabend im Wohnzimmer eines Landhauses in der Lombardei, zwischen Mailand und Cremona, gesprochen. Seelsorge nannte Pater Faustini das. Fürsorge für die Trauernden, die heilige

Pflicht eines Geistlichen. Zugegeben, in diesem Fall dauerte die Fürsorge länger als üblich, bereits zwei Jahre, um genau zu sein. Aber Claudia Coppi, durch ein grausames Schicksal mit achtundzwanzig Jahren Witwe geworden, war ein ungewöhnlicher Fall.

Giovanni, ihr Gatte, war durch einen absurden Unglücksfall getötet worden, auf dem Fußballplatz vom Blitz erschlagen. »Wieso mußte es denn ausgerechnet mein Mann sein, wo doch noch einundzwanzig andere Spieler, ein Schiedsrichter und zwei Linienrichter dabei waren?« wollte Claudia jedesmal vom Pater wissen, wenn er sie besuchen kam. »Ist das der Wille des Herrn? Von all diesen Männern, warum ausgerechnet mein Giovanni?«

Pater Faustini erinnerte Claudia stets daran, daß die Wege des Herrn unergründlich sind. Sie blickte ihn stets vertrauensvoll aus ihren großen, dunklen, ausdrucksvollen Augen an (sie hatte als Mannequin gearbeitet), und er mahnte sie stets, daß es ein Fehler sei, über die Vergangenheit nachzugrübeln.

Der Geistliche und die junge Witwe saßen auf einem Polsterkissen auf dem Fußboden. Wie üblich hatte Claudia gastfreundlich eine Flasche Barolo entkorkt, einen vollmundigen Jahrgang aus Mascarello, und es gab Käsecracker zu knabbern. Die Sonne war gerade eben untergegangen, aber es wäre jammerschade gewesen, an einem solchen Abend das Licht einzuschalten. Durch die offenen Terrassentüren trug die kühler werdende Luft schweren Levkojenduft herein. Die Villa hatte einen schönen, durch ein Sprinklersystem bewässerten Garten. Giovanni, gut bei Kasse – er war als Modefotograf überaus erfolgreich gewesen –, hatte eigens einen Landschaftsarchitekten engagiert. Für Pater Faustini bedeutete die einsame Lage der Villa eine Fahrt von fast fünf Kilometern auf seinem Moped, aber er beklagte sich nie. Er war vierzig und bei bester Gesundheit. Ein robuster Mann mit dichten, schwarzen Locken und prächtigem Schnurrbart.

»Es scheint Ihnen schon sehr viel besser zu gehen«, bemerkte er zur Witwe Coppi.

»Alles nur Fassade, Pater. Innerlich bin ich noch immer sehr angespannt.«

»Wirklich?« Er runzelte die Stirn, aber nur zum Teil aus Sorge, daß sie unter Anspannung stand. Gut, daß der Raum inzwischen so dämmrig geworden war, daß seine Beunruhigung ihr nicht gleich ins Auge springen konnte.

»Das übliche Problem«, sagte sie. »Streß. Der sich auf die Muskulatur schlägt. Ich spüre es in den Schultern, genau hier oben.«

»Wie neulich?«

»Wie neulich.«

Sie schwiegen beide. Auch Pater Faustini empfand jetzt eine gewisse Anspannung.

Claudia sagte: »Letzte Woche haben Sie meine Muskeln wirklich schön lockern können.«

»Wirklich?« sagte er geistesabwesend.

»Es war wie ein Wunder.«

Er räusperte sich, unglücklich über ihre Wortwahl.

Sie korrigierte sich: »Ich meine, es war herrlich. Ach, was für eine Wohltat! Ich kann Ihnen gar nicht sagen, wieviel besser es mir danach ging.«

»Hat es angehalten?«

»Ein paar Tage, Pater.« Während er darüber nachdachte, fügte sie kläglich hinzu: »Es gibt doch sonst niemanden, den ich darum bitten könnte.«

Es klang wie ein Flehen um christliche Nächstenliebe. Mitunter erledigte Pater Faustini für ältere Mitglieder seiner Gemeinde Einkäufe. Häufig besorgte er ihnen Medizin gegen ihre Leiden. Man wußte, daß er für arme Seelen in Bedrängnis schon Holz gehackt und Suppe gekocht hatte, warum also sollte er Claudia Coppi nicht die schmerzenden Schultern massieren? Nur weil es ihn selbst in Konflikte stürzte? War es richtig, ihr wegen seiner moralischen und geistigen Schwäche den christlichen Beistand zu versagen?

Schon an den letzten beiden Freitagen hatte er ihr diesen Dienst erwiesen. Liebend gern hätte er statt dessen Holz für sie gehackt, aber die Villa hatte eine Ölheizung. Mit Feuereifer wäre er für sie einkaufen gegangen, doch sie wurde zweimal wöchentlich vom besten Supermarkt in Cremona beliefert. Sie hatte einen Gärtner, eine Köchin und eine Putzfrau. Der einzige praktische Dienst, den Pater Faustini Claudia Coppi erweisen konnte, war also der, um den sie ihn jetzt bat. Die arme junge Frau konnte sich nicht selbst die Schultern massieren. Nicht gut genug, um die verspannte Muskulatur zu lockern.

Und da war noch etwas, das ihn zögern ließ. Einmal die Woche nahm er Claudia Coppi in der Kirche die Beichte ab, und in letzter Zeit – er war nicht sicher, wie oft, und er wollte auch keine Berechnungen anstellen – hatte sie gebeichtet, unreine Gedanken oder fleischliche Gelüste zu haben, jedenfalls so ähnlich hatte sie sich ausgedrückt. Es war nicht seine Art, im Beichtstuhl nach weiteren Details zu fragen, wenn die Art der Sünde bereits feststand, daher wußte er nicht, ob es da einen Zusammenhang mit seinen Besuchen in der Villa gab.

»Ich habe etwas besorgt, das Sie einmassieren könnten, wenn Sie so lieb wären«, sagte sie.

Er hüstelte nervös und schlug die Beine übereinander. Das war etwas Neues. »Ein Mittel zum Einreiben?« erkundigte er sich, redlich bemüht, an nichts als die reine Muskelbehandlung zu denken und sich des penetranten Geruchs einer bestimmten Sorte zu erinnern, die von Fußballspielern bevorzugt wurde. Das Zeug trieb einem Tränen in die Augen.

»Eigentlich eher eine Feuchtigkeitscreme. Das ist besser für meine Haut. Ganz weich. Probieren Sie mal.« Sie streckte den Arm aus und schmierte etwas auf seinen Handrücken.

Er wischte es sofort ab. »Das ist parfümiert.«

»Eine Spur Moschus«, gab sie zu. »Würden Sie bitte den Topf halten, ich ziehe nur schnell meine Bluse aus.«

»Das wird nicht nötig sein«, sagte er rasch.

»Pater, die ist aus Seide. Sie bekommt sonst Flecken.«

»Nein, nein, *signora*, bitte bedecken Sie sich.«

»Aber ich hab' sie doch noch nicht mal aufgeknöpft.« Sie lachte und fügte hinzu: »Ist es schon so dunkel?«

»Ich habe nicht hingeschaut«, sagte er.

»Schon gut. Ich habe Ihnen sowieso den Rücken zugedreht.«

Während sie noch sprach, hörte er, wie die Bluse von ihren Schultern glitt. Jetzt steckte er richtig in der Klemme. Sie klang so sachlich, so unbekümmert. Wenn er widersprach, könnte es sein, daß er die ganze Situation zu einer moralischen Krise aufblähte. Es könnte so aussehen, als ließe er sich von Dingen beeinflussen, die sie im Beichtstuhl gesagt hatte.

»Nicht zuviel auf einmal«, warnte sie. »Ein wenig reicht.«

Er unterdrückte seine Zweifel, tauchte einen Finger hinein und verteilte die Creme in der Handfläche.

Claudia hatte ihm tatsächlich den Rücken zugewandt. Er streckte die Hand aus und tupfte ein wenig von der Feuchtigkeitscreme auf ihren Nacken.

Sie sagte: »Ach je, die Träger werden sie stören.«

»Ganz und gar nicht«, widersprach Pater Faustini, doch die BH-Träger wurden trotzdem beiseite geschoben.

Bei seinen früheren Besuchen hatte Claudia ihn überredet, sie ohne Creme durch ihr T-Shirt hindurch zu massieren. Das hier war eine neue Erfahrung. Der Kontakt mit ihrer Haut wühlte ihn mehr auf, als er sich eingestehen mochte. Er strich über ihre sanft geschwungenen Schultern, spürte die Wärme unter seinen Fingern. Diese Weichheit war wie eine Offenbarung. Als seine Hände die runde Wölbung ihrer Schultern umschlossen, mußte er innehalten.

Sie seufzte und sagte: »Himmlisch.«

Einen Augenblick später hatte er sich wieder soweit unter Kontrolle, daß er weitermachen konnte. Er verteilte die Feuchtigkeitscreme großzügig auf den Schulterblättern und entlang des Rückgrats hinauf bis zum Hals. Sie hielt den Kopf gesenkt, so daß ihr langes, dunkelbraunes Haar nach vorn hing. Er widmete den Deltamuskeln einige Aufmerksamkeit, sanft die Form jedes einzelnen abtastend. Obwohl Claudia gesagt hatte, sie sei verspannt, fand er, daß sich alles recht geschmeidig anfühlte, aber er war ja schließlich kein Physiotherapeut.

»Sagen Sie, wenn es Ihnen unangenehm ist«, sagte er.

»Ganz im Gegenteil«, murmelte sie. »Sie haben einfach wunderbare Hände.«

Er übte weiterhin leichten Druck auf ihren Halsansatz aus, bis sie plötzlich den Kopf hob und ihr Haar nach hinten warf.

»Genug?« erkundigte er sich hoffnungsvoll. Das Gefühl, wie ihr Haar über seinen Handrücken glitt, hatte bei ihm eine körperliche Empfindung ausgelöst, die sich nicht mit seinem geistlichen Stand vertrug.

Aber Claudia Coppi war noch nicht zufrieden. Sie erklärte, ihre Oberarme seien noch immer verspannt.

»Hier?«

»Ja. Oh ja, genau da. Macht es Ihnen etwas aus, wenn ich mich gegen Sie lehne, Pater? Es ist bequemer so.« Sie wartete gar nicht erst auf seine Antwort.

Ihr Hinterkopf lag auf seiner Brust, ihr Haar berührte seine Wange, und mit derselben Bewegung legte sie ihre Hände auf seine und hielt sie fest. Dann schob sie sie nach unten.

Er hatte noch gar nicht bemerkt, daß sie ihre Brüste vollständig entblößt hatte. Sie führte seine Hände dorthin. Erlesen schöne, streng verbotene Brüste boten sich ihm dar, sie zu erkunden. Für einige wenige unvergeßliche Augenblicke der Sünde nahm Pater Faustini das Angebot an. Er hielt Claudia Coppis verbotene Früchte, glitt mit den Händen über sie, unter sie und um sie herum, ergötzte sich an ihrer Fülle und ihrem nicht zu leugnenden Zustand der Erregung.

Ein lasterhaftes Ungeheuer.

Im verzweifelten Bemühen, seine fleischlichen Gedanken zu bannen, stieß er die Worte aus: »Führe uns nicht in Versuchung« und zog die Hände zurück, als hätte er sich verbrannt.

Von Scham erfüllt stand er augenblicklich auf und schritt entschlossen durch die Terrassentür hinaus und um das Haus herum, ohne sich umzusehen. Er reagierte nicht, als Claudia Coppi rief: »Sehe ich Sie nächsten Samstag?« Er wußte, er mußte fort von diesem Ort.

Er meinte zu hören, daß sie hinter ihm herkam, vermutlich noch immer im Oben-ohne-Zustand. So schnell er nur konnte, schob er sein Moped hinaus auf die Straße, warf es an und brauste davon.

»Du zuchtloser Narr«, haderte er mit sich selbst über das Knattern des Motors hinweg. »Du willensschwacher, verkommener, lüsterner, widerwärtiger, erbärmlicher, sexbesessener Kerl. Du elender Sünder.«

Die kleinen Räder trugen ihn gleichmäßig dahin, der Scheinwerfer erhellte die Straße vor ihm, aber er nahm kaum wahr, daß er sich fortbewegte. Seine Gedanken kreisten einzig und allein um sein lasterhaftes Verhalten. Ein Mann Gottes, ein Geistlicher, der sich benommen hatte wie ein Tier, nur schlimmer, weil er mit einem Geist gesegnet war, der ihn eigentlich dazu befähigen sollte, die niederen Instinkte zu überwinden.

Wie soll ich das am Tag des Jüngsten Gerichts rechtfertigen, fragte er sich. Gott sei mir armem Sünder gnädig.

Es ist unmöglich zu sagen, wann genau er während der Fahrt bemerkte, daß da vor ihm etwas war. Bestimmt war er schon einige Zeit unterwegs, ehe er imstande war, etwas anderes wahrzunehmen als die Qualen seiner gemarterten Seele. Es mußte etwas Spektakuläres sein, und das war es auch. Pater Faustini starrte geradeaus und sah eine Feuersäule.

Der Nachthimmel über der lombardischen Ebene wurde von Hunderten lodernden Punkten glitzernd hell erleuchtet. Ihr Ursprung war eine Feuersäule, die in ungefähr drei Kilometern Entfernung hoch über dem Land aufragte. Mit Sicherheit war das kein natürliches Feuer, denn es brannte eher grün als orange, hellsmaragdgrün, mit violetten, blauen und gelben Blitzen, die nach außen zuckten. Pater Faustini wurde von der Gewißheit gepackt, daß der Tag des Gerichts da war. Andernfalls wäre ihm vielleicht der Verdacht gekommen, daß dem Barolo, den er getrunken hatte, irgend etwas beigemengt worden war, denn das, was er da sah, war in seiner ungewöhnlichen Farbkombination ausgesprochen psychedelisch. Er hatte schon große Feuer gesehen und gigantische Feuerwerke, aber nichts davon reichte auch nur annähernd an das hier heran.

Was sonst hätte ein elender Sünder am Jüngsten Tage tun können, als auf die Bremse treten, absteigen, auf die Knie fallen und um Vergebung beten? Er fühlte sich gleichzeitig von Panik erfüllt und von Reue geschüttelt, weil all dies just an dem Abend geschah, an dem er der Sünde anheimgefallen war, nach einem untadeligen (oder praktisch untadeligen) Leben im Dienst der Kirche. Er kniete sich auf das Gras am Straßenrand, die Hände vor dem schmerzverzerrten Gesicht gefaltet, und schrie: »Vergib mir Vater, denn ich habe gesündigt.«

Er konnte die Möglichkeit nicht ausschließen, daß sein Fehltritt mit Claudia Coppi unmittelbar für das jetzige Geschehen verantwortlich war. Anzunehmen, daß seine nur wenige Sekunden währenden Liebkosungen zweier schöner Brüste das Ende der Welt beschleunigt hatten, war vielleicht anmaßend, aber er hatte nun mal ein unheilvolles Gefühl von Ursache und Wirkung.

Durch seine gefaltete Händen hindurch riskierte er erneut einen Blick. Der Zustand des Himmels war unverändert furchteinflößend. Feuerstrahlen zischten wie Raketen nach oben und hinterließen funkensprühende Spuren.

Bis jetzt waren noch keine Racheengel zu sehen, auch kein anderes apokalyptisches Zeichen. Er hörte keine Trompeten, aber jetzt würde ihn ohnehin nichts mehr erstaunen.

Statt dessen sah er zwei helle Lichter, so grell, daß ihm die Augen weh taten. Und zugleich hörte er ein dumpfes Dröhnen, das lauter wurde. Die Quelle dessen war keineswegs übernatürlich. Ein Wagen kam mit aufgeblendeten Scheinwerfern aus der Richtung der Feuersäule über die Straße auf ihn zugerast. Pater Faustini konnte verstehen, daß Menschen vor dem drohenden Zorn Gottes flohen, aber er wußte, daß sie sich etwas vormachten. Es gab kein Entkommen.

Und so war es auch.

Das Motorengeräusch wurde immer lauter und die Lichter immer heller. Normalerweise hätte Pater Faustini gewinkt, um dem Fahrer zu signalisieren, daß er geblendet wurde. Aber er saß ja nicht auf seinem Moped. Er lag auf den Knien am Straßenrand. Er hatte sein Moped beim ersten Anblick der Feuersäule stehenlassen. Genau dort, wo er angehalten hatte, mitten auf der schmalen Straße.

Der Wagen raste darauf zu.

Er schlug die Hände vors Gesicht.

Es war einfach keine Zeit mehr, das Moped von der Straße zu holen. Er konnte nur hoffen, daß der Fahrer das Hindernis rechtzeitig bemerken und umfahren würde. Es mochte eine akademische Frage sein, ob ein Unfall – selbst ein tödlicher – in diesem finalen Stadium der Weltgeschichte noch eine Rolle spielte, doch Pater Faustini war immer ein auf Sicherheit bedachter Mensch gewesen, und der Gedanke, für den Tod eines anderen verantwortlich zu sein, war ihm unerträglich.

Tatsächlich traf den Fahrer des Wagens eine Mitschuld, denn seine Geschwindigkeit war deutlich überhöht.

Was dann geschah, war rasch und verheerend, doch Pater Faustini sah es in der seltsamen Zeitlupe, in die das Gehirn umschaltet, damit es auf Gefahren bei hoher Geschwindigkeit reagieren kann. Der Wagen schoß auf das Moped zu, ohne seine Fahrt zu verlangsamen, bis zum letzten Sekundenbruchteil, als der Fahrer wohl gesehen hatte, was da vor ihm war. Das Rutschen der Reifen auf der Straßendecke, als die Bremse durchgetreten wurde, machte ein Geräusch wie eine aufheulende Sirene. Der Wagen schwenkte nach links, um dem Moped auszuweichen, und es gelang ihm auch. Doch er prallte gegen den Bordstein, geriet außer Kontrolle und schleuderte auf die andere Seite. Pater Faustini sah, daß es eine große, PS-starke Limousine war. Die weißen Lichter der Scheinwerfer verschwanden aus seinem Blickfeld und verwandelten sich in intensives Rot, als der Wagen mit hell leuchtenden Bremslichtern vorbeischlitterte. Er schoß über den Bordstein und eine Grasböschung hinauf, hinter der ein Feld lag. Die Rücklichter stiegen plötzlich hoch und beschrieben einen Bogen. Der Wagen überschlug sich – nicht einmal, sondern dreimal, und tonnenschweres Metall wirbelte umher wie Kinderspielzeug, krachte durch einen Zaun und rutschte schließlich auf dem Dach über die gepflügte Erde.

Eines der Rücklichter brannte noch. Dann erlosch es funkensprühend. Rauch stieg aus dem Wrack.

Pater Faustinis Beine fühlten sich etwa so standfest an wie frischgekochte Pasta, aber er taumelte hinüber, um nachzusehen, ob er jemanden aus dem Wagen ziehen konnte, bevor das ganze Ding Feuer fing.

Das Gewicht des Chassis hatte den Aufbau zusammengedrückt. Der Pater kniete sich neben den zusammengepreßten Schlitz, der einmal das Fenster auf der Fahrerseite gewesen war. Drinnen war ein Mann, der Kopf in einem unmöglichen Winkel abgeknickt. Zu spät für die letzte Ölung. Auf der anderen Seite lag der Beifahrer halb am Boden. Im wahrsten Sinn des Wortes. Die andere Hälfte, von der Hüfte abwärts, war noch im Wagen. Die beiden Hälften waren an der Taille durchtrennt.

Der Pater bekreuzigte sich. Eine Welle der Übelkeit stieg in ihm hoch, aber er durfte jetzt nicht die Beherrschung verlieren, denn die Luft roch nach Benzin, und das ganze Wrack konnte sich in wenigen Sekunden in einen Feuerball verwandeln. Aus Sorge, daß noch jemand lebendig dort drinnen gefangen sein konnte, legte er sich auf den Bauch, um einen Blick auf den Rücksitz zu werfen. Es war unnütz. Zwischen der zerfetzten Polsterung und dem eingedrückten Dach war auch nicht ein Zentimeter Luft.

Als er gerade aufstehen wollte, setzte irgendwo rechts von ihm ein Geräusch ein wie das Brausen des gewaltigen Windes beim Pfingstwunder. Das Benzin hatte sich entzündet.

Er sprang auf und rannte weg. Hinter ihm krachte es einige Male, dann kam ein gewaltiger Knall, vermutlich der explodierende Benzintank. Doch inzwischen war Pater Faustini schon zwanzig Meter weiter und lag flach am Boden.

Eine Weile rührte er sich nicht. Seine Nerven verkrafteten einfach nicht mehr. Er schluchzte sogar ein wenig. Es dauerte eine Zeitlang, bis er daran dachte, ein Gebet zu sprechen. In seinem aufgewühlten Kopf hatte der Autounfall das Jüngste Gericht noch übertrumpft.

Endlich setzte er sich auf. Das Autowrack brannte noch, aber das Schlimmste war vorbei. Öliger, schwarzer Qualm breitete sich aus, und der Gestank von brennendem Gummi brannte ihm in Kehle und Nase. Er starrte in die Flammen. Die verkohlten, verbogenen Metallreste hatten kaum noch Ähnlichkeit mit einem Wagen.

Jeder Muskel seines Körpers zitterte. Mühsam kam er auf die Beine und ging an dem brennenden Wrack vorbei zu seinem Moped, das noch immer unversehrt mitten auf der Straße stand, ein Beweis für seine Dummheit und seine Schuld an der Tragödie.

In der Ferne wurde der Nachthimmel noch immer von der riesigen Feuersäule zerrissen, die ihn so aus der Fassung gebracht hatte. Noch immer waren die Farben überirdisch bunt und strahlend. Trotzdem drängte sich Pater Faustini die Frage auf, ob wirklich der Tag des Jüngsten Gerichts gekommen war. Der Schock des Autounfalls hatte seine Wahrnehmung verändert. Das Phänomen war ihm unerklärlich. Es mußte einen Grund dafür geben, aber er hatte nicht mehr die Kraft, darüber nachzudenken.

Er setzte sich auf sein Moped, startete den Motor und fuhr davon, um zu melden, was geschehen war.

Kapitel vier

Eine Samstagabendvorstellung in der Metropolitan Opera in New York. Domingo und Freni in Höchstform vor einem vollbesetzten, gebannt lauschenden Haus. Die Begräbnisszene näherte sich ihrem Höhepunkt. Vereint in Verdis zu Tränen rührendem »O *terra addio*« umarmte sich das tragische Liebespaar Radames und Aida, während sich die schweren Steinplatten, unter denen sie lebendig begraben wurden, qualvoll langsam herabsenkten. Hinter der Bühne sangen die Priester und Priesterinnen ihren unbarmherzigen Chor, und die unglückliche Amneris betete für Radames' unsterbliche Seele. Es gibt Augenblicke in einer Oper, da stört es niemanden, wenn einige in ihren Sitzen hin und her zappeln, um einen besseren Blick auf die Bühne zu haben oder um ihrem schmerzenden Gesäß etwas Linderung zu verschaffen. Aber wenn Aida ihr ergreifendes Finale erreicht, wenn die Sklavin in Radames' Armen ihr Leben aushaucht, dann ist die Stille im Publikum mit Händen greifbar, von den Orchestersesseln bis hinauf zum sechsten Rang.

So sollte es zumindest sein.

An diesem Abend gab es eine Störung im vorderen Parkett, den teuersten Plätzen in der Met. Ausgerechnet in diesem herzzerreißenden Augenblick schrillte eine Reihe von elektronischen Piepstönen über die singenden Stimmen hinweg, ein Rufsignal, das erheblich lauter war als die Armbanduhrwekker, die ständig in Kinos und Theatern losgehen. Irgendein Banause hatte seinen Pager mit in die Oper genommen.

»Das darf doch wohl nicht wahr sein!« schimpfte ein Mann in der Reihe dahinter los, ungeachtet der Tatsache, daß er die

Störung nur noch verstärkte. Andere machten ihrem Ärger ebenfalls Luft: »Stellen Sie das ab, aber dalli« und noch Eindringlicheres war zu hören.

In der dritten Reihe, aus der das Piepsen kam, öffnete ein graumelierter Mann mit schwarzgeränderter Brille seine Smokingjacke, hakte den Pager aus dem Gürtel und drückte einen Knopf, der ihn verstummen ließ. Der gesamte Zwischenfall hatte nicht länger als sechs Sekunden gedauert, aber der Zeitpunkt hätte nicht unglücklicher gewählt sein können.

Und jetzt war der Vorhang gefallen, die Künstler nahmen den Applaus entgegen, und im mittleren Parkett waren genauso viele Augen auf den Mann in der dritten Reihe gerichtet wie auf Domingo. Unbändige Empörung schlug dem Übeltäter entgegen. So sehr er sich auch bemühte, nicht darauf zu achten, indem er energisch klatschte und stur auf die Bühne blickte, von den verärgerten Musikliebhabern um ihn herum konnte er keine Gnade erwarten. New Yorker sind nicht für ihre Zurückhaltung bekannt.

»Den würde ich gern lebendig begraben.«

»Wieso läßt man solche Trottel eigentlich hier rein?«

»Ich habe Karten für die Oper gekauft und nicht für eine Scheißgeschäftsbesprechung.«

Der Trottel, um den es ging, klatschte auch dann noch mit Vehemenz, als sich der Vorhang zum sechsten- oder siebtenmal hob, bis schließlich die Lichter im Saal angingen. Dann wandte er sich seiner Begleiterin zu, einer attraktiven, dunkelhaarigen Frau, die mindestens zwanzig Jahre jünger war als er, und versuchte, sie in ein so angeregtes Gespräch zu verwickeln, daß das übrige New York ausgeschlossen wurde.

Sie war alles andere als begeistert. Zur Genugtuung der Leute um sie herum, die nun aufstanden und sich in Richtung Ausgang bewegten, war die Lady nicht gewillt, über den Fauxpas hinwegzugehen. Nach wenigen Augenblicken konnte man nur noch sie hören, als sie ihm eine so lautstarke Standpauke erteilte, daß fast die Kronleuchter erbebten. »... noch nie so etwas Peinliches erlebt, und wenn du dir einbildest, ich würde jetzt noch mit dir zu Abend essen und anschließend eine flotte Nummer schieben, dann hast du dich aber geschnitten.«

Jemand rief: »Richtig so! Schick ihn in die Wüste!«

Und das tat sie. Sie stolzierte durch die Sitzreihe davon und ließ ihren Begleiter stehen, der ihr kopfschüttelnd nachsah. Er versuchte nicht, ihr zu folgen. Er blieb sitzen und ließ die Leute, die er gestört hatte, umsichtigerweise vorgehen. Als niemand mehr in seiner Nähe war, nahm er den Pager wieder heraus und tippte einige Nummern ein. Nachdem er eine Anzeige auf dem Display hatte, griff er in die Brusttasche und holte, ungeachtet der Umgebung, ein Handy hervor.

»Sammy, hast du versucht, mich zu erreichen? Wenn ja, hättest du dir wirklich einen besseren Zeitpunkt aussuchen können, Alter.« Während er zuhörte, rutschte er tief in den Sitz und legte die Füße auf die Reihe vor ihm. »Ach, zum Teufel. Ich hoffe für dich, daß diese Neuigkeit bei neun Komma neun auf der Richterskala liegt.«

Was er dann hörte, löste bei Manfred Flexner sichtliche Irritation aus. Er nahm die Füße herunter. Er beugte sich vor, als könnte er so besser hören. Mit der freien Hand fuhr er sich durchs Haar.

Sechs Minuten später wankte er, kopfschüttelnd und um Fassung bemüht, aus der Oper auf den Platz des Lincoln Center und sog ein paarmal tief die frische Luft ein. Um diese Zeit wimmelte es hier von Zobeln und Nerzen, das Publikum aus der Philharmonie und dem Ballett kämpfte mit den Opernbesuchern um die Taxis. Flexner hatte seinen eigenen Chauffeur, der auf der anderen Straßenseite in der Limousine wartete, also mußte er sich nicht beeilen. Nach Hause wollte er aber noch nicht. Eine Weile starrte er in den beleuchteten Brunnen. Während der letzten halben Stunde hatte er eine Oper gestört, seine Begleiterin verloren und war auf dem internationalen Aktienmarkt um vierzig Punkte abgerutscht. Er brauchte einen Drink.

Am nächsten Morgen sah die Welt nicht freundlicher aus. Er betrachtete die Alka-Seltzer, die in dem Glas auf seinem Schreibtisch sprudelten, und grübelte darüber nach, was hätte sein können. Manny Flexner war im Pharmageschäft.

Pharmazeutika.

Und er schluckte das Produkt der Konkurrenz! Sein ganzes Leben hatte er darauf hingearbeitet, irgendwann einmal einen Dauerbrenner wie Alka-Seltzer zu haben, der sich fast von selbst verkaufte. Er war das typische Beispiel für einen geschäftstüchtigen Jungen von der Lower East Side, der sich zunächst mit Taxifahren ein paar Dollar verdient hatte, eine Zeitlang bescheiden lebte und seinen Verdienst investierte. Da er wie alle echten Unternehmer schon in jungen Jahren erkannte, daß man mit Eigenarbeit und Ersparnissen nicht weit kommt, lieh er sich Geld bei einer Bank, um sich in eine kleine Firma einzukaufen, die Apotheken mit Etiketten belieferte. Als selbstklebende Etiketten aufkamen, hatte er schon fast eine marktbeherrschende Stellung und soviel verdient, daß er noch mehr Geld aufnehmen und in die Pharmabranche einsteigen konnte. In den sechziger und siebziger Jahren erlebte die Pharmaindustrie eine Hochkonjunktur. Manny Flexner hatte einige Firmen in den USA übernommen und expandierte international mit geschickten Aufkäufen in Europa und Südamerika. Eines der Manflex-Produkte, das Angina-Medikament Kaprofix, war zu einer lukrativen Einnahmequelle geworden, denn es verkaufte sich gut in Amerika und Europa.

Die Geschichte hatte aber auch ihre negative Seite. Pharmaunternehmen sind darauf angewiesen, neue Medikamente zu entwickeln; ohne umfangreiche Forschungsprogramme können sie nicht überleben. In den frühen achtziger Jahren hatten Wissenschaftler, die für Manflex tätig waren, einen neuen vielversprechenden Histamin-Antagonisten für die Behandlung von Magengeschwüren entdeckt. Er wurde patentiert und erhielt den Markennamen Fidoxin. Die Absatzmöglichkeiten für Medikamente gegen Magengeschwüre sind riesig. Damals beherrschte Tagamet von Smith-Kline den Markt und machte einen Umsatz von schätzungsweise über einer Milliarde Dollar. Glaxo entwickelte ein Konkurrenzprodukt namens Zantac, das sich womöglich besser verkaufte als jedes andere Medikament in der Welt. Aber Manny Flexner mischte mit.

Die ersten Forschungsergebnisse zu Fidoxin waren ermutigend. Manflex investierte gewaltige Summen in Studien und Feldversuche, um das Prüfungsgremium des Gesundheitsministeriums zufriedenzustellen, das über die Zulassung von Medikamenten entschied. 1981 sah es ganz danach aus, als würde Manflex seine Konkurrenten auf einem Milliarden-Dollar-Markt aus dem Rennen werfen. Doch dann, in der Endphase, wurden bei Patienten, die Fidoxin über einen längeren Zeitraum eingenommen hatten, Nebenwirkungen festgestellt. Fast jedes Mittel hat unerwünschte Nebenwirkungen, doch das Risiko einer ernsten Nierenschädigung ist inakzeptabel. Wohl oder übel mußte Manny Flexner seine Verluste abschreiben und das Projekt einstellen.

Manflex hatte zuviel in dieses Medikament investiert, so daß Manny in den achtziger Jahren bei neuen Forschungsprojekten zurückhaltender war. Die Rezession von 1991 hatte Manflex härter getroffen als die Konkurrenten. Vor allem dank seines altbewährten Produkts Kaprofix zählte das Unternehmen noch immer zu den Top Ten in den USA, aber es war vom vierten auf den siebten Platz zurückgefallen. Oder noch tiefer. Manny wollte es gar nicht mehr so genau wissen.

Heute war der bislang schwärzeste Tag. Er hatte das »Wall Street Journal« vor sich liegen. Seine Aktien waren über Nacht in Tokio und New York in den Keller gerutscht. Der Grund?

»Man spricht vom größten Feuerwerk seit Menschengedenken«, las er seinem Stellvertreter Michael Leapman vor und warf ihm dann die Zeitung zu. »Ein Feuer für zwanzig Milliarden Lire. Die Flammen waren noch dreißig Kilometer südlich von Mailand zu sehen. Wieviel ist das, Michael?«

»Ungefähr zwanzig Meilen.«

»Die Lire, zum Donnerwetter.«

»Nicht so wild, wie's klingt. Etwa siebzehn Millionen Dollar.«

»Nicht so wild«, wiederholte Manny ironisch. »Eine ganze Fabrik geht in Flammen auf, ein Viertel unserer Beteiligungen in Italien, und es ist nicht so schlimm.«

»Versicherung«, murmelte Michael Leapman.

»Die Versicherung übernimmt die Fabrik und die Materialien. Aber wir hatten da Forschungslabors. Sie haben ein Mittel gegen Depressionen getestet. Depressionen. Ich hoffe bei Gott, daß noch ein bißchen von dem Zeug übriggeblieben ist, ich kann's nämlich gebrauchen. Forschung ist unersetzlich, und der Markt weiß das. Wissen wir schon Genaueres aus Italien? Ist alles hin?«

Leapman nickte. »Ich habe vor einer Stunde mit Rico Villa gesprochen. Das Ganze ist nur noch ein Haufen weißer Asche.« Er ging durch den Raum zum Getränkeschrank und nahm den Scotch heraus. »Möchtest du einen?«

Manny schüttelte den Kopf und deutete auf das Alka-Seltzer.

»Was dagegen, wenn ich mir einen genehmige?« Michael Leapman, siebenunddreißig, einssiebenundachtzig und blond, war weniger temperamentvoll als sein Chef. Er war halb Schwede. Vermutlich bewahrte ihn die schwedische Hälfte davor, aus der Haut zu fahren. Er war vor fünf Jahren zu Manflex gestoßen, ohne selbst etwas dafür zu tun. Flexner hatte in Detroit eine kleine Firma gekauft, deren Geschäftsführer Leapman war; wie sich herausstellte, war Leapman der einzige Gewinn bei dieser Übernahme, ein kreativer Kopf mit hervorragendem Organisationstalent. Er hatte ein gutes Verhältnis zu seinem zähen, kleinen Boß entwickelt und wurde schon nach nur einem Jahr in den Vorstand berufen.

»Irgendwelche Toten?« fragte Manny. Seine Stimme verriet, daß er an diesem Tag nur schlechte Nachrichten erwartete.

»Offenbar nicht. Sieben Leute sind im Krankenhaus, zwei davon Feuerwehrleute mit Rauchvergiftung. Das ist alles.«

»Umweltschäden?«

Leapman zog eine Augenbraue hoch. Sein Boß war nicht dafür bekannt, daß er eine Schwäche für die Grünen hatte.

»Das könnte uns richtig Ärger einbringen«, sagte Manny. »Denk nur an Seveso. Die Dioxindämpfe. Und es war in Italien, meine ich. Wie viele Millionen mußten die Besitzer an Entschädigung blechen?«

Leapman goß sich großzügig Scotch ein. »Von giftigen Dämpfen ist bisher nicht die Rede gewesen.«

Die Anspannung in Mannys Gesicht ließ ein wenig nach. Er nahm seine Brille ab und wischte sie mit einem Papiertaschentuch ab, das er aus einer Manflex-Packung zog.

»Wir werden schon damit fertig«, sagte Leapman mit Überzeugung. Zuversicht zu verbreiten, war eines seiner nützlichsten Talente. »Natürlich, wir werden ein blaues Auge davontragen. Ein oder zwei Wochen lang werden wir schlechter notiert werden, aber wir sind groß genug, um das zu verkraften. Das Werk bei Mailand hat ohnehin nicht viel Gewinn abgeworfen. Rico hat uns dauernd in den Ohren gelegen, es müsse modernisiert werden.

»Ich weiß, ich weiß. Wir wollten doch gegen Ende des Jahres einiges Kapital reinstecken.«

»Jetzt können wir uns vordringlich um die beiden Werke bei Rom kümmern.«

Manny setzte die Brille wieder auf und musterte Leapman. »Meinst du nicht, wir sollten in Mailand wieder aufbauen?«

»Bei dem derzeitigen wirtschaftlichen Klima?« Sein Ton war unmißverständlich. Ein Wiederaufbau kam nicht in Frage.

»Du hast recht. Wir sollten uns auf das konzentrieren, was wir da drüben haben, und Mailand verkaufen.« Manny hatte die Möglichkeiten abgewogen und schien nun beruhigt. »Ich möchte, daß jemand nach Italien fährt und dort alles in Ordnung bringt, Personalprobleme löst und soviel wie möglich aus diesem Fiasko für uns rettet.« Er zögerte, als suchte er nach einem Namen. »Was meinst du, wer dafür in Frage kommt? Würdest du sagen, daß David das schafft?«

»David?« Der Name erwischte Leapman auf dem falschen Fuß. Er hatte fest damit gerechnet, selbst mit dieser Aufgabe betraut zu werden.

»Mein Junge.«

»Keine Frage.« Leapman war zu klug, als daß er versucht hätte, seinen Chef davon abzubringen, die Aufgabe seinem Sohn zu übertragen, ganz gleich, was er insgeheim davon hielt. Der junge David Flexner – jung, aber beileibe kein Junge mehr – legte keineswegs die seinem Vater eigene Begeisterung für das Unternehmen an den Tag, und doch hegte Manny die unsinnige Hoffnung, daß sein Sohn eines Tages seinen Beitrag leisten würde. Nach vierjährigem Studium der Wirtschaftswissenschaften und drei Jahren im Vorstand von Manflex hätte David eigentlich soweit sein müssen, Führungsaufgaben zu übernehmen. In Wahrheit steckte er all seine Energie in die Hobbyfilmerei.

Am späten Vormittag zeichnete sich auf den Bildschirmen in dem großen Büro neben dem von Manny Flexner eine gewisse Erholung der Aktienkurse des Konzerns ab. Wall Street hatte sich an Tokio und London orientiert und auf die Nachricht von dem Feuer zunächst überreagiert. Jetzt setzte sich eine gemäßigtere Haltung durch. Der Manflex-Konzern hatte zwar einen schweren Rückschlag erlitten, war aber letztlich nicht ernsthaft gefährdet.

Manny demonstrierte seine Zuversicht, indem er seinen Sohn zum Lunch in das Four Seasons einlud. Manny war zweimal geschieden und lebte allein. Das heißt, offiziell lebte er allein. In Wahrheit hatte er eine ganze Reihe von Freundinnen, die sich darin abwechselten, ihn zum Dinner in New Yorks besten Restaurants zu begleiten, und die hinterher die Nacht in seinem Haus an der Upper East Side verbrachten. Daher wußte er, wo man gut essen konnte. Und er mußte sich gut ernähren, um seine Vitalität zu bewahren. Er war dreiundsechzig.

Die Mittagsmahlzeiten jedoch blieben stets dem Geschäft vorbehalten.

»Ich empfehle den Lachs in süßer Senfsauce. Oder den Entensalat mit Sauerkirschen. Nein, probier den Lachs. Der ist wirklich köstlich. Hast du von dem Feuer in Mailand gehört?«

Offensichtlich hatte sein Sohn nicht in den Wirtschaftsteil der Zeitung geschaut. David war über das Alter jugendlicher Rebellion hinaus. Er war ein erwachsener Rebell, mit blondgefärbtem Haar, das ihm bis auf die Schultern fiel. Manny fand, daß blonde Haare nun mal nicht zu einem jüdischen Jungen paßten. Das dunkelgrüne Kordjackett, das David trug, war eine Konzession an die Spielregeln im Restaurant. An Vorstandssitzungen nahm er häufig im T-Shirt teil.

Manny klärte ihn über die wichtigsten unangenehmen Punkte auf und eröffnete ihm seinen Plan, wie er in Italien weiter vorgehen wollte.

»*Ich* soll dahin? Das könnte schwierig werden, Pop«, sagte David wie aus der Pistole geschossen. »Wann?«

»Wie wär's mit heute abend?«

David lächelte. Sein gewinnendes Lächeln war zugleich ein Vorteil und ein Nachteil. »Das ist nicht dein Ernst?«

»Mein voller Ernst. Ich habe da zweihundert Leute ohne Arbeit, man muß mit den Gewerkschaften verhandeln ...«

»Ja, aber ...«

»Der Anspruch an die Versicherung muß geltend gemacht werden, und mit Sicherheit wird es Gerichtsprozesse geben. Das muß alles geregelt werden, David.«

»Und Rico Villa? Er ist vor Ort, und er spricht die Sprache.«

Manny verzog das Gesicht und zuckte die Achseln. »Rico könnte noch nicht mal ein Schulsportfest organisieren.«

»Du willst also, daß ich nach Mailand fliege und das Kriegsbeil schwinge.«

»Du sollst den Leuten da bloß die Fakten klarmachen, mehr nicht. Ihr Arbeitsplatz ist nur noch ein Haufen Asche. Es hat keinen Sinn, die Fabrik wieder aufzubauen. Falls einige bereit sind, nach Rom zu wechseln, okay. Verhandle über Abfindungen. Wir werden so großzügig wie möglich sein. Wir sind schließlich keine Ungeheuer.«

David seufzte. »Pop, ich kann hier nicht alles stehen und liegen lassen.«

Obwohl Manny damit gerechnet hatte, tat er überrascht. »Was meinst du damit?«

»Ich habe meine Verpflichtungen. Ein paar Leute sind von mir abhängig, sie verlassen sich auf mich.«

Manny starrte ihn durchdringend an. »Haben die Verpflichtungen auch nur im entferntesten etwas mit Manflex zu tun?«

Sein Sohn errötete. »Nein, es geht um ein Filmprojekt. Wir haben einen Zeitplan.«

Der Kellner kam, einen Sekundenbruchteil bevor Manny aus der Haut fahren konnte. Vater und Sohn schlossen Burgfrieden, solange die gastronomischen Entscheidungen getroffen werden mußten. David wählte diplomatisch den Lachs, den sein Vater empfohlen hatte. Es würde ihn keine Überwindung kosten. Als sie wieder allein waren, versuchte Manny es anders. »Einige der besten Filme, die ich je gesehen habe, sind in Italien gemacht worden.«

»Natürlich. Das italienische Kino zählt zu den besten. Schon immer. ›Fahrraddiebe‹. ›Tod in Venedig‹. ›Der Garten der Finzi Contini‹.«

»›Für eine Handvoll Dollar‹.«

David stellte sich sphinxhaft. »Ach – du meinst Spaghettiwestern.«

Manny nickte und sagte dann großzügig: »Du könntest diese Typen doch kennenlernen. Nimm dir ein paar Wochen länger. Bring in Mailand alles in Ordnung, und danach hast du freie Hand, Junge. Fahr nach Venedig. Ist das ein Angebot?«

Soviel Selbstlosigkeit von einem Workaholic verdiente eine Minute atemloser Anerkennung und erhielt sie auch.

Schließlich gestand David. »Pop, ich weiß, du möchtest, daß ich eines Tages in deine Fußstapfen trete, aber ich denke, ich sollte dir sagen, daß mich die Pharmaindustrie zum Erbrechen langweilt.«

»Du erzählst mir nichts Neues.«

»Aber du willst es einfach nicht akzeptieren.«

»Weil du dem Geschäft keine Chance gibst. Hör zu, David. Das ist die spannendste Branche, die es gibt. Es geht um neue Medikamente und darum, neue Marktanteile zu gewinnen.«

»Das habe ich auch schon verstanden«, sagte David lakonisch.

»Ein einziger Erfolg, ein neues Medikament, kann dein ganzes Leben verändern. Das ist für mich der Kick.«

»Du meinst, es kann das Leben eines kranken Menschen verändern.«

»Natürlich«, sagte Manny, ohne zu zögern. »Nur was den Kranken guttut, tut auch meiner Bilanz gut.«

Er zwinkerte, und sein Sohn mußte unwillkürlich grinsen. Diese Ethik mochte fragwürdig sein, aber die Freimütigkeit war unwiderstehlich.

»Forscherteams sind wie Rennpferde. Man will immer so viele haben, wie man sich leisten kann. Hin und wieder kommt eines davon als erstes ins Ziel. Aber du darfst dich nie zufriedengeben. Wenn du das Medikament dann *hast*, brauchst du immer noch die staatliche Genehmigung, um es zu vermarkten.« Mannys Augen funkelten angesichts der Herausforderung. In letzter Zeit lächelte er nicht mehr oft, aber gelegentlich huschte ein Ausdruck über sein erschöpftes Gesicht, der Ausdruck eines Mannes, der früher einmal Treffer gelandet hatte, aber anscheinend das Händchen dafür verloren hatte. »Und in Null Komma nix läuft das Patent ab, und du mußt was Neues finden. Ich habe rund um den Globus Teams, die für mich arbeiten. Jeden Augenblick könnten sie *das* Mittel gegen eine tödliche Krankheit entdecken.«

David nickte. »In dem Werk bei Mailand gab es eine große Forschungs- und Entwicklungsabteilung.«

Manny sagte beifällig: »Du weißt mehr, als du dir anmerken läßt.«

»Du glaubst anscheinend wirklich, daß ich die Sache regeln kann.«

»Deshalb bitte ich dich ja darum, mein Sohn.« Er winkte dem Weinkellner. Nachdem er einen guten Bordeaux ausgesucht hatte, sagte er zu seinem Sohn: »Der Ärger in Italien ist mir an die Nieren gegangen. Ich habe immer geglaubt, daß irgendwer da oben auf meiner Seite ist. Verstehst du, was ich meine? Vielleicht sollte ich mich zur Ruhe setzen.«

»Pop, das ist verrückt, und du weißt es. Wer soll den Laden denn sonst schmeißen?« Dann bemerkte David den eindringlichen Blick seines Vaters. »Oh, nein. Das ist nichts für mich. Ich hab dir doch schon so oft gesagt, daß ich nicht weiß, was ich von der Branche halten soll. Wenn es bloß darum ginge, Medikamente zu machen, die kranken Menschen helfen, okay. Aber wir wissen doch beide, daß dem nicht so ist. Es geht um Beziehungen, darum, sich gut mit Politikern und Bankern zu stellen. Um das, was unter dem Strich rauskommt.«

»Nenn mir eine Branche, in der es nicht darum geht. Das ist nun mal die Welt, in der wir leben, David.«

»Ja, aber die Profite stecken nicht in den Medikamenten, die Leute heilen. Zum Beispiel Arthritis. Wenn wir dafür ein Heilmittel finden, verlieren wir einen prima Markt, also entwickeln wir lieber weiter Medikamente, die den Schmerz betäuben. Sie unterscheiden sich kaum von Aspirin, bloß daß sie fünfzigmal so teuer sind. Wie viele Millionen werden wohl im Augenblick für Nachahmer gegen Arthritis ausgegeben?«

Manny antwortete nicht. Aber er registrierte befriedigt, daß sein Sohn den Branchenjargon benutzte. Ein ›Nachahmer‹ war ein Imitat, leicht abgewandelt, um die Zulassung zu erhalten. Es gab über dreißig solcher Mittel zur Behandlung von Arthritis.

David wurde allmählich wütend. »Aber wieviel wird in die Erforschung der Sichelzellenanämie gesteckt? Die Krankheit tritt zufällig vor allem in Dritte-Welt-Ländern auf, also würde sie nicht viel Profit bringen.«

»In deinem Alter war ich auch ein Idealist«, sagte Manny.

»Und jetzt wirst du mir sagen, daß du in der realen Welt lebst, aber das tust du nicht, Pop. Du willst von der realen Welt nichts wissen, bis du die Augen nicht mehr verschließen kannst, wie beispielsweise bei AIDS. Ich meine nicht dich persönlich. Ich meine die gesamte Industrie.«

»Nun hör aber auf. Die Branche hat sehr schnell auf AIDS reagiert. Wellcome hat in Rekordzeit Retrovir auf den Markt gebracht.«

»Ja, und gleichzeitig sind ihre Aktienkurse um 250 Prozent hochgeschnellt.«

Manny zuckte die Achseln. »Die Gesetze des Marktes. Wellcome hatte das Wundermittel zuerst.«

David spreizte die Hände, um zu signalisieren, daß seine Meinung damit bestätigt war.

Der Kellner kam und goß Manny etwas Wein zum Kosten ein. Nachdem er ihm zugenickt hatte, sagte Manny listig zu seinem Sohn: »Du weißt mehr, als du dir manchmal anmerken läßt. Wenn du Vorstandsvorsitzender wirst, bist du allmächtig. Wenn du willst, kannst du ja versuchen, ein bißchen Ethik in die Pharmaindustrie einzubringen.«

David lächelte. Nach all den Jahren besaß sein Vater noch immer die Chuzpe eines New Yorker Taxifahrers.

»Dann wollen wir dir mal einen Platz in der Abendmaschine nach Mailand reservieren«, sagte Manny und holte sein Handy hervor.

Kapitel fünf

Die Bibliothek in Kensington wurde 1960 erbaut, aber der Lesesaal im oberen Stock hat eine eindeutig viktorianische Atmosphäre. Der Teppich ist freudlos olivgrün, und die Polstersessel sind in dunklem Leder gehalten. Überall hängen Plakate, auf denen die Leser vor Taschendieben gewarnt und gebeten werden, sofort das Personal zu verständigen, wenn sie sehen, daß jemand Zeitschriften beschädigt oder mitnimmt. Zugegeben, einige dieser Zeitschriften sind höchst begehrt. Der »Evening Standard«, der am frühen Nachmittag geliefert wird, kann nur auf Nachfrage eingesehen werden – nicht, weil sein Inhalt irgendwie anstößig wäre, sondern weil er aus der Auslage verschwinden und nie wieder auftauchen würde. Im Laufe der Zeit kennen die Angestellten die Männer mit den glänzenden Augen, die von zwei Uhr nachmittags an bei ihnen rumhängen und darauf hoffen, als erste ein günstiges Gebrauchtwagenangebot zu entdecken, einen Tip fürs Hunderennen oder eine Stellenanzeige.

Peter Diamond – ehemals beim Sicherheitsdienst von Harrods – gehörte jetzt auch zu diesen Stellungssuchenden.

Endlich war er an der Reihe, den »Standard« durchzusehen, und fuhr mit dem Daumen die Spalten entlang. Wenn er fand, daß eine der angebotenen Stellen für ihn in Frage kam, würde er zum nächsten Telefon eilen. Die meisten Anzeigen schlugen einen freundlichen Ton an – »Rufen Sie unsere Sachbearbeiterin an« oder »Unsere Personalchefin freut sich auf Ihren Anruf« –, so daß man sich förmlich eine nette Dame am anderen Ende der Leitung vorstellen konnte, die darauf brannte, über den vorzüglich bezahlten Posten mit Leistungsbonus und Altersversorgung zu sprechen. Doch wie üblich schien heute in ganz London keine gute Fee eine offene Stelle für einen achtundvierzigjährigen Exdetective zu haben, dem nicht einmal zuzutrauen war, ein Stockwerk bei Harrods zu sichern.

Er gab auf. Unter der Schlagzeile »VERZWEIFLUNG BEI LONDONS BESCHÄFTIGUNGSLOSEN« meldete der »Standard« einen weiteren Anstieg der Arbeitslosenzahlen. Außer Diamonds hängenden Schultern deutete nicht viel auf die Verzweiflung auf der Kensington High Street hin. Junge Frauen mit bunten Plastiktüten voller Leckereien aus den Supermärkten standen am Straßenrand und versuchten Taxis zu bekommen. Männer mittleren Alters in Designertrainingsanzügen joggten Richtung Holland Park. Noch immer war das Al Gallo D'Oro, ein italienisches Restaurant auf der anderen Straßenseite, nach dem mittäglichen Andrang voll besetzt.

Seit nunmehr sieben Monaten lebten Diamond und seine Frau Stephanie eher schlecht als recht in einer Souterrainwohnung auf der Addison Road, einer Einbahnstraße, wo der Verkehrslärm ohne Doppelglasfenster und Ohrstöpsel beinahe unerträglich war. Das Haus war ein stuckverziertes, dreistöckiges Gebäude mit vermoderten Fensterrahmen, die unablässig bebten. Gegenüber war St. Barnabas, ein großer, rußfleckiger Klotz mit einem Türmchen auf jeder Ecke, der beim besten Willen nicht als schöne Kirche bezeichnet werden konnte, obwohl eine Reinigung der Fassade vielleicht einiges bewirkt hätte. Abgesehen von den Türmen von St. Barnabas konnten sie aus ihrem Fuchsbau lediglich die oberen Etagen hoher Mietshäuser sehen. Es war ein gewaltiger Unterschied zu dem Blick über das georgianische Bath, den sie bis vor einem Jahr genossen hatten.

Da er nicht untätig sein wollte, hatte Diamond Wände und Decken der Wohnung mit einer Dispersionsfarbe gestrichen, die auf der Farbtafel als Primelgelb bezeichnet wurde. Er hatte jede Schublade und jeden Schrank ausgeräumt, jede Türangel geölt, den Schornstein gefegt, alle Steckdosen kontrolliert, die Dichtungsringe an den Wasserhähnen ausgetauscht und alle Türen abgedichtet. Sein bewundernswerter Eifer hatte nur den Nachteil, daß er kein Heimwerker war, und so bekam er Öl und Farbe an die Schuhsohlen und trug sie durch die ganze Wohnung, die Wasserhähne tropften schlimmer denn je, die Türen klemmten, bei jedem Windstoß fiel Ruß ins Wohnzimmer, und die Katze hatte sich verstört in den Wäscheschrank geflüchtet.

Stephanie Diamond hätte es am liebsten der Katze gleichgetan. Sie arbeitete an zwei Vormittagen in der Woche in einem UNICEF-Laden und hatte ihre Arbeitszeit vor kurzem verdoppelt, nur um aus dem Haus zu sein. Um die Heimwerkermanie ihres Gatten zu dämpfen, brachte sie seit neuestem Puzzles mit nach Hause, die gestiftet worden waren, so daß Peter sich damit beschäftigen konnte, sie zusammenzusetzen, um festzustellen, ob Teile fehlten, bevor sie im Laden verkauft wurden. Die Idee war nicht so gut, wie sie zunächst schien. Eines Nachts wachte Stephanie gegen vier Uhr auf, weil sich etwas in ihren Rücken bohrte.

»Was um Himmels willen ...?« Sie schaltete die Nachttischlampe ein.

Diamond sah nach. »Na, wer sagt's denn! Das ist das Eckstück, das mir gefehlt hat.«

»Zum Donnerwetter, Pete.«

»Tasse Tee?«

Sie erinnerte sich an den Geschmack des Tees, seit er den Kessel entkalkt hatte. »Nein, schlaf weiter.«

»Weiß der Himmel, wie das ausgerechnet hier hingekommen ist.«

»Ach, vergiß es.«

Nach einer Pause sagte er: »Stephanie, bist du wach?«

Sie seufzte. »Jetzt ja.«

»Ich habe über das Kind nachgedacht.«

»Welches Kind?«

»Das japanische Mädchen, wegen dem ich rausgeflogen bin. Warum setzt jemand so ein Kind einfach aus? Es war gut angezogen. Sauber. In keinster Weise vernachlässigt.«

»Vielleicht ist sie von zu Hause weggelaufen.«

»Und dann irgendwie im siebten Stock von Harrods gelandet? Das kann ich mir nicht vorstellen.«

»Es nützt nichts, darüber nachzugrübeln«, sagte Stephanie. »Du hast nichts damit zu tun.«

»Stimmt.«

Er schwieg eine Weile.

Sie war fast eingeschlafen, als er sagte: »Es muß doch eine Möglichkeit geben, daß alle Teile an einem Ort bleiben.«

»Hä?«

»Die Puzzles. Ich hab mir gedacht, wenn ich im Laden mithelfen würde ...«

Sie setzte sich gerade auf. »Untersteh dich!«

»Ich wollte sagen, daß ich die Puzzles da machen könnte, und wenn dann Teile fehlen, wüßten wir wenigstens, daß sie irgendwo im Laden sein müssen.«

»Wenn du auch nur einen Fuß in diesen Laden setzt, Peter Diamond, verläßt du ihn auf einer Trage, wenn ich mit dir fertig bin.« Eine kühne Behauptung angesichts der Tatsache, daß sie ungefähr fünfzig Kilo wog und er hundertsechsundzwanzig, aber sie wußte, welche Verwüstungen er – in aller Unschuld wohlgemerkt – bei dem vielen Kram dort anrichten konnte. Schon als sie ihn heiratete, hatte sie gewußt, daß er zu Mißgeschicken neigte. Er war schlecht koordiniert. Manche dicken Menschen bewegen sich mit Anmut. Ihr Gatte tat das nicht. Er stieß Dinge um. Auf der Straße übersah er regelmäßig den Bordstein. Gefahrenquellen wie beispielsweise Hundehaufen schienen ihn magnetisch anzuziehen.

»Das ödet mich an, ich hab keine Lust mehr«, sagte er am nächsten Morgen beim Frühstück.

»Angeln?« fragte Stephanie.

Er zuckte die Achseln.

»Na schön, dann sag ich es. Du bist nicht *so* alt.«

»Offenbar zu alt, um zu arbeiten.«

»Peter, hör auf damit.«

»Du solltest sie mal beim Arbeitsamt Schlange stehen sehen. Jüngere Männer als mich. Manche von ihnen sind viel jünger. Kinder, frisch von der Schule.«

Sie häufte durchwachsenen Speck auf seinen Teller. »Es könnte schlimmer sein.«

»Du meinst, eines von diesen arbeitslosen Kindern könnte unseres sein.«

Sie sah weg, und er verfluchte sich selbst für seine Taktlosigkeit. In ihrer ersten Ehe mit einem Betriebsleiter hatte Steph drei Fehlgeburten gehabt. Nachdem sie Diamond geheiratet hatte, verlor sie noch ein Baby. Es hatte Komplikationen gegeben, die schließlich durch eine Hysterektomie gelöst wurden. In den frühen siebziger Jahren war man mit solchen Operationen rasch bei der Hand. Sie hatte ihre Gebärmutter verloren, aber nicht ihren mütterlichen Instinkt. Bevor er sie kennenlernte, war sie Gruppenleiterin bei den Jungpfadfinderinnen gewesen. Das machte sie jahrelang und mit mehr Engagement, als Baden-Powell sich je hätte träumen lassen. Immer war sie bereit, die Ersatzmutti für kleine Mädchen zu spielen, die von ihren Eltern vernachlässigt wurden. Die waren jetzt alle junge Erwachsene, und manchen von ihnen schrieb sie noch immer.

Er legte seine Hand auf ihre und sagte: »Tut mir leid wegen letzte Nacht, Schatz.«

Ihr Gesicht nahm einen verwunderten Ausdruck an. »Letzte Nacht?«

»Im Bett.«

Sie starrte ihn mit großen Augen an.

»Das Puzzleteilchen.«

»Ach!« Sie lachte. »Das hatte ich schon ganz vergessen. Ich dachte, du redest von was völlig anderem. Ich wußte jetzt gar nicht, was du meinst.«

Es war ein schöner Tag nach über einer Woche grauem Himmel und Regen, deshalb stellte er sich nicht wieder in die Schlange in der Bibliothek, sondern ging zu einem Kiosk, gönnte sich eine eigene Ausgabe des »Evening Standard« und nahm sie mit in den Holland Park, um die Stellenanzeigen zu studieren. Da nichts für ihn dabei war, legte er die Zeitung beiseite und sonnte sich eine Weile auf einer der Holzbänke mit Blick auf den See neben der Orangerie, beobachtete Leute, die ihre Hunde ausführten oder mit ihren Kinderwagen spazierengingen. Alle außer ihm hatten etwas dabei, irgendeinen sichtbaren Grund, warum sie im Park waren. Ein Modellflugzeug, einen Tennisschläger, eine Fotokamera, einen Stock mit Nagelspitze, um Abfall aufzuspießen.

Er stand entschlossen auf. Verdammt, er hatte keinen Grund, hier untätig herumzusitzen. Ihm war eine dringende Arbeit eingefallen. Über Nacht waren an der frischgestrichenen Küchendecke zwei Luftblasen entstanden. Stephanie hatte nichts gesagt, aber er war sicher, daß es ihr aufgefallen war. Er wollte versuchen, die Blasen mit Schmirgelpapier abzuschleifen.

Zu Hause angekommen, breitete er, um keine Unordnung zu machen, den »Standard« auf dem Küchenboden unter dem Teil der Decke aus, den er schmirgeln wollte. Dann stieg er auf einen Stuhl und betrachtete das Problem genauer. Es gab zwei Blasen, groß wie Marshmallows. Keine Frage, sie mußten entfernt werden. Er pikste mit dem Fingernagel in eine hinein. Die Farbe war getrocknet, also zog er versuchsweise daran. Sie war geschmeidig und elastisch, wie Plastik. Er zog fester, und plötzlich löste sich ein ziemlich großes Stück des Farbanstrichs von der Decke und klatschte ihm auf Kopf und Schultern wie ein Brautschleier.

Er fluchte, stieg vom Stuhl, machte sich sauber und untersuchte den Schaden. Jetzt war es mit einfachem Abschmirgeln nicht mehr getan. Die ganze Decke mußte abgekratzt und neu gestrichen werden. Noch schlimmer, sie mußte gereinigt werden, bevor er die Farbe auftrug. Selbst für einen Laien war offensichtlich, daß er vor dem Anstrich das Fett und den Schmutz vom jahrelangen Kochen hätte entfernen müssen. Die Dispersionsfarbe hatte nicht gehalten. Um rasche Ergebnisse zu erzielen, hatte er einen ganzen Topf Farbe verschwendet. In wenigen Stunden würde Stephanie zurückkommen und ihre Küche erneut im Belagerungszustand vorfinden.

Zu größeren Renovierungsarbeiten entschlossen, zog er den Rest der Farbe ab. Sie löste sich in großen Stücken, die sich wie Staubdecken auf die Küchengeräte, den Tisch und die Stühle legten. Nachdem das getan war, setzte er den Kessel auf. Er hatte sich eine Pause verdient, bevor er anfing, die Decke zu säubern.

Aber sie wurde weder gesäubert noch neu gestrichen. Etwas Dringendes kam dazwischen.

Als Stephanie nach Hause kam, war die Küche ein Katastrophengebiet, überall hingen Lappen aus getrockneter Dispersionsfarbe, die Decke war so unappetitlich wie an dem Tag, als sie hier eingezogen waren, Zeitungen und Schmirgelpapier lagen auf dem Boden herum, und eine halbleere Tasse mit kaltem Tee stand auf dem Tisch. Diamond war nicht da. Schließlich kam er gegen sieben nach Hause und entschuldigte sich überschwenglich.

»Aber ich hatte einen interessanten Nachmittag, Steph.«

»Das scheint mir auch so.«

Er erzählte die Geschichte mit der Farbe. »Als ich sie dann von der Decke hatte, hab ich mir einen Tee gemacht, weil ich so fertig war, und während ich den Tee trank, habe ich zufällig einen Teil vom ›Standard‹ aufgehoben, mit dem ich den Boden abgedeckt hatte, damit er nicht schmutzig wird, verstehst du?«

»Darauf wäre ich nicht gekommen.«

»Ich wollte mich ein bißchen ablenken, kurz was lesen und da ...«

»Du hast einen Job in der Zeitung gefunden? Oh, Peter!« Sie wandte sich zu ihm um und breitete die Arme aus.

»Einen Job? Nein.«

Ihre Arme sanken nach unten. »Was denn dann?«

»Das wollte ich ja gerade erzählen. Ich hab die Zeitung aufgehoben und das hier gesehen.« Er reichte ihr ein Stück aus der Zeitung.

Sie las:

»GEHEIMNISVOLLES MÄDCHEN
NOCH IMMER NICHT IDENTIFIZIERT

Das Mädchen, das vor fünf Wochen bei Harrods einen Bombenalarm auslöste, ist noch immer nicht identifiziert worden. Die Kleine, die auf zirka sieben Jahre geschätzt wird, ist nicht in der Lage oder nicht willens zu reden. Eine öffentliche Kampagne, um ihre Eltern zu finden, blieb bislang trotz intensiver Bemühungen in der japanischen Bevölkerungsgruppe ohne Erfolg. Das Kind befindet sich unterdessen in der Obhut des Jugendamtes Kensington & Chelsea. Eine Sprecherin sagte: ›Es ist uns unbegreiflich, warum sich bis jetzt niemand gemeldet hat, der sie kennt.‹«

»Armes Würmchen«, sagte Stephanie, stets bereit, ihre eigenen Sorgen zu vergessen, wenn es um Kinder ging. »Sie muß völlig verstört sein. Erst die Polizei und jetzt das Jugendamt. Wundert mich nicht, daß sie schweigt.«

»Dann hast du also nichts dagegen, wenn ich versuche, ihr zu helfen?« sagte Diamond.

Sie sah ihn mißtrauisch an. »Wenn doch, würde das was ändern?«

»Ich habe herausgefunden, wo sie ist.«

Stephanie runzelte die Stirn, starrte ihn an und blickte dann milder drein. »*Deshalb* hast du alles stehen- und liegenlassen und bist aus dem Haus? Um das kleine Mädchen zu besuchen? Peter, im Grunde deines Herzens bist du ein Softie.«

»Softie?« sagte er. »Du nennst einen Exbullen einen Softie?«

»Für Kinder hast du dir immer Zeit genommen«, beharrte sie. »Wer hat sich denn letztes Jahr als Weihnachtsmann anstellen lassen?«

»Das war Arbeit. Dieses verlassene Kind ist eine Herausforderung, Steph. Eine Gelegenheit, das zu tun, wovon ich was verstehe, anstatt auf einem Stuhl zu stehen und eine Decke zu schrubben – was ich natürlich noch machen werde, versprochen. Gib's zu, ich hab Erfahrung. Ich war ein verdammt guter Schnüffler.«

»Mit einem Herz aus Gold.«

Er drehte abwehrend die Augen gen Himmel – und starrte auf die Fettschlieren. »Jedenfalls war ich im Rathaus, und die wollten mir nichts sagen. Verständlich, ich hätte ja irgendein Perverser sein können. Also bin ich zur Polizei, hab ihnen gesagt, daß ich ein Exkollege bin, und bekam eine Adresse. Wo die Kleine vorläufig untergebracht ist. Als ich dahin kam, war sie natürlich schon verlegt worden. Um sie aufzuspüren, mußte ich regelrecht vorgehen wie Sherlock Holmes. Sie haben mir einen Kinderpsychiater genannt, der war zwar nicht sehr hilfreich, aber seine Sekretärin hatte Mitleid und gab mir die Adresse von einer Sonderschule in Earls Court.«

»Sonderschule?« fragte Stephanie skeptisch. »Du meinst für geistig behinderte Kinder?«

Er nickte.

»Ist sie geistig zurückgeblieben?«

»Das hat so deutlich keiner gesagt, aber da haben sie sie hingeschickt.«

»Sie denken wahrscheinlich, daß sie das ist. Wie ist die Schule?«

»Die Kinder wohnen dort. Heute nachmittag hab ich es nicht mehr geschafft, dorthin zu kommen, aber morgen werde ich es versuchen. Anscheinend haben sie noch nicht ganz aufgegeben. Eine japanische Lehrerin kommt zur Schule und versucht, sie zum Reden zu bringen. Bislang ohne Erfolg.«

Stephanie blickte finster. »Wenn alle anderen gescheitert sind, was willst du dann machen? Du kannst kein Japanisch.«

»Das will ich auch nicht versuchen. Könnte ja sein, daß sich alle viel zu sehr auf das Sprachproblem konzentrieren. Ich möchte eine andere Methode probieren.«

»Zum Beispiel?«

Er wollte sich nicht festlegen. »Zuerst muß ich das Vertrauen des Kindes gewinnen. Ich habe die Zeit dafür, Steph. Zum ersten Mal im Leben sitzt mir niemand im Nacken.«

»Nun ja«, sagte Stephanie und ließ ihren Blick nach oben wandern.

»Sag nichts. Ich schrubbe diese verdammte Decke noch heute abend.«

Kapitel sechs

Eine nützliche Lektion, die Diamond bei der Polizei gelernt hatte, war die, daß jeder mit einem einigermaßen autoritären Auftreten überall eingelassen wird, mit Ausnahme vielleicht von Downing Street 10. Das Kinderheim war ein freistehendes viktorianisches Haus gleich hinter dem Ausstellungsgebäude Earls Court. Die Holzfensterrahmen mußten erneuert werden, und an manchen Stellen, wo der Verputz brüchig geworden war, schien das Mauerwerk durch. Die Kommune hatte Wichtigeres zu tun.

Er klingelte, und eine Frau mit Schürze kam an die Tür. Während er den Vierziger-Jahre-Filzhut lüftete, den er noch immer als seine persönliche Hommage an die großen Detectives vergangener Zeiten trug, sagte er: »Morgen, Madam. Sie sind bestimmt Mrs. …?«

»Straw.«

»Mrs. Straw, Mrs. Straw …«, sagte er nachdenklich, als überlege er, ob sie die erforderlichen Qualitäten für einen lebenslangen Urlaub in der Karibik mitbrachte.

Sie wartete, fasziniert.

Er sagte: »Sie sind aber nicht die Leiterin dieser Schule?«

»Nein«, sagte sie und befingerte ihre Schürze. »Ich bin die Generalhilfe.«

»General! General Hilfe.« Er tat, als wollte er salutieren.

Sie lächelte nicht. »Sie wollen zu Miss Musgrave.«

»Miss Musgrave. Ja natürlich!« Er machte einen Schritt nach vorn, so daß sie zur Seite treten mußte. »General Hilfe, Peter Diamond wünscht, Miss Musgrave zu sprechen.«

Sie schaffte es, »Sie sind angemeldet« zu sagen. Falls sie das als Frage gemeint hatte, was wahrscheinlich war, so wurde ihr Bemühen durch ein breites, entwaffnendes Grinsen von Diamond zunichte gemacht. Die Folge war, daß sich Mrs. Straws Tonfall am Ende des Satzes senkte, so daß ihre Äußerung zur Feststellung wurde. Sie fügte hinzu: »Miss Musgrave ist sehr beschäftigt.«

»Als ob ich das nicht wüßte!« sagte Diamond.

»Sie kennen Miss Musgrave?« sagte sie erleichtert.

Er zuckte mit den Schultern wie ein Italiener, so daß es alles oder nichts bedeuten konnte. »Sie wird mich empfangen, denke ich.« Er war jetzt im Flur, und Mrs. Straw schloß die Tür. Aus den Tiefen des Hauses drang Kindergeschrei. »Sie gibt doch nicht gerade Unterricht, oder?«

»Bitte warten Sie, ich sage ihr, daß Sie hier sind.«

In diesem Augenblick lugte ein Gesicht aus einer Tür auf halber Höhe des Flures. Diamond rief laut: »Da sind Sie ja, Miss Musgrave.«

Das war nicht einfach so ins Blaue hinein gesagt. Das Gesicht musterte ihn mit dem Ausdruck eines befehlsgewohnten Menschen.

»Peter Diamond«, sagte er zu ihr und ging mit ausgestreckter Hand auf sie zu. Ein Mann seines Umfanges in Bewegung ist nicht leicht aufzuhalten. »Mrs. Straw hat mir gerade gesagt, wie beschäftigt Sie sind, aber vielleicht haben Sie ja doch eine Minute Zeit für mich. Ich will Ihnen nichts verkaufen.«

Miss Musgrave mochte etwas über dreißig sein, war groß und schlank, und ihr blondes Haar war zu einem kleinen Pferdeschwanz nach hinten gekämmt und mit einer schwarzen

Schleife zusammengebunden. Sie ergriff die ausgestreckte Hand nicht sofort. Sie fragte: »Worum geht es denn?«

Er strahlte. »Es geht um eines der Kinder, das japanische Mädchen. Vielleicht könnte ich behilflich sein.«

»Kommen Sie herein.« Ihr Büro diente offensichtlich auch als Unterrichtsraum. Diamond sah drei Kinderstühle und Tische. Ihren eigenen Schreibtisch zierte eine Reihe von bemalten Masken aus Eierkartons. Der Boden war mit Farbflecken übersät. Eine Menagerie aus Stofftieren saß auf dem Aktenschrank. Kinderbilder, die die ganze Skala von begabt bis unbeholfen abdeckten, waren an die Wände geklebt. Diamond gefiel es. Da ein zusätzlicher Stuhl in Erwachsenenformat fehlte, ließ er sich auf einer Holztruhe mit flachem Deckel nieder, der, so hoffte er, sein Gewicht aushalten würde.

Miss Musgrave fragte, ob er einen Kaffee wollte. Sie hatte eine volle Tasse auf ihrem Schreibtisch stehen.

»Nein, danke. Ich möchte Ihnen wirklich keine Mühe machen.« An diesem Punkt hielt er es für ratsam, sich ihrer Gnade auszuliefern. »Ich war früher Detective Superintendent bei der Polizei. Früher. Ich muß darauf hinweisen, daß ich als Privatmann hier bin.« Er erklärte, wie er seinen Arbeitsplatz bei Harrods verloren hatte. »Ich habe das kleine Mädchen in jener Nacht gesehen, und ich bin entsetzt, daß ihre Familie nach – wie lang ist das jetzt her? – sechs Wochen noch immer nicht gefunden worden ist.«

»Ich bin sicher, daß die Polizei alles tut, was in ihrer Macht steht«, sagte Miss Musgrave.

»Keine Frage.«

»In der Zwischenzeit kümmern wir uns hier so gut um sie, wie wir nur können. Sie braucht besondere Zuwendung. Das ist mein Fachgebiet, Mr. Diamond.« Sie klang abwehrend, aber völlig souverän. Der argwöhnische Blick, mit dem sie Diamond betrachtete, verriet, daß sie die Dampfwalzentaktik, mit der er sich Einlaß verschafft hatte, nicht sonderlich schätzte.

»Ich kann mir vorstellen, daß es nicht leicht ist, wenn ein Kind so gar nicht spricht«, probierte er.

»Wir haben es hier mit einer Vielzahl unterschiedlicher Probleme zu tun.«

»Mit beschränkten Mitteln, wie ich annehme.«

»Mr. Diamond, falls Sie damit andeuten wollen, daß Naomi nicht die Aufmerksamkeit erhält, die ihre schwierige Lage verlangt, so irren Sie sich. Sie ist intensiven Tests und Befragungen unterzogen worden.«

»Naomi – Sie kennen ihren Namen?«

Miss Musgrave schüttelte den Kopf. »Wir müssen sie ja irgendwie nennen. Jemand vom Personal der japanischen Botschaft hat diesen Namen vorgeschlagen, weil er sowohl in Japan als auch bei uns bekannt ist.«

»Naomi ist ein japanischer Name? Ich dachte, er kommt schon im Alten Testament vor.«

Hosianna! Seine Kindertage als Chorknabe zahlten sich aus. Miss Musgraves Ausdruck wurde milder. Ein Mann, der sich in der Bibel auskannte, konnte nicht gänzlich schlecht sein. »Warum genau sind Sie hier, Mr. Diamond?«

»Um dem Mädchen zu helfen, seine Familie zu finden.«

»Ach so – und wie wollen Sie das machen, wo doch alle anderen bis jetzt daran gescheitert sind?«

»Indem ich mich hier als Sherlock Holmes betätige, aber kostenlos.«

»Gut und schön, aber ich weiß nicht, was die Polizei davon halten wird.«

»Die Polizei steckt bis zum Hals in der Scheiße, wie Sherlock zu Dr. Watson zu sagen pflegte.«

Sie legte die Hand an den Mund, möglicherweise, so vermutete Diamond, um eine schwaches Lächeln zu verbergen.

Er deutete auf die Tasse auf ihrem Schreibtisch. »Ihr Kaffee wird kalt.«

Sie ließ die Hand sinken, und jetzt lächelte sie eindeutig. »Das ist Fleischbrühe. War das jetzt ein Beispiel ihrer kriminalistischen Fähigkeiten?«

Er machte mit den Fingern eine Pistole nach und hielt sie sich an die Schläfe.

Miss Musgrave, wieder ernst, sagte: »Naomi kann keine Fragen beantworten, daher kann ich mir nicht vorstellen, inwieweit Sie ihr von Nutzen sein könnten.«

»Ich kann gut beobachten.«

»Und Schlüsse ziehen?« Ihre Augen blickten spöttisch.

»Sie müssen doch zugeben, daß das Kind Hilfe braucht.«

An diesem Punkt war Miss Musgrave zu packen. Sie nahm einen tiefen Schluck von der Fleischbrühe. »Wenn es Ihnen ernst ist, kommen Sie heute nachmittag um zwei Uhr wieder. Ich habe dann die Autistenklasse. Hier in diesem Zimmer. Sie können sich ja mal ansehen, wie das so abläuft. Und vielleicht wird Ihnen dann klar, wie schwierig das alles ist.«

Man hatte Diamond einen Stuhl für einen Erwachsenen gleich neben die Tür gestellt. Für einen Mann seines Körperumfangs war es unmöglich, in einem so kleinen Büro nicht aufzufallen, aber Miss Musgrave störte es nicht, und die Kinder warfen ihm kaum mal einen flüchtigen Blick zu. Hereingeführt wurden sie von Mrs. Straw und einer anderen Frau, die sehr froh schien, sie für eine Weile loszuwerden.

Ein Junge schrie unaufhörlich, weniger gequält als vor Wut. Als er den Raum betrat, riß er sich von Mrs. Straw los, lief zu einem Bücherregal, fegte sämtliche Bücher vom unteren Regalbrett und quetschte sich in den schmalen Raum darunter, wo er weiterschrie.

»Das ist Clive«, erklärte Miss Musgrave über den Lärm hinweg. Sie machte keinerlei Anstalten, die Bücher zurückzustellen oder Clive zu beruhigen. »Und das ist Rajinder.«

Rajinder bewegte sich ruckhaft, mit hüpfenden Schritten, beide Arme angewinkelt und die Handgelenke abgeknickt. Er ging zu einem der Kinderstühle, setzte sich und fing an zu schaukeln, wie es schien, im Rhythmus von Clives Schreien.

»Kommt rein, ihr beiden«, forderte die zweite Lehrerin die übrigen Kinder auf, die den Raum anscheinend nicht betreten wollten, verständlicherweise. »Tabitha, Naomi, wir können nicht den ganzen Tag auf euch warten.« Sie legte die Hand um den Hinterkopf eines Kindes und zog es sachte herein, ein blasses, besorgt dreinblickendes Mädchen von ungefähr sieben Jahren, mit feinem blondem Haar, vermutlich Tabitha. Sie trug eine dicke Plastikbrille, die mit einem Band befestigt war, wie bei einer Sportbrille. Kaum hatte sie einen Schritt ins Zimmer getan, als Miss Musgrave auch schon zu der anderen

Lehrerin sagte: »Sie muß gewickelt werden, wären Sie so lieb?«

Tabitha wurde zurückgerufen und Naomi ins Zimmer geschoben. Diamond hatte das Kind in jener Nacht bei Harrods kurz gesehen, und er erinnerte sich, wie unbeteiligt sie dreingeblickt hatte, umringt von der Polizei. Heute morgen hatte sie den gleichen geistesabwesenden Gesichtsausdruck, als ob ihre Augen niemanden wahrnähmen. Auf irgendeiner Ebene mußte ihr Verstand aber doch funktionieren, denn sie bewegte sich normal, ging schnurstracks zu einem Stuhl und setzte sich, ruhig, ungestört von Clives Schreien oder Rajinders Schaukeln oder von der Anwesenheit der Erwachsenen. Jemand hatte ihr ein weißes Band im Haar befestigt, und sie trug ein rotes Kordsamtkleid, eine schwarze Strumpfhose und Turnschuhe.

»Sie bleibt da so lange sitzen, wie ich sie lasse«, sagte Miss Musgrave. »Zu den anderen kann ich durchdringen. Äußerlich wirken sie gestörter als Naomi, aber sie ist unerreichbar, und das liegt nicht nur am Sprachproblem. Es muß eine Form von Autismus sein.«

Diamond hatte Fernsehsendungen über autistische Kinder gesehen, die körperlich normal wirkten, aber unwiderruflich in ihrer eigenen Welt eingeschlossen waren. Sie legten verschiedene Verhaltensformen an den Tag; sie bekamen etwa Schreikrämpfe, verzogen das Gesicht, vermieden jeglichen Kontakt zu anderen Menschen und zeigten unangemessene emotionale Reaktionen wie Gelächter, wenn jemand sich weh getan hatte. In seltenen Fällen vollbrachten sie sonderbare Gedächtnisleistungen; so konnten sie beispielsweise Musik nachspielen, die sie erst ein einziges Mal gehört hatten, oder komplizierte Zeichnungen von Orten und Gebäuden anfertigen, die sie nur kurz gesehen hatten. Soweit er sich erinnerte, herrschte Uneinigkeit über die Behandlungsmethoden bei Autismus. Er hatte erschütternde Filme gesehen, in denen Mütter ihre Widerstand leistenden Kinder gewaltsam umarmten, bis diese aufhörten, sich zu wehren, was Stunden dauern konnte. In manchen Fällen waren die Ergebnisse ermutigend gewesen.

Miss Musgrave schloß die Tür und brachte dem heulenden Clive einen Stift und Papier. Zu Diamonds Verblüffung nahm der Junge die Sachen, wurde still und fing an zu schreiben oder zeichnen, nach wie vor in der zusammengekauerten Position unter dem Regal. Auch Rajinder konnte überredet werden, ein Blatt zu nehmen und ihm seine Aufmerksamkeit zu widmen, obwohl ihm geduldig erklärt werden mußte, was er machen sollte.

»Und jetzt sehen Sie mal, wie Naomi reagiert.« Miss Musgrave hielt ihr einen Stift hin. Naomi starrte geradeaus und rührte sich nicht. Sachte nahm Miss Musgrave die rechte Hand des Mädchens und schloß die kleinen Finger um den Stift.

Diamond sagte: »Entschuldigen Sie meine Frage, aber halten Japaner Stifte so?« Er nahm einen Kugelschreiber aus seiner Tasche und zeigte, was er meinte. »Ich dachte, sie halten sie ganz gerade, so.«

Miss Musgraves erste Reaktion war ein unterkühlter Blick. Doch dann akzeptierte sie den Einwand.

Die Kleine ließ es zu, daß man ihre Fingerhaltung änderte. Sie bekam ein weißes Blatt Papier vor sich auf den Tisch gelegt. Miss Musgrave stand hinter Naomi und führte den Stift, so daß eine Linie auf dem Blatt entstand. »Und jetzt, Naomi, beweis mir, daß ich mich irre, und male ein Bild.« Aber Naomis Augen waren nicht auf das Blatt gerichtet, und sobald Miss Musgrave zurücktrat, blieb die Hand ruhig liegen.

»Ich hatte schon stumme Kinder im Unterricht«, sagte Miss Musgrave, »und normalerweise kann man sie dazu bringen, mit dem Bleistift zu arbeiten.«

»Ist sie stumm?«

»Jedenfalls still. Nicht taub. Sie gibt leise Geräusche von sich, wenn sie irgendwie überrascht wird.«

»Das ist doch schon was.«

»Manche Autisten lernen nie sprechen.«

Rajinder schien das als Herausforderung zu betrachten und fing an, immer wieder »Miss« zu sagen, bis Miss Musgrave seine Zeichnung begutachtete, ihn lobte und ihm ein neues Blatt gab. Vom Bücherregal her kam ein neues Geräusch. Clive hatte die Lust am Zeichnen verloren, ein Spielzeugauto aus der Tasche geholt und drehte nun dessen Räder mit dem Finger. Er ließ die Räder nicht aus den Augen.

»Wenn man ihn läßt, macht er das den Rest der Stunde. Es wird obsessiv«, sagte Miss Musgrave. »Er entspricht wirklich dem Stereotyp eines autistischen Kindes.«

»Was heißt das?«

»Er meidet die Gesellschaft anderer. Stellt keinen Blickkontakt her. Will nicht umarmt werden. Bekommt Anfälle, wenn er das Gefühl hat, jemand kommt ihm zu nahe.«

»Ist Naomi auch so?«

»Sie ist eher der reservierte Typ. Ihr Stummsein ist symptomatisch.«

»Haben Sie schon versucht, sie zu umarmen?«

»Sie reagiert gleichgültig. Passiv. Das ist ein weiteres abnormes Verhalten bei diesen Kindern.«

»Sind Rajinder und Tabitha auch Autisten?«

»Ja.«

»Kann Clive sprechen?«

Sie nickte. »Aber meistens wiederholt er immer nur dieselben Wörter.«

»Macht er irgendwelche Fortschritte?«

»Ein wenig. Hören Sie«, sagte sie, »wenn Sie versuchen möchten, zu Naomi durchzudringen, bitte sehr.«

Das Angebot war verführerisch, aber er war klug genug, es nicht anzunehmen. Bei der ersten Begegnung erschreckte ein Mann mit seiner Statur jedes Kind, wenn er ihm zu nahe kam. »Im Augenblick«, erklärte er unverblümt, »würde ich lieber zu Ihnen durchdringen. Das ist mein Schlachtplan für heute.«

Sie erstarrte. »Was meinen Sie damit?«

»Ich möchte Sie davon überzeugen, daß ich Sie nicht stören werde. Ich möchte wiederkommen. Immer wieder. Ich könnte hier sitzen und zuschauen, oder ich könnte mich nützlich machen, aber ich möchte hier sein. Ich bilde mir nicht ein, daß ich bei Naomi Wunder bewirken kann. Mir ist klar, daß es lange dauern wird, bis sie mir vielleicht irgendwelche Hinweise gibt. Was würden Sie davon halten, wenn ich regelmäßig herkäme?«

Sie antwortete nicht sofort. Sie ging zu Clive hinüber, der wieder anfing zu schreien, als sie näher kam. Einen Moment lang kämpfte sie mit ihm um das Spielzeugauto. Dabei biß er sie in die Hand, und sie schrie vor Schmerz auf. »Wenn ich das nicht mache«, erklärte sie Diamond, »ist die ganze Stunde vergeudet. Läßt du jetzt wohl los?« Sie entriß Clive das Auto, und er stieß einen durchdringenden Schrei aus. »Du bekommst es gleich zurück. Aber mach mir zuerst eine Zeichnung von dem Auto. Eine Zeichnung.« Das Kind wurde langsam wieder ruhiger und nahm den Stift.

Als Miss Musgrave zu Diamond zurückkam, rieb sie sich die Hand. »Würden Sie mir ein wenig über sich erzählen, bevor ich mich zu Ihrem Vorschlag äußere?«

»Was möchten Sie wissen?«

»Also. Warum sind Sie nicht mehr bei der Polizei?«

Er zögerte. »Ich habe den Dienst quittiert. Ich bin dem Assistant Chief Constable gegenüber ausfallend geworden.«

»Warum?«

»Wegen eines zwölfjährigen Jungen. Man hatte mich beschuldigt, ihn mit dem Kopf gegen eine Wand geschlagen zu haben.«

Sie starrte ihn an. Dann meinte sie: »Wenigstens sind Sie ehrlich.«

»Okay«, fügte er hinzu. »Ich bin wohl kaum die geeignete Person hierfür. Vergessen Sie's.« Er nahm seinen Hut.

»Setzen Sie sich, Mr. Diamond«, erwiderte sie mit Bestimmtheit. »Haben Sie es getan?«

»Was getan?«

»Den Jungen geschlagen?«

»Nein, aber das spielt jetzt keine Rolle mehr. Er wollte mich angreifen, und ich habe ihn zur Seite geschubst. Er ist mit dem Kopf gegen die Wand gestoßen. Man hat mir nicht geglaubt, und ich habe ein paar Dinge gesagt, die mir heute noch leid tun.«

»Haben Sie selbst Kinder?«

Er schüttelte den Kopf.

»Sind Sie verheiratet?«

»Ja.«

»Aber sie mögen sie.«

»Kinder?« Er nickte.

Sie streckte ihm die Hand hin. »Ich heiße Julia.«

Kapitel sieben

»Und wie ist das passiert?«

David Flexner starrte auf zwei rußgeschwärzte Pfeiler, die rund drei Meter aus dem Schutthaufen herausragten, der einmal das Mailänder Werk von Manflex Italien gewesen war. Die ungeheure Hitze hatte die Pfeiler zu kargen, Dalí-artigen Bildern in der Trümmerlandschaft schmelzen lassen. Dieser Anblick und ein wunderbarer, wolkenloser Himmel. Was für ein Hintergrund für einen Film, dachte er unwillkürlich.

Er war von Rico Villa, dem Niederlassungsleiter, hergefahren worden, dessen Anzug von Zegna und Schuhe von D'Anzini nicht gerade die geeignete Bekleidung für einen Spaziergang auf diesem Trümmerfeld waren. Rico kleidete sich immer wie ein Topmanager, aber David, wie gewöhnlich in Freizeitkleidung – Jeans, schwarzes T-Shirt und blaßrote Laufschuhe –, betrachtete ihn als eine verwandte Seele, als einen der wenigen auf der Gehaltsliste seines Vaters, mit dem er tatsächlich gern mal ein Glas trank.

»Irgendein Fehler in der Elektrik, nehme ich an«, antwortete Rico. »Dadurch entstehen doch die meisten Brände, nicht?«

»Oder eine brennende Zigarette?«

»Hier darf nicht geraucht werden.«

Ricos Verwendung der Gegenwartsform in dieser ausgebrannten Ruine amüsierte David. Er mußte sich abwenden, damit Rico es nicht merkte. »Richtige Raucher finden überall ein Plätzchen.«

»Stimmt, aber die Samstagsschicht hatte schon Feierabend, als das Feuer ausbrach. Es war niemand mehr im Werk, außer den beiden Wachmännern.«

»Es kann eine Weile dauern, bis ein Feuer sich richtig ausbreitet«, belehrte David ihn und fügte dann taktvoller hinzu: »Aber ich nehme an, die Feuerwehr wird einen Bericht anfertigen.«

»Die Feuerwehr und die Spezialisten von der Versicherung«, sagte Rico. »Die Burschen von der Prima Roma Versicherung waren gleich am nächsten Tag hier.«

»Schon irgendwelche Theorien?«

»Bislang hüllen sich alle in Schweigen.«

»Was ist mit Brandstiftung? Vielleicht jemand, der was gegen das Unternehmen hatte?«

»Brandstiftung?«

»Ist im Lauf der letzten sechs Monate jemand entlassen worden?«

Rico war schockiert. Er preßte die Hand auf den Mund, als wäre er nicht bereit, die Möglichkeit in Erwägung zu ziehen. »Zirka fünf oder sechs wegen Blaumachen und kleineren Diebstählen. Die Personalakten sind wie alles andere in Rauch aufgegangen. Die Adressen der Leute sind verloren.«

»War denn der Computer nicht mit unserem Büro in Rom verbunden?«

»Manche Dateien, ja. Aber nicht die von der Personalabteilung. Das verstößt gegen das Datenschutzgesetz.«

»Dann müssen wir eben auf das Gedächtnis zurückgreifen. Wie gut ist deins, Rico?«

Rico machte eine abwehrende Handbewegung.

»Fragen wir die Mitarbeiter der Personalabteilung. Die sollen eine Liste der Leute zusammenstellen, von denen sie noch wissen, daß sie entlassen wurden, oder die einen anderen Grund hätten, das Unternehmen zu hassen.«

»Ich kümmere mich drum.«

»Gut.« David blickte über das verwüstete Gelände. »Das muß ein Wahnsinnsfeuer gewesen sein. Wo war denn dein Büro in dem Trümmerhaufen da?«

»Ziemlich rechts, etwa sechzig Meter von hier«, antwortete Rico niedergeschlagen. »Es ist nichts mehr davon zu sehen.«

»Hast du irgendwas Persönliches verloren?«

Er zuckte die Achseln. »Meine Zeugnisse. Ich hatte sie gerahmt an der Wand. Die Mitgliedschaft im Pharmazeutischen Institut und so weiter. Die kann man ersetzen. Und ein paar Familienfotos. Die nicht.«

»Was hast du jetzt vor? Willst du nach Rom?«

»Eigentlich nicht. Ich bin dreiundfünfzig und hier zu Hause. Mein Vater lebt in einem Altersheim. Meine Kinder gehen hier zur Schule. Ich werde mir wohl die Abfindungsregelungen genau durchlesen.«

»Mensch, Rico, wir können es uns nicht leisten, dich zu verlieren«, hörte David sich sagen, und es klang ganz natürlich, nur daß er selbst erstaunt war, wie bereitwillig er die Rolle des Sprechers für Manflex angenommen hatte. Bis zu diesem Augenblick hatte er sich noch nie wirklich mit dem Unternehmen identifiziert. An Vorstandssitzungen hatte er nur aus Loyalität seinem Vater gegenüber teilgenommen. »Wir finden schon einen Weg, die Familie zusammenzuhalten. Vorläufig brauchen wir dich hier in Mailand, soviel ist klar. Wir brauchen ein provisorisches Büro. Kannst du dich darum kümmern?«

»Michael, ich sterbe.«

Michael Leapman fuhr herum und starrte Manny Flexner an. Nichts in dessen Gesicht deutete darauf hin, daß er sich einen Scherz erlaubte, aber das mußte nicht viel heißen. Manny konnte todernst dreinblicken, wenn er seine unglücklichen Opfer an der Nase herumführte. Um seinen Spaß zu haben, konnte er schamlos lügen. Und Leapman konnte Mannys Sinn für Humor manchmal nur schwer nachempfinden.

Auf Mannys Vorschlag hin spazierten sie gerade über den Markt auf der Essex Street an der Lower East Side, nachdem sie bei Ratner's zum Lunch Blintzes, eine jüdische Spezialität, gegessen und Bier getrunken hatten. Hier pulsierte das Leben, und überall duftete es intensiv nach frischgebackenem Brot und Käse. Kaum der richtige Ort für eine solch schauerliche Eröffnung, aber man konnte nie wissen, was Manny im Schilde führte.

»Hab ich richtig gehört?«

»Wie soll ich das wissen?«

»Ich meine, du hast gesagt, daß du stirbst.«

»Korrekt.«

»Ist das dein Ernst?«

Manny nickte feierlich. »Ich war heute morgen bei meinem Arzt. Vor einiger Zeit hat er ein paar Tests gemacht. Jetzt hat er die Ergebnisse vorliegen. Es ist inoperabel. Ich habe vielleicht noch sechs Monate, vielleicht neun.«

Leapman starrte ihn an. Noch immer kein Hinweis darauf, daß er es mit einer besonders schwarzen Form von Humor zu tun hatte. »Aber das ist doch nicht möglich.«

»Genau das habe ich zu dem Doc gesagt. Ich kann noch alles. Ich kann noch Zeitung lesen, ein gutes Essen genießen, mit einer Frau ins Bett gehen, wenn ich will, und sie nicht enttäuschen. Ich bin nicht gerade der Größte auf dem Gebiet, aber was ich habe, ist funktionstüchtig. Er hat gesagt, schön, andere haben da nicht soviel Glück. Sie siechen dahin und sabbern. Ich zumindest würde stilvoll aus dem Leben scheiden. Ich habe gesagt, daß ich ihm nicht glaube. Er hat gefragt, ob ich wetten wollte. Ich hab gesagt, okay, Doc, fünfzig Dollar darauf, daß ich zu Thanksgiving noch lebe. Ich hab gedacht, die Wette kann ich nicht verlieren, aber dann hat er vorgeschlagen, daß wir das Geld in einen Umschlag stecken und es bei ihm am Empfang deponieren, weil er meine Testamentsvollstrecker nicht bemühen wollte. Und da habe ich es kapiert, Michael. Meine Testamentsvollstrecker. Er meinte es ernst.« Manny atmete tief aus. »Ich bin die Wette doch nicht eingegangen.«

»Du solltest eine zweite Meinung einholen«, sagte Leapman, in dem ehrlichen Versuch, etwas Hilfreiches zu sagen, während er überlegte, was diese bittere Neuigkeit für seine eigenen Pläne bedeuten konnte. Er glaubte die Geschichte.

»Mehr Tests und mehr schlechte Nachrichten.« Manny ächzte bei der Vorstellung. »Nein danke. Lieber verbringe ich meine letzten Tage auf Erden einträglicher und überfalle Banken, solange ich noch die Kraft dazu habe.« Er wandte sich einer Frau hinter einem Obst- und Gemüsestand zu. Sie mußte den letzten Satz gehört haben, denn sie starrte ihn mit großen Augen an. »Achten Sie nicht auf mich. Ich stehe unter Schock. Wie teuer sind die Ananas, Ma'am?« Er nahm eine und prüfte, wie weich sie war. »Kaufst du hin und wieder schon mal Ananas, Michael? Die können äußerlich prima aussehen, wie ich, und wenn man sie aufschneidet, sind sie innen verfault. Das geht nicht gegen Sie«, sagte er zu der Frau. »Ich nehme die hier.«

Sie erreichten das Ende des Marktes und gingen die Delancey Street hinunter. »Aber für Manflex hat das Ganze auch etwas Gutes«, bemerkte Manny altruistisch. »Wir können einen Wechsel an der Spitze gebrauchen.«

Leapmans Haut prickelte.

Manny sprach ruhig weiter. »Meine Anteile gehen an Davey. Damit hält er die Mehrheitsbeteiligung, und er wird seine Sache gut machen.«

»Als Vorstandsvorsitzender, meinst du? David?« Leapman versuchte, möglichst gleichgültig zu klingen, aber der Schock war nicht zu überhören.

»Shakespeare hat mal irgendwas in der Richtung gesagt wie: Manche werden als Manager geboren, manche arbeiten sich an die Spitze vor, und manchen, wie meinem Sohn, wird die Verantwortung aufgebürdet.«

»Der Markt wird das nicht begrüßen«, sagte Leapman, unbeeindruckt von Shakespeare.

»Daß David die Führung übernimmt, meinst du?«

»Daß du gehst.« Eine Antwort, die eher taktvoll als ehrlich war.

»Hab ich eine andere Wahl?«

Pause. »Gut gesagt.«

»Er wird deine Unterstützung brauchen«, sagte Manny.

»Er kann sich auf mich verlassen.«

»Und dein Know-how. Du verstehst was vom Geschäft. Er nicht.«

»Natürlich werde ich ihm helfen, so gut ich kann.« Michael Leapman hatte auf Autopilot geschaltet. Die Nachricht von Mannys Krankheit war schlimm genug. Die Vorstellung, daß sein Sohn den Vorstandsvorsitz übernahm, übertraf alles.

Manny legte die Ananas in die linke Hand und legte die rechte auf Leapmans Schulter. »Danke, Mike. Du brauchst mir nicht zu sagen, daß die Geier kreisen werden, aber ich vertraue dem Jungen. Es gefällt mir, wie er sich entwickelt. Tatsächlich habe ich gestern abend Rico angerufen. Davey leistet großartige Arbeit in Mailand, und es ist nicht leicht, eine Niederlassung zu schließen.«

Diese Fähigkeit würde vielleicht auch bald zu Hause gebraucht werden, dachte Leapman zynisch. »Hast du es ihm gesagt?«

»Was gesagt?«

»Die schreckliche Neuigkeit, die dein Arzt dir mitgeteilt hat.«

»Noch nicht. Am Telefon ist das nicht einfach.«

»Dann willst du also noch warten?«

»Vorläufig braucht Davey nichts zu erfahren. Vielleicht nie.«

Stirnrunzelnd sagte Leapman: »Aber du hast es mir erzählt. Du bist es ihm schuldig. Er braucht Zeit, um sich damit abzufinden.«

»Hast du gerade nicht richtig zugehört?« sagte Manny. »Daß ihm die Verantwortung aufgebürdet wird? Es ist besser, wenn er keine Zeit hat, darüber nachzudenken. Wie ich Davey kenne, würde er sich nach einer Hintertür umsehen.«

Leapman beharrte nicht auf seiner Meinung. Aus Sicht des Unternehmens hatte Manny vielleicht recht. Wieso sollte er sich dafür einsetzen, daß auf Davids Gefühle Rücksicht genommen wurde, wenn seine eigenen soeben mit Füßen getreten worden waren?

Und nun ließ sich der alte Trottel über die Aussichten des Konzerns aus, ohne die offensichtliche Tatsache in Erwägung zu ziehen, daß Manflex einer Übernahme wenig entgegenzusetzen hätte. »Wir sind tiefer abgerutscht, als mir lieb ist, aber derzeit stehen wir nicht schlecht da. Unser Kapitalfluß ist noch immer gut.«

»Hauptsächlich durch Kaprofix.«

»Was stört dich an Kaprofix. Das Mittel hat Millionen Menschen geholfen.«

»Nichts – nur daß die Einnahmen daraus rückläufig sind.«

»Seit ich die Entwicklungskosten gesenkt habe, ist unsere Gewinnspanne um 2,6 Punkte gestiegen. Du tust so, als hätten wir bloß Kaprofix. Wir haben ein großes Sortiment an Produkten, die sich gut verkaufen. Im letzten Jahr belief sich der Überschuß aus dem Pensionsfonds auf über zehn Millionen. Klar, wir könnten ein neues Mittel, das ein echter Verkaufsrenner wird, gut gebrauchen ...«

»Bald.«

»Was?«

»Bald, wir könnten eines gut gebrauchen, und zwar bald.«

»Dagegen habe ich nichts einzuwenden.«

Leapman ließ das nicht so einfach stehen. »Wir haben die Betablocker verschlafen, Salbutamol gegen Asthma, L-Dopa gegen die Parkinsonsche Krankheit, H2-Antagonisten ...«

»Okay, okay«, sagte Manny gereizt. »Ich hab's kapiert. Wir haben zuviel auf die Karte Fidoxin gesetzt. Das war der größte Fehlschlag meiner Karriere. Andererseits haben wir eine saubere Weste. Niemand hat uns je verklagt. Ich kann meinem Schöpfer in dem Bewußtsein gegenübertreten, daß ich nie jemandem durch meine Nachlässigkeit Schaden zugefügt habe.«

»Mal abgesehen von Umweltschäden«, konnte Leapman sich nicht verkneifen zu sagen.

»Was meinst du damit?«

»Wir haben schließlich Strafe zahlen müssen, weil wir Flüsse in Frankreich und Italien verschmutzt haben.«

»Leck mich doch, Michael.«

Sie gingen eine Weile schweigend nebeneinander, und beide empfanden sie die Angespanntheit der veränderten Situation.

»Wirst du dem Vorstand etwas sagen, während Davey fort ist?« fragte Leapman schließlich.

»Über meinen Zustand? Dazu besteht kein Grund. Ich werde mich aus der Chefetage zurückziehen, und dann werden sie's erfahren.«

»Dann möchtest du also, daß dieses Gespräch unter uns bleibt?«

»Vorläufig ja. Wieso bin ich bloß auf die Idee gekommen, mich einem so sturen Arschloch wie dir anzuvertrauen? Was für ein Schlamassel.« Er wandte sich um und sah Leapman an. In seinem Blick lag ein winziger Funke Erheiterung, doch das übrige Gesicht war traurig, wirklich traurig. Diesmal war es Manny Flexner ernst.

Kapitel acht

Drei schwarze Limousinen fuhren den Central Park West entlang und hielten in Höhe des Sees. Mehrere große Männer in bunten Trainingsanzügen stiegen aus. Sie hätten ein Footballteam sein können, nur daß ein Footballteam niemals so unruhig gewirkt hätte. Ständig blickten sie sich um, als ob sie befürchteten, daß jemand, den sie kannten, heimlich diesem bunten Treiben zusah. Der letzte, der aus dem ersten Wagen stieg, war Massimo Gatti, ein einflußreiches Mitglied der italoamerikanischen Gemeinde – oder zumindest dem Teil der italoamerikanischen Gemeinde, der rund um die Uhr Leibwächter benötigte. Im Gegensatz zu ihnen war Gatti klein und übergewichtig und hatte Bluthochdruck, weshalb er mit dem Joggen angefangen hatte.

Zunächst machte er eine symbolische Übung, um sich zu lockern, warf die Arme nach vorn wie ein Nummerngirl und lief dabei auf der Stelle. Ein paar seiner Begleiter versuchten verlegen, das gleiche zu machen. Dann setzte sich Gatti in ruhigem Trab in Bewegung, und mit seinem Gefolge im Schlepptau hätte man ihn für eine kleinere, dickere Version des derzeitigen Präsidenten der Vereinigten Staaten halten können.

Wie immer waren New Yorks Fitneßfanatiker scharenweise im Park unterwegs. An diesem Morgen war auch Michael Leapman unter ihnen. Er hatte um eine dringende Audienz bei Gatti gebeten, und man hatte diese erfrischende neue Variante eines Arbeitsfrühstücks vereinbart. Als er die Gruppe erblickte, erhöhte er sein Tempo und lief auf sie zu. Er zählte zu jenen vielbeneideten Menschen, die kaum Sport treiben und trotzdem in Form bleiben.

»Hi, Mr. Gatti.«

Sie waren sich schon früher begegnet, unter Einschaltung einer ellenlangen Kette von Mittelsmännern. Leapmans Insiderkenntnisse der Pharmaindustrie – sozusagen des legalen Drogenhandels – hatten Gatti interessiert. In der schwer gebeutelten Finanzwelt zählte die Pharmaindustrie zu den wenigen Gewinn versprechenden Branchen. Medizinische Versorgung war unerläßlich und so krisenfest wie sonst kaum ein Bereich. Leapman hatte ihm eine Beteiligung an diesem Geschäft angeboten, und Gatti hatte das Angebot unwiderstehlich gefunden.

Vielleicht hatte Gatti zur Begrüßung genickt, vielleicht gehörte das Neigen des Kopfes aber auch zu seiner Laufarbeit. Selbst unter weniger anstrengenden Umständen war es nicht seine Art, Leute zu grüßen. Schon nachdem er wenige Minuten langsam getrabt war, bewegte er sich nur noch tapsig und japste geräuschvoll.

Eine längere Unterhaltung war völlig ausgeschlossen, also lief Leapman neben ihm her und kam schnell zur Sache. »Leider gibt es Schwierigkeiten für unser Projekt.«

Gatti hörte auf zu laufen, wandte sich von Leapman ab und winkte seiner Gefolgschaft zu, sich etwas zurückzuziehen. Sie machten einige Schritte rückwärts, und die Prozession setzte sich wieder, diesmal mit gebührendem Abstand, in Bewegung.

»Was soll das heißen?«

Leapman setzte erneut an: »Manny Flexner ist beim Arzt gewesen und hat erfahren, daß er nur noch ein paar Monate zu leben hat.«

»Na und?«

»Das ist das Problem.«

»Seins, nicht meins«, keuchte Gatti.

»Bei allem Respekt, aber so einfach ist das nicht. Er hat gesagt, er will sich aus der Chefetage zurückziehen.«

»Sich zur Ruhe setzen?«

»Ja.«

»Und was ist daran schlimm?«

»Er will, daß sein Sohn sein Nachfolger wird.«

»Er hat einen Sohn?«

»Ja.«

»Das haben Sie mir nicht gesagt.«

»Tut mir leid, Mr. Gatti. Ich weiß, ich hätte das erwähnen müssen. Aber ich hatte David Flexner überhaupt nicht auf der Rechnung. Er interessiert sich nicht fürs Geschäft.«

»Ist er im Vorstand?«

»Ja, aber ...«

»Und Sie hatten ihn nicht auf der Rechnung, was?«

»Äh, nein.«

»Flexners leiblicher Sohn? Den hatten Sie nicht auf der Rechnung?«

Die Fragen schienen Leapman anzuklagen, und er wurde nervös. »Er sitzt die Vorstandssitzungen einfach ab und sagt kein Wort«, erwiderte er entschuldigend.

Massimo Gatti hörte wieder auf zu laufen. Die Verfolger blieben stehen, so weit entfernt, daß sie nichts mitbekommen konnten. Leapman blieb brav stehen und wartete, daß Gatti wieder zu Atem kam. »Wir haben ein Abkommen, Mr. Leapman«, brachte der kleine Mann schließlich hervor. »Sie brauchten Kapital. Sie haben mir einen Vorschlag gemacht. Schön. Meine Leute fanden Ihr Projekt vielversprechend. Also haben wir Sie unterstützt. Wir haben Ihren Vorschlag in die Tat umgesetzt und uns um die Fabrik in Mailand gekümmert. Und dabei zwei gute Männer verloren.«

Leapman war entsetzt und sagte hastig: »Das war nicht mein Vorschlag, Mr. Gatti. Sie wollten sich zum niedrigsten Preis einkaufen. Brandstiftung hätte ich nie empfohlen.«

»Gute Männer verloren«, wiederholte Gatti. »Für nichts.«

»Nicht für nichts. Seien wir ehrlich, der Brand hatte die erwünschte Wirkung. Die Manflex-Aktien sind in den Keller gegangen. Der Preis hat sich ein bißchen erholt, als Sie anfingen zu kaufen. Das waren doch Sie, oder? Sie und Ihre Partner, die zum Niedrigstpreis gekauft haben?«

Er bekam keine Antwort.

»Die Aktionäre sind zunehmend verunsichert«, beteuerte Leapman. »Manny Flexners Position als Vorstandsvorsitzender ist unhaltbar. Ich bin sicher, daß ich ihn hätte stürzen können. Manny hat keinen Plan, um das Unternehmen zu retten. Keine Rezepte.«

»Und was hat sich geändert?«

»Er ist todkrank, und das ändert alles. Leute, die auf meiner Seite gewesen wären, werden jetzt aus Mitgefühl oder Loyalität seinen Sohn unterstützen. Mannys letzter Wunsch und so weiter. Ich kann das jetzt unmöglich in die Wege leiten.«

Gatti starrte ihn an. »Mr. Leapman, mir ist scheißegal, wer Vorstandsvorsitzender ist. Sie haben ein Milliarden-Dollar-Geschäft mit mir abgeschlossen, und Sie werden Ihren Teil leisten. Sie wissen, was passiert, wenn jemand sich nicht an die Abmachung hält.«

Bereits drei Tage nach seiner Ankunft in Italien saß David Flexner in einer kurzfristig angemieteten Büroetage in Mailand, mit

Telefonanlage, Fax, Kopierer, Textverarbeitung, Computer und einer Sekretärin, die den schönen Namen Pia trug. Sie hatte kurzes, tizianrotes Haar und granitfarbene Augen. Pia war so ansehnlich, daß David auf der Stelle beschloß, ihr die weibliche Hauptrolle zu geben, falls er je einen Film in Italien drehen würde, ganz gleich, ob sie schauspielern konnte oder nicht. Die Tatsache, daß ihr Englisch klang wie von einer Nachrichtensprecherin der BBC und daß sie sämtliche Geräte bedienen konnte, war von eher untergeordneter Bedeutung, als sie das erste Mal hereinspaziert kam. Ihren Hüftschwung deutete er so, daß sie nicht total feministisch eingestellt war – genausowenig wie er.

In der Krisensituation nach dem Brand hatte er allerdings kaum Zeit, seinen Blick wohlgefällig auf ihr ruhen zu lassen. Rico Villa hatte Termine mit den Versicherungsleuten, den Gewerkschaftsvertretern, dem Arbeitsamt und den wichtigsten lokalen Zeitungen vereinbart, mit deren Hilfe die Mitarbeiter von Manflex informiert werden konnten. Für den Samstagmorgen war eine Versammlung aller Mitarbeiter anberaumt worden. Sie sollten sich in einem Kino südwestlich der Stadt einfinden. Bis dahin würde David in der Lage sein, ihnen Abfindungen anzubieten. Den Vortag hatte er mit den Rechnungsprüfern verbracht. So ungern er auch sein Leben der Pharmaindustrie widmen wollte, das Problem hier in Italien war etwas, das er mit Energie und Feingefühl angehen konnte. Hunderte von Menschen hatten ihren Lebensunterhalt verloren, und er würde verdammt noch mal sein Möglichstes dafür tun, daß sie mit Anstand und Fairneß behandelt wurden.

Am späten Donnerstag nachmittag kam Pia mit zwei Männern hereingetänzelt, die ganz sicher nicht auf der Gehaltsliste standen. Sie waren viel zu unverfroren, um Angestellte zu sein. Sie musterten David mit langem, ausdruckslosem Blick, als wollten sie ihn für seinen Sarg vermessen. Er wollte sich nicht einschüchtern lassen und betrachtete sie abschätzig, sie und ihre Anzüge von der Stange, ihre langweiligen gestreiften Krawatten. Der eine von ihnen war um die Vierzig und trug das Haar auf etwa einen Zentimeter Länge gestutzt. »Die Herren sind von der Polizei«, sagte Pia überflüssigerweise. Sie wandte sich um und erkundigte sich nach ihren Namen. Die beiden sprachen offenbar kein Englisch. Der Kurzhaarige war ein *Commissario*, was ziemlich hochrangig klang. Sein Name war Dordoni. Der andere war offensichtlich so subaltern, daß er keine besondere Vorstellung verdiente.

»Haben Sie schon irgendwelche neuen Informationen über den Brand?« eröffnete David das Gespräch.

Pia übersetzte, hörte zu und gab dann die Antwort wieder, die keine Antwort war. »Der *Commissario* bittet um eine Liste aller Mitarbeiter.«

»Kein Problem. Kann er haben.«

»Er will alle überprüfen.«

»Überprüfen?«

»Ob sie noch leben.«

»So einfach ist das nicht. Sagen Sie ihm, daß wir nicht zu allen Kontakt haben. Am Sonntag findet die Versammlung statt, und dort werden wir die Namen notieren. Worum geht's denn? Ich dachte, bei dem Brand sei niemand umgekommen.«

Erneut wurde übersetzt. *Commissario* Dordoni redete sehr schnell, als wäre er wegen der Verzögerung gereizt, und sah David dabei aus feuchtglänzenden, schwarzen Augen an, die ihn an frischen Schafskot erinnerten.

»Er sagt, daß am Abend des Feuers ein Alfa Romeo Veloce auf einer Landstraße rund drei Kilometer von Manflex Italia verunglückt ist. Der Benzintank ist explodiert und das Autowrack völlig ausgebrannt.« Sie ließ sich von Dordoni weitere Einzelheiten erzählen und fügte dann hinzu: »Man hat die Leichen von zwei Männern gefunden. Verbrannt. Völlig entstellt. Sie konnten nicht identifiziert werden.«

»Meint er, daß zwischen dieser Sache und dem Feuer im Werk ein Zusammenhang besteht?«

»Er sagt, der Alfa Romeo kam aus Richtung der Fabrik. Anhand der Bremsspuren haben sie festgestellt, daß der Wagen mit hoher Geschwindigkeit gefahren ist, als er von der Straße abkam. Er hat sich, wie es aussieht, einige Male überschlagen. Im Kofferraum wurden fünf leere Benzinkanister gefunden.«

David schwieg und runzelte die Stirn.

Pia sagte hilfsbereit. »Ich glaube, sie wollen damit andeuten, daß diese Männer vielleicht den Brand gelegt haben, aber so genau hat er das noch nicht gesagt.«

»Was will er von mir?«

Nach einem kurzen Wortwechsel mit Dordoni übersetzte sie: »Er sagt, die Experten von der Feuerwehr schließen Brandstiftung nicht aus, und fragt, ob Sie vielleicht von jemandem wissen, der den Wunsch gehabt haben könnte, die Fabrik zu zerstören.«

»Die Antwort ist nein.«

Commissario Dordoni benötigte keine Übersetzung. Er konterte mit einem Redeschwall auf italienisch.

Pia zog fast unmerklich die Augenbrauen hoch und erklärte: »Ich soll Ihnen sagen, daß es unklug ist, der Polizei die Zusammenarbeit zu verweigern.«

»Falls das eine Drohung sein soll, sagen Sie diesem arroganten Trottel bitte, daß ich empört bin. Ich habe die Wahrheit gesagt. Ich habe keinerlei Veranlassung, einen unserer jetzigen oder ehemaligen Mitarbeiter zu verdächtigen.« Doch dann überlegte er es sich anders. »Nein. Warten Sie. Sagen Sie ihm, daß diese Möglichkeit äußerst beunruhigend ist und daß er unsere volle Unterstützung haben wird.«

Das entspannte die Situation merklich. Dordoni und sein Assistent kamen zur Sache – die Namen der beiden Wachleute, die Anfangszeiten der verschiedenen Schichten, die Anzahl der Angestellten und so weiter. David konnte ihnen alles liefern. Sie wollten auch eine Liste der Mitarbeiter mit Adressen, aber die würde er ihnen erst nach der Versammlung am Samstag geben können.

»Wenn er die beiden Männer beschreiben würde, könnten wir uns umhören. Vielleicht kennt sie ja einer«, sagte er zu Pia.

Dordoni lachte finster auf, als Pia ihm das übersetzte, und während er antwortete, machte er eine reibende Bewegung mit Daumen und Zeigefinger.

Pia übersetzte ungerührt. »Die Männer waren bis zur Unkenntlichkeit verbrannt. Vielleicht können die Gerichtsmediziner ein paar Informationen liefern, aber das dauert mindestens noch mehrere Wochen.«

»Was ist mit dem Wagen?«

Dordoni erklärte, daß die Nummernschilder von dem Alfa Romeo entfernt worden waren. Und es war nur wenig übriggeblieben, was ihnen weiterhelfen konnte.

David bat Pia: »Fragen Sie ihn, wie der Unfall passiert ist. Wurde der Wagen verfolgt?«

Die Antwort, die sie von Dordoni erhielt, war nicht sehr hilfreich: »Das weiß keiner.«

Dordoni nickte seinem Assistenten zu und wandte sich zum Gehen. Er war nicht bereit, noch mehr dämliche Fragen über sich ergehen zu lassen.

»War noch ein Auto in den Unfall verwickelt?« hakte David nach. Pia übersetzte rasch.

Dordoni zuckte die Achseln. An der Tür schien er zu beschließen, daß er doch noch etwas preisgeben wollte. Er wandte sich um und sprach ein paar Sätze.

Jetzt zuckte Pia die Achseln. »Der Wagen fuhr auf einem völlig geraden Straßenstück. Er geriet außer Kontrolle, aber sie wissen nicht, wodurch. Anhand der Reifenspuren ist klar, daß kein Reifen geplatzt ist. Es ist ziemlich unerklärlich. Sie sprechen von höherer Gewalt.«

Später am Nachmittag sprach David mit Rico Villa über den rätselhaften Autounfall. Rico hielt den Gedanken, daß es sich um Brandstiftung gehandelt haben könnte, für ziemlich abwegig. »Wieso können die sich nicht damit abfinden, daß es Zufälle gibt? Typisch Polizei, immer ist sie gleich mit voreiligen Schlüssen bei der Hand. Da passieren an einem Abend zwei schwere Unfälle, und schon müssen sie eine Verbindung herstellen.«

»Kaum zwei Meilen voneinander entfernt«, bemerkte David und nahm unbewußt Dordonis Rolle ein.

»Zwei Betrunkene überschlagen sich mit dem Auto. Was ist daran so unerklärlich?«

»Woher willst du wissen, daß sie betrunken waren?«

»Du bist hier in der Lombardei, mein Freund. Hast du mal den *Oltrepo Pavese* probiert?«

»Aber sie hatten leere Bezinkanister im Kofferraum.«

»Wahrscheinlich waren sie Bauern aus der Gegend. Wer hier mit landwirtschaftlichen Fahrzeugen arbeitet, hat immer ein paar Reservekanister dabei.«

»Aber er hat gesagt, daß die Nummernschilder fehlten.«

»Möglicherweise Kinder. Oder Souvenirjäger. Die bedienen sich, wo sie können.«

David war nicht überzeugt und sagte das auch.

»Okay«, lenkte Rico schließlich ein, »in zwei Tagen können wir eine Personalliste zusammenstellen. Und dann wissen wir, ob jemand von Manflex Italia vermißt wird. Wollen wir wetten?«

»Die Typen in dem Wagen müssen nicht unbedingt bei Manflex gearbeitet haben«, sagte David. »Wie Dordoni gesagt hat, könnten sie vielleicht rausgeschmissen worden sein. Oder sie waren Kriminelle von außerhalb.«

»Dave, denk nicht weiter drüber nach«, riet Rico und legte ihm eine Hand auf die Schulter. »Im Augenblick haben wir Wichtigeres zu tun.«

Zum ersten Mal, seit er Rico kannte, spürte David Flexner einen Anflug von Mißtrauen.

Kapitel neun

»Was genau machst du eigentlich in der Schule?« fragte Stephanie eines Abends. Eine Hähnchenpfanne im Ofen verströmte einen köstlichen Duft, doch das Gemüse brauchte noch sieben Minuten in der Mikrowelle.

»Ich sitze viel rum.«

»Kannst du dich nicht irgendwie nützlich machen?«

»Manchmal. Heute habe ich das gemacht, was ich am besten kann – ein Puzzle. Eines mit acht Teilen.« Diamond sagte das beiläufig, wohl wissend, daß Stephanie sofort eine Bemerkung vom Stapel lassen würde. Manchmal bereitete es ihm ein diebisches Vergnügen, sich selbst zur Zielscheibe ihres Spottes zu machen.

»Und wie viele Teile hast du dabei verloren?«

»Gemein! Kein einziges. Die sind so groß wie deine Hand.«

»Das soll den Kindern helfen, nehme ich an.«

»Natürlich.«

»Dann arbeitest du also mit ihnen, hilfst ihnen, die Teile zusammenzufügen?«

Er lächelte. »Schöne Vorstellung! Ich setze sie zusammen, und sie reißen sie wieder auseinander.«

»Macht Naomi dabei mit?«

Seine Stimme veränderte sich, und er wurde ernst. »Naomi? Nein.«

»Warum nicht? Bei einem Puzzle spielt die Sprache doch keine Rolle.«

»Sie macht nirgendwo mit. Sie ist völlig passiv.«

»Vielleicht hat sie Angst vor den anderen.«

»So war sie schon, bevor sie sie in die Schule gebracht haben.«

»Verängstigt?«

Diamond nickte. Sie hatte sehr wahrscheinlich recht.

»Aber die meinen immer noch, sie sei autistisch?« fragte Stephanie.

»Die Diagnose ist nicht endgültig«, sagte er. »Wie ich das sehe, ist es ein praktisches Etikett, das man auf ein ziemlich breites Spektrum von gestörten Kindern kleben kann. Clive zum Beispiel hat Anfälle und muß sich ein Eckchen suchen, das ihm am sichersten erscheint. Naomi ist ganz anders. Sie bleibt sitzen, wo man es ihr sagt. Sie ist still. Völlig abwesend. Ihr Verhalten ist mit dem von Clive überhaupt nicht zu vergleichen, und trotzdem sind sie angeblich beide autistisch. Ist das Gemüse gar?«

Er war von fünf elektronischen Piepstönen unterbrochen worden. Die Mikrowelle war das Symbol besserer Zeiten. Er hatte sie an dem Tag gekauft, als er bei der Polizei seinen Dienst quittierte, aber sie sah bereits älter aus mit den zahllosen Farbspritzern, die sie im Lauf der Küchenrenovierung abbekommen hatte. Einige davon waren einfach nicht mehr wegzukriegen.

»Gemüse muß immer noch ein bißchen ruhen«, sagte Stephanie. »Erinnerst du dich noch an Maxine Beckington, eines der Mädchen bei den Pfadfindern. Sie ist nicht lange bei uns geblieben, aber sie war ein pfiffiges kleines Mädchen. Ihre Mutter bekam noch ein Kind, einen Jungen, und alle anderen Mütter beneideten sie um ihn, weil er so ein zufriedenes Baby war, das ganz ruhig in seinem Kinderwagen liegenblieb. Ich habe ihn selbst gesehen – ein süßes Kind mit wunderschönen großen blauen Augen. Er hat nie geweint. Sie konnten jede Nacht durchschlafen. Aber nach einer Weile fing dieser engelhafte Kleine an, seine Eltern zu beunruhigen. Sie merkten, daß er auch nicht schrie, wenn er Hunger hatte. Wenn sie ihn nicht routinemäßig gefüttert hätten, wäre er verhungert, ohne sich zu beklagen. Was zunächst wie ein Segen aussah, machte ihnen schließlich regelrecht angst, und das mit gutem Grund. Schließlich wurde festgestellt, daß der Kleine an Autismus litt. Deine Naomi scheint ähnlich zu sein.«

Diamond dachte darüber nach. »Ja, ich kann mir vorstellen, daß sie sich als Baby so verhalten hat, aber wir sollten solche Vergleiche nicht anstellen.«

»Warum nicht?«

»Weil es unwissenschaftlich ist, deshalb. Eines habe ich von Julia Musgrave gelernt, und zwar, daß Autismus wirklich von Fachleuten diagnostiziert werden muß. Es gibt nicht einfach ein Symptom, das man als typisch bezeichnen kann. Egal, welche Verhaltensweise – die Distanziertheit, die eigenartigen Bewegungen, die manche von ihnen machen, die Sprachschwierigkeiten –, jede könnte ebensogut die Folge einer anderen Störung sein. Autismus erkennt man an einer Vielzahl von Dingen. Und die variieren. Nicht alle autistischen Babys verhalten sich wie das Kind, das du beschrieben hast. Manche von ihnen strampeln und schreien vom ersten Tag an und lassen sich nicht trösten.«

»Schrecklich für die Mütter«, sagte Stephanie mitfühlend. »Und sie sehen wie normale Kinder aus.«

»Hübscher, manchmal. Als du eben das Baby beschrieben hast, hast du gesagt, es war engelhaft. Autistische Kinder haben häufig große Augen und besonders symmetrische Gesichtszüge. Sie wirken tatsächlich überirdisch.«

»Ist Naomi so?«

»Eigentlich ja.«

»Schreit sie und wehrt sie sich?«

»Niemals.«

»Und wenn sie provoziert wird?«

Bei der Vorstellung runzelte Diamond die Stirn. »Niemand will das Kind quälen. Sie hat schon genug durchgemacht.«

»Ärgern die anderen Kinder sie denn nicht manchmal?«

»Sie streiten sich nicht untereinander. Jedes von ihnen ist viel zu sehr in seiner eigenen Welt eingeschlossen.«

Stephanie nahm die Ofenhandschuhe und holte die Hähnchenpfanne aus dem Ofen. Gemeinsam trugen sie das Essen auf. Nach ein paar genüßlichen Bissen sagte Diamond: »Ich würde gern erleben, wie die Genies von der Polizeihochschule mit der kleinen Naomi fertig werden. Ich glaube, die würde ihre Informationsbeschaffungsmethoden ganz schön auf die Probe stellen.«

»Ich habe das Gefühl, daß die Herausforderung dich allmählich immer stärker reizt.«

»Mich?« Er zog in gespielter Überraschung die Augenbrauen hoch.

Stephanie sagte: »Du und dieses Kind, das erinnert mich an etwas, das unser Physiklehrer in der Schule uns mal erzählt hat, von einer unwiderstehlichen Kraft, die auf ein unbewegliches Objekt trifft. Wie kann man das lösen?«

Julia Musgrave ging auf seinen Vorschlag bereitwilliger ein, als er zu hoffen gewagt hatte. Die zehn Tage, in denen er den Unterricht beobachtet hatte und ihr gelegentlich zur Hand gegangen war, hatten bei ihr jede Befürchtung zerstreut, daß er lästig werden könnte. Nach dem Unterricht und im Lehrerzimmer hatte er durch seine Fragen gezeigt, daß er eine rasche Auffassungsgabe für die Schwierigkeiten bei der Betreuung behinderter Kinder besaß.

Die vier Vollzeit- und drei Teilzeitlehrkräfte an der Schule waren äußerst engagiert. Außerdem gab es da noch die respekteinflößende Mrs. Straw, die nicht nur die Eingangstür bewachte, sondern unter anderem die Pausenaufsicht führte, für die Erste Hilfe zuständig war, die Aktenablage machte und die Mittagessen aufwärmte, die von »Essen auf Rädern« geliefert wurden.

Diamond hatte Julia Musgrave dazu überredet, Naomi am Freitag nachmittag von der letzten Unterrichtsstunde zu befreien. Allein mit ihr, wollte er versuchen, die Mauer der Gleichgültigkeit, die das Kind umgab, behutsam abzubauen. Sie sollten das Lehrerzimmer für sich allein haben. Der kleine Raum diente sowohl als Arbeits- wie auch als Erholungszimmer. An den Wänden standen Schreibtische, und es gab einen Tisch zum Kaffeekochen. Drei Sessel waren um einen niedrigen Tisch gruppiert, auf dem Illustrierte und Zeitungen lagen. Diamond hatte einen der kleinen Stühle mitgebracht und lange überlegt, wo er ihn hinstellen sollte. Schließlich entschied er sich für einen Standort gegenüber einem der Sessel. Er machte sich einen Instantkaffee und setzte sich in den Sessel.

Mrs. Straw erschien im Türrahmen. »Miss Musgrave hat mich gebeten, Naomi herzubringen.« Ihr Ton verriet unzweifelhaft, daß sie der Meinung war, die Schulleiterin habe den Verstand verloren. Sie nahm es Diamond immer noch übel, daß er sich den Zutritt zur Schule erschwindelt hatte. Dennoch zog sie Naomi hinter ihrem Rock hervor und setzte das Kind auf den Stuhl.

Ruhig wie immer saß Naomi Diamond gegenüber. Sie trug das rote Kordsamtkleid und die schwarze Strumpfhose.

»Sie können sie ruhig bei mir lassen«, versicherte er Mrs. Straw. »Sie müssen nicht bleiben.« Als sie sich noch immer nicht bewegte, fügte er hinzu: »Würden sie bitte die Tür schließen, wenn Sie gehen?«

Als er mit Naomi allein war, versuchte er ein, wie er fand, beruhigendes Lächeln. Die Kleine veränderte weder ihren Gesichtsausdruck noch ihren Blick, der sich irgendwo im hinteren Ende des Raumes zu verlieren schien, und nahm überhaupt nicht wahr, daß Diamonds imposante Körperfülle ihr die Sicht versperrte.

In den Jahren bei der Polizei hatte er ein paarmal schüchterne oder verstörte Kinder befragen müssen. Keines davon hatte ihm so erfolgreich wie Naomi das Gefühl vermittelt, nicht nur klein zu sein, sondern regelrecht durchsichtig. Sie saß brav da, Hände im Schoß gefaltet, die Füße überkreuzt, und zeigte keinerlei Interesse an der ungewohnten Umgebung.

Diamond griff nach seiner Kaffeetasse und nahm einen Schluck, als ihm der Gedanke kam, daß Naomi vielleicht etwas trinken wollte. Er stand auf und füllte einen Pappbecher halb mit Milch aus einer Tüte neben dem Kessel. Er reichte ihn Naomi, und sie nahm ihn mit beiden Händen und führte ihn an die Lippen.

Es war kein Durchbruch, das war ihm klar. Sie mußte in den letzten Wochen gegessen und getrunken haben, um am Leben zu bleiben. Aber zumindest war es eine positive Handlung. Er sah zu, wie sie den Becher leerte.

»Mehr?« erkundigte er sich und deutete auf die Milchtüte. »Naomi?«

Keine Reaktion.

Er streckte die Hand aus, um den Becher zu nehmen. Sie ignorierte sie.

»Na schön«, sagte er ruhig. »Behalte ihn, wenn du möchtest.« Er goß sich Kaffee nach und ging zum Sessel zurück. Angesichts der Gleichgültigkeit eines so kleinen Menschen fühlte er sich ungewöhnlich grob. Zum Teil, um sein Selbstbewußtsein wiederzuerlangen, nahm er insgeheim eine Auszeit, während er den Kaffee trank.

Unter dem schwarzen Pony starrten Naomis Mandelaugen unverwandt geradeaus, fast ohne zu blinzeln. Falls sie irgendwas von Diamond sah, dann den Punkt, wo seine Krawatte den Aufschlag des Jacketts berührte, aber der Fokus ihres Blicks lag nicht dort. Selbst wenn er versucht hätte, so tief im Sessel runterzurutschen, daß er auf gleicher Höhe mit dem Kind gewesen wäre, hätte er keinen echten Blickkontakt mit ihm gehabt.

Das Fehlen von Blickkontakt war, so wußte er, ein Element des autistischen Verhaltensmusters. Das, zusammen mit Naomis Weigerung zu sprechen und ihrer Gleichgültigkeit gegenüber ihrer Umgebung, legte die Diagnose Autismus näher als alles andere. Diamond wußte aus Gesprächen mit Julia Musgrave und durch eigene Lektüre, daß Eltern und mitunter auch Lehrer die größten Schwierigkeiten hatten, die Realität dieser Behinderung zu akzeptieren, ganz zu schweigen von ihrer Unabänderlichkeit. Da die Kinder in vielerlei Hinsicht unbeeinträchtigt waren und normal aussahen, versuchten die Menschen, die sie liebten, vergeblich die Persönlichkeiten zu befreien, die von der Krankheit gefangengehalten wurden. Es war durchaus möglich, daß auch er gerade den gleichen fruchtlosen Versuch unternahm.

Als er den Kaffee getrunken hatte, beugte er sich in dem Sessel nach vorn und streckte die rechte Hand nach Naomi aus, bis seine Fingerspitzen sacht ihre Brust berührten.

»Naomi.«

Sie zeigte keinerlei Reaktion.

Er nahm die Hand zurück und deutete mit den Fingern auf seine eigene Brust. »Diamond.«

Das Etablieren der unterschiedlichen Identitäten war der erste Schritt zum Verstehen.

Noch immer keine Reaktion.

Er wiederholte die Bewegung und die Worte mehrmals, ohne Ergebnis.

Wenn sie nicht verbal reagierte, vielleicht konnte er ihr eine Geste entlocken, die etwas bedeutete. Er nahm ihr den leeren Pappbecher aus der Hand. Dann griff er nach ihren Fingern, spürte ihre Wärme. Er beugte sich vor, drückte ihre Hand gegen seine Brust und nannte seinen Namen.

Nicht ein Schimmer von Verständnis. Er ließ ihre Hand los. Sie sank schlaff herab.

Ohne viel Zuversicht, daß sie es verstehen und auf ihn zeigen würde, sagte er: »Diamond?«

Nichts.

Wenn er nur irgendeine Reaktion aus ihr herauslocken könnte, dann wäre das eine Basis, um weiterzumachen. Er rutschte nach vorn auf den Rand des Sessels und beugte sich so weit vor, daß sie nur die Hand heben mußte, um ihn zu berühren. Er wiederholte: »Diamond?«

Naomi neigte sich vor, und einen Moment lang glaubte er, sie hätte kapiert, was sie machen sollte. Ihre Augen sahen ihn an. Dann schlug sie die Zähne in seine Nase. Sie biß fest zu.

»Meine Güte!«

Der Schmerz war durchdringend. Diamond schrie auf und fuhr zurück. Er drückte die Hand auf die Nase. Sie hatte so fest hineingebissen, daß Blut hervorquoll.

Er stand auf und suchte nach irgend etwas, um das Blut zu stillen. Da er nichts fand, ging er zur Tür und ließ Naomi allein, die wieder beherrscht und ruhig auf dem Stuhl saß, Hände in den Schoß gelegt.

In der Küche machte Mrs. Straw aus ihrer Erheiterung keinen Hehl. »Was hat sie gemacht – Ihnen eins auf die Nase gegeben, so ein Winzling wie sie?«

Er drehte den Kaltwasserhahn auf und hielt das Gesicht darunter. Sogleich holte Mrs. Straw Watte und Desinfektionsmittel aus dem Erste-Hilfe-Schränkchen. Diamond bat sie, Naomi zurück zu Miss Musgrave zu bringen. Für heute war die Einzelsitzung beendet. Sieg nach Punkten für Naomi.

Was hatten Nasen nur an sich, daß niemand sie ernst nahm? Wenn seine Kinnspitze mit Pflaster verklebt gewesen wäre, hätte niemand bei seinem Anblick gegrinst. Er wußte, daß er lächerlich aussah, aber das Pflaster war notwendig. Die Blutung hatte nicht nachgelassen, obwohl die Verletzung nur klein war. Naomis scharfe Schneidezähne hatten einen Hautlappen losgebissen, der einfach nicht verkrusten wollte.

Wenigstens war das Lächeln von Julia Musgrave nicht ohne Mitgefühl. »Berufsrisiko. Ich bin schon fast überall gebissen worden, aber meine Nase ist bislang verschont geblieben. Wie hat sie es gemacht?«

Als er es geschildert hatte, sagte sie: »Sie sind in ihren persönlichen Raum eingedrungen. Sie haben pathologische Angst davor, daß jemand ihnen zu nahe kommt. Sie haben ja gesehen, wie Clive zum Bücherregal rennt, sobald er mein Büro betritt.«

»Mit ›sie‹ meinen Sie wohl autistische Kinder?«

»Aber ja.«

»Naomi ist nicht so«, beteuerte Diamond. »Sie setzt sich da hin, wo man es ihr sagt. Sie läuft nicht weg.«

»Ich habe Ihnen doch schon gesagt, daß sie unterschiedliche Verhaltensweisen haben. Es ist ein psychischer Zustand, Peter, kein physischer wie Mumps, bei dem alle dieselben Symptome zeigen. Bei manchen nimmt dieser Zustand aggressive Formen an, während andere passiv bleiben.«

»Das haben Sie mir neulich schon erklärt.«

»Na denn.«

»Warum also hat sie mich gebissen? Es ist ihr doch bestimmt schon vorher mal jemand zu nahe gekommen.«

Julia Musgrave nickte: »Ich verstehe, was Sie meinen. Das ist das erste Mal, daß sie jemanden gebissen hat oder irgendwie aggressiv war.«

»Kann sie das von Clive gelernt haben?«

»Das Beißen? Könnte sein, aber sie machen sich gegenseitig nicht viel nach. Sie sind zu unabhängig.«

»Sie sagen ständig ›sie‹«, bemerkte Diamond unwirsch. Durch den Biß und die Erheiterung, die er erregt hatte, war er gereizt. Manche seiner alten Kollegen bei der Polizei hätten gesagt, daß sein wahrer Charakter allmählich an die Oberfläche drang. »Mal angenommen, Naomi ist nicht autistisch. Angenommen, sie hat ein anderes Problem, das sie am Sprechen hindert. Könnte sie da nicht durch das Verhalten der anderen Kinder beeinflußt werden?«

Julia Musgrave seufzte. »Ich kann mir nicht helfen, aber ich habe das Gefühl, daß Sie in einer Sackgasse stecken. Es fällt den Menschen schwer zu akzeptieren, daß ihr Kind autistisch ist.«

»Naomi ist nicht mein Kind.«

Sie sah ihn lange an, nicht ohne Mitgefühl, aber begleitet von dem schwachen Lächeln, das ihren Mund umspielte, seit sie die Verletzung gesehen hatte. »Sagen wir, daß Sie ein ganz besonderes Interesse an ihr haben. Das ist das Quälendste dabei. Die Kinder sehen intelligent aus. Sie können Anzeichen von Intelligenz, in manchen Fällen gar von Genialität zeigen. In den Lehrbüchern werden solche Kinder als *idiots savants* bezeichnet.«

»Grausam«, meinte Diamond.

»Es ist eine grausame Krankheit.«

»Für die Eltern, meine ich.«

»O ja. Schwerer zu akzeptieren als ein geistig zurückgebliebenes Kind. Manche autistischen Kinder können ganz komplizierte Melodien singen, noch ehe sie ein Jahr alt sind. Ich kenne eine Vierjährige, die jeden Takt einer Sinfonie von Beethoven auswendig kann. Mit Zahlen können manche von ihnen die unglaublichsten Dinge anstellen. Sie können irgendein Lieblingsspielzeug verstecken und gehen dann Wochen, Monate später schnurstracks wieder darauf zu. Die Leute staunen über solche Leistungen und reden sich ein, daß da ein genialer Geist versucht, sich zu befreien, daß man bloß das Zauberwort finden muß. Aber so ist es nicht, Peter. Diese Kinder werden ihr ganzes Leben lang behindert bleiben. Vielleicht funktioniert ihr Gedächtnis überdurchschnittlich, aber der Rest des Gehirns eben nicht. Sie können keine Überlegungen anstellen wie Sie oder ich. Sie können die Fakten, die sie im Kopf haben, in keinster Weise nutzen. Es ist unglaublich frustrierend, aber man muß es akzeptieren, wenn man mit ihnen arbeitet.«

»Natürlich.«

»Habe ich Sie nicht entmutigt?«

»So schnell gebe ich nicht auf, Julia. Ring frei zur zweiten Runde.«

Sie betrachtete ihn irgendwie mitleidig. »Das ist kein Boxkampf, obwohl man bei Ihrem Anblick auf den Gedanken kommen könnte.«

Auf dem Nachhauseweg in der U-Bahn zog er das Pflaster ab, weil er nicht wollte, daß Stephanie es sah. Die kleine Wunde war getrocknet, aber seine Nase fühlte sich geschwollen an. Natürlich bemerkte Steph es auf den ersten Blick, als er zur Tür hereinkam.

Sie sagte: »Warst du heute mittag in der Kneipe?«

»Naomi.«

»Ich dachte, sie wäre noch ganz klein.«

»Ja, aber ich hab im Sessel gesessen.«

»Mit dem Kind auf dem Schoß?«

»Nicht auf dem Schoß, zum Donnerwetter. Ich will mir nicht auch noch Belästigung von Kindern nachsagen lassen. Nein, ich habe mich nach vorn gebeugt und wollte sie dazu bringen, daß sie mich anfaßt.«

»Pete, das klingt ja noch erbärmlicher.«

»Sie sollte zeigen, daß sie meinen Namen verstanden hat.«

»Schatz, sie ist Japanerin.«

Er schaltete den Fernseher ein.

Später meinte sie: »Vielleicht solltest du es mal anders versuchen.«

»Wie denn?« fragte er schneidend. Er war noch immer verstimmt.

»Du versuchst, Kontakt zu ihr aufzunehmen, und gehst dabei davon aus, daß sie nicht autistisch ist. Versuch's doch mal andersrum. Genauer gesagt, überprüfe, ob sie es ist.«

»Wie soll ich das machen?«

»Da fragst du besser jemanden, der was davon versteht.«

Nach zwei weiteren ergebnislosen Sitzungen mit Naomi im Lehrerzimmer (wobei er Abstand hielt) war er beinahe davon überzeugt, daß kein Fortschritt möglich war, und das gestand er Julia Musgrave. Sie befanden sich im Schulgarten, und die Kinder hatten das, was im Stundenplan schönfärberisch als Spielzeit bezeichnet wurde. Rajinder und Naomi saßen auf Schaukeln mit Sicherheitssitzen, die von Mrs. Straw in Bewegung gehalten wurden. Keiner aus dem Trio schien sonderlich Spaß daran zu haben. Tabitha lutschte am Daumen und sah traurig zu, während Clive sich hinter einem Sack Grassamen im Gartenschuppen versteckt hatte.

»Ich bewundere Ihre Hartnäckigkeit, Peter«, sagte Julia Musgrave, »aber ich fürchte, Sie haben recht. Sie stehen vor einer Wand. Haben Sie schon mit der Polizei gesprochen? Sie haben die Sachen mitgenommen, die Naomi trug, als man sie fand. Vielleicht haben die irgendwelche Hinweise ergeben.«

»Vergessen Sie's«, sagte er. »Ich kenne einen der Inspektoren dort. Sie haben die Sachen ins Labor geschickt, und nach zwei Wochen kam ein fünfseitiger Bericht zurück, der im Prinzip nur aussagte, daß die Kleidung offenbar von einem dunkelhaarigen Mädchen getragen worden war. Ach ja, und sie war bei Marks & Spencer gekauft worden. Was den Kreis der Verdächtigen auf ungefähr fünf Millionen reduziert.« Er nahm einen Lavendelzweig, rollte ihn zwischen Daumen und Zeigefinger und sah zu, wie die Blüten auf die Erde fielen. Lavendel war Stephs Lieblingsduft. »Meine Frau meint, ich würde die Sache verkehrt herum anfassen.«

»Wie meint sie das?«

»Sie sagt, ich sollte nicht nach Anzeichen dafür suchen, daß Naomi nicht autistisch ist, sondern davon ausgehen, daß sie es ist. Normalität läßt sich unmöglich beweisen.«

»Und sie ist ohnehin ein zweifelhafter Begriff. Ihre Frau scheint ein heller Kopf zu sein.«

»Jedenfalls heller als ich.«

»Sprechen Sie doch mal mit Dr. Ettlinger. Er kommt heute nachmittag, um sich Naomi anzusehen.«

Ettlinger war ein Kinderpsychologe, der mit der Schule zusammenarbeitete – ein kleiner Mann mit einem üppigen Schopf aus drahtigem, schwarzem Haar, der irgendwie an einen Troll erinnerte. Es war nicht ganz klar, ob er vom örtlichen Gesundheitsamt berufen worden war oder freiberuflich arbeitete und Julia Musgrave davon überzeugt hatte, daß seine Arbeit gut für die Kinder sei. Da Peter Diamond selbst nur durch Julias Erlaubnis da sein durfte, konnte er schlecht widersprechen, doch seine persönliche Meinung war, daß es Ettlinger verboten werden sollte, sich Kindern auf weniger als eine Meile zu nähern. Der Mann war schroff, überheblich und humorlos. Trotzdem schien er alle an der Schule davon überzeugt zu haben, daß er die internationale Autorität in Sachen Autismus war, und vermutlich stimmte es sogar.

»Verschwenden Sie lieber nicht meine Zeit«, giftete er Diamond an, der im Lehrerzimmer auf ihn zuging. »Gespräche über das Wetter oder Kricket oder Autos langweilen mich.« Von jedem anderen wäre die Bemerkung vielleicht witzig gemeint gewesen. Nicht von Ettlinger.

»Es geht um etwas Berufliches, Doktor«, versicherte Diamond ihm widerwillig. Die Zeiten, als er vorlauten Gerichtsmedizinern gegenüber noch auf seinen Rang pochen konnte, waren vorbei. »Ich interessiere mich für Naomi, das japanische Mädchen. Sie ist hier, weil man glaubt, sie sei autistisch.«

»Stimmt.«

»Dann sind Sie auch der Meinung?«

»Das habe ich nicht gesagt. Ich bestätige nur Ihre Aussage.«

»Aber bislang haben Sie sich noch keine Meinung gebildet?«

»Nein. Dazu müßte ich das Mädchen systematischer untersuchen, als das bei meinen gelegentlichen Besuchen hier möglich ist. Sie ist nicht meine Patientin.«

»Soweit ich weiß, zeigt sie doch einige klassische autistische Symptome.«

»*Klassisch*?« Ettlinger erstickte beinahe an dem Wort, so empört war er. »Das Phänomen wurde erst 1943 mit diesem Namen belegt und erst in den sechziger Jahren systematisch erforscht. Wie können Sie da von klassischen Symptomen sprechen?«

»Dann eben typische Symptome.«

»Dagegen hätte ich auch etwas einzuwenden.«

Diamond ließ ihm keine Gelegenheit dazu. »Sie spricht nicht. Sie meidet Blickkontakt. Ist das charakteristisch für ein autistisches Kind?«

»Was Sie gerade beschrieben haben, Mr. Diamond, kann auf Autismus hindeuten; es ist aber auch das Verhalten, zu dem junge Frauen in einem großen Teil Asiens erzogen werden. Man kann die Möglichkeit nicht ausschließen, daß ihr Verhalten zumindest bis zu einem gewissen Grad von ihrer Kultur geprägt ist.«

Ein überzeugender Aspekt, den Diamond akzeptierte. Wahrscheinlich hatte er ihn auch schon im Kopf gehabt, ohne ihn auszuformulieren. »Aber daß sie überhaupt nicht spricht, nicht einmal mit der Frau von der japanischen Botschaft?«

»Das, so gebe ich zu, ist ungewöhnlich.«

»Woran erkennen Sie denn dann Autismus? Gibt es Tests?«

»Was meinen Sie damit?«

»Röntgenuntersuchungen, Bluttests und so weiter. Ich bin kein Experte.«

»Es gibt keine objektiven Tests dieser Art«, sagte Ettlinger verächtlich. »Man beobachtet ihr Verhalten. Jedes Kind, das unter diesem Syndrom leidet, hat irgendeine Form von Sprachbehinderung, die von Stummheit bis zur Aphasie – also der Unfähigkeit, Buchstaben und Wörter in der richtigen Reihenfolge zu gebrauchen – reichen kann. Wirklich jedes Kind, Mr. Diamond.«

Im Geiste machte Diamond hinter Naomis Stummheit ein Häkchen.

»Es trifft auch zu, daß das autistische Kind per definitionem anderen Menschen, besonders anderen Kindern gegenüber zutiefst gleichgültig ist. Das Wort Autismus stammt aus dem Griechischen, wie Sie wahrscheinlich wissen. Autos. Selbst. Nicht wahr?«

Noch ein Häkchen.

»Allerdings treten meist noch andere Behinderungen auf. Beispielsweise eine gestörte Motorik.«

»Ein seltsamer Gang, wie bei Rajinder?«

»Ja.«

»Das ist bei Naomi anders. Sie bewegt sich gut koordiniert.«

Ettlinger nickte. »Manche von ihnen tun das. Eigenartigerweise haben manche einen besseren Gleichgewichtssinn als andere Kinder. Sie klettern auf Möbel und hüpfen herum, alles mit der größten Sicherheit. Sie könnten wahrscheinlich die tollsten Kunststücke auf dem Drahtseil vollbringen.«

Was nicht leicht zu testen wäre, dachte Diamond.

»Und sie werden nicht schwindelig, wenn sie sich drehen.«

»Gibt's noch mehr?«

Ettlinger breitete die Hände aus. »Sehr viel mehr, Mr. Diamond. Repetitives Verhalten, sie schlagen den Kopf gegen die Wand, schaukeln, starren in einen Spiegel oder lassen irgendwelche Sachen kreiseln. Die Räder von einem Spielzeug zum Beispiel. Das haben Sie vermutlich auch bei Clive beobachtet.«

»Natürlich. Ich glaube nicht, daß Naomi das macht.«

Ettlinger zählte bereits weitere Symptome auf. »Abnorme Reaktionen auf Empfindungen wie Schmerz oder Kälte oder Wärme. Abwehr gegen leichte Berührungen.« Der Anflug eines Lächelns huschte über sein Gesicht.

»Haben Sie gehört, was mir passiert ist?«

»Ich bin nicht blind.«

»War das von einem autistischen Kind zu erwarten?«

»Sie beißen, ja.«

»Ich meine, macht das die Diagnose wahrscheinlicher?«

»Es ist ein kleiner Hinweis. Beim nächsten Mal sollten Sie etwas stürmischer vorgehen. Mal sehen, wie sie darauf reagiert.

Eine ordentliche Balgerei kann ihnen Spaß machen.« Daß es moralische Einwände dagegen geben könnte, wenn ein fremder Mann mit einem kleinen Mädchen eine ›Balgerei‹ anfängt, schien Dr. Ettlinger nicht zu beunruhigen.

»Weiß man irgendwas über die Ursache?«

Ein Lachen drang tief aus Ettlingers Kehle. »Sie fragen nach der Ursache? Die kennt keiner. Keine bekannte Ursache und keine Heilmethode. Es gibt Theorien. Mehr Theorien, als ich Ihnen aufzählen kann, mein Bester. Und fragen Sie mich nicht, was man dagegen tun kann. Praktisch jede Woche lese ich, daß mal wieder irgendwer behauptet, er habe spektakuläre Erfolge erzielt. Sogar die Heilmethode gefunden. Man kann diese Kinder umarmen, sie belohnen, strafen, isolieren, besonders ernähren. Sie können bis zu einem gewissen Grad dressiert werden. Das leugne ich nicht. Aber das trifft auch auf Schimpansen zu. Ich persönlich würde lieber einen Schimpansen dressieren. Die sind nämlich zu Gefühlen fähig, wissen Sie. Autistische Kinder nicht. Es sind Tyrannen.«

Diamond hatte ihm mit wachsendem Widerwillen zugehört. »Das ist ja wohl kaum ein wissenschaftlicher Begriff? Tyrannen?«

Der kleine Arzt funkelte ihn an. »Dann lassen Sie sich einen besseren einfallen. Beobachten sie Naomi, solange Sie wollen, und lassen Sie sich einen besseren einfallen, wenn Sie können.« Er drehte Diamond den Rücken zu und ließ ihn stehen.

Kapitel zehn

An diesem Morgen war Diamond mit Zeichenblock und Filzstift ausgerüstet. Wenn dieses eigensinnige kleine Mädchen nicht auf Geräusche reagierte, so hatte er beschlossen, dann lag das vielleicht wirklich am Sprachproblem. Er wollte herausfinden, ob sich etwas mit Symbolen bewirken ließ. Er rückte seinen Stuhl neben ihren und legte den Block auf einen niedrigen Tisch vor ihnen. Dann malte er einen großen Kreis und darüber einen kleineren. Das sollte sein Körper und Kopf sein.

Er fügte Strichbeine und -arme hinzu, Gesichtszüge und Haarbüschel über beiden Ohren, um die Begrenzung seines kahlen Schädels zu skizzieren. Das fertige Werk hielt er Naomi hin, strahlte sie ermutigend an und sagte: »Diamond.« Er deutete auf sich.

Möglicherweise, so redete er sich ein, würdigte sie sein Kunstwerk mit einem kurzen Blick. Aber gewiß nicht lange. Und sie blieb stumm.

»Siehst du? Diamond.«

Kein Muskel zuckte.

Er ließ sich nicht entmutigen, blätterte um und malte eine kleinere Gestalt auf das nächste Blatt, diesmal mit der Andeutung eines Rocks und ganz passablen Ponyfransen.

»Naomi.«

Er deutete auf sie. Zeichnete in groben Zügen ihr Haar. Dann kam der Clou, er malte eine kleine Schleife oben auf ihrem Kopf. »Gefällt dir das?« Er lachte leise und merkte selbst, wie künstlich es klang. »Das bist du.«

Sie teilte seine Heiterkeit nicht, ja, sie hatte noch nicht einmal hingesehen.

Unbeirrt blätterte er zu der ersten Zeichnung zurück, riß sie vom Block ab und legte sie auf den Tisch neben die zweite, um den Größenunterschied zu verdeutlichen. »Der große Diamond. Und die kleine Naomi. Diamond. Naomi. Ich und du.«

Sie schien erstarrt.

Etliche weitere Versuche, ihr die Bedeutung der Zeichnungen zu vermitteln, blieben fruchtlos.

»Möchtest du mal?« Er schob ihr den Block hin. Im Fernsehen hatte er eine Sendung über einen autistischen Jungen gesehen, der aus dem Gedächtnis wunderbare Zeichnungen von Gebäuden machen konnte, detailgenau und mit perfekter Perspektive. Nach einem Besuch in London hatte der Junge Bilder von St. Paul's und anderen, ebenso reichverzierten Gebäuden gezeichnet. Zwei Bücher mit seinen Zeichnungen waren veröffentlicht worden.

Diamond erwartete von Naomi keine hohe Kunst. Er hätte sich mit einem beliebigen Strich auf dem Papier begnügt. Er nahm ihre linke Hand und schob ihr behutsam den Filzstift zwischen die Finger. Ihm war aufgefallen, daß sie die linke Hand benutzte, wenn sie einen Becher hielt. Es war alles durchdacht.

Naomi weigerte sich, den Stift zu halten, und er rutschte ihr aus der Hand.

»Ich glaube, du kannst das«, sagte er, mehr um sich selbst Mut zuzusprechen als dem Kind. »Ich glaube wirklich, daß du das kannst.« Er legte erneut ihre Finger um den Filzstift und führte die kleine Hand, so daß ein krakeliger Kreis auf dem Block entstand. »Na bitte!«

Die Leistung machte keinen Eindruck auf Naomi.

»Dann eben nicht, Miss.« Enttäuschter, als er sich eingestehen wollte, wandte er dem Kind den Rücken zu und ging zu dem Tisch, wo Wasserkessel und Kaffeetassen standen. Wenn er jetzt schon den Kessel einschaltete, war das Kaffeewasser fertig, wenn die Lehrer Mittagspause machten. Und das wäre dann sein größter Erfolg in dieser Stunde. Er sah nach, wieviel Wasser noch drin war, betätigte den Schalter, starrte dann aus dem Fenster und lauschte darauf, wie der Kessel langsam anfing, das ächzende Geräusch zu machen, das man leicht mit Kinderweinen verwechseln konnte.

Plötzlich spürte er, wie etwas sehr sachte seine linke Hand berührte. Naomi war unaufgefordert von ihrem Stuhl aufgestanden und drückte jetzt ihre Handfläche gegen seine.

Verblüfft starrte er nach unten. Glücklich. War sein Optimismus angebracht? Sie erwiderte seinen Blick nicht, aber sie hatte genug getan. Es war die erste positive Geste, die sie ihm oder irgend jemandem in der Schule gegenüber gemacht hatte. Sanft schlossen sich seine Finger um die kleine Hand. Er und Naomi standen schweigend zusammen vor dem Fenster. Es herrschte eine Art Harmonie, die unwiderstehliche Kraft und das unbewegliche Objekt. Das Wasser im Kessel fing an zu kochen. Diamond ließ ihn eine Weile vor sich hinbrodeln, dann streckte er den linken Arm aus und zog den Stecker aus der Dose. Für Naomi war das ein Zeichen, ihre Hand aus seiner zu ziehen und wieder zurück zu ihrem Stuhl zu gehen. Er wandte sich um und lächelte ihr zu, um ihr zu zeigen, daß es keine Ablehnung gewesen war. Sie reagierte nicht.

Sein Augen füllten sich. Zum Donnerwetter, dachte er, ich werde doch wohl nicht weich werden? Ich, Peter Diamond, Exkriminaler?

In der Mittagspause erzählte er Julia Musgrave von der Zeichenstunde. Sie saßen zusammen im Schulgarten auf einer Bank unter einer Platane und aßen Sandwiches. Mittlerweile sah er die Sache etwas nüchterner und gab zu, daß es ein Fehler wäre, dem Vorfall allzu große Bedeutung beizumessen.

»Nein, bei unserer Arbeit können wir jede noch so kleine Ermutigung gebrauchen«, sagte sie. »Manche Kinder sind nie zu solchen spontanen freundschaftlichen Gesten fähig. Nie. Das ist toll, Peter. Seien wir ehrlich, bis jetzt hat noch niemand bei ihr einen solchen Erfolg gehabt. Ich glaube, die Frau von der Botschaft hat die Hoffnung aufgegeben. Sie war die ganze Woche nicht hier. Hat statt dessen angerufen. Sie überlegen, Naomi an eine Schule in Boston zu schicken, die auf Autismus spezialisiert ist. Sie wird von japanischen Lehrern geleitet.«

»Boston?« sagte Diamond entsetzt. »Sie nach Amerika schicken? Dann wird das Kind nur noch verwirrter, als es ohnehin schon ist.«

»Vielleicht ist es das Beste für sie. Wir haben keinerlei Fortschritte erzielt – zumindest nicht bis heute morgen.« Sie hielt inne, sah ihn eindringlich an. »Die Schule heißt Boston Hagashi School. Und *hagashi* ist das japanische Wort für ›Hoffnung‹. Finden Sie das nicht auch einen schönen Gedanken?«

Falls ja, so sträubte er sich dagegen. »Hören Sie, ich weiß, daß Sie das Beste für Naomi wollen, aber angenommen, sie ist gar nicht autistisch?«

»Ich kann das nicht entscheiden, Peter. Für Naomi ist das Jugendamt zuständig.«

»Und die sind bestimmt sehr erleichtert, wenn sie sie loswerden.«

»Jetzt sind Sie zynisch.«

»Dann verraten Sie mir doch mal etwas. Was wird denn eigentlich getan, um ihre Eltern zu finden?«

Sie seufzte. »Die Polizei ermittelt. Soweit ich weiß, ist bislang noch nicht viel dabei herausgekommen. Niemand hat sie als vermißt gemeldet. Wo sind die Eltern? Sie ist zweifellos gut versorgt worden. Als sie gefunden wurde, war sie gepflegt und ordentlich gekleidet. Sie ist ausgesetzt worden, Peter, und ich glaube nicht, daß die Eltern ihre Meinung ändern werden. Manchmal möchten junge Mütter ihre Babys zurück, die sie vor irgendeiner Tür ausgesetzt haben, aber hier liegt der Fall anders.«

»Einverstanden.«

»Ich lerne oft Eltern kennen, die sich nicht mehr in der Lage fühlen, sich um ihre behinderten Kinder zu kümmern, aber die lassen sie nicht einfach allein in einem Kaufhaus zurück.«

»Wie lange ist es jetzt her, sechs Wochen?« sagte Diamond, eher als Feststellung denn als Frage.

»Fast.«

»In der ersten Woche war ihr Bild in den Zeitungen.«

»Und im Fernsehen. Das hat nichts gebracht.«

Er sagte nachdenklich: »Das Bild war nur in den Regionalnachrichten. Ich würde sie gern in einer landesweiten Sendung unterbringen. Vielleicht in einer Talkshow.«

»Einer *Talkshow*?«

»Sie müßten natürlich das Reden übernehmen, aber Millionen würden Naomi sehen.«

»Peter, ich halte es nicht für richtig, ein verstörtes kleines Mädchen vor Fernsehkameras zu zerren.«

Er verstand ihre Skepsis, ohne sie zu teilen. »Ich würde Ihnen recht geben, wenn sie schwachsinnig wäre oder Angst vor Menschen hätte wie Clive. Aber wir wissen beide, wie sie sich benehmen würde. Sie wäre so ruhig wie immer. Beherrscht. Sie gerät nicht außer Kontrolle. Das wissen Sie genau. Und wenn sie live im Fernsehen zu sehen ist, hat das eine wesentlich größere Wirkung als bloß ein Bild. Die Chance, daß jemand sie wiedererkennt, wäre viel größer.«

»Ich fühle mich nicht wohl bei dem Gedanken.«

»Und ich fühle mich nicht wohl bei dem Gedanken, daß das Kind nach Amerika verfrachtet wird, während seine Eltern vielleicht noch hier in England sind. Lassen Sie mich ein paar Erkundigungen einholen. So eine Geschichte käme im Fernsehen gut an. Sie ist ein sehr niedliches Kind.«

»Genau«, sagte sie heftig. »Ich will nicht, daß sie benutzt wird. Wir haben moralisch nicht das Recht, sie zu einem Objekt zu machen, das die Leute bestaunen. Sie können wetten, daß die Zeitungen die Sache aufgreifen, wenn sie ins Fernsehen kommt. Und dann werden alle möglichen Leute, die es gut meinen, sie adoptieren wollen und Spielsachen schicken ...«

»Hat sie eigene Spielsachen?«

»So was interessiert sie nicht, Peter. Wir haben einen ganzen Zoo aus Stofftieren. Verstehen Sie doch, das Fernsehen ist ein Unterhaltungsmedium, und Naomi ist ein verletzliches Kind mit einer schweren Behinderung.«

»Julia, begreifen Sie doch, die Leute werden sie nicht auslachen.«

Sie sah ihn ruhig an. »Wenn es darum ginge, Clives oder Rajinders Familie zu finden, würden Sie sie ins Fernsehen bringen wollen?«

»Wahrscheinlich nicht in eine Talkshow«, gab er zu.

»Und warum nicht?«

»Weil ihr Verhalten nicht für sie sprechen würde, sie sind anders. Wir wissen beide, daß Naomi ihre Sache tadellos machen würde.«

»Ach ja?« Ein Glimmen trat in ihre Augen. »Woher wollen Sie wissen, daß sie nicht den Kameramann beißen würde?«

Bei der Vorstellung mußte er lächeln.

Julias Aufmerksamkeit wurde plötzlich auf Mrs. Straw gelenkt, die vom Haus auf sie zugeeilt kam. Ihr resoluter Gang, Schulterhaltung und Hüftschwung verrieten, daß sie etwas Bedeutendes mitzuteilen hatte, dem sie unbedingt gebührende Aufmerksamkeit verschaffen wollte.

»Was ist, Mrs. Straw?« fragte Julia.

»Ich denke, Sie sollten sich das Lehrerzimmer ansehen, Miss Musgrave. Da hat jemand blöderweise einen Filzstift rumliegen lassen. Das japanische Mädchen hat ihn gefunden und die Wände vollgekritzelt, wo die doch erst vor drei Monaten tapeziert worden sind. So was haben Sie Ihr Lebtag nicht gesehen!«

Der Vandalismus im Lehrerzimmer bot Diamond die erste Gelegenheit, seit er Bath verlassen hatte, seine detektivischen Fähigkeiten unter Beweis zu stellen. Es war ganze Arbeit geleistet worden, denn die Wände waren rundum mit sinnlosen Kritzeleien beschmiert. Auch die Möbel waren nicht verschont geblieben. Die dicken, schwarzen Linien hatten die untere Hälfte des Raumes in einen Jackson Pollock verwandelt, wie eine der Lehrerinnen bemerkte. Diamond wußte nicht recht, was sie damit meinte, aber es klang passend.

Wie er auf Nachfrage von Mrs. Straw erfuhr, hatte niemand Naomi bei der Arbeit mit dem Filzstift gesehen. Das Kind war später mit dem Stift im Speisesaal gefunden worden. Sie hatte sich geweigert, ihn herzugeben. »Ich mußte ihre Finger einen nach dem andern aufbiegen«, bemerkte Mrs. Straw. »Sie hatte vor, die ganze Schule zu verunstalten.«

Das war, so stellte sich heraus, eine falsche Beschuldigung. Diamond, der Zweifel an Naomis Schuld hegte, konnte ihre Unschuld beweisen. Bei genauer Betrachtung der Wände im Lehrerzimmer stellte er fest, daß die Kritzeleien höher angebracht waren, als es Naomis Reichweite zuließ. Und so geschah es, daß der wahre Übeltäter in seinem üblichen Versteck hinter dem Sack Grassamen im Schuppen gefaßt wurde. Clive langte zehn Zentimeter höher hinauf als alle anderen Kinder in der Schule, und außerdem waren seine Hände und seine Kleidung voller schwarzer Flecken. Die Rekonstruktion des Tathergangs ergab, daß er ins Lehrerzimmer gegangen war, als gerade niemand dort war, die Tat begangen und den Filzstift später im Garten fortgeworfen hatte. Dort hatte Naomi ihn gefunden. »Leider ist Mrs. Straw eine rachsüchtige Person«, vertraute Julia Musgrave Diamond an. »Aber sie arbeitet schwer für die Schule. Ohne sie kämen wir nicht zurecht.«

»In einem hatte sie jedenfalls recht«, gab er zu. »Es war dämlich, den Filzstift liegenzulassen.« In seiner schuldbewußten Stimmung versprach er hastig, das Lehrerzimmer zu renovieren – eine wahrlich harte Strafe. Der kleine Zwischenfall hatte ihn von der wesentlich wichtigeren Frage abgelenkt, ob es richtig war, Naomi ins Fernsehen zu bringen; aber nicht lange, so nahm er sich vor.

Als er sich auf den Nachhauseweg machte und im Kopf schon berechnete, wie viele Eimer Farbe er wohl brauchen würde, hörte er Julia seinen Namen rufen. Sie kam über den Flur hinter ihm her.

Er blieb stehen, unschlüssig, was er zu erwarten hatte.

»Sie können Ihren Filzstift wiederhaben«, sagte sie. »Ob Sie's glauben oder nicht, er ist immer noch nicht leer.«

Er steckte ihn ein, leicht verwirrt. Der Filzstift gehörte ohnehin der Schule, wie sie sehr wohl wußte.

Sie sagte: »Sie müssen sich wirklich nicht soviel Mühe machen – mit dem Lehrerzimmer, meine ich.«

»Das macht mir nichts aus«, log er.

»Ich bin Ihnen für das Angebot dankbar, aber ich möchte nicht, daß Sie glauben, dadurch würde sich irgend etwas ändern.«

»Bis auf die Farbe des Lehrerzimmers«, sagte er grinsend.

Als er weitergehen wollte, stolperte er beinahe über Naomi. Sie mußte direkt hinter ihm gestanden haben, und nun streckte sie die Hand zu ihm hoch. Zweimal an einem Tag, dachte er. Das ist zu schön, um wahr zu sein.

Er bewegte seine Hand auf ihre zu, aber sie zog sie sofort zurück. Also wollte sie den Kontakt doch nicht erneuern.

»Wie du möchtest«, sagte er und dachte sarkastisch, daß Frauen schon im zarten Alter mit der Zuneigung ehrlicher Männer machten, was sie wollten.

Und wirklich, sie streckte ein zweites Mal die Hand aus, nur daß diesmal die Handfläche nach oben gewandt war, als ob sie um Geld bitten würde.

»Was ist denn, Naomi?« fragte er und beugte sich herab. »Was willst du mir sagen?«

Ihre Augen hatten den üblichen glasigen Blick verloren. Sie blickte ihn aufmerksam an, die Stirn in besorgte Falten gelegt. Mehrmals stieß sie ihn mit der geöffneten Hand an, wie ein Bettler auf einem arabischen Bazar.

Er fragte: »Hast du Hunger?«

Um was es auch immer ging, sie versuchte offensichtlich zu kommunizieren – ein gewaltiger Fortschritt nach sechs Wochen –, und das Mindeste, was er dafür tun konnte, war herauszufinden, was sie wollte.

»Du willst doch kein Geld.«

Als er sich noch tiefer zu ihr hinunterbeugte, griff sie nach seinem Jackett, zog es auf und tauchte mit der freien Hand in die Innentasche.

»Junge Dame«, sagte er, »du bist ja schlimmer, als wir alle gedacht haben.«

Aber es ging ihr nicht um seine Brieftasche. Es ging um den Filzstift, den er dort verstaut hatte. Naomi zog ihn rasch heraus und drückte ihn mit beiden Händen an ihre Brust, als ob sie sich nichts in der Welt sehnlicher wünschte.

»Ach du liebe Güte!« sagte er zu ihr. »Was machen wir denn jetzt?«

Es war ein ziemliches Dilemma. Falls er sie den Stift behalten ließ, würde jemand – bei seinem Glück wahrscheinlich Mrs. Straw – es mitbekommen und den Rest der Schule darüber informieren, daß sie einen Saboteur in ihrer Mitte hatten. Julia Musgrave würde sich hintergangen fühlen. Bestand er andererseits darauf, den Filzstift zurückzubekommen, würden die ersten Keime der Zuneigung, die dank seiner Mühe getrieben hatten, niedergetrampelt und für immer zerstört werden. Der Stift bedeutete dem Kind offensichtlich sehr viel.

Er beschloß, ihn ihr zu lassen und das Risiko einzugehen, daß Clive ihn ihr wegnahm und erneut seiner Graffiti-Begeisterung frönte. Er war ziemlich sicher, daß Naomi ihren Schatz nicht so leicht hergeben würde.

Vorsichtig legte er ihr die Hand auf die Schulter und dirigierte sie in Richtung Lehrerzimmer. Sie war so fügsam wie eh und je, nun, da er deutlich gemacht hatte, daß er ihr den Filzstift nicht wieder wegnehmen würde. Als er das Lehrerzimmer betrat, war er erneut schockiert über das Ausmaß der Kritzeleien an den Wänden. Das Zimmer war leer, und das war begreiflich. Er führte Naomi zu der Wand, die am schlimmsten beschmiert worden war.

»Siehst du, was passiert ist?« sagte er und hoffte, daß sie seine Empörung teilen würde, selbst wenn sie nicht verstand, was er sagte. »Das war Clive. Du würdest so was nicht tun, oder?« Zur Bekräftigung fuhr er mit den Händen durch die Luft.

Sie stand da und betrachtete ernst die malträtierte Wand. Besorgt, daß er vielleicht zu streng gewirkt hatte, wollte er ihr impulsiv übers Haar streicheln, beschloß aber dann, daß er das lieber lassen sollte. So eine Geste konnte, wenn nicht von dem Kind, so doch von anderen mißdeutet werden. Aber seine Hand lag bereits auf ihrem Kopf, also zerzauste er ihr statt dessen das Haar – und hatte noch immer das Gefühl, daß er sich diese Freiheit nicht hätte herausnehmen sollen.

Der Block, auf dem er zuvor das Bild von Naomi gezeichnet hatte, lag noch immer aufgeschlagen auf dem Tisch. Er klappte ihn zu und reichte ihn ihr. »Der ist zum Zeichnen. Du kannst ihn haben. Ich schenk ihn dir. Deiner. Klar?«

Sie schien zu verstehen. Ihre Augen blickten kurz in seine, und sie schob sich den Block unter den Arm.

»So, und jetzt wollen wir mal sehen, wo du um diese Zeit eigentlich sein solltest.«

Die Klasse hatte gerade eine Unterrichtsstunde, die im Stundenplan als Musik bezeichnet wurde und aus chaotischem Tamburinschlagen bestand, während die Lehrerin, eine lässige junge Frau mit schwarzem Filzhut, etwas auf der Gitarre zupfte. Naomi setzte sich ein Stück von den anderen entfernt im Schneidersitz auf den Boden und hielt weiterhin Zeichenblock und Filzstift fest. Sie wollte das Tamburin, das Diamond ihr holte, nicht nehmen. Er nickte der Lehrerin zu und ging.

Jetzt mußte er Julia Musgrave von seiner Entscheidung berichten, Naomi den Filzstift anzuvertrauen. Er wollte nicht, daß sie es von Mrs. Straw erfuhr oder von jemand anderem. Er glaubte, er würde sie von seinen Beweggründen überzeugen können.

Julia war nicht allein im Büro, aber sie bat ihn herein. Ihr Besucher war ein bärtiger Mann mit beginnender Glatze, der ein braunes Kordjackett mit Lederflicken auf den Ellbogen trug. Eine Akte lag auf seinem Schoß, und um den Hals hatte er eine Kordel, an der ein dicker Stift baumelte. Diamond vermutete, daß er einen Sozialarbeiter vor sich sah. Er irrte.

»Dr. Dickinson ist Kinderpsychologe«, erklärte Julia. »Er ist hier, um Naomi zu untersuchen.«

»Noch eine Untersuchung?« sagte Diamond recht milde, zumindest eingedenk der Tatsache, daß Alarmglocken in seinem Kopf losschrillten.

»Auf Veranlassung der japanischen Botschaft«, warf Dr. Dickinson in einem Wir-wissen-doch-alle-wie-es-auf-der-Welt-zugeht-Ton ein, der keinen Widerspruch duldete. »Sie möchten meine Sachverständigenmeinung, ob die Kleine Autistin ist. Man hat vor, sie auf die Hagashi-Schule in Boston zu schicken. Das Kind kann sich glücklich schätzen.«

»Wieso das?«

Dickinson runzelte die Stirn. »Die Schulgebühren sind für die meisten Menschen unbezahlbar, rund dreißigtausend Pfund pro Jahr.«

»Geld beeindruckt mich nicht.«

Dickinson sagte schneidend: »Ich bin jedenfalls außerordentlich davon beeindruckt, was ich über diese Schule gelesen habe. Da Naomi, wie ich höre, Japanerin ist, scheint mir dieses Arrangement höchst vernünftig.«

»Wirklich?«

»Mr. Diamond hat Bedenken«, fügte Julia Musgrave rasch hinzu.

»Ach ja, und was ist Ihr Spezialgebiet?« erkundigte sich Dickinson interessiert.

»Wahrheitssuche«, sagte Diamond. »Ich bin Detective, oder war es bis vor kurzem.«

Dickinson atmete geräuschvoll ein und wandte sich Julia Musgrave zu. »Ehrlich gesagt ist mir schleierhaft, wieso ein Detective ...«

Julia Musgrave erklärte rasch Diamonds Anwesenheit und erzählte schließlich, daß er mit seiner Hartnäckigkeit gerade heute morgen ein wunderbares Ergebnis erzielt hatte.

»Aha, und zwar?«

»Naomi ist von ihrem Stuhl aufgestanden und hat meine Hand gehalten«, sagte Diamond. »Das klingt vielleicht nicht gerade berauschend, aber es ist ein echter Fortschritt.«

»Hoffen wir's«, äußerte der Psychologe in einem Tonfall, der das Gegenteil suggerierte. »Leider kommt es bei Autismus immer wieder vor, daß falsche Hoffnungen geweckt werden. Nicht, daß ich die Richtigkeit Ihrer Beobachtung in Frage stelle. Aber es ist verführerisch, aus dem Verhalten dieser Kinder unwissenschaftliche Schlüsse zu ziehen. Als sie Ihre Hand nahm, haben Sie gedacht, daß sie damit Vertrauen, Zuneigung ausdrücken wollte. Im Gegenteil ...«

»Das habe ich nicht gesagt«, unterbrach Diamond ihn. »Ich habe lediglich gesagt, daß sie von ihrem Stuhl aufgestanden ist und meine Hand gehalten hat. Und da wir gerade von unwissenschaftlichen Schlüssen sprechen – ich muß mich wundern, daß Sie in bezug auf Naomi von Autismus sprechen, ehe Sie sie überhaupt gesehen haben.«

»Ich bin auf Autismus spezialisiert«, sagte Dickinson eisig. »Man hätte sich nicht an mich gewandt, wenn das Kind nicht autistische Symptome gezeigt hätte.«

Julia Musgrave hielt es für angebracht, dieses Gespräch zu unterbrechen. »Peter, weswegen wollten sie mich sprechen? Etwas Dringendes?«

»Etwas, das ich Ihnen lieber selbst sagen möchte, bevor Sie es von anderen erfahren«, erwiderte er und schilderte ihr dann, wie es gekommen war, daß Naomi nun wieder den Filzstift in ihrem Besitz hatte. »Sie haben doch nichts dagegen?« sagte er schließlich, durch ihr mehrfaches Nicken während seiner Erläuterung zuversichtlich gestimmt.

»Ein Risiko, das ich gern auf mich nehme«, antwortete Julia. »Alles ist besser als dieser passive Zustand, in dem sie die ganze Zeit über war. Ja, ich bin wirklich ermutigt. Endlich reagiert sie positiv.«

Ohne viel Taktgefühl lieferte Dr. Dickinson seine Interpretation. »Das ist ausgesprochen charakteristisch. Autistische Kinder melden häufig Besitzansprüche auf ein bestimmtes Objekt an. Spiegel, Räder, Papierknäuel. Sie wollen sie nicht mehr hergeben. Es wird zwanghaft.« Er nahm einen Schreibblock aus dem Aktenordner und machte sich eine Notiz.

»Ach, das ist ein Stift?« bemerkte Diamond mit einem Blick auf das Ding um Dickinsons Hals. »Ich dachte, es wäre ein Halsband.« Hinterher bedauerte er diese Stichelei, nicht, weil er sich einen Dreck um Dickinson scherte, sondern weil es unklug war, die offensichtliche Antipathie zu fördern, die der Mann gegen ihn hegte und die sein Urteil über Naomi beeinflussen konnte. Erst reden und dann denken, das war eine Schwäche, die Diamond in der Vergangenheit schon oft in

Schwierigkeiten gebracht hatte, und wohl auch in Zukunft. Er war so vernünftig, Julias Büro gleich darauf zu verlassen.

Im Lehrerzimmer ließ er sich in einen Sessel plumpsen und gab sich dumpfen Gedanken über seinen niederen Status an der Schule hin. In seiner Zeit bei der Polizei hätte er Dickinson oder jeden andern Seelenklempner abgelehnt, wenn die Interessen eines Kindes auf dem Spiel gestanden hätten. Diesen Quatsch über zwanghaftes Verhalten hätte er sich gar nicht erst angehört. Na ja, dachte er, hingenommen hab ich's jetzt auch nicht. Aber damals hätte ich ihn vor die Tür gesetzt.

Er wußte nicht, für welche Seite Julia Musgrave sich entscheiden würde. Ihre ruhige Persönlichkeit war in einer Schule wie dieser ein ungeheures Plus. Sie war umgänglich und offen für Anregungen; was leider auch hieß, daß Leute wie dieser Dickinson bei ihr Gehör fanden. Wenn sie von Psychologen, der japanischen Botschaft und der Kommunalbehörde unter Druck gesetzt wurde, wäre es schwierig, wenn nicht gar unmöglich, Naomi hierzubehalten. Sie war in einer schlechten Position. Und ein gescheiterter Polizist, der davon überzeugt war, daß alle anderen sich irrten, war nicht gerade der Retter in höchster Not.

Seine Gedanken wurden durch das Scheppern von Tamburinen unterbrochen, das über den Flur hereindrang, und die Musiklehrerin kam mit den Instrumenten auf dem Arm, der Gitarre auf dem Rücken und dem Filzhut auf dem Kopf ins Zimmer gewankt. Sie ließ alles auf einen Sessel fallen und ging zu dem Wasserkessel. »Auch einen Kaffee?«

»Da sag ich nicht nein.«

»Vielen Dank, daß Sie Naomi reingebracht haben. Ich wußte nicht, wo sie war.«

Er nickte. »Mag sie Musik?«

»Ich merke jedenfalls nichts davon. Möchten Sie vielleicht lieber Tee?«

»Ich nehme das, was Sie trinken.«

Sie warteten, daß das Wasser heiß wurde. Die Frau, nach ihrem Akzent zu schließen Australierin, sagte: »Ihr Name ist Diamond, nicht?«

»Ja.«

»Dann warten Sie mal. Ich muß Ihnen was zeigen. Bin gleich wieder da.« Sie ging, und er kümmerte sich um den Kaffee.

Gleich darauf kam sie zurück und hielt ein großes Blatt Papier in der Hand. »Wußten Sie, daß Sie eine heimliche Bewunderin haben?« Sie hielt das Blatt hoch.

Er starrte darauf, fassungslos. »Das hat Naomi gemacht?«

»Wer sonst?« sagte sie. »Und in meinem Unterricht. Die kleine Göre rührt kein Tamburin an, wenn sie an Sie denkt.«

Die Form auf dem Blatt war deutlich und unmißverständlich:

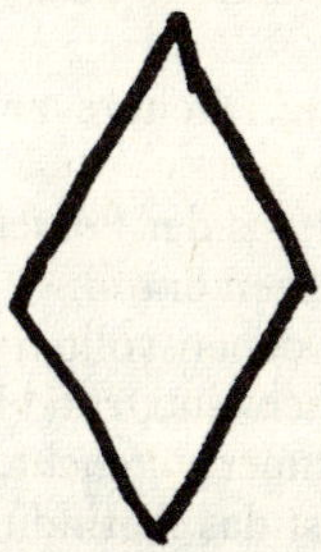

Kapitel elf

Zwischen dem World Trade Center und dem Wolkenkratzer der New Yorker Telefongesellschaft war ein schmales blaues Rechteck sichtbar. Der Hudson. Von Manny Flexners Büro im 21. Stock des Manflex-Hochhauses am Broadway aus betrachtet, glitzerte er strahlend in der Morgensonne. Mannys Büro hatte Fenster vom Boden bis zur Decke, die in der Mitte, also ungefähr in Kopfhöhe, unterteilt waren. Die obere Hälfte ließ sich öffnen, darauf hatte Manny bestanden. Er wollte eine möglichst natürliche Klimaanlage, wann immer es ging. Heute war einer dieser herrlichen Tage mit wenig Wind und idealen Temperaturen.

Während sein Blick auf dem Fluß ruhte, sprach er per Telefon mit seinem Sohn, David, in Mailand, und was er von ihm hörte, erfreute ihn ungemein. Warum konnte nicht jeder Montagmorgen so sein?

»Die Versammlung ist reibungsloser verlaufen, als ich erwarten konnte«, sagte David gerade. »Okay, es gab ein paar wütende Fragen zu der Entscheidung, das Werk zu schließen, aber die meisten hatten Verständnis für die Probleme und waren dankbar für unsere Bemühungen, sie anderswo unterzubringen. Es lief alles unglaublich zivilisiert ab.«

»Weil du in der letzten Woche soviel Arbeit da reingesteckt hast«, sagte Manny anerkennend. »Du hast deine Hausaufgaben gemacht. Die Leute spüren das. Wie viele wollen nach Rom?«

»Fünfzehn bis zwanzig. Weitere zwanzig haben noch etwas Bedenkzeit erbeten.«

»Wie viele davon sind aus der Forschungsabteilung?«

»Acht, nach dem neuesten Stand.«

»Nicht schlecht. Von denen sollten möglichst viele mitgehen. Die Norm ist eigentlich ein Drittel Forschung, zwei Drittel Entwicklung. Ich hab immer versucht, die Relation noch etwas zu verbessern. Wie ist das Abfindungsangebot aufgenommen worden?«

»Die Gewerkschaft verlangt mehr, aber dazu ist sie ja auch da. Ich habe das Gefühl, daß sie bereit ist, sich zu einigen.«

Manny atmete tief und zufrieden aus. »Dave, du hast deine Sache gut gemacht. Gibt es irgendwas Neues über die Brandursache?«

»Nein. Die von der Polizei waren nicht wieder hier. Ich hab ihnen eine Liste mit den Namen aller bei der Versammlung Anwesenden geschickt. Könnte mir denken, daß sie nicht sonderlich erfreut sind, denn wir haben keinen unserer Leute vermißt. Die Cops, mit denen ich gesprochen habe, vertreten die Theorie, daß es jemand aus der Firma war.«

»Die Leichen in dem Alfa Romeo sind immer noch nicht identifiziert?«

»Soweit ich weiß, nein.«

»Wissen die von der Versicherung inzwischen mehr?«

»Wohl kaum. Alle scheinen sich damit abgefunden zu haben, daß die Sache länger dauern wird. Pop, wenn du nichts dagegen hast, würde ich gern Ende der Woche ein paar Tage nach Venedig fahren. War ja dein Vorschlag. Rico kann hier die Stellung halten.«

»Venedig?« Manny überlegte einen Moment, dann traf er eine Entscheidung. »Klar, mein Junge, das hast du dir verdient. Ich bin stolz auf deine Arbeit. Aber warte nicht bis Ende der Woche. Fahr sofort los. Heute. Und, Dave, sag Rico nicht, wo du wohnen wirst. Gönn dir ein paar ungestörte Tage. Hast du verstanden?«

»Pop, ich hab's nicht so eilig. Und heute morgen habe ich noch ein paar Termine.«

Manny sagte eindringlich: »Sag sie ab. Tu's für mich. Ich weiß, was ich sage. Mach, daß du da wegkommst, wenn du dir Venedig ansehen willst. Und, Dave ...«

»Ja?«

»Ich liebe dich, mein Sohn.«

»Ich dich auch, Pop«, erwiderte David leicht verwundert.

»Mach's gut.«

»Du auch.«

Manny legte auf. Auf seinem Schreibtisch lagen ein paar Briefe, die er mit der Hand geschrieben hatte. Er nahm denjenigen heraus, der an seinen Sohn adressiert war, und schrieb auf den Umschlag: ›Hoffe, Venedig war zauberhaft.‹ Dann stand er auf, goß sich an der Bar einen großen Brandy ein und kippte ihn rasch hinunter.

Er nahm seine Lesebrille ab und steckte sie in das Etui auf dem Schreibtisch. Dann holte er seine Brieftasche mit Kreditkarten und ein paar Geldscheinen hervor und legte sie neben das Brillenetui.

Auf der anderen Seite des Büros stand ein ovaler Mahagonitisch mit vier passenden Stühlen. Manny holte sich einen von diesen Stühlen, trug ihn zum Fenster und stieg mit seiner Hilfe auf den Teakholz-Aktenschrank. Seine Bewegungen waren koordiniert, automatisch und für einen todkranken Mann erstaunlich behende. Von dort oben konnte er leicht mit einem Schritt eines der geöffneten Fenster erreichen. Und genau das tat er auch. Er stand mit beiden Füßen auf dem Metallrahmen und hielt sich kurz mit der Hand fest, um die Balance zu wahren. Das Fenster war sehr hoch, und er mußte sich nicht bücken.

Manny sah nicht nach unten. Sein Blick war auf das glitzernde Stück Fluß weit vor ihm gerichtet. Den Hudson. Und jenseits davon New Jersey. Für Manny in seinem fatalistischen Zustand hätte der Fluß auch der Jordan sein können, und jenseits davon lag das Gelobte Land. Ein tröstlicher Gedanke. Er blickte noch immer in die Ferne, als er sprang. Während er fiel, schaute er zum anderen Ufer hinüber, schaute, solange er konnte.

Kapitel zwölf

Noch bevor irgend jemand sonst in der Schule war – mit Ausnahme von Mrs. Straw –, schob Diamond im Lehrerzimmer bereits alle Möbel in der Mitte des Raumes zusammen. Er war früh am Tag in einem Baumarkt in Hammersmith gewesen und hatte zwei Dreiliterdosen Vinylfarbe mit der Farbbezeichnung »Apricot« gekauft. Er fand, die Farbe würde gut zu den Möbeln passen, zumindest hatte er sich das eingeredet, als er sah, daß sie besonders preisgünstig war. Mit dem eingesparten Geld war er geradewegs in den nächsten Spielwarenladen gegangen und hatte ein Spielzeugauto für Clive gekauft. Irgendwie hatte er den Rowdy der Schule ins Herz geschlossen, auch wenn er ihm die viele Arbeit verdankte.

Also stand er um acht Uhr fünfzig im Overall im Lehrerzimmer und trug mit der Rolle die erste Farbschicht auf, als Sally Truman, die sich um die kleinsten Kinder kümmerte, hereinkam.

»Guten Morgen, wie geht's?« fragte er Sally.

»Bis gerade eben war ich müde. Die Farbe hat mich wach gemacht.«

»Gefällt's Ihnen?«

Sie wich der Frage aus. »Beim Trocknen wird sie wohl noch blasser. Das ist meistens so. Wie nennt sie sich?«

»Apricot.«

»Ich finde, es sieht eher nach Tomate aus. Macht es Ihnen was aus, wenn ich die Abdeckfolie von den Möbeln nehme und nach meinem Schreibtisch suche?«

In der nächsten halben Stunde wurde er mit einer wahren Flut von Komplimenten überschüttet, obwohl das Lehrpersonal überwiegend der Auffassung zu sein schien, daß er ein oder zwei Pfund mehr hätte ausgeben und dafür eine etwas dezentere Farbe hätte nehmen sollen. Er hörte gutgelaunt zu und fuhr fort, Clives kritzeliges Wandgemälde zu überstreichen. Gegen zehn war er reif für eine Kaffeepause, was erneutes Tischerücken erforderlich machte, um an den Kessel zu gelangen. Zwei Wände waren fertig. Mit ein wenig Abstand betrachtet, wirkte die Farbe tatsächlich eher rot als apricotfarben.

Dennoch erhielt er viel Lob für seine Mühe, und niemand beschwerte sich über die Störung. Sie suchten unter der Schutzabdeckung nach Stühlen und ließen sich wie gewöhnlich mit ihren Kaffeetassen nieder, um über die neuesten Ereignisse seit der letzten Pause zu plaudern. An diesem Morgen war Naomis Zeichnung vom Vortag das beherrschende Thema. In dieser kleinen Schule kannten die Lehrer jedes einzelne Kind.

»Das ist eine gute Nachricht, Peter«, sagte der stellvertretende Schulleiter John Taffler. »Und nachdem Sie dem Kind soviel Zeit gewidmet haben, haben Sie sich den Erfolg wirklich verdient.«

Diamond war weniger euphorisch. Er hatte eine Nacht Zeit gehabt, darüber nachzudenken. »Der Erfolg wäre größer, wenn es etwas wäre, das ich ihr beigebracht hätte.«

Taffler hob mahnend den Zeigefinger. »Seien Sie nicht undankbar. Man kann es erkennen. Es ist Ihr Name. Sie hat registriert, daß es Sie gibt.«

»Meinen Kopf würde ich nicht darauf wetten.«

»Ach, nun kommen Sie, warum sollte sie sonst eine Raute, also eine Diamantenform zeichnen? Sie weiß Ihren Namen.«

Er sah sich um und betrachtete die Gesichter der anderen. »Woher soll sie das Symbol dafür kennen? Ich hab es ihr nicht beigebracht, und soweit ich weiß auch sonst niemand.«

Sally Truman sagte: »Jedenfalls scheint sie Englisch zu können. Das ist doch jetzt wohl klar, oder?«

Diamond bemerkte skeptisch, daß sie kein Wort gesagt habe.

»Dann eben, daß sie es versteht«, beharrte Sally. »Sie hat Ihren Namen gehört und ihn mit der Form in Verbindung gebracht. Sie versucht zu kommunizieren.«

Eine von den Teilzeitlehrerinnen wandte ein: »Wir sollten das nicht überinterpretieren. Vielleicht war es reiner Zufall, und sie zeichnet es nie wieder.«

»Könnte sein, daß sie keine Gelegenheit mehr dazu hat«, meinte Taffler in dem vielsagenden Tonfall von jemandem, der Insiderinformationen besitzt. »Jedenfalls nicht hier. Habt ihr nicht mitbekommen, daß Olly Dickinson, der Psychoonkel, der gestern hier war, bestätigt hat, daß sie autistisch ist? Sie soll so bald wie möglich nach Amerika geschickt werden.«

Diamond hatte befürchtet, daß er etwas in der Art über kurz oder lang zu hören bekommen würde, aber trotzdem schoß sein Blutdruck bedenklich in die Höhe. Er knallte seine Tasse auf den Tisch, daß der Kaffee spritzte. »So ist es für alle am einfachsten«, sagte er verbittert. »Die Schule wird ein Kind los, für das sie nichts tun kann, und das Jugendamt ebenfalls. Die Polizei kann die Ermittlungen einstellen, Dickinson streicht ein fettes Honorar ein. Die Botschaft blecht und hat ein ruhiges Gewissen. Drüben in Amerika nehmen sie das Geld und setzen einen neuen Namen auf die Liste. Alle sind fein raus, bloß nicht das kleine Mädchen, das sich nicht wehren kann.« Er stand auf und marschierte hinaus, geradewegs zu Julia Musgraves Büro.

Er riß die Tür auf. »Wann soll sie abreisen?« fragte er ohne Einleitung.

Julia blickte von den Papieren auf, die vor ihr auf dem Tisch lagen. Ihre Augen weiteten sich, vermutlich weil sie sich über seinen Overall wunderte. Sie war noch nicht im Lehrerzimmer gewesen. »Peter, setzen Sie sich doch erst mal.«

»Dazu bin ich viel zu wütend. Sagen Sie mir nur, wieviel Zeit ich noch habe. Mehr will ich nicht wissen.«

»Was meinen Sie damit, wieviel Zeit?«

»Das liegt doch auf der Hand. Um ihre Familie zu finden.«

Die Farbe war aus ihrem Gesicht gewichen. Sie sagte: »Peter, ich bin Ihnen wirklich dankbar, daß Sie sich soviel Mühe mit Naomi gegeben haben, aber ich muß Sie daran erinnern, daß Sie das freiwillig gemacht haben. Sie haben keinen Anspruch darauf, über ihre Zukunft mitzubestimmen.«

Er drohte ihr zwar nicht gerade mit der Faust, aber hob und senkte die geballte Hand, als er erklärte: »Sie reden von ihrer Zukunft. Ich versuche noch immer, etwas über ihre Vergangenheit herauszufinden. Und Sie und Ihre Helfershelfer wollen jede Chance zunichte machen!«

Sie sah aus, als hätte er sie geschlagen. Sie sprach leiser, um ihre Stimme unter Kontrolle zu halten, und sagte: »Ihre Bemerkung kränkt mich. Sie kränkt mich sehr. Wenn sie es genau wissen wollen, ich habe argumentiert und gebettelt, daß Naomi bei uns bleiben kann, bis wir wirklich jede Möglichkeit ausgeschöpft haben. Aber ich stand allein gegen alle.«

Einen Moment lang herrschte angespanntes Schweigen. »Es tut mir leid.« Ernüchtert machte er zwei Schritte auf sie zu und hob die Hände in einer hilflosen Geste, um das Gesagte zurückzunehmen. »Himmel, ich nehme den Mund mal wieder zu voll, bevor ich die Fakten kenne. Julia, es tut mir unendlich leid.«

Sie schüttelte den Kopf, und es schien, als würde jedes weitere Wort sie nur noch mehr bekümmern. Sie sagte nur: »Wahrscheinlich Sonntag.«

Sonntag. Vier Tage.

Als er ins Lehrerzimmer zurückkehrte, war niemand mehr da. Anstatt erneut zur Farbrolle zu greifen, angelte er das Telefon und die Gelben Seiten unter der Abdeckfolie hervor und fing an, die Fernsehgesellschaften anzurufen, die er für eine Sendung über Naomi in Erwägung gezogen hatte. Bekam er einen unbedeutenden Assistenten an die Strippe, berief er sich schamlos auf seinen früheren Polizeirang und verlangte, mit jemandem verbunden zu werden, der befugt war, Entscheidungen zu treffen. In dem kernigen Stil seiner Zeit bei der Mordkommission verschaffte er sich so Gehör bei Verantwortlichen der BBC, von Thames TV und Sky Channel, von sämtlichen Frühstückssendungen, Magazinen und Talkshows im Früh- und Spätabendprogramm. Er ließ nichts unversucht, die Leute für den rätselhaften Fall zu interessieren, in dem ein kleines Mädchen bei Harrods Bombenalarm ausgelöst hatte und zwei Monate später noch immer nicht identifiziert war. Die meisten reagierten zurückhaltend. Einige empfahlen ihm andere Sendungen, und manche notierten seine Nummer und versprachen zurückzurufen, falls die Redaktion interessiert sei.

Danach blieb ihm nichts anderes übrig, als wieder zur Farbrolle zu greifen. Gegen ein Uhr war er fertig, und niemand hatte zurückgerufen. Die Schultern taten ihm weh, und seine Kehle war trocken. Mrs. Straw kam herein, ignorierte verstockt die makellosen, glänzenden Wände und machte ihn auf ein paar Farbflecke auf dem Boden aufmerksam. Er versicherte ihr, die Farbe sei wasserlöslich und leicht zu entfernen. Da er sich in seiner Stimmung nicht sofort daranmachte, die störenden Flekken zu beseitigen, schleppte Mrs. S. demonstrativ Eimer und Schrubber herbei und setzte den Boden just in dem Moment unter Wasser, als die Lehrer zur Mittagspause hereinkamen.

Aber dann geschah doch etwas, das seine Laune hob, und dabei handelte es sich nicht um ein Lob für seine Anstreicherei. John Taffler packte ihn am Arm und sagte: »Kommen Sie, und sehen Sie sich das an, Kumpel.«

Diamond folgte ihm in den Garten, wo die Kinder gerade große Pause hatten. Naomi saß auf einem Mäuerchen, das den Gemüsegarten säumte. Sie hatte den Zeichenblock auf den Knien und benutzte, völlig in sich versunken, den Filzstift.

Diamond schlich sich nah genug heran, um ihr über die Schulter blicken zu können. Sie hatte eine Serie von rund fünfzehn Rauten gemalt, ungefähr gleich groß, jede für sich allein.

»Was sagen Sie nun?« sagte Taffler. »Von wegen reiner Zufall. Sie produziert sie reihenweise.«

Diamond war zwar erfreut, aber gleichzeitig ratlos.

Taffler hockte sich neben Naomi hin und sprach mit ihr. »Das ist hübsch, Schätzchen. Richtig schön! Diamanten.« Er tippte nacheinander auf die Formen. »Diamant, Diamant, Diamant.« Dann deutete er nach oben. »Mr. Diamond. Das willst du uns doch damit sagen, nicht wahr, Schätzchen?«

Das Kind unterbrach seine Arbeit und blickte tatsächlich kurz zu Diamond hoch. Leider lag in diesem Blick nichts, was John Tafflers Mutmaßung unterstützt hätte, nichts, was auch nur im entferntesten darauf hindeutete, daß sie an Diamond gedacht hatte. Sie runzelte die Stirn und sah weg.

»Seien wir froh über das, was wir haben«, sagte Diamond, fest entschlossen, positiv zu denken. »Sie benutzt den Stift, und das allein ist schon ein Fortschritt.«

»Äh, ja.« Taffler richtete sich wieder auf. »Zumindest löst sie sich aus diesem völlig passiven Zustand. Andererseits«, fügte er hinzu, als sie zurück zum Haus gingen, »ist es ein wenig beunruhigend, daß sie nichts anderes zeichnet. Es könnte obsessiv werden.«

Diamond war nicht in der Verfassung, sich auch noch darüber Sorgen zu machen. Er war auch nicht gerade überglücklich, Dr. Ettlinger im Lehrerzimmer anzutreffen. Der Psychiater hielt gerade seinem Einpersonenpublikum – Mrs. Straw – einen Vortrag über die Bedeutung von Farbe am Arbeitsplatz. Anscheinend war Apricot, oder Orange, wie Ettlinger es nannte, eine ganz schlechte Wahl für einen Gemeinschaftsraum, weil es aggressionsfördernd sei. Und wie von einem Psychiater nicht anders zu erwarten, gab es natürlich auch sexuelle Implikationen. Rot und Orange waren die Farben von Begehren und Leidenschaft. Diamond hörte sich das alles an und konnte sich die Orgien bei Kaffee und Käsebrötchen lebhaft vorstellen. Doch damit nicht genug, Ettlinger sinnierte weiter, daß derjenige, der eine so unpassende Farbe ausgesucht hatte, dringend therapiebedürftig sei. In einer solchen Persönlichkeit lauere eine tief eingewurzelte, gefährliche Aggressivität.

Worauf Diamond in seinem mit Farbflecken übersäten Overall sagte: »Keine Sorge, Doc, wenn ich ihn finde, erdrossele ich ihn mit bloßen Händen.«

Worauf wiederum Mrs. Straw fluchtartig den Raum ohne Eimer und Schrubber verließ.

Ettlinger, der säuerliche Dr. Ettlinger, brachte tatsächlich ein Lächeln zustande. Er hatte Sinn für psychologische Witzeleien, selbst wenn sie auf seine Kosten gingen. »Ich wußte gar nicht, daß Sie suizidale Neigungen haben«, sagte er bedächtig. »Meines Wissens ist Selbsterdrosselung kaum zu bewerkstelligen.«

Seltsamerweise schien durch diese bizarre Unterhaltung das Eis zwischen ihnen gebrochen. Diamond gestand, daß er wegen der Entscheidung über Naomis Schicksal wütend war, aber nicht selbstmordgefährdet. Ettlinger wußte noch nichts davon. Er teilte Diamonds Empörung. Schließlich betrachtete er sich als den Hauspsychologen der Schule.

Diamond schlug vor, einen Kaffee zu trinken, und schaltete den Kessel ein.

»Ich sollte das eigentlich nicht über einen Kollegen sagen, aber ich tu's trotzdem«, erklärte Ettlinger. »Oliver Dickinson sollte sich schämen. Ich habe noch nie erlebt, daß ein Psychiater schon nach einer einzigen Sitzung Autismus diagnostiziert, schon gar nicht bei einem Kind wie Naomi, das sich überwiegend passiv verhält.«

»Also könnte es sein, daß er sich irrt?« sagte Diamond, der spürte, daß er vielleicht noch mehr aus seinem neuen Spezi herauslocken konnte. »Ich meine, gäbe es andere Erklärungen dafür, daß sie nicht spricht?«

Ettlingers Augen blinzelten mit dreifacher Geschwindigkeit hinter den dicken Gläsern. »Nun ja, es ist nicht auszuschließen, daß hier ein Fall von elektivem Mutismus vorliegt.«

»Sagen Sie das noch mal?«

Ettlinger gehorchte. »Dabei handelt es sich um eine psychische Störung, die Kinder von drei Jahren an aufwärts befällt. Irgend etwas hindert sie am Sprechen. In manchen Fällen tritt das Phänomen nur in der Schule auf, und zu Hause sprechen sie ganz normal. In besonders schweren Fällen verstummen sie gänzlich, und das monate-, sogar jahrelang.«

»Kann man das behandeln?«

»Es gibt kein Heilverfahren im engeren Sinne. Es hört irgendwann auf, und manche Kinder werden behandelt, aber es ist schwer zu sagen, ob sie nicht auch ohne Hilfe gesund geworden wären. Die besten Ergebnisse erzielt man mit Einzeltherapie. Es ist nicht ratsam, solche Kinder mit in eine Gruppe zu stecken, besonders wenn die anderen Kinder andere Störungen zeigen. Das Kind ahmt sie nach, bewußt oder unbewußt.«

»Zum Beispiel beißen?«

Er erntete ein listiges Lächeln. »Warum nicht?«

Diamond schien die Theorie des elektiven Mutismus immer plausibler. »Wäre damit auch die Vermeidung von Blickkontakt erklärlich?«

»Ich glaube nicht, daß ein Kind dieses Verhalten bei einem anderen Kind bemerkt«, sagte Ettlinger. »Aber wenn Naomi ängstlich darauf bedacht ist, nicht zu sprechen, wird sie vermutlich Situationen vermeiden, in denen sie antworten muß. Also könnte sie aus diesem Grund an Menschen vorbeisehen.«

»Sie haben gesagt, daß man nicht weiß, wo die Ursache für diesen, äh, wie heißt es noch ... elektiven was?«

»Mutismus.« Ettlinger zuckte die Achseln. »Man sollte nicht verallgemeinern. In manchen Fällen scheint er durch Schulangst ausgelöst zu werden. Wenn man das Kind auf eine andere Schule oder in eine andere Klasse schickt, kehrt die Sprache wieder. Meistens jedoch tritt die Störung früher auf, und das Problem liegt nicht so klar auf der Hand oder kann nicht so leicht gelöst werden. Die Ursache kann emotionaler Streß sein, von dem Erwachsene gar nichts merken.«

Diamond schüttete den Kaffee auf und reichte Ettlinger eine dampfende Tasse. »Naomi ist von ihren Eltern getrennt worden. Möglicherweise wurde sie ausgesetzt. Wäre das so eine Form von Streß?«

»Ja, ein derart erschütterndes Erlebnis könnte zum Trauma werden.«

»Trauma? Das ist doch wohl eine ganz andere Chose.«

Ettlinger verzog das Gesicht ob der Ausdrucksweise und machte deutlich, daß Männerfreundschaft ihre Grenzen hat. »Ich würde Trauma als eine tiefe emotionale Wunde definieren, eine Verletzung der Psyche.«

»Kann ein Kind davon stumm werden?«

»Mit Sicherheit.«

»Und wäre das heilbar?«

»Sagen wir, dieser Zustand ist meistens zeitlich begrenzt.«

»Dann wird sie also irgendwann wieder sprechen?«

»Ich habe hier keinen speziellen Fall erörtert.«

Diamond gab mit einem Nicken nach. »Das wäre also noch eine Möglichkeit. Damit hätten wir nun Autismus, elektiven Mutismus und Trauma.«

Ettlinger strahlte. »Zufrieden?«

Diamond nickte. Er hatte mit Hilfe eines Experten die Annahme in Frage gestellt, daß Naomi autistisch war. Er hatte zwar nicht die Möglichkeit zu verhindern, daß das Kind am Sonntag in das Flugzeug nach Boston gesetzt wurde, aber er sah sich in seiner Skepsis bestätigt.

Am späten Nachmittag bekam er weitere Schützenhilfe. Ein Anruf von der BBC. Ein Produzent, der ihm am Morgen keinen Funken Hoffnung gemacht hatte, hatte beim Mittagessen mit der Assistentin von irgendwem gesprochen, und die hatte ihrem Produzenten, der jetzt am Telefon war, von Naomi erzählt. Es ging um »Kids«, eine neue Kindersendung, von der Diamond noch nie gehört hatte und die seit zwei Wochen Freitag nachmittags auf BBC2 lief. Sie bestand hauptsächlich aus dreiminütigen Beiträgen, beispielsweise Musik, Zirkusnummern, Tierporträts, Wortspielen, Vorstellung neuer Spielzeuge, Interviews mit Kindern, die in den Schlagzeilen gewesen waren, und mit Erwachsenen, unter anderem mit Autoren und Künstlern, die für Kinder arbeiteten.

Das Ganze klang ziemlich öde, aber Diamond war klug genug, sich zurückzuhalten. »Ich wette, die Kinder sind ganz verrückt danach.«

»Erstaunlicherweise sind die Zuschauerzahlen nicht so ermutigend«, sagte der Produzent, der sich des Namens Cedric Athelhampton erfreute. »Wir versuchen derzeit, gewichtigere Themen mit reinzunehmen.«

Wie wär's mit mir, dachte Diamond ketzerisch. In Wahrheit fühlte er sich in diesem Augenblick federleicht. »Sie suchen nach ernsten Themen?«

»Genau, aber sie müssen einfach und direkt vermittelbar sein. Und sie müssen mit Kindern zu tun haben. Deshalb habe ich ja auch die Ohren gespitzt, als ich von Ihrem japanischen Mädchen gehört habe. Sie *ist* doch das Kind von Harrods, oder?«

»Ja.«

»Und sie spricht noch immer kein Wort?«

»Keine Silbe.«

»Und in der ganzen Zeit ist sie noch nicht identifiziert worden? Ich werd' Ihnen sagen, wie ich das sehe, Mr. Diamond. Ich habe da einen recht kreativen Einfall. Wir werden das als Herausforderung präsentieren. Können Sie mir folgen?«

Mit bewundernswerter Selbstbeherrschung erwiderte Diamond, daß er dazu durchaus in der Lage sei.

Cedric Athelhamptons Stimme schwoll förmlich vor Begeisterung an. »Damit können wir unser Publikum aktivieren. Kinder spielen unheimlich gern Detektiv. Wir fragen, wer die kleine Japanerin aus der Schule kennt oder aus dem Park oder der Straße, wo sie spielen. Übrigens, Mr. Diamond, in welcher Beziehung stehen Sie eigentlich zu dem Mädchen?«

Darauf war er vorbereitet. »Ich habe mich einfach für den Fall interessiert. Und da wir gerade von Detektiven sprechen, ich war früher selbst bei der Kripo.«

»Einfach himmlisch.«

Es war das erste Mal, daß er eine solche Reaktion darauf hörte.

Der einzige Haken bei der Sache war, daß Cedric an die Sendung nächste Woche Freitag dachte.

»Tut mir leid. Ausgeschlossen«, sagte Diamond. »Können Sie sie nicht diese Woche noch reinnehmen?«

»Ich wünschte, ich könnte, Süßer, aber die Sendung für diesen Freitag steht schon.«

»Spielt das eine Rolle?« hakte Diamond nach und versuchte mannhaft, sich von der Anrede »Süßer« nicht aus der Fassung bringen zu lassen.

»Es ist eine Live-Sendung, Mr. Diamond. Wir wollen nicht mehr Risiko als nötig eingehen.«

»Eine Live-Sendung für Kinder? Ist das üblich?«

»Nichts an unserer Sendung ist üblich. Deshalb ist sie ja so spannend. Einigen wir uns auf Freitag in einer Woche?«

»Nein. Dann ist sie schon in Amerika.«

»Amerika! Wieso das denn?«

Ohne zu zögern, sagte er: »Wichtiger Fernsehtermin. Wie ich höre, soll sie drüben als Riesensensation vorgestellt werden.« Auch er konnte kreativ sein, wenn man ihn dazu zwang.

Kapitel dreizehn

David Flexner drehte den Umschlag zum x-ten Mal in der Hand und betrachtete den hastig hingekritzelten Satz: »Hoffe, Venedig war zauberhaft.« Schmalz, reiner Schmalz, redete er sich ein, während eine nur allzu echte Träne seinen Blick verschleierte. Pop, du hast immer gewußt, wie du die Leute kriegst, und es ist dir immer gelungen.

Keine Frage, Venedig war zauberhaft gewesen. Er hatte Mannys Rat angenommen und war noch am selben Abend gefahren. Hatte einfach alles stehen- und liegenlassen, das heißt, fast alles. In seiner Hochstimmung, weil er mit seiner ersten Aufgabe als Manager so gut zurechtgekommen war, hatte er die liebreizende Pia eingeladen, ihn zu begleiten. Zu seinem Entzücken hatte sie gelacht, ihm die Hand gedrückt und ja gesagt. Sie hatten drei Tage und zwei unvergeßliche Nächte in einem Palazzo gewohnt, dem Hotel Cipriani an der Spitze der Giudecca, gegenüber dem Lido. Venedig war zauberhaft gewesen, und Pia auch.

Die Rückkehr nach Mailand war daher um so bedrückender. Ricos »Wo bist du gewesen? Wir konnten dich nicht erreichen«, mochte nicht als Vorwurf gemeint gewesen sein, aber es klang so. Als David dann erfuhr, was Manny getan hatte, fühlte er sich von Schuldgefühlen übermannt. Erst später, während des Fluges nach New York, spielte er die Ereignisse im Geist noch einmal durch und erkannte, daß sein Vater es so gewollt hatte, gewollt hatte, daß er wegfuhr, sich amüsierte, ehe er die schreckliche Nachricht erhielt.

Manny hatte sich aus dem einundzwanzigsten Stock in die Tiefe gestürzt und war beim Aufprall auf dem Parkplatz sofort tot gewesen. Der Krebs hätte ihn in wenigen Monaten hingerafft. Ein doppelter Schock für David.

Am Flughafen wurde er von Michael Leapman abgeholt, der ihn mitfühlend umarmte und ihm einen Brief seines Vaters überreichte. Die Botschaft auf der Rückseite war vorläufig alles, was er verkraften konnte. Auf Davids eigenen Vorschlag fuhren sie direkt zur Leichenhalle und brachten die Tortur der Identifizierung hinter sich. Erstaunlicherweise war Mannys Gesicht nicht entstellt. Es gab Verletzungen am unteren Hinterkopf, erklärte der Arzt dort, aber er war mit den Füßen zuerst aufgeschlagen. Der Körper war bis auf das Gesicht völlig abgedeckt. David, der auf so schlimme Verletzungen gefaßt gewesen war, daß er seinen Vater vielleicht nicht wiedererkennen würde, war verblüfft und tief erschüttert, als er das Gesicht sah, das er gekannt und geliebt hatte. Er beugte sich vor, um Manny auf die Stirn zu küssen und ihm Lebewohl zuzuflüstern, und als er das tat, geschah etwas Merkwürdiges. Davids Haare, die wie immer zu einem Pferdeschwanz zusammengebunden waren, rutschten ihm von der Schulter und fielen über das bleiche Gesicht. Er wischte sie rasch beiseite, und Mannys linkes Auge klappte auf. Es kam vermutlich durch die reibende Bewegung der Haare, aber die Wirkung war schockierend. Es schien fast, als zwinkerte sein Vater ihm zu. Er strich mit der Hand über das Gesicht und schloß das Lid. Das alles ging so rasch, daß die anderen vielleicht gar nichts bemerkt hatten. Jedenfalls sagte niemand etwas.

Wieder draußen an der frischen Luft schlug Michael Leapman vor, ein Glas zu trinken, ehe sie ins Büro fuhren. Sie gingen in eine irische Bar gleich in der Nähe. »Vielleicht sollten Sie den Brief lesen«, schlug Leapman vor, nachdem sie sich gesetzt hatten. In seinem Verhalten lag noch etwas anderes als nur Mitgefühl, eher so etwas wie Respekt. Bei ihren früheren Begegnungen im Sitzungssaal des Vorstandes hatte er David meistens ignoriert – aber das hatten ja fast alle Direktoren getan.

»Später.«

»Verstehen Sie mich nicht falsch. Ich will Sie nicht bedrängen, aber ich denke, daß Sie ihn jetzt lesen sollten, bevor wir ins Büro fahren. Wenn in dem Brief etwas Ähnliches steht wie in dem Brief an mich, dann gibt es einige dringende Dinge zu tun.«

Leapman hatte recht, wie David feststellte. Es war so ein ähnlicher Brief – Manny gab noch immer den Ton an. Nur ein Satz, der darauf hindeutete, daß es sich um den Abschiedsbrief eines Selbstmörders handelte: »*Tut mir leid, daß es so kommen mußte, Davey – aber Du kennst mich, ich konnte noch nie auf irgend etwas warten.*« Dann kam er gleich zum Geschäftlichen: »*Ich möchte, daß Du den Vorstandsvorsitz übernimmst. Mein gesamter Besitz, einschließlich meiner Konzernbeteiligungen, geht an Dich. Ich habe Michael Leapman gesagt, was ich möchte, und er hat mir seine Unterstützung versprochen. Ich habe ihn gebeten, eine Sondersitzung einzuberufen, und auf dieser Sitzung wird er Dich für den Vorsitz vorschlagen. Die anderen werden Dich unterstützen. Wichtig ist, daß es keine Verzögerung gibt, daß Du kein Zaudern erkennen läßt, sonst fallen die Aktien, und die Raubtiere schlukken uns. Geh die Sache genauso selbstbewußt an, wie Du das Problem in Mailand geregelt hast, und wir überstehen das ohne Schaden, ach Quatsch, wir ziehen Gewinn daraus. Ich gebe Dir mein Wort, Davey, wenn Du das Sagen hast, bist Du immer obenauf. Denk nur daran, Du bist der Boß. Du ergreifst die Initiative, stimmt's? Brauchst Du technischen Rat, nimm ihn an, aber laß Dich von niemandem überrollen. Ich gebe zu, daß Manflex kaum neue Produkte hat, die in den nächsten zehn Jahren viel bringen werden. Du hast einige wichtige Entscheidungen zu treffen. In dieser Branche kann man nicht ewig auf Nummer Sicher gehen. Ich könnte noch vieles schreiben, aber ich glaube, ich habe genug gesagt. Du wirst es schaffen, das weiß ich, Junge.*« Unterschrieben war der Brief mit: »*Dein Dich liebender Pop.*«

David saß stocksteif in seinem Sessel und las den Brief ein zweites Mal. Man kann nur eine begrenzte Anzahl von Schockerlebnissen verkraften, dann fällt man in einen katatonischen Zustand. Er hatte das Gefühl, kurz davor zu sein. *Vorstandsvorsitzender von Manflex*, das war absurd. Eine solche Entwicklung hatte er nie ernsthaft in Erwägung gezogen. Er war immer davon ausgegangen, daß die Familie nach Mannys Ableben eine große Beteiligung an dem Unternehmen behalten würde, aber daß andere die Geschäftsleitung übernehmen würden. Er wäre zufrieden gewesen, seinen nominellen Sitz im Vorstand zu behalten, ohne sich mit Richtlinienentscheidungen belasten zu müssen. Er mochte kreative Dinge, keine verdammten Pillen.

Er lehnte sich zurück und sah zur Decke hoch.

»Hat er sie überrascht?« erkundigte sich Leapman.

»Das ist stark untertrieben.«

»Ich habe auf ihn eingeredet, daß er mit Ihnen reden, Ihnen von seinen Plänen erzählen sollte. Er hat irgendwas gesagt, daß Ihnen die Verantwortung aufgebürdet werden müßte. Er glaubte, Sie würden am besten funktionieren, wenn es Sie ohne Vorwarnung trifft.«

Davids Augen wanderten zu Leapman. »Soll das heißen, er hat Ihnen erzählt, daß er vorhatte, sich umzubringen?«

»Nein. Jedenfalls nicht so, daß ich es verstanden hätte.« Leapman befingerte nervös seine Krawatte.

»Er hat Ihnen erzählt, daß er Krebs hatte?«

»Ja.«

»Und was genau hat er gesagt, wollte er tun?«

Leapman musterte angestrengt sein Bier, als ob sich die Antwort auf Davids Frage darin zeigen würde.

»Los, sagen Sie schon«, beharrte David. »Ich will es wissen.«

»Er, äh – das ist schwierig – er hat gesagt, er wolle sich ... aus der Chefetage zurückziehen.«

Davids Mund öffnete sich langsam zu einem Grinsen, und das Grinsen wurde zum Lachen, der erste Riß in seiner Traurigkeit, seit er von Mannys Tod erfahren hatte. »Und das gleich einundzwanzig Stockwerke tief. Das ist typisch Pop. Ein schlechter Witz über seinen eigenen Selbstmord. Kommen Sie, Michael, es stört mich nicht, wenn Sie lachen. Pop hätte auch nichts dagegen. Sie können darauf wetten, daß er seinen Spaß dabei hatte, als er Ihnen das gesagt hat.«

Leapman brachte irgendwie ein Lächeln zustande. Mannys Humor hatte ihm noch nie gelegen. David fand es komisch, vor allem, wenn er sich vorstellte, welche heimliche Belustigung sein Vater empfunden haben mußte, als er mit seinem ernsten Adlatus sprach. »Hat er Ihnen auch gesagt, ich solle dann sozusagen in die Chefetage einziehen?«

Leapman nickte.

»Haben Sie gedacht, er hätte den Verstand verloren? Seien Sie ehrlich.«

»Es war eine echte Überraschung. Aber Sie können mit meiner vollsten Unterstützung rechnen«, fügte Leapman rasch hinzu.

»Die werde ich auch brauchen können.« Eine Absichtserklärung von David. Plötzlich, spontan, aber unwiderruflich, hatte er die wichtigste Entscheidung seines Lebens getroffen. Er würde sein Bestes geben, trotz der tiefen Verachtung, die er für die Geschäftswelt empfand. Die Reise nach Mailand hatte das eigene Vertrauen in seine Fähigkeiten als Manager gesteigert. Manny war ebenso klug wie geistreich gewesen. Er hatte recht gehabt, es war berauschend, die Fäden in der Hand zu halten. »Die Gesellschafter müssen beruhigt werden«, sagte er, als ob ihm dieser Punkt schon seit Wochen keine Ruhe gelassen hätte. »Wie hat sich unser Aktienpreis entwickelt? Im Flugzeug habe ich gesehen, daß er nach Bekanntwerden der Nachricht in den Keller gesackt ist.«

»Heute morgen schon wieder sechs Punkte tiefer. Wenn wir das nicht stoppen, packt bestimmt bald einer die Gelegenheit beim Schopfe.«

»Eine Übernahme, meinen Sie?«

»Die Gefahr besteht. Die Mistkerle wissen ganz genau, daß das Unternehmen was wert ist. Das Problem ist die allgemeine Verunsicherung. Wir rutschen immer tiefer, und die warten nur auf den Moment, wo sie zuschnappen können.«

»Und dann wird Manflex zerlegt.«

»Das könnte schon bald passieren.«

»Es sei denn, wir ergreifen die Initiative.«

»Richtig.« Leapman fuhr mit dem Zeigefinger langsam über den Rand seines Glases. »Um das Vertrauen wiederherzustellen, brauchen Sie etwas Positives für den Markt. Ihr Vater hat dafür gesorgt, daß wir einen ungemein soliden Ruf haben, oder zumindest bis vor ein paar Wochen hatten. Wir haben ein gutes

Sortiment an rezeptfreien Medikamenten. Und Kaprofix ist noch immer eines der am häufigsten verschriebenen Medikamente gegen Angina.«

»Könnte aber bald seine Spitzenposition verlieren?«

»Schon passiert. Adalat-Procardia hat uns überholt.«

»Wer ist der Hersteller?«

»Es ist ein Gemeinschaftsprodukt von Bayer und Pfizer. Auch Marion-M Dow hat ein sehr erfolgreiches Medikament.«

»Wir haben doch bestimmt jede Menge Projekte in der Entwicklungsabteilung.«

Leapman schüttelte den Kopf. »Nicht für den Angina-Markt. Und die Patente für Kaprofix laufen bald aus.«

»Das heißt, daß unsere Konkurrenten dann anfangen können, Nachahmer auf den Markt zu bringen?«

»Genau.«

Einen Moment herrschte bedrücktes Schweigen.

Dann sagte David: »Es ist ja wohl überdeutlich, daß ich mich in unser Forschungs- und Entwicklungsprogramm einarbeiten muß. Sie kennen sich besser aus, Michael. Haben wir irgend etwas Vielversprechendes dabei? Mein Vater hat in seinem Brief davon gesprochen, daß einige wichtige Entscheidungen anstehen.«

»Das ist schwierig«, wich Leapman aus. »Klar, ich kann die Möglichkeiten mit Ihnen durchgehen, aber das würde ich lieber im Büro tun, mit ein paar Zahlen auf dem Tisch.«

»Okay. Gehen wir.«

Leapman zögerte. »Lassen Sie mich noch etwas sagen. Ich denke, Sie sollten jemanden kennenlernen, Professor Alaric Churchward von der Corydon University.«

»Corydon, wo zum Teufel liegt das denn?«

»Indianapolis. Schwerpunkt Biologie. Ich glaube, das Institut wurde während der Kennedy-Ära gegründet, als man zu ahnen begann, welches Potential in der Genforschung steckt.«

»Nachdem die DNS aufgeschlüsselt worden war?«

Er nickte. »Churchward ist 1981 von Yale nach Corydon gegangen, glaube ich. Viele sehen in ihm schon einen zukünftigen Nobelpreisträger.«

»Und Sie meinen, er könnte uns nützen?«

»Das tut er schon. Wir arbeiten eng mit Corydon zusammen, was Ihrem Vater zu verdanken ist. Wir finanzieren einen Großteil der Forschung dort.«

»Im Bereich Genmanipulation, meinen Sie?« Davids Stimme nahm einen abwehrenden Tonfall an.

»Seien Sie nicht gleich so skeptisch«, tadelte Leapman. »Genmanipulierte Medikamente sind die Zukunft unserer Branche. Bald werden in der Gesundheitsversorgung die größten Fortschritte von Genforschern erzielt werden. Wir verdanken ihnen schon jetzt eine sicherere und bessere Form des Insulins. In den nächsten zwanzig Jahren werden sie Impfstoffe für jede nur denkbare Krankheit entwickeln.« Er hielt inne und trank einen Schluck Bier. »Aber wie es der Zufall will, hat der jüngste Durchbruch nichts mit Biotechnologie zu tun.«

»Ein Durchbruch? Ist das Ihr Ernst?«

Leapman brachte tatsächlich ein Lächeln zustande. »Gelungen mit ganz altmodischen chemischen Bestandteilen, David.«

»Ein Medikament?«

Er nickte.

»Gegen was, welche Krankheit?«

»Die tödlichste überhaupt.«

»Krebs?«

»Das Alter, David. Das Alter.«

Kapitel vierzehn

Die Trauerfeier für Manny Flexner fand im Vorraum des *Tempel Emanu-El* auf der Fifth Avenue statt, der größten Synagoge der Welt. Daß über zweihundertfünfzig Leute teilnahmen, war ein Beweis seiner Beliebtheit; Juden und Nichtjuden, ein breiter Querschnitt durch die gehobene New Yorker Gesellschaft. »Er war ein vielgeliebter Mann«, sagte der Rabbi in seiner Rede, zugegebenermaßen ein Klischee bei Traueransprachen, aber in diesem Fall stimmte es in mehrfacher Hinsicht, besonders auffallend war die Vielzahl attraktiver Frauen in der Trauergemeinde.

Am späten Nachmittag desselben Tages, während der Großteil der Familie sich noch in dem Haus an der Upper East Side drängte, Häppchen aß und sich Geschichten über Mannys Eskapaden in Geschäfts- und Liebesdingen erzählte, fand im Hauptbüro von Manflex eine Sondersitzung des Vorstandes statt. David Flexner wurde als neuer Vorsitzender vorgeschlagen und ohne Gegenstimme gewählt. Michael Leapman, von dem der Vorschlag kam, machte deutlich, daß Manny es so gewollt hatte. Die sieben aktiven und zwei passiven Mitglieder applaudierten höflich, und man öffnete eine Flasche Champagner. Der Kurs der Manflex-Aktien, der die ganze Woche über gefallen war, erholte sich danach um ein paar Punkte.

»Also endlich eine gute Nachricht«, bemerkte David, als Leapman ihn davon in Kenntnis setzte.

»Leider nein. Der Preis ist aufgrund eines Gerüchts gestiegen, daß jemand große Mengen Aktien ankauft. Der Markt wittert ein Übernahmeangebot.«

»So bald schon?«

»Haie schwimmen schnell. Wir haben einen schweren Hieb einstecken müssen, und sie riechen Blut.«

Dafür, daß David sonst so gelassen wirkte, reagierte er heftig: »Sie sollen zum Teufel gehen, Michael. Keiner von diesen Aasgeiern wird Manflex ausschlachten. Es ist das Lebenswerk meines Vaters. Tausende von Menschen leben davon. Ich habe eine Verantwortung für unsere Arbeitnehmer.«

Leapman legte ihm eine Hand auf die Schulter. »Nehmen Sie es nicht so schwer, David. So funktioniert der Markt nun mal, leider.«

»Es geht um Vertrauen, stimmt's?« sagte David. »Wir müssen deutlich machen, daß Manflex unter meiner Leitung eine Zukunft hat.«

»Sicher, und wenn wir richtig vorgehen ...«

»Ich weiß, was Sie sagen wollen, aber ich kann mir nicht vorstellen, daß ein großes Pharmaunternehmen, wie wir es sind, von nur einem Verkaufsschlager abhängt. Verflucht, wir verkaufen doch Hunderte von Produkten.«

»Unsere Konkurrenten auch. Aber wo wäre Glaxo ohne Zantac, oder Smith-Kline Beecham ohne Tagamet? In Wahrheit brauchen wir regelmäßig Nachschub an neuen Produkten, aber das würde ungeheure Investitionen in die Forschung erfordern. Wissen Sie, wie viele Medikamente für ein einziges erfolgreiches patentiert und getestet werden? Fünftausend, David. Fünftausend zu eins. Das ist das Risiko in unserer Branche. Und in dieser Größenordnung können wir nicht mehr mithalten.«

»Okay, ich hab Sie verstanden. Ich sollte mit Professor Churchward reden, und zwar so bald wie möglich. Muß ich dafür nach Indianapolis?«

Leapman nickte. »Wann wollen Sie fliegen?«

»Wir nehmen die nächste Maschine. Eigentlich sollte ich jetzt mit meiner Familie zusammensein. Aber sie muß das verstehen.«

»Sagen Sie ihnen doch, wie wichtig die Reise ist.«

»Wissen Sie, was die dann sagen? ›Er ist schon genau wie sein Vater.‹«

Sie flogen noch am Abend nach Indianapolis und übernachteten im Hilton Hotel. Nach dem Frühstück nahmen sie ein Taxi zur Corydon University. Während der knapp fünfzehnminütigen Fahrt gab Leapman ihm ein paar Hintergrundinformationen über den Mann, mit dem sie sich treffen wollten. »Er hat PDM3 zwar nicht selbst entdeckt, aber er war der erste, der das Potential des Präparats erkannt hat. Er arbeitet seit mindestens zehn Jahren an einem Mittel gegen Alzheimer, ursprünglich im Rahmen seiner Doktorarbeit, glaube ich. Vor ungefähr fünf Jahren fing er an, ein Präparat zu testen, mit dem sich möglicherweise der Gedächtnisverlust bei Alzheimer bekämpfen ließ. Wir haben es Prodermolat oder PDM3 genannt. Die ersten Ergebnisse waren vielversprechend, mehr nicht, aber in letzter Zeit – eigentlich erst in den letzten paar Wochen – hat er einige Ergebnisse erzielt, die schlechterdings sensationell sind, David. Sie bedeuten nicht nur Hoffnung für Alzheimerkranke, sondern könnten für die geistigen Fähigkeiten der ganzen Bevölkerung von Relevanz sein.«

»Sie sagten, mein Vater wußte von dem Projekt?« fragte David nach.

»Natürlich. Manny wußte davon. Er hat sich mehrmals mit Professor Churchward getroffen.«

»Und wie war seine Meinung?«

»Von Churchward?«

»Von PDM3?«

»Er hat es gefördert.«

»Heißt das, er war bereit, die Zukunft von Manflex auf diese Karte zu setzen?«

Leapman schüttelte den Kopf: »Er hatte nicht die Informationen, die wir jetzt haben.«

»Aber er ist erst seit einer Woche tot.«

Leapman legte die Hand ans Gesicht und sagte, als ob er ein heikles Thema anschneiden müßte: »Na ja, David, Manny war ein wunderbarer Mensch, und wir mochten ihn alle sehr …«

»Aber?«

»Aber gegen Ende haben ihn andere Dinge beschäftigt. Ich mache ihm deswegen keinen Vorwurf. Als er mir von seiner tödlichen Krankheit erzählte, habe ich auch an die Probleme für das Unternehmen gedacht und getan, was jeder in meiner Position getan hätte, nämlich diskret eine Bestandsaufnahme vorgenommen. Ich habe die neuesten Berichte zu sämtlichen Forschungsprojekten angefordert, die wir weltweit fördern. Und so erfuhr ich, daß Churchward kurz davor stand, diese phantastischen Ergebnisse mit PDM3 zu veröffentlichen.«

»Mit Pop haben Sie nicht darüber gesprochen?«

»Dazu bin ich nicht mehr gekommen.«

Der Campus der Corydon University bestand aus massigen Fertigbetongebäuden aus den sechziger Jahren mit einigen Anbauten jüngeren Datums. Überwachungskameras am Eingang. Ein schwarzuniformierter Pförtner vor einem Schaltpult, flankiert von Monitoren. Er tippte ihre Namen ein, und sie sahen, wie sie auf einem der Bildschirme erschienen. Dann mußten sie sich fotografieren lassen und erhielten Besucherausweise. Schließlich erschien die Sekretärin von Professor Churchward, eine spröde junge Frau mit einem Namensschild an der Bluse, auf dem »Bridget Walkswell« stand.

Sie betraten ein niedriges Labor, das mit Geräten und Maschinen vollgestopft war: riesige, durchsichtige Zylinder auf

Ständern und Metallvorrichtungen, um die sich weiße Rohrleitungen und Elektrokabel rankten. Überall waren gelbe Schilder zu sehen, die vor den Gefahren am Arbeitsplatz, beispielsweise dem Pipettieren mit dem Mund, warnten. Das monotone Summen von Computern am gegenüberliegenden Ende des Raumes lenkte ihre Aufmerksamkeit auf eine Reihe von Tastaturen und Monitoren, die auf einer langen Arbeitsplatte aufgebaut waren. Außerdem gab es dort ein Gerät, das einem U-Boot-Periskop nicht unähnlich war. Es wurde von einem schmächtigen, dunkelhaarigen Mann in einem weißen Kittel benutzt.

Bridget Walkswell wollte sie vorstellen.

»Einen Moment«, sagte der Professor, ohne vom Okular aufzublicken. Er drehte an einem Justierring. Auf dem Monitor neben ihm entstand eine kleine Bewegung in dem Muster, das aussah wie ein chinesisches Ideogramm und in dem David eine Konfiguration der DNS, des genetischen Bauplans, erkannte. Der Professor machte noch etwa eine halbe Minute so weiter. Als er sich schließlich zurücklehnte, schenkte er seinen Besuchern noch immer keinen Blick. Er glitt mit seinem rollbaren Stuhl nach rechts und tippte etwas in den Computer.

Ohne sich direkt für ihren Chef zu entschuldigen, hob Ms. Walkswell hilflos die Hände und holte dann zwei Hocker unter der Arbeitsplatte hervor. David und Leapman setzten sich und warteten.

Schließlich wirbelte Professor Churchward herum und sagte: »Nun, Gentlemen, sind wir im Geschäft?« Gleichzeitig schnippte er mit den Fingern und zeigte zur Tür. Ms. Walkswell verließ den Raum.

Der bedeutende Mann hatte offensichtlich Wichtigeres zu tun, als mit zwei Geschäftsleuten aus New York zu plaudern. Dennoch bot er ihnen Kaffee an, indem er auf ein Becherglas mit Wasser deutete, das über einem Bunsenbrenner vor sich hinköchelte. Daneben standen ein paar angeschlagene Tassen und schmutzige Löffel. Fast wie aus einem Munde sagten sie, sie hätten gerade erst gefrühstückt.

Churchward sah aus wie ein Marathonläufer, ohne ein Gramm Fett, aber bei seinem Stoffwechsel war Sport überflüssig, er blieb auch so in Form. Er gehörte zu den Menschen, die selbst im Sitzen noch Energie verbrennen. Seine intensiven blauen Augen in dem schmalen, knochigen Gesicht huschten über Davids Freizeitkleidung, und ihnen entging nichts. Man konnte nicht sagen, was er dachte. Er trug eine schlichte, braune Krawatte, und sein Haar war so kurz geschnitten wie bei einem Rekruten.

»David hat gestern den Vorstandsvorsitz bei Manflex übernommen«, erklärte Michael Leapman.

Churchward nickte, als wüßte er das bereits. Kein Wort des Bedauerns über Mannys Tod. »Und jetzt wollen Sie von mir das Neueste über Prodermolat wissen. Kennen Sie die Vorgeschichte?«

»Gehen Sie mal davon aus, daß ich überhaupt nichts weiß«, sagte David.

»Wie Sie möchten. Das Präparat, das wir PDM3 nennen, wurde schon 1975 von einem Forschungsteam in Cornell entdeckt. Finanziert wurde es von Beaver River Chemicals, die heute ein Tochterunternehmen von Manflex ist, wie Sie vermutlich wissen. Die Formel wurde wie Millionen andere auch angemeldet, aber sie schien nicht kommerziell nutzbar, bis vor fünf Jahren an dieser Uni beschlossen wurde, die Forschung im Bereich der Schutzstoffe zu intensivieren. Wissen Sie, was Schutzstoffe sind?«

David runzelte die Stirn. Die Frage richtete sich an ihn, und er hatte das Gefühl, etwas sagen zu müssen. »Verhütungsmittel?«

Der Professor schloß die Augen und schöpfte mit einem tiefen Luftzug neue Kraft, bevor er sie wieder öffnete. »Schutzstoffe sind Stoffe, die offenbar gewisse Nervenzellen im Gehirn am Leben erhalten. Niemand weiß warum. Ihr Vater, der sich über die Entwicklungen auf dem laufenden hielt, wußte, daß einige seiner Konkurrenten in diesem Bereich arbeiteten. Der Hauptgewinn in dieser Branche wäre ein Medikament zur Behandlung der Alzheimer-Krankheit.«

»Das weiß ich«, sagte David.

Churchward nickte. »Unternehmen wie Janssen und Miles hatten schon vorklinische Probedurchläufe mit den von ihnen entwickelten Medikamenten begonnen, und deshalb bat Ihr Vater uns zu überdenken, ob wir nicht irgend etwas hätten, das sich möglicherweise zur Behandlung von Alzheimer nutzen ließ.«

»Und dann erinnerte sich jemand an PDM3?«

»Weit gefehlt.« Professor Churchward hatte keinerlei Hemmungen, David runterzuputzen. »So geht das nicht. Es war eines von zahllosen Präparaten, die aus dem Schrank geholt und getestet wurden. Die ersten Ergebnisse waren interessant, aber nicht aufregend. In der vorklinischen Phase versprach PDM3 nichts sonderlich Aufregendes. Wissen Sie, was ich meine? Kennen Sie sich mit den Testverfahren aus?« fragte er streng.

»Ich denke schon«, antwortete David. »In der vorklinischen Phase dürfen nur Tierexperimente durchgeführt werden.«

Mürrisch gab Churchward ihm recht. »Richtig. Wenn die Ergebnisse gut ausfallen, kommt Phase eins, reine Sicherheitstests mit einer kleinen menschlichen Versuchsgruppe. In Phase zwei wird die Wirkung getestet, noch immer anhand kleiner Versuchsgruppen. All das haben wir hinter uns. PDM3 hat Phase zwei überstanden, und jetzt sind wir bereit, Phase drei in Angriff zu nehmen, also extensive klinische Vorversuche. Angenommen, die laufen gut – und es gibt keinen Grund, warum sie das nicht sollten –, können wir es dem Gesundheitsministerium vorlegen.«

»Und wenn die Zulassung genehmigt wird, sind wir im Geschäft?«

»Und wie!« sagte Leapman leise.

»Glauben Sie wirklich, daß dieses Medikament etwas Besonderes ist?« fragte David.

»Etwas Besonderes?« Der Professor zögerte, als wäge er seine Antwort gründlich ab. »Mr. Flexner, wir reden hier über das pharmazeutische Gegenstück zur Atomspaltung.«

Gänsehaut bildete sich auf Davids Armen. Seiner Erfahrung nach neigten Wissenschaftler nicht zu derart verstiegenen Behauptungen.

Professor Churchward sagte: »PDM3 ist kein Schutzstoff. Es ist ein regenerativer Stoff. Es bringt sterbende Nervenzellen dazu, zu wachsen und sich zu regenerieren. Keine andere Substanz in der gesamten Pharmakopöe ist dazu in der Lage.«

»Gehirnzellen *regenerieren* sich?«

»Ja. Können Sie sich die Möglichkeiten vorstellen? Das geht noch weit über die Behandlung von Alzheimer hinaus. Wir haben das Mittel, um unsere geistigen Fähigkeiten bis ins Unendliche zu erhalten. Es gibt keinen Grund, warum wir das Medikament nicht auch gesunden Menschen zur Verfügung stellen sollten. Jungen Menschen. Männer und Frauen um die Vierzig können damit rechnen, daß ihr Gehirn noch genauso gut funktioniert, wenn sie achtzig sind. Das Medikament wird den Alterungsprozeß eliminieren.«

»Sie meinen das geistige Altern?«

Churchward lief rot an. »Seien Sie vernünftig. Ich behaupte nicht, daß wir alte Menschen wieder jung machen können. Das ist Aufgabe der plastischen Chirurgie.«

»Es erhöht also nicht die Lebenserwartung?«

Er breitete verärgert die Hände aus. »Was erwarten Sie von mir, Mr. Flexner?«

David entgegnete kühl: »Ich versuche, die Sachlage einzuschätzen, Professor. Falls Sie Gratulationen erwarten, meinetwegen. Ich beglückwünsche Sie. Ich will aber auch sichergehen, daß ich Sie richtig verstehe.«

»David, die Möglichkeiten sind phantastisch«, mischte sich Leapman ein. »Die Menschen können länger arbeiten, wenn sie möchten. Sie würden das soziale Netz nicht so belasten. Sie können sich länger selbst versorgen. Geniale Männer und Frauen können die Welt bereichern, solange sie leben, und müssen nicht irgendwann der Senilität anheimfallen.«

»Und in dem Bereich liegen wir vorn?«

»Es ist sonst niemand im Rennen«, sagte Leapman.

»Es gibt ein paar Forschungsprojekte zum Nervenwachstum aus vorhandenen Hirnsubstanzen«, bemerkte Churchward, »aber die befinden sich noch in einer frühen Phase, und außerdem gehen sie von organischen Stoffen aus.«

Leapman sagte: »Kein Vergleich mit einem Medikament.«

»Sie sind ganz sicher, daß wir es patentiert kriegen?«

»Und ob.«

»Was ist mit den Nebenwirkungen?« wollte David wissen.

»Sie wissen ja sicher«, sagte Churchward mit unverhohlener Ironie, »daß jedes Medikament seine Nebenwirkungen hat. Es geht darum, sie gegen die positiven Wirkungen abzuwägen. PDM3 hat einige vorübergehende Kontraindikationen. Es ruft bei manchen Menschen leichte Kopfschmerzen, Übelkeit und Schwindelgefühl hervor, aber diese Effekte haben wir auch bei Personen festgestellt, die ein Placebo verabreicht bekamen.«

»Im selben Umfang?«

»Nicht ganz«, gab er zu. »Aber bei einem hohen Prozentsatz der Versuchspersonen sind überhaupt keine Nebenwirkungen aufgetreten.«

»Wie hoch?«

»Bis zu sechsundachtzig Prozent.«

Die Zahl sollte David beeindrucken, und das tat sie auch. »Wie sieht's mit Langzeitfolgen aus? Es ist wohl noch zu früh, um darüber etwas sagen zu können.«

Der Professor sagte: »Es gibt keinerlei Hinweise auf Langzeitfolgen.«

»Natürlich nicht, wie denn auch? Haben Sie bei den Tierversuchen irgendwelche Nebenwirkungen festgestellt?«

»In einigen wenigen Fällen ein leichter Anstieg der Leberenzyme.«

»Ist das nicht problematisch?«

»*Problematisch* ist weit übertrieben. Die Leber ist äußerst regenerationsfähig, wenn die Dosierung also entsprechend eingestellt wird, besteht keine Gefahr.«

»Wie kann man das feststellen, Professor?«

»Durch die Entnahme von Blutproben.«

»Wenn wir das Medikament auf den Markt bringen wollen, können wir nicht erwarten, daß die Leute dauernd Bluttests über sich ergehen lassen«, sagte David und wußte im selben Augenblick, daß die Bemerkung naiv war.

Churchward schnalzte mit der Zunge und sagte nichts.

Leapman räusperte sich und sagte: »Ich glaube, das ist ein kleines Mißverständnis.«

»Ich bin zuversichtlich, daß wir die Frage in Phase drei klären können«, sagte Churchward. »Vielleicht können wir uns darauf einigen, daß die Lösung in einer vernünftigen Dosierung liegt.«

Beinahe alles, was der Professor sagte, klang leicht verächtlich, und David begriff nicht, wieso. Er kam sich unfähig vor. Bestimmt hätte sein Vater dieses Gespräch weniger offensiv geführt – sogar mit einer Mischung aus Humor und Dreistigkeit –, und doch hätte Manny alles Wichtige in Erfahrung gebracht. »Verstehen Sie mich nicht falsch«, sagte er. »Ich versuche bloß, jeden Aspekt zu berücksichtigen. Ich gebe Ihnen recht, daß jedes Medikament in höherem oder geringerem Maße Nebenwirkungen hat. Wenn man Krebs aufhalten will, ist es nicht so wichtig, daß einem die Haare ausfallen, nicht wahr? Der Unterschied ist nur, daß wir mit PDM3 keine *Krankheit* behandeln würden.«

»Wir würden Alzheimer behandeln«, sagte Leapman.

»Ja, aber der Professor hat davon gesprochen, das Medikament gesunden Menschen anzubieten.«

»Moment mal«, sagte Churchward. »Die Hauptsache ist, daß PDM3 eine hohe Wirksamkeit bei der Behandlung von Alzheimer zeigt, und das war Gegenstand meiner Forschung. Wir können nun beruhigt zu Phase drei übergehen.«

»Aber Sie meinen auch, daß es die Funktion eines gesunden Gehirns verbessern würde.«

»Verbessern, nein«, berichtigte Churchward ihn. »Es kann die Zeitdauer der Funktionstüchtigkeit verlängern.«

»Gut, aber wenn wir es an gesunde Menschen verkaufen, dann wägen wir diese Nebenwirkungen, Übelkeit, Schwindelgefühl und Anstieg der Leberenzyme, nicht gegen eine Krankheit ab. Wir fordern sie förmlich auf, ein Risiko einzugehen.«

»Das sehe ich nicht so. Reden wir nicht von Risiken. Wir würden Risiken ausschalten. Es mag ein paar Befindlichkeitsstörungen oder Unpäßlichkeiten geben«, sagte Churchward. »Das ist ihre Entscheidung. Jede Menge beliebte Nahrungsmittel und Getränke rufen unangenehmere Symptome hervor als PDM3. Wenn Sie beispielsweise ein Multivitaminpräparat nehmen, kann es durchaus sein, daß Sie Verstopfung kriegen.«

»Dann ist PDM3 also so ungefährlich wie eine Vitamintablette?«

»Richtig dosiert, ja.«

»Nach so etwas hat Manny sein ganzes Leben lang gesucht«, sagte Leapman langsam und mit leichtem Pathos in seiner Stimme. »Ein todsicheres Produkt, das den Markt im Sturm erobert.«

David dachte an seinen Vater. Wieder fiel ihm dessen bizarres Zwinkern in der Leichenhalle ein. Der Zwischenfall hatte nichts zu bedeuten, aber er würde ihn nie wieder vergessen können. »Und wann gehen wir damit an die Öffentlichkeit?«

»Ich würde sagen, morgen, wenn wir Manflex über Wasser halten wollen«, sagte Leapman. Sofort bemerkte er Davids Erstaunen und fügte hinzu: »Wir müssen morgen nur ankündigen, daß wir bald eine Pressekonferenz abhalten werden, auf der wir die ersten Studien zu einem neuen Medikament gegen Alzheimer vorlegen. Das reicht, um wieder etwas Vertrauen zurückzugewinnen.«

Die Entscheidung konnte nicht vertagt werden. Inzwischen spürte David kalten Schweiß auf der Haut unter seinem T-Shirt. Er sah zu Churchward hinüber.

»Von mir aus, ja, Gentlemen«, sagte der Professor gönnerhaft. »Ich bin bereit, an die Öffentlichkeit zu gehen.«

»Wir fangen ja noch nicht mit der Produktion an«, sagte Leapman beruhigend zu David.

»Ja, aber wenn diese Ankündigung erst mal raus ist, gibt es kein Zurück mehr, sonst rutschen unsere Aktien in den Keller.«

»Stimmt«, sagte Leapman munter.

David war noch immer unsicher. »Für den nächsten Schritt ist sehr viel Kapital erforderlich. Wahrscheinlich Millionen. Klinische Vorversuche in großem Umfang sind nicht gerade billig. Und wenn wir die Zulassung vom Gesundheitsministerium bekommen, müssen wir gewaltig investieren, um das Medikament auf den Markt zu bringen.«

»Dann müssen wir das Kapital eben aufbringen.«

»In einer weltweiten Rezession?«

»Wir müssen was riskieren, David, oder Manflex ist, offen gesagt, am Ende.« Leapman rückte etwas näher und sagte vertraulich. »Ich hätte da ein paar Finanzierungsvorschläge. Wir sollten nachher mal darüber reden.«

Kapitel fünfzehn

Den Zeichenblock unter den Arm geklemmt und den Filzstift fest in der Hand, bestieg Naomi, selbstbewußt wie eine königliche Hoheit, das Taxi. Nur für den Fall, daß die Kleine doch ängstlicher war, als sie wirkte, versuchte Diamond, die kurze Fahrt dadurch zu beleben, daß er auf jeden Bus zeigte, den sie überholten. Nach ungefähr zehn gab er auf. Naomi brauchte nicht abgelenkt zu werden.

Julia Musgrave hatte ihr extra ein hübsches Kleid mit Spitzenkragen kaufen wollen, doch Diamond mußte sie daran erinnern, warum das Kind vor die Fernsehkameras sollte. Also war Naomi nun ähnlich gekleidet wie damals, als man sie gefunden hatte – ein braunweiß kariertes Kleid von Marks & Spencer, weiße Strumpfhosen und Turnschuhe.

Einen Moment lang, als das Taxi um den Brunnen vor dem Fernsehzentrum kreiste, griff eine kleine Hand nach der Diamonds und drückte sie fest. Aufgeregt? Er war nicht sicher. Vielleicht denkt sie, daß ich nervös aussehe, dachte er.

Es war abgemacht worden, daß er sich am Freitag morgen um zehn Uhr mit Naomi am Empfang melden sollte, und er sollte Geduld mitbringen, denn Cedric wollte sie in die Sendung nehmen, sobald sich eine Gelegenheit bot; er konnte unmöglich sagen, wann das sein würde.

Sie wurden in die sogenannte Gästesuite geführt. Angeblich sollten sich die Gäste dort entspannen. Diamonds Zuversicht schwand, als er eintrat. Die Gastlichkeit bestand aus etlichen Dosen Cola, Gebäck und Kinderkeksen. Alle möglichen Spielsachen waren einladend um die Möbel aus Leder und Stahl drapiert. Naomi ihrerseits machte sich aus dem Essen und den Spielsachen ebensowenig wie Diamond. Sie hockte sich auf den Teppichboden und war bald ganz in ihre Zeichnung vertieft.

Bei jedem fanatischen Unternehmen gibt es gewisse wichtige Augenblicke, wo man innehält, sich umsieht und Zwischenbilanz zieht. Es waren nicht die Spielsachen oder die Kekse, die Diamond verstörten, auch nicht die Ankunft von drei kleinen Mädchen in rosa Satinkleidern, auch nicht der Junge mit Punker-Haarschnitt, der auf einem Skateboard hereingerollt kam.

Der Störfaktor war Sally, eine trügerisch harmlos aussehende Schimpansendame, die eine grauhaarige Frau mit Schutzhandschuhen begleitete. Kaum war Sally hereingetragen und am entgegengesetzten Ende der Couch, auf der Diamond Platz genommen hatte, abgesetzt worden, fing sie auch schon an zu toben und zu schreien. Das Tier war nicht etwa wütend, so versicherte die Frau, auch nicht nervös, weil es im Fernsehen auftreten sollte. Sally, so stellte sich heraus, war immer dabei, ein fester Bestandteil des Programms. Nein, Sally kreischte aus purer Ausgelassenheit, weil sie glücklich war.

Außerdem wollte sie ihr Glück mit Diamond teilen. Sie hatte ein rotes Laufgeschirr aus Leder umgeschnallt, aber ihre Herrin ließ ihr viel Bewegungsfreiheit an der Leine. So durfte sie bis auf knapp einen Meter (klugerweise) an Diamond heran und mit den Armen wild in seine Richtung fuchteln. Dann bleckte sie die Zähne und kreischte.

Weil sie glücklich war.

Am Morgen hatte er Stephanie beim Frühstück erzählt, wo er den Tag verbringen würde, und hatte düster hinzugefügt, daß zwischen einer Kinderfernsehsendung und echter Polizeiarbeit Welten lagen. Steph hatte ihn darauf hingewiesen, daß er nun sein eigener Herr war. Wenn er das für die kleine Naomi über sich ergehen lassen wollte, gut, aber er solle nicht vergessen, daß es schließlich seine eigene Entscheidung war. »Das soll wohl heißen«, hatte er für sie zusammengefaßt, »›Hör auf zu meckern!‹« Und sie hatte nicht widersprochen.

Wenn also der bekanntermaßen aufbrausende Peter Diamond bereit war, eine Couch mit einem kreischenden Affen zu teilen, mußte etwas Grundlegendes in seinem Leben geschehen sein, und so war es auch. Das Schicksal eines kleinen, stillen Mädchens beherrschte ihn; und sie hatte doch bloß ein paarmal ihre Hand in seine gelegt.

Da er kein Aufsehen erregen wollte, ließ er Sally die Schimpansin volle fünfzehn Sekunden über sich ergehen, bevor er sich zu einem anderen Sessel begab. Er lächelte ihrer Besitzerin sogar freundlich zu, weil er argwöhnte, wenn es zu einem Duell käme, würden er und Naomi auf der Straße landen, nicht Sally.

Was nichts daran änderte, daß die Schimpansin weiterhin kreischende Ausfälle in seine Richtung unternahm.

»Sie mag Sie«, log die Frau, wie so viele Besitzer von Tieren, die fremde Menschen terrorisieren. »Sie ist ganz vernarrt in Sie.«

Dann nahte Rettung in Gestalt einer jungen Frau mit strahlenden Augen, die sich als Justine vorstellte und sagte, sie sei Cedrics Assistentin. Neben ihr stand ein schwarzer Junge, der nicht viel älter als Naomi aussah. »Das ist Curtis, und er wird das Interview mit Ihnen machen«, sagte Justine, und als Diamonds Augenbrauen nach oben schossen, erklärte sie: »Die Sendung wird ausschließlich von Kindern gestaltet.« Dann lächelte Justine – und ging.

Curtis zwinkerte ihm zu. Er trug eine rote Baseballmütze und ein schwarzes T-Shirt mit dem Titel der Sendung darauf. Er reichte Diamond eine kleine Hand. »Pete – ich darf Sie doch Pete nennen? –, es tut mir wirklich leid, daß wir noch nicht genau wissen, wann Sie an der Reihe sind«, sagte er und klang fünfmal älter, als er sein konnte, »aber ich dachte, Sie und Naomi würden sich vielleicht gern das Studio ansehen, solange es noch geht.«

»Das wäre schön«, bestätigte Pete.

Naomi mußte regelrecht hochgezogen werden, so vertieft war sie in ihre Zeichnung.

»Ist das japanische Schrift?« fragte Curtis.

»Eine gute Idee, aber ich glaube nicht«, erwiderte Diamond nach einem kurzen Blick auf das Blatt, das erneut mit Rauten bedeckt war. »Du weißt doch, daß sie nicht spricht?«

»Und ob ich das weiß, Pete«, lautete die Antwort. Curtis führte sie mit federnden Schritten durch zwei Schwingtüren hindurch ins Studio, einen höhlenartigen Raum, der im Halbdunkel lag, mit Ausnahme einer Piratenschiff-Kulisse, wo die Techniker gerade arbeiteten. Curtis warnte sie vor den herumliegenden Kabeln und marschierte dann geradewegs zu einer unbeleuchteten Bühne, die wie eine Flughafen-Lounge gestaltet war, nur eben im Kindermaßstab. Durch ein Fenster sah man einen Spielzeug-Jumbojet auf einer realistisch aussehenden Startbahn.

»Das ist eines von unseren ständigen Sets, echt. Ist doch das Letzte, oder?« sagte Curtis entschuldigend. »Man soll glauben, hier ist richtig was los. Jet-set, verstehen Sie? Cedric will es so.«

Diamond meinte: »Das Problem ist, daß ich bei einem Set dieser Größe wirken werde wie King Kong.«

»Keine Sorge, Pete«, beruhigte ihn Curtis. »Darum kümmert sich der Kameramann.« Ob dieser rührende Glaube berechtigt war oder nicht, der Junge hätte jedenfalls nicht souveräner wirken können, als er anfing zu erklären, wie er das Interview führen wollte. »Ich finde, wir müssen die Geschichte rüberbringen, wie Naomi gefunden wurde. Sie waren doch an dem Abend bei Harrods, nicht?«

Diamond nickte.

»Wir reden also darüber, wie sie dort einen Riesenalarm ausgelöst hat, und dann werde ich Sie fragen, wer sie ist und wie sie da hingekommen ist, und Sie werden sagen, daß niemand das weiß, richtig? Am besten sagen Sie dann zu mir, daß sie überhaupt nicht spricht. Cedric meint, die Gründe dafür sollten wir weglassen. Alles möglichst einfach.«

»Einverstanden«, sagte Diamond, der die Leute immer sympathischer fand. Er wollte nicht, daß man Naomi als Autistin oder irgendwie psychisch gestört präsentierte. Ihr Schweigen sollte einfach als Faktum dargestellt werden.

»Okay«, sagte Curtis. »Ich werde betonen, daß wir Hilfe brauchen, um dieses Rätsel zu lösen.« Er malte mit den Fingern Anführungszeichen in die Luft und sagte mit Nachdruck: »Wer ... ist ... Naomi? Schnitt, Großaufnahme von Naomi. Wir wollen, daß die Leute sie ansehen und sich fragen: ›Mensch, wo hab ich die Kleine schon mal gesehen?‹«

Keine Frage, der Junge war ein Profi.

»Und das war's?« sagte Diamond.

»Es sei denn, Sie wollen noch etwas nachtragen.«

»Du hast schon alles gesagt.«

»Möchten Sie sich die anderen Sets ansehen?«

Die ganze Zeit über hatte Naomi dicht neben Diamond gestanden, den Zeichenblock an die Brust gedrückt. Jetzt, da das Wichtigste gesagt schien, fing sie an, mit den Füßen zu scharren, als wollte sie gehen.

Curtis warf ihr einen Blick zu und fragte: »Muß sie auf die Toilette?«

»Was?« Diamond war verdutzt.

»Zur Toilette. Aufs Klo. Wie sagt sie es, wenn sie muß?«

Auf diese Möglichkeit war Diamond nicht vorbereitet. Die Verantwortung für ein kleines Mädchen brachte Komplikationen mit sich. »Zeig uns mal, wo das ist, Curtis.«

Die Toiletten waren gleich neben der Besuchersuite. Sobald Naomi die Türen erspähte, drückte sie Diamond Zeichenblock und Filzstift in die Hand und lief vor. Interessanterweise verstand sie die Symbole, weil sie keine Sekunde zögerte, welche Tür die richtige war.

Curtis blickte zur Uhr und versprach, nach dem Lunch wiederzukommen, weil sie dann in die Maske mußten. Er beschrieb Diamond den Weg zur Kantine. Mit einem augenzwinkernden Lächeln ließ er Diamond allein, der unsicher vor der Toilette stehenblieb. Er wußte nicht, ob die Kleine ohne Hilfe zurechtkam, und natürlich kam gerade jetzt keine Frau vorbei, die er hätte bitten können, mal nachzusehen.

Wie peinlich, wenn die Exkollegen von Avon und Somerset mich jetzt sehen würden, dachte Diamond.

Dann kam sie ruhig und ordentlich wieder heraus. Gemeinsam gingen sie die Kantine der BBC erkunden. Jetzt lief alles schneller ab.

Lunch.

Schminke.

Zurück in der Besuchersuite.

Curtis, der inzwischen ein rotes Hemd mit schwarzer Fliege trug, hielt sie über den Programmplan auf dem laufenden. Offenbar sollten sie zwischen dem Trio in rosa Satin und dem Skateboarder an die Reihe kommen. Währenddessen konzentrierte sich Naomi auf ihre Zeichnung.

»Vielleicht will sie Ihnen was damit sagen. Haben Sie sich das schon mal überlegt?« meinte Curtis.

»Mit dem Zeichnen, meinst du? Natürlich hab ich das«, sagte Diamond, »aber ich bin noch nicht dahintergekommen.«

Curtis sah Naomi erneut über die Schulter. »Ist das ein Logo? Wissen Sie, wie in der Werbung?«

»Die Rautenform? Mir fällt keine Firma ein, die so ein Logo hat.«

»Ist Ihnen aufgefallen, daß sie sie nicht schraffiert? Meistens malen Kinder solche Formen aus.«

Das hatte er noch nicht bedacht. Im Augenblick war ihm nicht klar, was das bedeuten mochte, aber Curtis war schneller als er.

»Vielleicht etwas, wo man durchsieht, wie diese komischen Fenster in alten Häusern.«

Bleiglasfenster.

»Das ist ein interessanter Gedanke, Curtis.«

»Gratis«, sagte Curtis. »Ich muß jetzt wieder in den Regieraum. Immer schön ruhig bleiben.« Er schlenderte hinaus und schnippte dabei mit den Fingern den Rhythmus einer Melodie, die ihm im Kopf herumschwirrte.

Diamond erwog Curtis' Gedanken. Wenn Naomi in einem Haus mit Gitterfenstern gelebt hatte, wäre das eine echte Spur. Er wuchtete sich aus dem Sessel und ging schwerfällig neben ihr in die Knie.

Sie hörte auf zu zeichnen und richtete sich leicht auf.

Er betrachtete die Formen auf dem Blatt. Einige von ihnen berührten sich an den Ecken. Er streckte die Hand aus und sagte: »Kann ich mal den Stift haben?«

Sie gab ihn ihm. Sie hatte ihn nicht nur verstanden, sondern sie vertraute ihm sogar den kostbaren Filzstift an. Ein gutes Zeichen.

Er schlug ein neues Blatt auf und zeichnete Rauten, die sich an den Ecken berührten, so daß sich allmählich ein Gittermuster ergab.

Sie sah ihm dabei zu, und er fühlte sich ermutigt, obwohl sie sonst reglos blieb. Zum Schluß umrahmte er die Zeichnung mit geraden Linien. Das Ergebnis war ein passables Gitterfenster. Er reichte ihr den Block zurück. »Wie findest du das?«

Sie widmete dem Werk ernste Aufmerksamkeit, studierte es so genau, als wäre sie im Auswahlkomitee der Royal Academy. Sie streckte die Hand aus und fuhr mit den Fingerspitzen über das Gittermuster. Es schien fast, als wäre sie mit irgend etwas nicht so ganz zufrieden.

»Hättest du gern Vorhänge?« fragte Diamond. Er griff nach dem Block, aber sie wollte ihn nicht wieder hergeben. Statt dessen öffnete sie die Hand und verlangte den Filzstift zurück.

Er gab ihn ihr.

Hochkonzentriert beugte sie sich so weit über den Zeichenblock, daß ihr Haar nach vorn fiel und ihr dünner weißer Hals sichtbar wurde. Sie bearbeitete den oberen Bereich des Blattes, über dem Fenster, das Diamond gezeichnet hatte. Er konnte nichts sehen, bis sie sich wieder aufrichtete.

Diesmal verblüffte sie ihn vollends. Sie hatte zwei Rechtecke und einen kleinen Kreis dazugemalt:

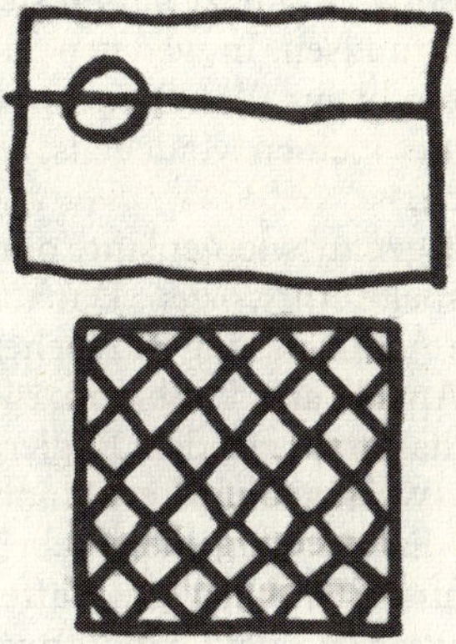

Allmählich hatte er das Gefühl, daß dieses Spiel etwas für Leute war, die einen höheren Intelligenzquotienten hatten als er. Er hatte zum Beispiel nie rausgekriegt, wie das mit dem Zauberwürfel ging. Nachdem eines von Stephs Pfadfindermädchen ihm mit zwei raschen Drehungen gezeigt hatte, wie das Ding funktionierte, hatte er aufgegeben.

Curtis bewahrte ihn vor weiterer Gehirnakrobatik, indem er sie ins Studio bat. Naomi stand sofort auf. Anscheinend hatte sie ihn nicht nur verstanden, sondern brannte darauf, endlich die eigentliche Aufgabe des Tages hinter sich zu bringen. Der Besuch im Fernsehzentrum tat ihr gut, ein Jammer, daß Julia Musgrave das nicht sehen konnte. Man hatte für Diamond einen Erwachsenenstuhl gebracht, der allerdings so niedrig war, daß Diamond argwöhnte, man habe die Beine um fünfzehn Zentimeter gekürzt. »Verlang nicht von mir, daß ich vor laufenden Kameras aufstehen soll«, mahnte er Curtis, der neben ihm zum Interview bereitstand.

Ihnen gegenüber thronte Naomi auf einer gepolsterten Bank. Sie schien sich mehr für das Modellflugzeug zu interessieren, das man durch das Fenster sehen konnte, als für die Kameras, und der Aufnahmeleiter mußte mit den Fingern schnippen, um ihre Aufmerksamkeit zu erregen.

Dann kam das Zeichen.

Gewandt sprach Curtis in die Kamera. Alle Kinder, so sagte er, spielten gern Detektiv, und jetzt hätten sie die Gelegenheit, ein echtes Geheimnis zu lösen. In wenigen Sätzen schilderte er anschaulich die Vorgeschichte, den Bombenalarm bei Harrods und die Entdeckung des kleinen Mädchens, sein Stichwort, um Diamond vorzustellen.

Das Interview lief genau wie geplant, ohne tückische Fragen und ohne verhaspelte Antworten. Danach hatte Diamond Gelegenheit, sich die Aufzeichnung anzusehen, und er war erfreut, wie gut der Appell ans Publikum rüberkam. Endlich tauchte Cedric Athelhampton aus dem Regieraum auf, ein bleistiftdünner, ganz in Weiß gekleideter Mann, und schüttelte Diamond die Hand. »Erstaunlich, mein Lieber, einfach erstaunlich. Sie sind wie fürs Fernsehen geschaffen, jedes kräftige Pfund an Ihnen, wußten Sie das? Eine umwerfende Präsenz, ein wunderbarer Kontrast zu dem kleinen Mädchen. Mein einziges Problem ist jetzt, daß ich die BBC nicht über die zu erwartenden Anrufe informiert habe. Ich bin absolut sicher, daß die Zentrale jetzt schon heißläuft. Ich krieg' was auf den Deckel, aber es war verdammt gutes Fernsehen, das werde ich zu meiner Verteidigung vorbringen.«

»Was ist mit den Anrufen?« fragte Diamond alarmiert.

»Was meinen Sie?«

»Wer nimmt sie an?«

»Sie werden in mein Büro durchgestellt, da sitzt jetzt meine Assistentin Justine. Unter uns – Ihnen, mir und der BBC – gesagt: 99 Prozent davon wird Blödsinn sein. Ein Haufen Schrott. Die Kinder geraten außer Rand und Band, wenn jemand mit Curtis' Charme und Ausstrahlung um Informationen bittet. Finden Sie ihn nicht auch hinreißend?«

Diamond war nicht danach zumute, über Charme und Ausstrahlung von irgendwem zu reden. Er war wütend auf sich, weil er nicht weit genug vorausgedacht und sich zu sehr auf die Sendung konzentriert hatte. »Im Augenblick interessieren mich die Anrufe, das eine Prozent. Kann Justine erkennen, was ernst zu nehmen ist?«

Cedric lächelte spitzbübisch. »Wie soll ich das wissen?« Als Diamond ihn zornig anfunkelte, fügte er hinzu: »Sie ist auf Zack, schwer auf Zack. Nun seien Sie nicht sauer.« Er drückte Diamonds Arm. »Wir sagen Ihnen Bescheid, wenn etwas dabei herauskommt.«

Aber Diamond war nicht zufrieden. Er bestand darauf, zu dem Büro gebracht zu werden, wo Justine die Anrufe entgegennahm.

Sie hatte einen Notizblock vor sich, einen Stift in der Hand und sprach gerade in das Mikrophon an ihrem Kopfhörer. »Danke dir, Kleines. Und nun gib deiner Mommy den Hörer.« Sie blickte zu Diamond hoch. »Blöde kleine Gören.« Sie drückte auf einen Knopf und sagte müde: »BBC, ›Kids‹ ... Wo genau hast du sie gesehen? ... ›Der König und ich‹? Meinst du den Film mit Yul Brynner? ... Danke, ich hab's notiert ...«

Vielleicht war es nicht angebracht zu fragen, ob irgendwelche Anrufe vielversprechend geklungen hatten.

Justine sagte: »Die Eltern reden ihnen was ein. Anders kann ich mir das nicht erklären. Sie sind noch blöder als die Kinder. Ich weiß, warum Sie hier sind. Ich sitze jetzt seit über einer Stunde hier, und das Telefon steht immer noch nicht still. Tun Sie mir einen Gefallen, und holen Sie mir ein Sandwich und einen O-Saft aus der Kantine, ja? Bis dahin kann ich vielleicht das Wichtigste zusammenstellen.«

Er machte keine Einwände; er würde sich auf Justine verlassen müssen.

Als er wiederkam, nahm sie den Kopfhörer ab. Sie biß hungrig in das Sandwich. »Danke. Was schulde ich Ihnen?«

»Nur eine Zusammenfassung«, erwiderte er. »Sind wir auf Gold gestoßen oder nicht?«

»Das müssen Sie entscheiden. Wir haben mindestens zwölf Anrufer, die schwören, sie zu kennen, von der Schule oder vom Tanzunterricht oder von sonstwoher. Ich habe die Nummern notiert, und Sie können sie anrufen. Und dann war da noch ein unheimlicher Anruf.«

»Was heißt das, unheimlich?«

»Der hat mir überhaupt nicht gefallen. Eine Japanerin. Zumindest glaube ich, daß sie Japanerin war. Klang ziemlich japanisch, fand ich.«

»Hat sie ihren Namen genannt?«

»Nein. Das ist es ja. Sie wollte nicht. Und sie hat auch nicht behauptet, Naomi zu kennen, wie all die anderen. Sie hat bloß gesagt, sie hätte Anweisung, Ihnen eine Nachricht zukommen zu lassen. Man würde Ihnen um sieben Uhr ein Taxi herschicken.«

»Hierher?«

»Ja. Falls Sie Naomi wirklich helfen wollten, sollten Sie in das Taxi steigen. Alle beide.«

»Naomi auch?«

»Ja.«

»Das war alles? Hat sie nicht gesagt, wohin das Taxi uns bringen soll?«

Justine schüttelte den Kopf. »Werden Sie's tun?«

»Hatten Sie den Eindruck, daß sie es ernst meinte?«

»Mr. Diamond, die war so ernst, daß ich mir die Sache zweimal überlegen würde, wenn ich Sie wäre.«

»Ich bin nicht zum Spaß hier«, sagte Diamond. »Wieviel Uhr haben wir?«

Kapitel sechzehn

Rasche Reaktionen können für den Erfolg entscheidend sein; sie können einen auch in Schwierigkeiten bringen. Im Taxi fiel Diamond wieder ein, daß er kein höherer Polizeibeamter mehr war. Er verhielt sich zwar so, indem er der einzigen vielversprechenden Spur nachging, die die Fernsehsendung erbracht hatte, aber wäre er noch Detective gewesen, hätte er per Funk das Revier davon verständigt.

Er fragte den Fahrer, wo sie hinfuhren.

»Meine Lippen sind versiegelt, Kumpel.«

»Ach, nun sagen Sie schon!«

»Royal Albert Hall!«

»Leck mich doch.«

Er hätte die Schule anrufen oder Julia Musgrave zumindest eine Nachricht zukommen lassen sollen. Daß ein Mann mittleren Alters mit einem kleinen Mädchen durch London kutschierte, ohne dessen Aufsichtspersonen davon zu unterrichten, war nicht nur höchst unangebracht, sondern verdiente auch die Empörung, die zu erwarten war. Julia würde ihn nicht verdächtigen, das Kind entführen zu wollen – sie vertraute ihm ja mittlerweile –, aber andere würden das tun. In den letzten Monaten war sexueller Mißbrauch an Kindern – ein Verbrechen, das seine Vorstellungskraft überschritt – in den Mittelpunkt des Medieninteresses gerückt, und eine Frau wie Mrs. Straw wäre sicherlich schnell damit bei der Hand, ihn als Kinderschänder zu brandmarken. Und jeder Polizist wäre verpflichtet, eine solche Anschuldigung erst einmal ernst zu nehmen. Er beschloß, sofort ein Telefon zu suchen, sobald sie an ihrem Bestimmungsort angelangt waren.

Und es war die Royal Albert Hall.

Kaum waren er und Naomi vor dem Nordeingang ausgestiegen, trat eine Japanerin auf sie zu. Diamond legte die flache Hand auf Naomis Kopf und zog sie beschützend näher an sich heran. Er wollte kein Risiko eingehen.

Die Frau grüßte ihn mit einer tiefen Verneigung. Sie war um die Sechzig und eindeutig zu alt, um Naomis Mutter zu sein. Am linken Rand der Oberlippe hatte sie eine Warze. »Mr. Diamond?«

»Ja.«

»Bitte kommen Sie mit mir.«

»Einen Augenblick, Madam.« Er bezahlte den Fahrer. Als seine rechte Hand wieder nach unten glitt, spürte er, wie Naomi seine Fingerspitzen fest umfaßte. Ganz offenbar betrachtete sie diese Frau nicht als Familie. Sie gingen hinter ihr her auf das Gebäude zu, und ihm fiel auf, daß Naomi den Kopf in den Nacken legte, um die ganze Höhe des roten Backsteinbaus zu ermessen. Eine Suppenschüssel für die Götter, dachte er immer, wenn er die Albert Hall sah. Man konnte sich vorstellen, wie eine göttliche Hand das Dach abhob, eine riesige Suppenkelle hineintauchte und den Inhalt kräftig durchrührte, wenn zum Schluß der *Last Night of the Proms* gerade »Land of Hope and Glory« gesungen wurde.

Die Frau bewegte sich rasch eine niedrige Treppe hinauf und durch den gewölbten Eingang, als wäre sie in der Albert Hall zu Hause. Sie trug teure westliche Kleidung, ein hellbraunes Seidenjackett und eine gutgeschnittene, dunkelbraune Hose. An der goldgeränderten Brille war eine lange Kette befestigt, die ihr auf den Schultern tanzte.

Als sie das Gebäude betraten, drohte Naomis Griff mittlerweile die Blutzirkulation in Diamonds Hand zu stoppen. Die Frau wandte sich nach rechts und führte sie den Hauptgang entlang, der um den Konzertsaal herumläuft. Etliche Besucher waren unterwegs, dem Alter und Aussehen nach zu urteilen überwiegend Studenten. Dennoch hatte Diamond nicht das Gefühl, daß ein Konzert stattfinden würde, weder Pop noch Klassik. Was genau in dieser Woche hier aufgeführt wurde, wußte er nicht. Schlamperei, tadelte er sich selbst.

Ihre Führerin blieb vor einer Tür mit der Aufschrift PRIVAT stehen und klopfte an.

Diamond war unwohl bei dem Gedanken, Naomi in einen geschlossenen Raum zu führen. »Würden Sie mir bitte sagen, was das Ganze soll?« fragte er.

Die Frau wandte sich zu ihm um. »Es tut mir leid. Ich kann Ihnen nichts sagen.«

»Wer sind Sie?« Ich weiß noch nicht mal, wie Sie heißen.«

»Ich bin unwichtig. Achten Sie nicht auf mich.«

»Sie sprechen gut Englisch.«

»Das ist der einzige Grund, warum ich hier bin.«

Die Tür wurde von einem stämmigen jungen Japaner in einem schwarzen Trainingsanzug geöffnet. Die Frau verneigte sich. Der junge Mann neigte höflich den Kopf in Diamonds Richtung und ließ dabei erkennen, daß sein Haar hochgekämmt und zu einem Knoten zusammengebunden war. Er sagte etwas auf japanisch.

»Bitte treten Sie ein«, sagte die Frau, trat zur Seite und bedeutete ihm weiterzugehen.

Der süßliche Geruch eines Blumenparfüms wehte ihnen entgegen. Er kam vom Haar des jungen Mannes, und der Duft war Kamelie, wie Diamond bemerkte, der sich an eine dezentere Variante erinnerte, die Steph manchmal benutzte. Das Ganze sah immer weniger nach der Heimkehr eines verlorenen Kindes aus, aber die Einladung wirkte bisher auch keineswegs bedrohlich. Er führte Naomi durch die Tür.

Drinnen erwartete sie ein völlig überraschender Anblick: ein gewaltiges Paar Pobacken, nackt bis auf einen Streifen schwarzer Seide, der in der Ritze klemmte.

Aus Gründen, deren Komplexität kaum zu erfassen ist, wird ein allzu fleischiger männlicher Hintern in der modernen westlichen Gesellschaft nicht sonderlich geachtet. Er kann Gegenstand des Spottes sein oder, positiver betrachtet, zusätzliches Gewicht für die eigene Mannschaft beim Tauziehen oder beim Rugby bedeuten. Dieser Hintern jedoch strebte augenscheinlich nach Höherem. Er war monumental, auf seine Art genauso ehrfurchtgebietend wie das Albert Memorial auf der anderen Straßenseite.

Bewegungslos, blaßgolden, glatt wie zwei Ballons, wuchtig wie zwei nebeneinanderstehende Fässer dominierte er die Mitte des Raumes und auch den Rest. Der übrige Körper seines Besitzers blieb vorläufig verborgen, bis auf eine Teilansicht untersetzter Beine und nackter Füße. Der Mann stand in einer vorgebeugten Position, die sehr schwer zu halten sein mußte.

Aus Naomis Perspektive mußte der Anblick dem Fudschijama Konkurrenz machen.

Verspätet fiel Diamond ein, was er zwei Tage zuvor in den Nachrichten gesehen hatte. Ein japanisches Festival hatte begonnen, und eine der Hauptattraktionen war ein Wettkampf japanischer Ringer. Der Sport hatte hier treue Anhänger. Mit den Lippen formte er das Wort »Sumo?«

Der Mann, der sie gerade hereingelassen hatte, nickte.

Obwohl Diamond noch nicht viele Sumo-Kämpfe im Fernsehen gesehen hatte, empfand er eine gewisse Seelenverwandtschaft mit einem Sport, bei dem das Training darin bestand, sich mit Essen vollzustopfen, und der eigentliche Kampf kaum länger als fünfzehn Sekunden dauerte.

Die Gesäßbacken zuckten, bebten und wechselten mit erstaunlicher Geschwindigkeit die Position, als ihr Besitzer, ungeachtet seiner Gäste, eine Standardübung machte, bei der er den Oberkörper auf Hüfthöhe brachte, den rechten Fuß anhob, bis er auf einer Ebene mit dem Schulterblatt war, um ihn dann wuchtig auf den Boden zu stampfen.

»*Shiko*«, murmelte die Frau von der Tür aus. »Um böse Geister und den Gegner zu erschrecken.«

»Sagen Sie ihm, daß der Gegner nicht hier ist«, flüsterte Diamond.

Das *shiko* wurde mit dem linken Bein wiederholt. Die großen fleischigen Halbkugeln erbebten und fanden ihre Ruhe wieder. Der Kamelienduft war noch intensiver geworden. Der Ringer und sein dienstbarer Geist mußten sich mit dem Zeug eingeschmiert haben.

»Ich glaube, da hat sich jemand geirrt, daß wir herkommen sollen«, meinte Diamond.

Erschrocken darüber, daß jemand die Stimme erhob, während das Training in vollem Gange war, hob der Mann im Trainingsanzug mahnend die Hand.

Der Ringer bot ihnen erneut das Panorama seiner Rückseite dar und bückte sich so tief, daß sein Kopf irgendwo zwischen den Knien sein mußte. Er hatte einen seidenen Lendenschurz, wie er im Kampf nur von den besten *sumotori* getragen werden durfte. Die erzwungene Nähe zu diesem ungeheuren Hinterteil war Diamond unangenehm, und er wollte sich gar nicht erst vorstellen, welche Wirkung sie auf das Kind haben mochte. Tatsächlich war der Raum nicht klein. Aber wenn er mit einem Sumo-Ringer und zwei mit Kamelienessenz getränkten Köpfen geteilt werden mußte, wirkte er winzig. Er wandte sich nach der Frau um. Sie stand ganz dicht an der Tür und versuchte, in keinster Weise aufzufallen.

Diamond fragte: »Sind Sie sicher, daß wir hier richtig sind?«

Sie nickte und legte die Finger an die Lippen.

Der Ringer grunzte, erhob sich aus seiner Klappmesserposition und wandte sich plötzlich zu ihnen um. Sein Körper war riesig. Seine Oberschenkel sahen aus, als könnten sie eine Brücke tragen, und in gewisser Weise taten sie das auch, denn sein gewaltiger Bauch hing so tief über den Gürtel des Lendenschurzes, daß der Mann nackt wirkte. Ein dickes Band Brustmuskulatur zog sich über seinen Torso und bildete eine tiefe, geschwungene Furche. Über all dem, fast als gehörte er nicht dazu, ragte ein kleiner, mondförmiger Kopf auf. Das einzig Auffällige daran war, daß die Haare nach hinten gebunden und dann nach vorn gekämmt waren, so daß sie die traditionelle Fächerform ergaben, die nur die besten *sumotori* trugen. Er warf dem Mann im Trainingsanzug einen flüchtigen Blick zu, der daraufhin eine schwarze Jacke aufhob und sie ihm um die kolossalen Schultern legte.

Dann begrüßte der große Mann sie mit einer Verbeugung, und Diamond erwiderte sie. Zum ersten Mal in seinem Leben fühlte er sich körperlich klein, schlank, wenn nicht gar mager. Eine Hand wurde ihm gereicht. Eingedenk der Behendigkeit japanischer Ringer wäre er nicht überrascht gewesen, wenn er sich in der hintersten Ecke des Zimmers wiedergefunden hätte. Statt dessen spürte er nichts Schlimmeres als einen festen Händedruck. Eine hohe und heisere Stimme sagte etwas auf japanisch.

Die Frau hinter Diamond übersetzte. »Der *Ozeki* Yamagata möchte sich vorstellen und Sie in der Albert Hall, seinem derzeitigen Aufenthaltsort, willkommen heißen.«

Diamond nannte seinen und Naomis Namen. Man holte Stühle für sie. Yamagata hockte sich auf eine Holzbank und sagte etwas zu seinem Garderobier, der sich wiederum an die Dolmetscherin wandte.

Sie erklärte Diamond: »Ich habe die Ehre, für Mr. Yamagata zu übersetzen. Ich soll Ihnen erklären, daß *Ozeki* der zweithöchste Sumo-Rang ist. Mr. Yamagata ist in Japan ein sehr bekannter Ringer und der beste auf diesem Turnier. Er würde sich freuen, Sie heute abend als seinen Ehrengast in der Arena begrüßen zu dürfen.«

»Wir fühlen uns geehrt«, sagte Diamond ebenso förmlich, »aber ich denke, das Kind ist noch zu klein dafür.«

Als die Antwort für Mr. Yamagata übersetzt wurde, schien er sie gut aufzunehmen. Er nickte verständig.

Naomi hielt noch immer Diamonds Fingerspitzen umklammert. Es war durchaus nachvollziehbar, daß sie das Geschehen mit tiefem Mißtrauen verfolgte.

Yamagata sprach erneut, und die Übersetzerin erklärte, daß der Sehr Bedeutende Ringer zufällig die Sendung »Kids« gesehen hatte. Man hatte ihm einen tragbaren Fernseher gebracht, weil er eine Sendung über Sumo sehen wollte, aber die hatte sich allzusehr mit seinen Rivalen beschäftigt, und daher hatte er umgeschaltet. »Mr. Yamagata war tief gerührt durch die unglückliche Situation des japanischen Kindes, das im britischen Fernsehen gezeigt wird und nicht spricht. Er hat mich gebeten, der Sache nachzugehen, und so habe ich bei der BBC angerufen«, erklärte sie.

Diamonds Hoffnungen auf einen Durchbruch lösten sich in Nichts auf. »Soll das heißen, er hat Naomi nicht wiedererkannt?«

Sie schüttelte den Kopf.

»Er weiß nicht, wer sie ist?«

»Es war nur eine Fernsehsendung.«

»Zum Donnerwetter noch mal!« Diamond fuhr von seinem Stuhl auf und riß dabei Naomi gleich mit hoch, weil sie noch immer seine Fingerspitzen festhielt. »Sie haben uns für nichts und wieder nichts hierhergeholt, weil dieser Fettwanst das Kind aus der Glotze sehen wollte? Das ist doch lächerlich. Wen haben Sie denn sonst noch hergeschleift, etwa Al Bundy?«

»Bitte! Das kann ich Mr. Yamagata unmöglich übersetzen.«

»Sparen Sie sich die Mühe. Wir sind weg. Dieser Fleischkloß hat mich reingelegt.« Er wandte sich zum Gehen und mußte feststellen, daß der Weg von dem Gefolgsmann im Trainingsanzug blockiert wurde, der leicht nach vorn gebeugt, kampfbereit dastand und so aussah, als sei mit ihm nicht zu spaßen. Naomi fing an zu wimmern, ließ ihren geliebten Zeichenblock fallen und schlang beide Arme um Diamonds Taille, zumindest so weit sie konnte.

Nicht gerade die besten Bedingungen für eine Begegnung mit einem Sumo-Ringer.

»Darf ich bitten?« äußerte Diamond in einem bemüht höflichen, britischen Ton. »Wir würden gern gehen.«

Ein Schwall Japanisch kam von Mr. Yamagata, und die Übersetzerin drängte sich zwischen Diamond und den Trainingsanzug. »Mr. Diamond, ich flehe Sie an! Mr. Yamagata ist noch nicht fertig. Sie können jetzt noch nicht gehen.«

»Es gibt nichts mehr zu sagen«, entgegnete Diamond. »Der einzige Grund, warum wir hergekommen sind, war herauszufinden, wer Naomi ist. Er weiß es nicht. Er hat nicht den blassesten Schimmer.«

»Er will helfen.«

»Indem er ihr auf japanisch Fragen stellt? Das haben die Leute von der Botschaft schon versucht. Sie antwortet nicht. Würden Sie mir jetzt einen Gefallen tun und diesen Hanswurst da bitten, uns vorbeizulassen?«

»Sie sollten Mr. Yamagata nicht den Rücken zukehren.«

Sie sprach dieses Diktum aus wie eine universelle Wahrheit. Vermutlich war es in der Ringergemeinde allgemein bekannt und wurde klugerweise beachtet. Diamond beherzigte es und schaute über die Schulter nach hinten.

Zum Glück hatte Yamagata sich nicht von seiner Bank gerührt. Er bedeutete Diamond, sich wieder auf seinen Platz zu setzen.

Vielleicht, so redete Diamond sich ein, hat der Bursche ja doch einen konstruktiven Vorschlag zu machen. Ein wütender Abgang würde mir nichts einbringen. Ich sollte meine Enttäuschung nicht so zeigen. Wenn er ein Zeuge wäre, würde ich ihn auch erst mal reden lassen, in der Hoffnung, daß irgendwas Nützliches dabei rauskommt, oder?

»Okay«, sagte er und legte eine Hand auf Naomis Schulter. »Zwei Minuten.«

Sie setzten sich wieder.

»Mr. Yamagata möchte die Geschichte des kleinen Mädchens aus Ihrem Munde hören.«

»Ich dachte, er hätte was zu sagen.«

»Bitte, Mr. Diamond.«

»Wie Sie wollen.« Er bemühte sich, nicht die Geduld zu verlieren, und schilderte die wenigen bekannten Fakten, von dem Bombenalarm bei Harrods bis hin zu Naomis Zeichnungen, die sie Yamagata bereitwillig überreichte, damit er sie sich ansehen konnte. Der Ringer blätterte gemächlich Seite für Seite um, betrachtete die Rautenformen und kam schließlich zu dem Gitterfenster.

»Das habe ich gemacht«, sagte Diamond und dachte, wie lächerlich er sich anhörte, wie ein Hobbymaler, der auf Komplimente aus ist. »Die Zeichnung darüber ist von Naomi. Ich habe schon mal gedacht, ob das vielleicht japanische Buchstaben sind, aber wie man mir gesagt hat, ist dem nicht so.«

Als das für Yamagata übersetzt wurde, schüttelte er den Kopf. Ihm schien die Zeichnung genausowenig zu sagen wie allen anderen. Er klappte den Block zu und reichte ihn Naomi zurück, anmutig, mit beiden Händen, als wäre er ein kostbarer Gegenstand bei einer Sumo-Zeremonie. Er sagte etwas auf japanisch zu ihr, aber sie antwortete nicht. Dann wandte er sich Diamond zu und brachte tatsächlich ein paar holprige Worte auf englisch zustande.

»Yamagata haben kleines Mädchen gern.«

Diamond hatte so etwas befürchtet. »Nein. Das geht nicht. Ausgeschlossen«, sagte er und machte zur Bekräftigung eine abwehrende Handbewegung.

»Ich habe sie nicht hergebracht, um sie wegzugeben«, versuchte Diamond zu erklären. »Sie gehört auch überhaupt nicht zu mir. Ich bringe sie heute abend zurück zur Schule, und dabei bleibt's.« Er wandte sich an die Dolmetscherin. »Machen Sie ihm um Gottes willen klar, was ich sagen will.«

Man beriet sich auf japanisch. Dann verbeugte sich die Frau Richtung Diamond und sagte: »Verzeihen Sie, daß ich Sie darauf hinweise, aber ich glaube, Sie haben Mr. Yamagata mißverstanden. Er wollte Ihnen sagen, daß er selbst eine kleine Tochter in Naomis Alter hatte. Er hat sie sehr geliebt, aber sie ist letztes Jahr an Meningitis gestorben.«

Yamagatas Augen wurden feucht, als das erklärt wurde.

»Das tut mir leid«, sagte Diamond aufrichtig. »Der Tod eines Kindes ist wohl der schlimmste Schmerz, den man sich vorstellen kann. Aber bitte machen Sie ihm begreiflich, daß Naomi zu jemand anderem gehört.«

»Das weiß er.«

Yamagata sagte wieder etwas auf japanisch und drückte dabei zur Bekräftigung die flache Hand auf die Brust.

»Es sagt, er möchte dem kleinen Mädchen helfen.«

»Naomi? Er will Naomi helfen?«

Yamagata nickte.

»Das ist sehr freundlich«, sagte Diamond. »Ich danke ihm für das Angebot, aber was könnten Sie tun? Verstehen Sie? Was könnten Sie tun, um zu helfen?«

Sie übersetzte ins Japanische und bekam eine rasche Antwort. »Er meint, das sollen Sie ihm sagen.«

Das beschäftigte Diamond einen Moment. Er wollte nicht undankbar erscheinen. Schließlich antwortete er: »Ich denke, Sie könnten tun, was ich versucht habe – das Interesse der Öffentlichkeit für sie wecken.«

Nachdem das übersetzt war, spitzte Yamagata die Lippen zu einem deutlichen Zeichen des Widerwillens. Er sagte etwas. Die Dolmetscherin erklärte: »Mr. Yamagata hat Ihre Geschichte gehört und er vertraut Ihnen. Sie waren Detective bei der Polizei, also sind Sie gut geeignet, die Wahrheit über dieses Kind herauszufinden. Mr. Yamagata ist ein berühmter Ringer, kein Detective. Er ist ein reicher Mann. Er wird sämtliche Kosten übernehmen. Wenn Sie reisen, irgendwo hinfliegen, in Hotels wohnen, wird er das bezahlen.«

Ein Sponsor.

»Ich hatte nicht vor, irgendwo hinzufliegen.«

»Mr. Yamagata denkt, das wird nötig sein.«

Diamond schüttelte den Kopf. »Ich wüßte nicht, wieso.«

Wieder ein kurzes Gespräch, dann sagte sie: »Mr. Yamagata wünscht, das Zeichenbuch erneut zu sehen.«

»Noch mal?« Der Block lag wieder auf Naomis Schoß. Sie ließ zu, daß Diamond ihn nahm und hinüberreichte.

Der Ringer blätterte, bis er zu der Zeichnung mit dem Gitterfenster kam, die Diamond selbst begonnen hatte. Er fuhr mit dem Finger über die Linien, die Naomi gezeichnet hatte, und sagte: »Flugzeug.« Um seine Äußerung noch deutlicher zu machen, legte er sich den Block auf die Oberschenkel und breitete beide Arme aus.

»Was?« Die Zeichnung konnte selbst mit viel Phantasie kein Flugzeug darstellen.

Yamagata bat die Übersetzerin näher heran und sprach ernst auf sie ein. Sie wandte sich zu Diamond um. »Er sagt, Sie sollten sich die Zeichnung genau ansehen.«

Auf dieses Stichwort hin drehte Yamagata den Block in der Hand und hielt ihn hoch, damit Diamond ihn betrachten konnte.

»Er glaubt, das könnte der Blick eines Kindes im Innern eines Flugzeuges sein.«

»Nun, ich bin nicht gerade ein Vielflieger, aber ich bin ein paarmal geflogen, und keine der Maschinen hatte ein Gitterfenster.«

»Bitte sehen Sie sich die Zeichnung gemeinsam mit Mr. Yamagata an.«

Yamagata hielt sie noch höher.

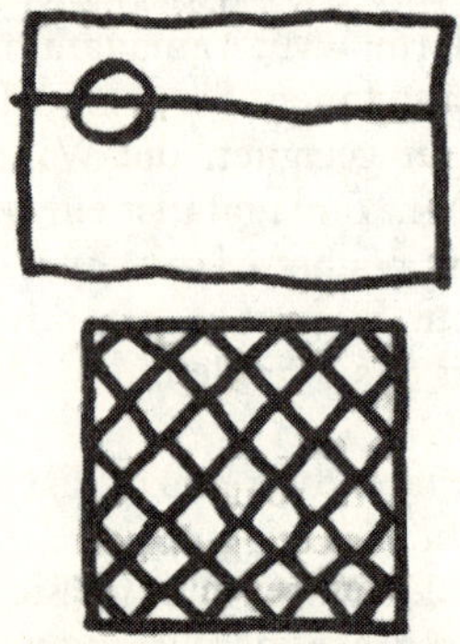

Während Yamagata sprach und mit dem Finger über die Linien fuhr, übersetzte die Frau. »Dieses Gittermuster, das Sie als Fenster bezeichnen, könnte etwas anderes darstellen.«

»Ich habe es selbst gezeichnet.«

»Sie haben es nach den Mustern gezeichnet, die das Kind gemalt hat. Mr. Yamagata meint, es könnte das Zeitschriftennetz sein, das sich auf der Rückseite von jedem Sitz befindet.«

Diamond wußte, was gemeint war. »Dieses Netz, wo man alles reinstecken kann – die Anweisungen für den Notfall und die Zeitschrift der Fluggesellschaft und so weiter? Das kann sein. Das wäre wirklich ihre Kopfhöhe, wenn sie in einem Flugzeug sitzt. Und diese andere Zeichnung könnte die Ablage sein, wo man das Tablett draufstellt. Ich glaube, er hat recht.« Er schnippte mit den Fingern. »Genial. Verdammt genial. Sie will uns sagen, daß sie in einem Flugzeug war.«

»Oder einem Intercity-Zug.«

Eine beklommene Pause.

»Hat er das gesagt?«

»Ich«, erwiderte die Frau. »Ich lebe in England. In vielen Zügen gibt es solche Klapptischchen. In den Flugzeugen, mit denen ich geflogen bin, waren Zeitschriftentaschen normalerweise aus Stoff.«

Sie hatte recht. »Warten Sie mal«, sagte Diamond. »Kann ich den Block wiederhaben?« Er streckte die Hand aus.

Yamagata gab ihn ihm.

Er schlug ein neues Blatt auf, holte einen Stift aus der Tasche und machte rasch zwei grobe Zeichnungen, ein Flugzeug und einen Zug. »Wollen mal sehen.« Er hielt sie hoch, damit Naomi sie betrachten konnte, und deckte den Zug mit der Hand ab. »So was?«

Sie reagierte nicht.

»Oder so was?« Er deckte den Zug auf.

Nach einer angespannten Warteminute hob das Kind die Hand und tippte auf den Zug.

»War es das? War es das, Naomi?«

Sie tippte erneut darauf.

»Also haben Sie recht. Er lag nur halb richtig. Er hat rausgefunden, was die Zeichnung darstellt«, sagte Diamond zu der Frau, »aber sie hat uns klargemacht, daß sie mit einem Zug gefahren ist.«

»Japan Airlines«, sagte Yamagata nickend.

»British Rail«, entgegnete Diamond und blickte die Frau an. »Daß Sie das rausgekriegt haben!«

Sie erwiderte: »Die Anerkennung für die Deutung der Zeichnungen gebührt Mr. Yamagata.«

»Dann eben Ihnen beiden. Verdammt genial!«

»Asiaten schreiben in Ideogrammen. Wir haben einen Blick für Symbole.«

Yamagata sagte erneut etwas auf japanisch, und seine Dolmetscherin übersetzte in festem Ton: »Mr. Yamagata muß sich auf das *basho* vorbereiten. Wir sollten ihn nicht aufhalten. Er hat gesagt, er wird Ihnen alle Unkosten erstatten, die Sie haben, um Naomis Eltern zu finden.«

Diamonds Augen weiteten sich erstaunt. »Er will zahlen?«

»Das ist richtig.«

»Verstehe ich das richtig? Er will mich engagieren?«

»Ja.«

»Ist das sein Ernst, er übernimmt alle Kosten?«

Nach einer kurzen weiteren Beratung sagte sie: »Mr. Yamagata ist im Besitz der American Express Gold Card.«

»Sehr beeindruckend, aber ...«

»Er wird Ihnen seine Kartennummer geben. Wenn Sie irgendwelche Ausgaben tätigen müssen, nennen Sie die Nummer. Ich werde Sie Ihnen aufschreiben.«

»Er gibt mir völlig freie Hand, sein Geld auszugeben?«

»American Express«, sagte Yamagata selbst, aber mit leichten Schwierigkeiten beim R.

»Mr. Yamagata hat sich davon überzeugt, daß Sie ehrenwert sind.«

So ermutigend es auch war, unbegrenzte finanzielle Unterstützung gefunden zu haben und als ehrenwert eingeschätzt zu werden, Diamond betrachtete diese Begegnung noch immer mit gemischten Gefühlen. Seine Hoffnung, daß diese Leute Naomi erkannt hatten, war zerplatzt. Er war froh, daß Naomis Zeichnung enträtselt worden war, aber enttäuscht, daß sie lediglich auf eine Fahrt in einem englischen Intercity-Zug hindeutete.

Nach weiteren Verbeugungen traten er und Naomi nach draußen in die wohltuend unparfümierte Luft.

Die Dolmetscherin folgte ihnen und reichte ihm eine Karte mit Yamagatas Adresse in Tokio. Darunter hatte sie die Nummer seiner Kreditkarte notiert. Sie sagte ernst: »Und meine Telefonnummer steht auf der Rückseite.«

Der Impuls zu lächeln, ihr zuzuzwinkern oder etwas Zweideutiges zu sagen, war stark. Aber es gibt Menschen, die man nicht verärgern möchte, und diese asiatische Dame gehörte dazu. Tatsächlich fiel Diamond bei dem Wort Telefon wieder ein, was er dringend tun wollte. Er hatte noch immer nicht in der Schule angerufen. Er dankte ihr, steckte die Karte ein und machte sich auf die Suche nach einem öffentlichen Telefon.

Zu seiner ungeheuren Erleichterung meldete sich Julia Musgrave. Sie pflichtete ihm bei, daß es richtig gewesen war, der Einladung des Sumo-Ringers Folge zu leisten. Sie hatte sich »Kids« angesehen. Alle in der Schule hatten es gesehen, und die Kinder waren ganz aus dem Häuschen gewesen, als Clive Naomi erkannt hatte. Julia bedauerte, daß sich abgesehen von Mr. Yamagatas Angebot nichts wirklich Konkretes ergeben hatte, denn – so rief sie Diamond in Erinnerung, als ob das überhaupt nötig gewesen wäre – Naomis Zeit in England war fast zu Ende. In weniger als achtundvierzig Stunden würde sie in dem Flugzeug nach Boston sitzen.

Miss Musgrave war schon nach Hause, erfuhr Diamond, als die Eingangstür der Schule sich öffnete.

Gut, daß er vorher angerufen hatte. Das Schlimmste, was Mrs. Straw ihm vorwerfen konnte, war, daß das Kind todmüde aussah, das arme Würmchen. »Sehen Sie doch nur. Sie kann sich kaum noch auf den Beinen halten, so fertig ist sie.«

Naomi zog ihre Hand aus seiner, lief ins Haus und, noch immer ihren Zeichenblock umklammernd, mit schnellen, leichten Schritten die Treppe hinauf.

Er zog den Hut vor Mrs. Straw und machte sich auf den Weg zur U-Bahn.

Kapitel siebzehn

Stephanies Ratschlag am Frühstückstisch war zwar überaus vernünftig, aber völlig inakzeptabel.

»Sieh es doch ein, Pete, du hast nicht mehr genug Zeit. Du kannst das Problem der Kleinen nicht mehr lösen.«

»Welches Problem meinst du?«

Sie seufzte. »Ach, sei nicht so schwierig, Schatz. Es ist noch zu früh.«

Um seinen guten Willen zu demonstrieren, schob er für sie eine Scheibe Toast in den Toaster. »Ich möchte ja nur wissen, wovon du eigentlich redest. Welches ihrer Probleme kann ich nicht lösen?«

»Die Sprache.«

»Du meinst das Fehlen derselben.«

Sie seufzte, stützte das Kinn auf ihre Hände, die sie zu einer Brücke geformt hatte, und warf ihm einen Blick zu, der ihm zu verstehen gab, daß er unvernünftig vernünftig sei.

Er erklärte: »Ich habe nie erwartet, sie wieder zum Sprechen zu bringen, sondern lediglich versucht, ihre Familie zu finden. Ich bin Polizist, kein Sprachtherapeut.«

»Du bist keins von beidem.«

»Dann eben Expolizist.«

»Aber du hattest noch nie mit ausgesetzten Kindern zu tun.«

»Das gehört zur Ausbildung. Ich kenne das Verfahren. Hör mal, Steph, du kennst mich doch. Ich gebe jetzt nicht auf.«

Sie erhob sich und trug ihren Teller zur Spüle. »Was kannst du denn noch machen? Es ist Samstag morgen. Du hast mir erzählt, daß sie morgen früh nach Boston fliegt.«

»Stimmt.«

»Willst du nicht einsehen, daß es vielleicht die beste Lösung ist, Pete? Die Schule wird von Japanern geleitet. Sie haben einen großartigen Ruf.«

Er hatte keine Einwände gegen die Schule. »Weißt du, was ich tun kann?« sagte er. »Ich kann sie dazu bringen, Sachen zu zeichnen. Sie versucht eindeutig, durch das Zeichnen zu kommunizieren. Ich gewinne allmählich ihr Vertrauen. Sie hält meine Hand.«

Stephanie sah nach unten und beobachtete, wie das Wasser über das Geschirr lief. Ohne daß Diamond es sehen konnte, lächelte sie. Durch das einfache Ergreifen seiner Hand hatte ein kleines, stilles Mädchen den Bären gezähmt.

»Möchtest du mal mitkommen?« bot er an.

»Zur Schule?«

»Wir könnten zusammen mit ihr einen Ausflug machen.«

Sie überlegte einen Augenblick, erfreut über den Vorschlag, und schüttelte dann den Kopf. »Sie kennt mich nicht. Sie wird sich nicht öffnen, wenn eine Fremde dabei ist. Sie hat schon zu viele Frauen erlebt, die es gut mit ihr meinten, Sozialarbeiterinnen und Frauen von der Botschaft und Sonderschullehrerinnen, die alle etwas aus ihr herauslocken wollten – sehr verdienstvoll, da bin ich sicher, aber nicht das, was das Kind braucht. Weiß der Himmel, wie oder warum, aber anscheinend hast du es geschafft, daß sie sich mit dir verständigt. Geh allein, Schatz, aber schraub deine Erwartungen nicht allzu hoch.«

Da er wußte, wie der samstägliche Tagesablauf in der Schule war, traf er erst kurz vor zehn dort ein; um diese Zeit war das Frühstück beendet, die Zimmer saubergemacht, und die Kinder waren angezogen und spielten. Es war einer jener strahlenden, wolkenlosen Londoner Morgen, an denen einem großstädtische Luftverschmutzung wie ein Märchen vorkommt. Er hörte die Kinder hinter der Schule im Garten, also ging er außen ums Haus. Clive erblickte ihn sofort, kam mit dem Spielzeugauto, das Diamond ihm geschenkt hatte, auf ihn zugelaufen und machte ein überzeugendes Motorengeräusch. Diamond blieb stehen und breitete die Arme aus, aber der Junge schwenkte nach links ab, als wäre ihm gerade wieder eingefallen, daß er ja autistisch war und keinen Bezug zu Erwachsenen herstellte.

Mrs. Straw hatte Aufsicht. Sie saß auf der Bank unter der Platane und strickte emsig etwas in einem abscheulichen Grünton.

Er grüßte sie höflich und fragte, ob Miss Musgrave in der Nähe war.

»Sie ist beschäftigt.«

»In ihrem Büro?«

»Ich sagte beschäftigt.«

»Ja, aber wo kann ich sie finden?«

»Sie möchte nicht gestört werden.«

»Das habe ich begriffen. Ich frage, wo sie ist.«

»Sie hängt am Telefon.«

Manche Äußerungen von Mrs. Straw hatten etwas Surreales an sich, wenn man sie wörtlich nahm. Im Geiste sah Diamond Julia, wie sie an einem Telefon baumelte. »Ich habe Sie nicht gefragt, was sie gerade macht.«

Schweigen.

»Das in ihrem Büro?« fragte er. Soweit er wußte, gab es in der Schule drei Telefone.

Noch immer kein Wort.

»Dann werde ich eben nachsehen. Wo ist denn Naomi heute morgen?«

Sofern es überhaupt möglich war, preßte Mrs. Straw ihre Lippen noch fester aufeinander. Heute morgen war sie noch schroffer als gewöhnlich. Sie strickte weiter, mit knappen, verkrampften Bewegungen.

»Sie haben doch Aufsicht, oder?« fragte Diamond, dem ihre Pantomime auf die Nerven ging. »Müßte sie nicht mit den anderen hier draußen sein?«

»Sie ist weg.«

Er zuckte zusammen. »Was soll das heißen – weg?«

»Ich habe mich doch wohl deutlich ausgedrückt.«

»Nicht mehr in der Schule?«

Sie nickte.

»Für immer?«

»Heute morgen abgeholt.«

Mrs. Straw hatte noch nicht mal von ihrer Strickerei aufgesehen. Sie sagte das beiläufig, als ob es jeder wüßte, und jetzt hatte sie eine neue Reihe angefangen.

Diamond war so vom Donner gerührt, daß er nur ein dümmliches »Was?« hervorbrachte.

»Sind Sie taub?«

Er wandte sich ab und suchte Julia Musgrave.

Genau wie Mrs. Straw gesagt hatte, hing Julia am Telefon. Als sie ihn in der Tür zu ihrem Büro erblickte, sagte sie in den

Hörer. »Ist schon gut. Da kommt er gerade. Ich kann es ihm selbst sagen.« Sie legte auf und erklärte: »Ich habe eben mit Ihrer Frau gesprochen.«

»Meiner *Frau*?«

»Ich wollte Sie anrufen, weil ich nicht wußte, ob Sie herkommen. Ich habe eine sehr unangenehme Neuigkeit für Sie.«

»Mrs. Straw hat mir gerade gesagt, daß Naomi fort ist.«

Ihr Gesicht verhärtete sich. »Oh, diese Frau! Sie hat das Kind hergegeben, ohne mich oder das Jugendamt oder sonstwen zu informieren.«

»Waren Sie nicht hier?«

»Nein, noch nicht. Es war ungefähr um acht Uhr heute morgen, als die Kinder frühstückten. Nur Mrs. Straw und die malaiische Köchin waren hier. Plötzlich hat wohl eine Japanerin vor der Tür gestanden und behauptet, sie sei die Mutter und wolle ihr Kind abholen. Zum Beweis hat sie einen Paß und ein Foto von Naomi vorgelegt, und Naomi hat sie wohl eindeutig wiedererkannt, meint Mrs. Straw.«

Er versuchte, die Informationen zu ordnen. »Einen Paß und ein Foto, oder einen Paß mit Foto?«

Julia schüttelte den Kopf. »Das Foto war separat. Der Paß gehörte der Frau, aber das Kind wurde darin erwähnt.«

»Naomi?«

»Irgendein anderer Name. Naomi war doch der Name, den wir ihr gegeben haben.«

»Wie hat die Frau ausgesehen?«

Sie schüttelte den Kopf. »Sie wissen ja, daß man Mrs. Straw alles aus der Nase ziehen muß. Ich war so empört, als sie mir erzählte, daß sie Naomi einfach so hergegeben hat, ohne Rücksprache, daß ich einfach kein normales Gespräch mit ihr mehr führen konnte.«

»Wir sollten sie sofort herrufen«, sagte Diamond. »Sie muß genau schildern, was geschehen ist.«

»Also gut. Bleiben Sie?«

»Darauf können Sie sich verlassen. Ich gehe sie holen.«

Im Garten wurde er mit einem Blick bedacht, der schwächere Gemüter hätte erstarren lassen, aber Mrs. Straw verstaute ihr Strickzeug und kam mit ihm.

Sie nahmen steif zwischen den Spielsachen und Kinderbildern in Julias Büro Platz, Diamond auf der Holztruhe, Mrs. Straw auf einem Stuhl gleich neben der Tür, wie auf dem Sprung für einen raschen Abgang.

Julia erklärte, daß sie das, was heute morgen geschehen war, noch einmal genau durchgehen wollte.

Unter deutlicher Mißachtung dessen, was man ihr sagte, schob Mrs. Straw herausfordernd das Kinn vor und wollte wissen: »Was macht der hier?«

Diamond holte tief Luft, um sie zusammenzustauchen, doch Julia war schneller, und ihre Erwiderung war wirksamer, denn sie kam mit leiser, verhaltener Stimme: »Mr. Diamond nimmt großen Anteil an Naomis Schicksal, wie Sie sehr wohl wissen. Er war früher bei der Polizei.«

»Die Polizei hat dabei nichts zu schaffen.«

»Das habe ich auch nicht gesagt, aber ich muß mehr über die Frau wissen, die behauptet, Naomis Mutter zu sein. Sie könnte gelogen haben.«

»Unmöglich.«

»Oh nein. Es ist durchaus möglich, daß eine kinderlose Frau Naomi im Fernsehen gesehen und beschlossen hat, sich als ihre Mutter auszugeben.«

Mrs. Straw war nicht überzeugt. »Die Frau hatte ein Foto von Naomi.«

Diamond schaltete sich ein. »Bevor wir darüber sprechen, könnten wir alles von Anfang an hören, als die Frau angekommen ist?«

Ohne in seine Richtung zu schauen, sagte Mrs. Straw: »Das habe ich schon Miss Musgrave erzählt.«

»Sie haben mir nur das Wichtigste erzählt«, sagte Julia. »Jetzt müssen wir mehr wissen.«

Mrs. Straw lehnte sich zurück, atmete geräuschvoll aus und verschränkte die Arme. »Mehr gibt es nicht.«

»Dann erzählen Sie mir eben alles noch einmal, damit Mr. Diamond hört, woran Sie sich erinnern können.«

Sie verdrehte protestierend die Augen. »Es war ganz einfach. Es hat an der Tür geklingelt, und ich habe aufgemacht, als die Kinder beim Frühstück saßen.«

»Um wieviel Uhr?« fragte Diamond.

»Gegen acht. Ich habe keine Uhr. Es war diese Japanerin. Sie hat gefragt, ob das kleine Mädchen, das gestern im Fernsehen war, bei uns ist. Sie hat gesagt: ›Ich bin die Mutter.‹«

»Wie hat sie ausgesehen? Können Sie sie beschreiben?«

»Sie war Japanerin.«

Damit war, was Mrs. Straw anging, anscheinend alles gesagt.

»Und ...?« drängte Diamond.

»Ich finde, die sehen alle gleich aus.«

»Wie alt war sie ungefähr?«

»Kann ich nicht sagen. Das kann man nie sagen.«

»So jung, daß sie Naomis Mutter hätte sein können?«

»Ich denke schon.«

»Was hat sie angehabt?«

»Da müßte ich überlegen.«

»Tun Sie das bitte. Sofort!«

Nach einer Pause sagte sie: »Einen grauen Blazer und passende Hose.«

»Schuhe?«

»Schwarz, glaube ich.«

»Mit Absätzen?«

»Habe ich nicht bemerkt.«

»Würden Sie sie als elegant beschreiben?«

»Die Sachen waren von Rohan, wenn Sie das meinen.«

Das hatte er nicht gemeint. Er wußte nichts über Kleidung von Rohan, geschweige denn, woran man sie erkannte, aber Mrs. Straws Tonfall verriet ihm, daß sie ihrer Sache sicher war. »Was für eine Frisur hatte sie?«

»Kurzhaarschnitt.«

»Sehr kurz, meinen Sie? Bubikopf?

»Nein. Sie hatte eine Dauerwelle.«

»Locken?«

»Wellen.«

Schrittchen für Schrittchen formte sich in seinem Kopf ein Bild, aber keines, das die Frau irgendwie von Millionen anderer Japanerinnen unterschieden hätte.

»Wie groß war sie?«

»Durchschnittlich.«

»Durchschnittlich für eine Japanerin?«

Erneut kam die unbefriedigende Antwort: »Ich denke ja.«

Diamond stellte noch einige Fragen zu Teint, Tönung der Haut und Make-up (die Frau war anscheinend eine gepflegte Erscheinung gewesen) und nickte dann Julia zu, die sagte: »Können wir dann weitermachen? Sie haben die Frau hereingelassen.«

»Erst nachdem sie mir Naomis Foto und den Paß gezeigt hatte.«

»Ihren eigenen Paß?«

»Ihr Bild war drin.«

»Ein japanischer Paß?«

»Jeder Idiot hätte gesehen, daß sie nicht aus Timbuktu kam«, sagte Mrs. Straw abschätzig.

Diamond konnte sich gerade noch beherrschen. »Vielleicht hatte sie ja einen amerikanischen oder australischen Paß.«

»Woher soll ich das wissen?«

»Haben Sie denn nicht die Schrift auf dem Paß gesehen?«

»Ich kann kein Japanisch.«

»Dann meinen Sie also, daß es japanische Schrift war. Wir machen Fortschritte. Wir wollen Sie nicht reinlegen, Mrs. Straw. Wir wollen bloß alles wissen, was Sie uns sagen können.«

»Er war in irgendeiner fremden Sprache. Mehr kann ich nicht sagen.«

»Und sie hat Ihnen auch ein Foto von Naomi gezeigt?«

»Ja.«

»Sind Sie sicher, daß es Naomi war?«

»Das habe ich doch schon gesagt.«

»Sie haben vorhin auch gesagt, daß für Sie alle Japaner gleich aussehen.«

»Wenn es Fremde sind. Naomi habe ich doch oft gesehen.«

Damit hatte sie recht.

»Dann war es also ein jüngeres Foto von Naomi.«

»Muß es gewesen sein.«

Julia fragte: »Hatte sie einen Namen für Naomi?«

»Weiß ich nicht mehr.«

»Kommen Sie«, drängte Diamond. »Sie hat Ihnen doch bestimmt einen Namen genannt?«

»Ich habe gesagt, daß ich ihn nicht mehr weiß. War mir völlig unverständlich. Jedenfalls«, sagte Mrs. Straw, um mit ihrer Schilderung fortzufahren und weitere Fragen nach dem Namen des Kindes zu vermeiden, »habe ich ihr gesagt, daß Miss Musgrave nicht da ist, und sie hat gesagt, sie wollte ihr kleines Mädchen sehen. Das hat sie immer wieder gesagt. Sie ließ sich nicht abweisen. Also habe ich sie in den Speisesaal geführt.«

Wenn jemand es schaffte, an Mrs. Straw vorbeizukommen, mußte er wirklich ungemein hartnäckig sein.

»Die Kinder waren allein«, erklärte sie, um ihre Kapitulation zu rechtfertigen. »Ich mußte sie allein lassen, als ich zur Tür ging. Ich konnte nicht weiter im Flur debattieren.«

»Bitte erzählen Sie weiter.«

»Mehr ist nicht zu erzählen. Sie kam rein und ging schnurstracks auf Naomi zu, und alle Welt konnte sehen, daß sie die Mutter war.«

»Wieso?« fragte Diamond.

»Sie würden das nicht verstehen«, beschied ihm Mrs. Straw herablassend. »So etwas versteht nur eine Frau.« Sie sah Julia hilfeheischend an.

Julia weigerte sich, bei diesem Ausweichmanöver mitzumachen. »Wir wollen genau wissen, was passiert ist. Ist Naomi aufgestanden und auf sie zugelaufen?«

»Ja, natürlich.«

Zu spät hob Diamond die Hand, um Julia zurückzuhalten, weil er wußte, daß er sie nicht ermahnen konnte, Mrs. Straw keine Worte in den Mund zu legen, wie irgendeinen unerfahrenen Constable, der Suggestivfragen stellte. Nun war es passiert, Mrs. Straw wußte, wie es weiterging.

»Sie haben sich gedrückt und geküßt und ein paar Tränchen geweint und miteinander auf japanisch geredet.«

»Geredet? Naomi hat geredet?«

»Die Mutter, meine ich. Dann hat sie gesagt, daß sie Naomi mit nach Hause nehmen würde, und ich habe gesagt, das sollte sie nicht tun, bevor sie nicht mit Miss Musgrave gesprochen hätte. Ich habe mein Bestes versucht, sie hierzubehalten, aber bedenken Sie, außer mir war nur noch die Köchin da. Und ich mußte mich um die anderen Kinder kümmern.«

»Warum wollte sie nicht bleiben?« fragte Diamond. »Wieso diese Eile?«

»Das kann ich Ihnen nicht sagen. Bei Ausländern weiß man ja nie.«

»Was ist dann passiert?«

»Ich habe die Köchin gebeten, ein Auge auf die Kinder zu haben, während ich nach oben gegangen bin und die Sachen geholt habe, mit denen Naomi zu uns gekommen war. Ich habe ihnen die Sachen gelassen, die Naomi anhatte. Ich wußte, daß Miss Musgrave nichts dagegen haben würde.«

»Und dann?«

»Sind sie gegangen.«

»Ohne einen Namen oder eine Anschrift zu hinterlassen?«

»Ich hab vergessen, danach zu fragen.«

»Genial.«

»Sie war in Eile«, sagte Mrs. Straw entschuldigend.

»Und Sie hatten nichts Eiligeres zu tun, als die beiden zur Tür zu bringen.«

»Das ist nicht fair. Und es ist auch nicht wahr.« Ein Schrei aus dem Garten bot Mrs. Straw eine willkommene Gelegenheit. »Weiß der Himmel, was die Kinder da wieder treiben. Ich geh besser zu ihnen.«

Diamond sagte mit Bestimmtheit, daß er noch nicht fertig sei. Er wollte das Zimmer sehen, in dem Naomi geschlafen hatte.

»Bitte sehr. Aber da gibt es nichts zu sehen«, erklärte Mrs. Straw.

»Führen Sie uns jetzt bitte hin.«

Sie schnappte empört nach Luft und wandte sich protestierend an Julia Musgrave, die sie anwies, das zu tun, was Mr. Diamond anordnete.

Sie führte sie nach oben, als ginge sie auf glühenden Kohlen. Dann öffnete sie eine Tür, die in einen Raum mit drei kleinen Betten führte. Die Überdecken waren zurückgeschlagen.

»Welches ist Naomis?«

Mrs. Straw deutete auf das Bett, das der Tür am nächsten war. Ein hellgrüner Kinderschlafanzug lag auf dem Kissen. Diamond hob ihn auf.

»Besitz der Schule«, erkärte Mrs. Straw.

Er ließ ihn wieder aufs Bett fallen und öffnete den kleinen Schrank neben dem Bett. Er war leer. Doch dann fiel sein Blick zufällig auf etwas mit festem, geradem Rand, das zwischen Bettgestell und Matratze gezwängt war. Er schob die Hand hinein.

Eine Bemerkung von Julia Musgrave kam ihm wieder in den Sinn: *Sie können irgendein Lieblingsspielzeug verstecken und dann Wochen, Monate später schnurstracks darauf zugehen.* Er hatte Naomis Zeichenblock gefunden. Er zog ihn hervor und blätterte rasch durch die Seiten, um sicherzugehen.

»Sie hat das hier zurückgelassen.«

»Hat sie wohl vergessen«, sagte Mrs. Straw knapp.

»Das ist unwahrscheinlich. Sie hat ihn überallhin mitgenommen, wie Sie selbst wissen.« Er tastete erneut unter die Matratze, und diesmal entdeckte er den Filzstift. »Sie hat diese Sachen hier versteckt, weil sie ihr so kostbar waren. Sie hätte sie wohl kaum hier zurückgelassen. Nicht freiwillig.«

Um die Mundwinkel von Mrs. Straw bildeten sich Furchen.

»Sie waren hier«, stellte Diamond fest. »Hatte sie Gelegenheit, ihre Sachen zu holen?«

Sie antwortete nicht.

»Vorhin haben Sie das Ganze so dargestellt, als wäre es ein freudiges Wiedersehen mit der Mutter gewesen«, hakte Diamond nach. »Umarmungen und Küsse und ein paar Tränen noch dazu. War das Freude, Mrs. Straw, oder Kummer? Verstehen Sie, diese Entdeckung hat mein Vertrauen erschüttert. Ich frage mich allmählich, ob das Kind gegen seinen Willen mitgenommen wurde. Falls das der Fall war, dann sagen Sie es lieber, und zwar schnell.«

Sie schüttelte heftig den Kopf, entweder aus Trotz oder um seine Deutung zu bestreiten.

Ein geübter Fragensteller wie Diamond hätte die Wahrheit vielleicht hervorlocken können, aber da Naomi in Gefahr sein konnte, verlor er keine Zeit mit Feinheiten.

»Sie haben gelogen.«

Mrs. Straw zog die Mundwinkel tiefer und funkelte ihn an.

Er hielt ihr den Zeichenblock so dicht vor die Nase, daß sie zurückweichen mußte. »Ohne den wäre sie nie gegangen.«

»Lassen Sie mich in Ruhe«, murmelte sie.

Er spürte Julia Musgraves Hand auf seinem Arm, die ihn zurückhalten wollte, vergebens. »Geben Sie's zu. Die Frau hat Naomi mit Gewalt mitgenommen.« Er malte die Szene in lebhaften Farben. »Sie hat das schreiende und um sich tretende Kind hier rausgeschleift.«

»Nein.«

Er ließ ihr einen Moment Zeit, um etwas überlegter zu antworten.

Sie fügte hinzu: »Das ist nicht wahr, das mit dem Schreien. Fragen Sie doch die Köchin.«

»Das werde ich auch.«

»Sie hat sich nur ein bißchen gewehrt.«

»Wir kommen voran«, sagte Diamond.

»Geschrien hat sie nicht.«

»Geweint?«

»Nein.«

»Und sie haben sich nicht geküßt und umarmt, oder, Mrs. Straw? Das haben Sie sich ausgedacht.«

»Nein.«

»Aber gerade haben Sie doch gesagt, daß das Kind sich gewehrt hat. Was sollen wir denn nun glauben – daß ihre angebliche Mutter sie nach diesem rührenden Wiedersehen zwingen mußte mitzukommen?«

Sie stieß einen Laut aus, der irgendwo zwischen Keuchen und Schluchzen lag, und biß sich fest auf die Unterlippe. Der Drachen, der Besucher abschreckte, war in die Enge getrieben.

Julia, die anscheinend die Spannung nicht mehr ertrug, sagte: »Niemand gibt Ihnen die Schuld, Mrs. Straw.« Was nicht ganz der Wahrheit entsprach, und Diamond ließ es nicht durchgehen. Er war wütend. Und, was noch wichtiger war, er dachte an jede Minute, die verstrich.

»Schuld, genau darum geht es«, sagte er, ohne die Augen von Mrs. Straw abzuwenden. »Sie haben gedacht, Sie könnten sich rausreden, indem Sie den Mist von Küssen und Umarmungen erzählen. Wir sollen nicht wissen, was hier heute morgen wirklich passiert ist. Und während Sie uns solchen Schwachsinn erzählen, macht sich diese Frau aus dem Staub, und zwar mit einem Kind, das in Ihrer Obhut war. Sie stecken ganz schön im Schlamassel, Mrs. Straw. Himmel, nun reden Sie endlich.«

Seine energischen Worte erzielten eine dramatische Wirkung. Mrs. Straw wurde aschfahl. Der strenge Mund wurde weich und fing an zu beben. Eine Hand fuhr in die Tasche ihrer Schürze und fischte ein großes, rotes Taschentuch heraus. Sie drückte es sich vor die Nase, doch anstatt sie zu putzen, stieß sie einen tiefen Seufzer der Verzweiflung aus. Ihre Augen röteten sich und wurden feucht. Heftige Schluchzer schüttelten sie. Der Ausbruch war um so verstörender, als sie stets so unbarmherzig gewirkt hatte.

»Na, na«, sagte Julia mitfühlend.

Ungerührt bemerkte Diamond: »Dafür haben wir keine Zeit, Mrs. Straw.«

Sie wischte sich die Tränen ab und untermalte ihr Geständnis mit häufigen Schluchzern. »Ich hatte zuviel Angst, Ihnen die Wahrheit zu sagen. Naomi wollte nicht fort. Sie hat sich gewehrt. Was ich gesagt habe, stimmte – mit dem Bild und alles –, und ich bin sicher, daß sie sich kannten, aber als klar wurde, daß die Frau Naomi mitnehmen wollte, ist sie durchgedreht, Naomi, meine ich. Sie wollte weglaufen, und die Frau hat sie am Arm gepackt und nicht mehr losgelassen. Was sollte ich denn machen? Ich bin doch bloß als Aushilfe hier. Sie hat immer wieder gesagt, daß sie die Mutter ist und der Paß das beweisen würde. Schließlich bin ich hochgegangen, um Naomis Sachen zu holen. Daß die beiden hier oben waren, stimmt nicht. Naomi war gar nicht in der Verfassung, irgendwas zu tun. Also habe ich selbst ihre Sachen zusammengesucht. Ich habe nicht daran gedacht, nach dem Block zu suchen. Ich habe ihre Anziehsachen in eine Plastiktüte getan und sie ihr gegeben. Naomi mußte den ganzen Weg bis zum Taxi geschoben und gezogen werden.«

»Sie war mit dem Taxi da?«

»Ja, es hat wohl gewartet. Ich habe es gesehen, als ich ihr die Tür aufgemacht habe. Und als sie gingen, hat Naomi sich gewehrt und getreten. Sie ist erst ins Taxi gestiegen, als die Frau ihr einen Klaps aufs Bein gegeben hat.«

»O nein!« sagte Julia, die niemandem in der Schule erlaubte, ein Kind zu schlagen.

»Was für ein Taxi?« fragte Diamond, bemüht, sich nur auf die wesentlichen Informationen zu konzentrieren, obwohl auch er über Naomis Behandlung entsetzt war.

»Ein ganz normales. Ich verliere doch jetzt nicht meine Stellung, oder, Miss Musgrave?«

»Schwarz?«

»Was?«

»Das Taxi, Mrs. Straw. War es schwarz?«

»Oh, ja.«

»Ich darf wohl nicht hoffen, daß Sie sich die Nummer gemerkt haben?«

Sie schüttelte den Kopf.

»Irgendwelche Besonderheiten? Zum Beispiel Reklame an der Tür? Versuchen Sie, sich zu erinnern.«

»Ich kann nicht. Überhaupt, ich konnte es nicht richtig sehen, wegen der Hecke.«

»Wann sind sie abgefahren? Wie lange waren sie hier?«

»Ich weiß nicht, ungefähr zwanzig Minuten, schätze ich. Vielleicht weniger. Es kam mir so vor wie zwanzig Minuten.«

»Dann also vor halb neun?«

»Ich denke schon.«

Er sagte zu Julia: »Ich rufe die Polizei. Wir werden sie brauchen.«

Mrs. Straw schlug die Hände vors Gesicht und stöhnte.

Kapitel achtzehn

Der Beamte, der am Polizeirevier Kensington den Anruf entgegennahm, äußerte Zweifel, daß es möglich sein würde, eine unbekannte Japanerin mit Kind ausfindig zu machen, die um acht Uhr dreißig an der Earls Court Road in ein Taxi gestiegen war.

Diamond hatte schon seit Monaten keinen Polizisten mehr zusammengestaucht, aber er wußte noch immer, wie es ging. »Für wen, zum Teufel, halten Sie sich eigentlich, den lieben Gott?« dröhnte er in den Hörer. »Es handelt sich um einen Notfall, verdammt. Es ist nicht Ihre Aufgabe, hoch oben auf einem Wölkchen zu sitzen und zu entscheiden, was möglich ist und was nicht. Geben Sie die Meldung durch. Ich war selbst mal bei der Polizei, Freundchen. Ich weiß, wovon ich rede. Die Rush-hour morgens ist für Taxifahrer die hektischste Zeit.«

»Das ist ja das Problem«, sagte der unglückliche Beamte.

»Sind Sie etwa einer in Zivil? Verbinden Sie mich mit einem uniformierten Kollegen, aber dalli. Wer ist der diensthabende Sergeant bei euch?«

»Das bin ich.«

»Gott steh uns bei! Hören Sie, ich will Ihnen nicht sagen, wie Sie Ihre Arbeit zu machen haben, Sergeant, aber es gibt Mittel und Wege, Taxis ausfindig zu machen. Die meisten arbeiten für Taxiunternehmen und geben ihre Fuhren per Funk an die Zentrale durch, richtig? Zu den Hauptstoßzeiten ist die Nachfrage nach Taxis enorm. Wenn eines zwanzig Minuten lang vor einer Schule gestanden hat, wird sich jemand daran erinnern, weil es nämlich nicht für andere Fuhren zur Verfügung stand, kapiert?«

»Ja, aber ...«

»Und der fragliche Taxifahrer wird sich daran erinnern, daß er lange gewartet hat. Er wird sich auch daran erinnern, eine Japanerin und ein Kind gefahren zu haben, das nicht mitkommen wollte. Zugegeben, ihr könnt nicht jedes Londoner Taxi überprüfen, aber ihr könnt die Zentralen anrufen und denen sagen, sie sollen ihre Einsatzleiter befragen, oder wie die sich nennen.«

»Haben Sie eine Vorstellung davon, was Sie da verlangen, Mr. …«

»Diamond, Ex-Superintendent Diamond. Ja, ich weiß sehr genau, was ich da verlange, und zwar das Naheliegendste, abgesehen davon, daß die Anwohner der Schule vernommen werden sollten, was sich ja wohl von selbst versteht. Falls Sie Hilfe brauchen …«

»Das wird nicht nötig sein.«

»Gut. Ich bin froh, daß Sie das allein schaffen«, sagte Diamond, und noch ehe der Sergeant etwas erwidern konnte, fügte er hinzu: »In dem Fall komme ich gleich aufs Revier. Da kann ich Ihnen mehr nützen.«

Das zeitigte den gewünschten Effekt, eine deutliche Erhöhung der Dringlichkeitsstufe. »Hören Sie mir bitte zu, Sir! Bleiben Sie, wo Sie sind. Ich schicke jemanden zu Ihnen, der Ihre Aussage aufnehmen kann.«

»Quatsch. Ich habe Ihnen alle Fakten durchgegeben, die Sie brauchen. Muß ich wiederholen, daß das Kind gegen seinen Willen aus der Schule entfernt worden ist? Entführt, Sergeant. Wir müssen herausfinden, wo man es hingebracht hat, und das schnell.«

Er beendete das Gespräch.

Julia Musgrave hatte mitgehört. Sie war blaß und offensichtlich bestürzt über Diamonds herrische Art, nicht wissend, daß das die einzig sichere Methode war, bei der Polizei Dinge in Bewegung zu setzen. »Sie haben gesagt, es sei ein Notfall.«

Seine Antwort war zurückhaltend. »Ich kenne diesen Typ von Sergeant. Wenn man dem sagen würde, daß im Buckingham Palace eine Bombe liegt, würde er das erst schriftlich haben wollen.«

»Ist Naomi in Gefahr?«

»Davon müssen wir ausgehen. Wer immer diese Frau ist – und vielleicht ist sie ja sogar ihre Mutter –, sie hat sich jedenfalls verdächtig verhalten.«

»Vielleicht«, pflichtete sie ihm bei. »Aber man kann nicht erwarten, daß sich eine Mutter, die ihr Kind vermißt hat, vernünftig verhält. Sie ist frühmorgens hier aufgetaucht. Ist das unbedingt verdächtig? Wenn mein Kind vermißt wäre, würde ich bedenkenlos zu jeder Tages- und Nachtzeit irgendwo anklopfen.«

»Wieso ist sie dann nicht gleich gestern gekommen, direkt nach der Sendung?«

»Wir wissen ja nicht, wo sie war, als sie sie gesehen hat. Wenn sie zum Beispiel in Manchester war, mußte sie ja schließlich erst nach London kommen.«

»Sie hätte anrufen können.«

»Das hat sie vielleicht versucht. Sie haben mir selbst erzählt, daß die BBC-Telefonzentrale überlastet war.«

So kamen sie nicht weiter, aber ihm fiel ein anderer offensichtlicher Grund ein, warum er der Japanerin mißtraute. »Ich kann mir einfach nicht vorstellen, daß eine echte Mutter, die ihr Kind eben wiedergefunden hat, es gleich schlagen würde.«

»Streß.«

Er gab auf. Im Grunde wußte er ja, daß seine Motive, die Angelegenheit als Notfall zu behandeln, eher instinktiv als rational waren. Naomi hatte endlich Vertrauen zu ihm gefaßt, zumindest soweit, daß sie seine Hand hielt. Er hätte es weder Julia Musgrave noch sonst jemandem gestanden – Stephanie ausgenommen –, aber Naomi hatte ihn bezaubert. Er hatte ihre kleine Hand gehalten, und jetzt war es seine selbstauferlegte Pflicht herauszufinden, ob sie in Sicherheit war. Aber er wollte nicht, daß irgendwer auf die Idee kam, daß Diamond, der doch immerhin in zig Mordfällen ermittelt hatte, so leicht anzurühren war, im wahrsten Sinne des Wortes. Und er wollte es sich auch nicht unbedingt selbst eingestehen.

Aber das war es nicht allein, dachte er. Er hegte tiefen Argwohn der Mutter gegenüber. Wieso war sie derart lange von ihrem Kind getrennt gewesen? Wieso hatte sie nicht die Polizei oder zumindest die Botschaft ihres Landes verständigt, als sie Naomi vermißte? Es war verständlich, daß Ausländer in einem fremden Land verwirrt reagierten, aber jeder Mensch, egal welcher Nationalität, hätte doch wohl in irgendeiner Form auf eine derart bedrohliche Krisensituation reagiert. Und deshalb würde er nicht aufgeben, solange er nicht überzeugt war, daß es sich bei der ›Mutter‹ auch wirklich um die Mutter handelte und daß sie in der Lage war, sich um ihr Kind zu kümmern.

Bevor er sein Versprechen (oder seine Drohung) in die Tat umsetzte, das Polizeirevier aufzusuchen, beschloß er, noch zehn Minuten auf den Streifenwagen zu warten. Vielleicht hatte jemand gesehen, wie die Frau Naomi gegen ihren Willen ins Taxi bugsierte, und er wollte sichergehen, daß die richtigen Fragen gestellt wurden. Bis jetzt war er nicht gerade begeistert vom Format der Polizei in Kensington.

Wenige Minuten später trafen zwei Constables ein – ein Mann und eine Frau, die aussahen wie Statisten in einer schlechten Fernsehserie. Woran lag es nur, daß niemand in einer Polizeiuniform noch echt aussah? Allerdings mußte er zugeben, daß sie ihre Sache gut machten.

Diamond wartete noch so lange, bis klar war, daß keiner von den Nachbarn gesehen hatte, wie Naomi in das Taxi verfrachtet wurde. Ein Mann weckte Hoffnungen, als er angab, daß er das Taxi draußen hatte stehen sehen, doch dann konnte er nur noch hinzufügen, daß der Wagen schwarz und der Fahrer weiß gewesen war.

Auf dem Revier in der Earls Court Road hatte wohl jemand die unmittelbar bevorstehende Invasion gemeldet. Zwei Sergeants und ein Beamter in Zivil – wie sich herausstellte, ein Kriminalinspektor – standen bereit, um Diamond abzufangen. Natürlich vergeblich. Er hatte schon längst in Erfahrung gebracht, wer der verantwortliche Commissioner für den sechsten Bereich West war, und nichts öffnet einem besser die Türen als der Name eines Vorgesetzten.

Es war Samstagmorgen, also war der Große Häuptling nicht da, so daß Diamond sich mit einem Ersatzspieler zufriedengeben mußte, nämlich Chief Superintendent Sullins, ein weiterer Name, den er aus dem polizeilichen Personalverzeichnis in der Kensingtoner Bibliothek hatte. Sullins, ein durchtriebener kleiner Bursche in weißem Hemd mit roten Hosenträgern, eifrig bemüht, die Rolle des Oberbosses auszufüllen, behauptete seinerseits, schon von Diamond gehört zu haben, obwohl sie sich bis zu diesem Händedruck auf der Treppe nie begegnet waren.

»Alles unter Kontrolle«, war Sullins Parole, oder zumindest das, was für Peter Diamonds Ohren bestimmt war. Der Fall des vermißten Kindes hatte oberste Priorität. Aufgrund des nächtlichen Alarms bei Harrods wußte die Polizei bereits alles über Naomi (»Ich wünschte, das könnte ich auch behaupten«, bemerkte Diamond beiläufig). Sie hatten mit allen Mitteln versucht, ihre Identität festzustellen. Und nun wurde alles Menschenmögliche getan, das fragliche Taxi zu finden. Sämtliche Londoner Taxiunternehmen wurden kontaktiert. Diamond konnte also mit dem beruhigenden Gefühl nach Hause gehen, daß es für ihn nichts mehr zu tun gab, um die Sache zu beschleunigen.

»Danke, aber ich möchte doch lieber hierbleiben«, sagte er freundlich.

»Das wird leider nicht möglich sein«, erwiderte Sullins.

»Warum nicht?«

»Privatpersonen dürfen nicht ...«

»Exkripobeamter«, warf Diamond ein.

»Ich weiß Ihr Angebot zu schätzen, Mr. Diamond, aber wir haben unsere Vorschriften.«

Er konterte: »Sie meinen, Sie brauchen die Einwilligung Ihres Vorgesetzten? Verständlich.« Er lächelte entwaffnend. »Ich kümmere mich drum. Was macht er denn samstags morgens so – Golf spielen oder mit der gnädigen Frau einkaufen gehen? Ich möchte wetten, daß er immer einen Piepser dabei hat. Und falls er zu seinem Wagen zurückmuß, um hier anzurufen, macht ihm das doch sicher nichts aus. Soll ich ihm sagen, daß Sie mich gebeten haben, seine Einwilligung einzuholen, oder soll ich Ihren Namen lieber unerwähnt lassen, Mr. Sullins?«

Kein ehrgeiziger Polizist war gegen eine derartige Erpressung immun. »Exkripobeamter, sagten Sie«, bemerkte Sullins, als hätte er diese Information erst jetzt richtig aufgenommen. »Ich denke, daß Sie uns möglicherweise doch von Nutzen sein könnten. Obwohl es vorschriftswidrig ist.«

Diamond nickte. »Nur Mut. Ich werde mich unauffällig verhalten.« Was in mehrfacher Hinsicht die unglaubwürdigste Behauptung war, die an diesem Morgen geäußert wurde.

In der Zentrale saß eine uniformierte Beamtin und gab etwas in den Computer ein. Diamond quetschte sich an ihr vorbei und nahm das Dienstbuch mit dem Verzeichnis der Anrufe, das neben der Telefonistin lag. »Schon irgendwas von den Taxiunternehmen gehört – über das japanische Kind?«

»Bis jetzt Fehlanzeige«, erwiderte sie.

»Wie viele gibt es?«

»Taxiunternehmen? Haben Sie schon mal in die Gelben Seiten geguckt?«

Er nahm ein Telefonbuch von ihrem Schreibtisch. Was er sah, war entmutigend. »Wie viele haben Sie schon?«

»Ungefähr zwölf.«

»Machen Sie weiter.«

Sie musterte ihn mit einem vernichtenden Blick. »Wer sind Sie überhaupt?«

»Es ist ein kleines Kind«, sagte er.

»Japanisches Mädchen, etwa sieben Jahre«, leierte sie herunter, ohne auf ihren Zettel zu blicken, »rotes Kordsamtkleid, schwarze Strumpfhose, Turnschuhe, in Begleitung einer Japanerin um die Dreißig, schick gekleidet, mit kurzem, dunklem, welligem Haar, grauer Blazer und passende Hose, vermutlich von Rohan.«

Er nutzte die Gelegenheit, um zu fragen, woran man Rohan-Kleidung eigentlich erkennen konnte, und erfuhr, daß der Markenname sichtbar draufsteht.

Mrs. Straw war also doch keine Modefetischistin, und wahrscheinlich war auf ihre Angabe Verlaß.

»Die Sachen sind nicht billig«, fügte die Frau hinzu, »aber schick. Vor allem die Hosen von Rohan sind wirklich was Besonderes, mit den vielen Taschen.«

Er dankte ihr. »Kann ich Ihnen hier irgendwie helfen, vielleicht indem ich Ihnen die Telefonnummern sage?«

»Soll das ein Wink mit dem Zaunpfahl sein? Ich mache, so schnell ich kann.«

»Was ist, wenn jemand zurückruft?«

»Harry da hinten nimmt Anrufe an. Bis jetzt hat er noch nichts gehört.«

Harry da hinten hatte einen Kopfhörer auf. Er sah von seiner Zeitschrift auf und hob zum Gruß den Daumen.

»Dann will ich nicht weiter stören«, sagte Diamond lahm.

»Danke.«

Er entfernte sich. Jetzt hätte er gern eine Zigarette geraucht, und den Wunsch hatte er schon Jahre nicht mehr gehabt. Er mochte es noch nicht einmal, wenn andere rauchten.

Er kam sich fremd und überflüssig vor, ein Gefühl, das er auf einem Polizeirevier nie für möglich gehalten hätte, und machte sich auf die Suche nach der Kantine. Fünf Zigaretten und zwei Tassen schwarzen Kaffee später ging er wieder hoch, nur um Harrys erhobene Handflächen zu sehen, die ihm ›negativ‹ signalisierten.

Eine Stunde später kehrte er wieder, und die Telefonistin sagte, sie hätte jetzt alle Taxiunternehmen erreicht, bis auf drei, die wahrscheinlich Pleite gemacht hatten. Die meisten hatten angegeben, daß sie bei ihren Einsatzleitern oder den Fahrern nachfragen mußten, wobei einige aus der Frühschicht inzwischen Feierabend gemacht hatten. Mit allen war vereinbart worden, daß sie zurückrufen würden, falls ein Mitarbeiter sich daran erinnern konnte, in Earls Court eine Japanerin mit Kind gefahren zu haben.

Harry füllte gerade Totoscheine aus.

»Immer noch nichts?«

»Nada.«

Diamond machte sich auf die Suche nach Superintendent Sullins. Er fand ihn eine Treppe höher in seinem Büro, wo er einen Brief diktierte. »Möchten Sie gehen, Mr. Diamond?«

»Anscheinend haben wir mit dem Taxi eine Niete gezogen.«

»*Nil desperandum*. Vielleicht ruft ja bald jemand zurück.«

»Möglich, aber es ist fast sechs Stunden her, daß sie zuletzt gesehen wurden.«

»Werden wir nicht melodramatisch«, sagte Sullins unklugerweise. »Es geht schließlich nicht um ein Bergwerksunglück.«

»*Melodramatisch*? Ein Kind wird vermißt.«

»Möglicherweise.«

»Sind die Flughäfen und größten Bahnhöfe verständigt?«

»Um was zu tun? Auf eine Mutter zu achten, die ihr Kind aufs Bein haut? Man kann es auch übertreiben. Und jetzt werden Sie mir wohl erzählen, daß wir nicht wissen, ob sie die Mutter ist.«

»Wissen wir auch nicht.«

»Aber sie hat ein Foto vorgelegt, Mr. Diamond.«

Der Vulkan stand kurz vor dem Ausbruch, und nur das Summen der Sprechanlage verhinderte das Schlimmste.

Sullins drückte einen Knopf. »Ja?«

Eine Frauenstimme: »Sir, wir haben einen Anruf von einem Taxiunternehmen in Hammersmith.«

»Stellen Sie durch«, befahl Sullins.

Eine Männerstimme sagte: »... hatte um zwölf Feierabend, und wir haben ihn gerade erst erreicht. Er ist der Fahrer, den Sie suchen. Um zehn vor acht heute morgen hat er eine Japanerin in Brook Green abgeholt. Sie hatte einen Koffer, dunkelblau. Er hat sie zur Schule Kempsford Garden in Earls Court gefahren – paßt das? – und bis fünf vor halb neun oder kurz danach gewartet. Dann ist sie mit einem Kind rausgekommen, einem japanischen Mädchen. Die Kleine hat verrückt gespielt, sagt er. Er hat sie zum Flughafen gefahren.«

»Heathrow?«

»Ja.«

»Welcher Terminal?«

»Drei. Interkontinentalflüge.«

Diamond hörte schon nicht mehr hin. Er stürmte aus dem Zimmer, die Treppe hinunter und befahl Harry, die Paßkontrolle in Heathrow anzurufen.

Kapitel neunzehn

In Sitz 11B der Concorde gequetscht, saß Diamond ungefähr so bequem, wie ein stämmiger Mensch es in einem Flugzeug erwarten darf, das für seine schlanken Linien berühmt ist. 11B befand sich unmittelbar hinter der Bordküche, was einen doppelten Vorteil hatte: mehr Beinfreiheit und die Möglichkeit, das Tablett so weit herunterzuklappen, daß sein Sektglas halbwegs gerade stand und nicht auf einer schiefen Ebene, die durch seinen Bauch hervorgerufen wurde.

Rasche Entscheidungen hatten dazu geführt, daß er jetzt im Flugzeug saß. Gegen halb sechs hatte er von der Paßkontrolle in Heathrow erfahren, daß jemand sich daran erinnerte, eine Japanerin mit Kind gesehen zu haben, die gegen ein Uhr nachmittags durch die Abflughalle von British Airways gegangen war. Noch entscheidender war jedoch, daß die Kleidung der Frau als grauer, sportlicher Hosenanzug beschrieben worden war und das Kind ein rotes Kordsamtkleid, schwarze Strumpfhose und Turnschuhe getragen hatte. Kurz darauf hatte British Airways bestätigt, daß eine gewisse Mrs. Nakajima in Begleitung ihrer Tochter Aya um 14.15 den Flug BA 177 nach New York genommen hatte. Die Maschine sollte um 17.05 Ortszeit am John F. Kennedy Airport landen.

New York. Das Ganze war nichts für schwache Nerven, aber Diamond hatte keine Sekunde gezögert. Unter Zuhilfenahme seines früheren Polizeiranges hatte er der New Yorker Paßkontrolle das Versprechen abringen können, Mrs. Nakajima und ihre Tochter eine Stunde lang festzuhalten. British Airways hatte ihm erklärt, daß er, wenn er den letzten Concorde-Flug des Tages um 19.00 nahm, fünfzig Minuten nach der Landung von BA 177 in New York sein konnte – ein so knapper Zeitplan, daß er während des gesamten Fluges ständig auf die Uhr sehen würde. Er hatte sofort ein Ticket gekauft und Yamagatas Kreditkartennummer angegeben. Er überlegte kurz, ob er in der Albert Hall anrufen sollte, um die Genehmigung seines Gönners einzuholen, aber er entschied sich dagegen. »Mr. Yamagata ist ein reicher Mann, er wird bezahlen«, hatte die Dolmetscherin versprochen, und wahrscheinlich würde Mr. Yamagata, der Ehrenmann, wegen läppischer fünftausenddreißig Pfund nicht mit der Wimper zucken.

Gerade noch rechtzeitig war ihm eingefallen, daß er ja ein rücksichtsvoller Gatte war, und er hatte Stephanie angerufen, um ihr zu sagen, daß er verreise. Sie war nicht ganz so sprachlos, wie er erwartet hatte. »Sieh doch mal, ob du mir ein Paar echte New Yorker Turnschuhe mitbringen kannst, wenn du schon mal da bist. Weiße natürlich. Und denk dran, ich hab Schuhgröße vierzig, das ist bei denen achteinhalb.« Woher wußte sie solche Sachen bloß? fragte er sich.

Wieder blickte er auf die Uhr, und seine Gedanken eilten voraus. Die Beamten von der amerikanischen Paßkontrolle würden die erste Hürde sein. Sie lernten in der Ausbildung, Betrüger und Hochstapler zu erkennen. Er mußte auf Draht sein, um sie davon zu überzeugen, daß er eine offizielle Ermittlung führte. Dann war da diese Mrs. Nakajima, der es immerhin gelungen war, die unerbittliche Mrs. Straw auszutricksen. Sie war eine echte Herausforderung. Und selbst wenn sie unter seinen Fragen zusammenbrach und zugab, das Kind entführt zu haben, blieb immer noch zu klären, was dann geschehen sollte – und wo. Die Auslieferungsgesetze waren noch nie seine Stärke gewesen.

Eine Stewardeß kam den Gang entlang und reichte ihm eine Nachricht, die wohl an das Cockpit gegangen war.

```
An: Supt. Diamond
Von: U.S. Paßkontrolle
Zeit: 17.21 Ortszeit
Erwarten Sie bei Ankunft. Ms. Nakajima
und Kind festgehalten.
```

Ein Prickeln lief durch seine Adern, eine Mischung aus Erleichterung, Erwartung und Sekt.

»Gute Nachrichten, Sir?« erkundigte sich die Stewardeß.

Er bedachte sie mit einem würdevollen Lächeln. »Nur die Bestätigung eines Termins.« In Wahrheit hätte das einen Tusch verdient gehabt. Einen köstlichen Augenblick lang fühlte er sich fast wie Chief Inspector Dew, der Mann, der im Jahr 1910 den Atlantik überquert hatte, um Dr. Crippen und dessen Geliebte zu verhaften. Eine telegrafische Nachricht, eine Spritztour über den Ozean, und Crippen war gefaßt.

Aber damit hatte es sich auch mit den Ähnlichkeiten. Dr. Crippen war ein Mörder gewesen. Dieser Mrs. Nakajima war höchstens eine Entführung nachzuweisen.

Die Concorde befand sich bereits im Landeanflug. Die Anweisung »Fasten Seatbelts« leuchtete auf.

Um 17 Uhr 50, fünf Minuten früher als geplant, setzte die Maschine auf.

Als die Türen geöffnet wurden, wartete bereits eine Beamtin von der Paßkontrolle auf ihn. Diamond stellte sich vor.

»Dürfte ich Ihren Ausweis sehen?« bat sie und musterte ihn skeptisch. Dem Blick nach zu urteilen, mit dem sie seinen Bauch maß, entsprach er nicht ihrem Bild eines britischen Detectives.

»Reicht mein Reisepaß?« Glücklicherweise war der Paß vor vier Jahren ausgestellt worden, so daß als sein Beruf immer noch Polizeibeamter angegeben war.

»Würden Sie bitte mitkommen, Sir?«

Das ›Sir‹ war ermutigend. Er war steif von der Reise und leicht desorientiert, aber er konnte es kaum erwarten, Naomi zu sehen, als er durch eine Absperrung geführt wurde und dann einen Gang entlang, der von Aktenschränken gesäumt war. Noch eine Tür, noch ein Gang und schließlich in ein Büro, das wie eine Kulisse für eine Krimiserie im Fernsehen anmutete, so sehr wirkte das Treiben dort gestellt. Leute gingen durch, blieben stehen, wechselten ein paar Worte, wie aus dem Drehbuch, und gingen weiter. Ein schwarzer Beamter mit getönten Brillengläsern schlängelte sich um zwei Schreibtische herum und sagte: »Sie müssen der Typ von Scotland Yard sein.«

»Peter Diamond«, sagte er und hielt ihm die Hand hin, ohne näher darauf einzugehen, wo er herkam. »Sie haben die beiden doch noch immer hier, hoffe ich?«

»Klar haben wir das.« Der Mann mußte ihm seinen Namen nicht nennen. Ein Namensschild an seinem Hemd verriet, daß es sich um Arthur Wharton handelte.

»Haben sie irgendwelche Schwierigkeiten gemacht?«

»Nein, Sir.«

»Was haben Sie ihnen erzählt?«

»Das Übliche. Ein kleines technisches Problem mit ihren Pässen. Die beiden gehören Ihnen.« Arthur Wharton nickte der Frau zu, die Diamond bis hierher gebracht hatte, und sie marschierte energisch zwischen zwei Leuten hindurch, die das Büro, aus verschiedenen Richtungen kommend, durchquerten, und weiter in einen Flur hinein. Diamond begriff, daß er mit ihr gehen sollte. Er versuchte, es ihr gleichzutun, stellte aber fest, daß er nicht so geschickt darin war, Leuten auszuweichen.

Er holte sie an einer offenstehenden Tür ein. Ein uniformierter Flughafenpolizist saß davor und trank Kaffee aus einem Pappbecher.

Diamond blickte in den Raum.

Er starrte.

Eine Frau und ein Kind waren darin, keine Frage, aber das Kind war nicht Naomi.

Die Kleine war mindestens zwei Jahre jünger. Sie saß auf einem Stahlrohrstuhl, baumelte mit den Beinen und hatte noch immer ein pausbackiges Babygesicht. Sie war nicht einmal gekleidet wie Naomi. Sie trug ein blaues Kleid, weiße Söckchen und schwarze Schuhe, die glänzten, als wären sie aus Lackleder. Sie sah japanisch aus, zugegeben, aber das war auch die einzige Ähnlichkeit.

Die Japanerin, die nervös zu Diamond aufblickte, entsprach ebenfalls nicht der Beschreibung. Sie trug ein rotes Kostüm und hatte eine randlose Brille auf.

Verwirrt drehte er sich zu seiner Begleiterin um, doch die war bereits verschwunden. Er sprach den Mann an der Tür an: »Das sind nicht die Leute, die ich suche. Hier liegt ein Mißverständnis vor.«

Der Cop zuckte die Achseln.

Er suchte sich seinen Weg zurück zum Zentrum der Paßkontrolle und ließ seinen Frust an Arthur Wharton aus. »Sie haben die Falschen festgehalten. Das Kind habe ich noch nie im Leben gesehen, und sie tragen auch noch die falschen Sachen, zum Donnerwetter noch mal.«

»Moment mal, Meister«, sagte Wharton mit mahnend erhobenem Zeigefinger. »Nicht in diesem Ton. Wir haben die Leute festgehalten, die Sie haben wollten. Sie haben uns keine Beschreibung durchgegeben, nur einen Namen. Das da drin ist Mrs. Nakajima, soviel ist klar. Wollen Sie den Paß sehen?« Er reichte ihm einen.

Diamond schlug ihn auf. Keine Frage: Die Leute hießen Nakajima. »Aber sie passen nicht zu der Beschreibung«, sagte er.

»Soll das heißen, der Paß gehört einer anderen Frau?«

»Nein. Ich will damit sagen, daß die Leute, die in Heathrow gesehen wurden, anders gekleidet waren als Mrs. Nakajima und Tochter.« Noch während er redete, wurde ihm sein Fehler klar. »Oh nein!«

Wharton beäugte ihn mitleidlos.

»Nur weil Mrs. Nakajima und ihre Tochter Japaner sind und allein reisen, bin ich davon ausgegangen, daß sie die Frau und das Kind sein mußten, die man in Heathrow in der Abflughalle gesehen hat. Und als British Airways die beiden gemeldet hatte, habe ich die anderen Fluggesellschaften einfach nicht mehr überprüft. Sie müssen einen anderen Flug genommen haben. Sie können überall hingeflogen sein, in jede verdammte Stadt der Welt.« Vor Wut auf sich und seine Blödheit schlug er so fest mit der Faust auf Arthur Whartons Schreibtisch, daß die Büroklammern tanzten.

Dreitausendfünfhundert Meilen in der Concorde auf der Jagd nach den Falschen! Spatzenhirn! »Hören Sie«, sagte er zu Wharton, »vielleicht ist es zu spät, aber ich möchte Terminal drei in Heathrow kontaktieren. Ich möchte ein Fax an jede Fluggesellschaft schicken. Sie sollen ihre Passagierlisten nach einer Japanerin durchchecken, die irgendwann heute mittag nach ein Uhr allein mit einem Kind geflogen ist. Können Sie das für mich veranlassen?« Wohl wissend, daß die Bitte überzogen war, fügte er hinzu: »Arthur?«

»Sie möchten, daß ich diese Faxe auf den Weg bringe?« Whartons Miene sah nicht vielversprechend aus.

»Sie haben doch hier alle Möglichkeiten«, sagte Diamond offen.

»Aber Sie wollen, daß ich mich darum kümmere?«

»Genau. Wenn mein Name darauf steht, sind einfach zu viele Erklärungen erforderlich. Wenn die Anfrage von einer US-Behörde kommt, reagieren sie schneller. Ohne Erklärungen. Das Ganze muß jetzt vor allem schnell gehen.«

»Die sollen ihre Passagierlisten checken? Sie machen wohl Witze, Mann.«

»Die sind alle im Computer«, erklärte Diamond. Er hatte die moderne Technologie bislang kaum als Verbündete betrachtet, aber in dieser Notsituation hatte er keinerlei Skrupel. »Man muß nur ein paar Tasten drücken.«

Wharton rieb sich die Wange.

»Wissen Sie was?« Diamond war in Fahrt. »Während Sie das für mich erledigen, gehe ich zurück zu Mrs. Nakajima und entschuldige mich für Sie. Okay?«

Es war nicht okay, und das wußte er. Wharton wußte es auch, aber die Eindringlichkeit, mit der Diamond auftrat, war überzeugend.

»Dann schreiben Sie mal genau auf, was ich faxen soll«, sagte er mit einem Seufzer.

Die entscheidende Antwort aus London traf vierzig Minuten später ein. In dieser Phase des Unternehmens war Arthur Wharton bereits umfassend in die Suche nach Naomi eingeweiht worden, und jetzt identifizierte er sich persönlich damit. »He, Mann, das ist es.« Er hielt das Fax hoch, das er gerade aus dem Drucker gezogen hatte. »Und soll ich Ihnen was sagen? Sie ist doch hier!«

Diamond war wie elektrisiert. »Hier? In New York?«

»Genau. Sie sind heute nachmittag mit United Airlines hier angekommen. Eine Japanerin mit Kind.«

»Wunderbar! Wann sind sie gelandet?«

»Siebzehn Uhr zwanzig. Vor rund einer Stunde.«

»*Eine Stunde*?« Diamonds Begeisterung fiel in sich zusammen. »Dann sind sie inzwischen durch den Zoll und über alle Berge.«

Doch Wharton grinste ihn beruhigend an. »Nicht bei uns. Es dauert eine Weile, im JFK durch die Paßkontrolle zu kommen. Der United-Flug?« Er sah auf seine Uhr. »Ich denke, inzwischen könnten Sie an der Paßkontrolle sein, aber wetten würd' ich nicht drauf.«

Diamond war aufgesprungen. »Wo geht's lang?«

»Ganz ruhig, Peter«, entgegnete Wharton. »Sonst tun Sie sich noch weh. Wir können das von hier aus überprüfen.« Er deutete zur Decke, wo acht Monitore angebracht waren. »Videoüberwachung. Sehen Sie nach, ob Sie die beiden entdecken. Ich versuche, die Crew von diesem Flug aufzutreiben.«

Die Kameras waren so positioniert, daß sie langsam über die lange Schlange schwenken konnten, die sich um mehrere Absperrungen herum bis zu den Schaltern wand, wo die Pässe geprüft und gestempelt wurden. Diamond betrachtete konzentriert jeden Monitor, suchte nach einem Kind. Manche waren leider Gottes von Erwachsenen halb verdeckt.

Wharton telefonierte. »Ich habe mit dem Chefsteward des United-Fluges gesprochen«, sagte er Diamond etwas später. »Sie waren an Bord, kein Zweifel. Er erinnert sich an Naomis rotes Kordsamtkleid und die Frau in der grauen Rohan-Jacke.«

»Das ist toll, aber ich wüßte gern, wo sie jetzt sind«, sagte Diamond. »In der Schlange kann ich sie nicht entdecken.«

»Werden Sie auch nicht. Anscheinend ist der United-Flug schon durch die Paßkontrolle durch. Sehen Sie mal in die Gepäckhalle, die Monitore rechts von Ihnen. Da irgendwo müßten sie sein. Ich versuche rauszukriegen, welcher von unseren Beamten sie abgefertigt hat.«

Diamond wäre lieber selbst in der Gepäckhalle gewesen, anstatt auf graue Bildschirme zu starren. Die Gestalten, die sich um das Laufband drängten, sahen so fern und verschwommen aus wie die Bilder von der ersten Mondlandung. Er konnte gerade genug erkennen, um die einzelnen Personen voneinander zu unterscheiden.

»Wenn Sie meinen, Sie haben sie gefunden, können wir näher ranzoomen«, erklärte Wharton, der den Hörer einen Moment vom Ohr genommen hatte. »Dann können wir uns die Sache genauer ansehen.«

»Danke.« Aber er hatte sie nicht entdeckt, und die möglichen Erklärungen waren deprimierend einfach. Vielleicht hatten sie ihr Gepäck schon bekommen und waren fort. Oder die Frau hatte einen amerikanischen Paß, was bedeutet hätte, daß sie schon vor mindestens einer halben Stunde hier durchgekommen war. Oder sie hatten lediglich Handgepäck dabei.

Dann sprach Wharton mit jemandem am Telefon. Anschließend sagte er zu Diamond: »Okay, sie sind gerade durch die Paßkontrolle. Die Frau heißt Tanaka – haben Sie das? –, Mrs. Minori Tanaka, hat einen japanischen Paß. Das Kind reist auf ihren Paß mit, Name Emi.«

»Amy?«

Wharton buchstabierte. »Mrs. Tanaka hat das Sheraton an der Park Avenue als Adresse angegeben. Wir können im Hotel nachfragen, ob sie reserviert hat.«

Diamonds Augen waren nicht von den Monitoren gewichen, und einen Moment später wurde er belohnt: Die grobkörnigen Gestalten einer Frau und eines kleinen Mädchens näherten sich dem Laufband mit einem Gepäckwägelchen. Das Kind schien Naomis Ponyfrisur und schwarzes Haar zu haben.

Er zeigte auf den Monitor. »Da. Das Kind da ganz hinten.«

Wharton griff nach der Fernbedienung und betätigte den Zoom. Das Gesicht des Kindes wurde größer, bis es schließlich den Bildschirm ausfüllte, mit seinem ruhigen Ausdruck und den blicklosen Augen, die ganz gedankenverloren wirkten.

Naomi, eindeutig.

»Zeigen Sie mir die Frau, die bei ihr ist«, bat Diamond.

»In Nahaufnahme?«

Das Bild wurde kurz undeutlich, dann konnte er zum ersten Mal Minori Tanaka sehen. Ein waches, intelligentes Gesicht mit hohen Wangenknochen und einer schmalen Nase. Der Mund, mit kräftigem Lippenstift betont, war breiter als bei Japanern üblich, was ihr etwas Unberechenbares oder auch etwas Erotisches verlieh, je nachdem. Sie war vermutlich Mitte Dreißig.

»Attraktiv«, war Arthur Whartons Meinung.

Plötzlich glitt das Gesicht aus dem Kamerabereich.

»Können Sie sie wieder reinholen?« fragte Diamond, und als die Kamera neu auf Gesamtsicht eingestellt wurde, sah er, daß die Frau sich über das Laufband beugte. »Himmel, sie nimmt ihren Koffer! Gleich haut sie ab.«

Beim Betrachten des Monitors waren sie in eine beinahe verhängnisvolle Passivität versunken. In wenigen Sekunden würde Mrs. Tanaka ihr Wägelchen hinaus zu den wartenden Taxis schieben und mit Naomi davonfahren.

»Wie kommen wir zu ihnen?« fragte Diamond.

»Erst brauchen Sie einen Stempel in Ihrem Paß«, entgegnete Wharton.

»Das darf doch wohl nicht wahr sein! Das Kind ist entführt worden!«

»Paß.«

Er reichte ihn rüber. Wharton öffnete ihn, nahm einen Datumsstempel aus der Schreibtischschublade, stellte das Datum ein und drückte ihn in den Paß. »Jetzt sind Sie legal, Peter. Nun aber los.«

Diamond war sprachlos. Sprachlos und dann atemlos, als Wharton ihn im Trab über ein Rollband und dann zwei Treppen hinunterführte. Sie kamen durch eine Tür und befanden sich plötzlich in der Ankunftshalle, dem belebtesten Teil des Terminals. Freunde und Verwandte drängten sich an den Schranken gegenüber den Gates und versuchten, einen ersten Blick von den Passagieren zu erhaschen, die ihre Gepäckwägelchen durchschoben. Sie kamen gerade rechtzeitig, als Mrs. Tanaka auftauchte, einen großen blauen Koffer auf dem Wagen vor sich herschiebend. Neben ihr – und nun bestand kein Zweifel mehr – war Naomi.

Die Kleine schien unberührt von dem unerwarteten Anblick, der sich ihr bot, den zahllosen Gesichtern, die in ihre Richtung gewandt waren. Sie ging mechanisch neben Mrs. Tanaka her. Sie kamen an der Stelle vorbei, wo Chauffeure standen und große Namensschilder hochhielten.

»Was ist nun?« fragte Wharton und stieß Diamond an. »Gehen Sie los, Mann.«

Diamond starrte geradeaus, und zum zweiten Mal wurde ihm schmerzlich klar, daß er wenig Geschick besaß, sich gewandt und behende durch eine Menschenmenge zu bewegen. Ein Mann im Rollstuhl mußte abrupt bremsen und schnauzte ihn an, er solle doch aufpassen, wo er hinging. Er hatte keine Zeit klarzustellen, daß er genau das tat und nur nicht auf die Strecke dazwischen achtete.

Als er die beiden fast erreicht hatte, hielt er inne.

Jemand hatte Mrs. Tanaka angesprochen, ein Weißer, groß, mit kurzgeschnittenem schwarzem Haar und einer Charakternase, die Diamond an Charlton Heston erinnerte. Der Mann trug eine schwarze Lederjacke und weiße Jeans. Er sagte etwas zu Mrs. Tanaka, sie nickte und runzelte die Stirn, offenbar verwirrt über die Begegnung.

Naomi sah an dem Mann vorbei, Diamond direkt ins Gesicht. Aber sie hatte wieder den starren, autistischen Blick, den er so gut kannte. Nichts deutete darauf hin, daß sie ihn erkannte, keine Überraschung oder Freude oder auch nur Abwehr. Sie ließ ihre Augen nur kurz auf ihm ruhen, dann wurde sie von dem elektronischen Signal abgelenkt, das eine Lautsprecherdurchsage ankündigte. Sie wandte das Gesicht nach oben, in die Richtung, aus der das Geräusch kam.

Etwas, das mit seiner langjährigen Erfahrung bei der Beschattung von Verdächtigen zu tun hatte, ließ ihn zögern. Vielleicht war der Mann bloß ein Gauner, der sich aufdrängte, um Mrs. Tanaka für ein unverschämtes Entgelt den Koffer zu tragen – leichtverdiente Dollar, wenn die Opfer Frauen waren, die sich auch noch um Kinder kümmern mußten. Vielleicht aber hatte seine Anwesenheit mehr zu bedeuten. In dieser Situation war es das beste, einfach an ihnen vorbeizugehen, sich links zu halten und sich in die Schlange vor dem Informationsschalter einzureihen, um weiter zu beobachten, was als nächstes geschah.

Mrs. Tanakas Körpersprache deutete darauf hin, daß sie sich auf den Vorschlag des Mannes einließ, wenn auch widerstrebend. Nach einigem Kopfschütteln und abwehrenden Handbewegungen machte sie zweimal einen Schritt von ihm fort. Schließlich ließ sie zu, daß er ihren Wagen mit dem Koffer übernahm und zum nächsten Ausgang rollte, so schnell, daß Naomi traben mußte, um mitzukommen.

Diamond folgte dicht hinter ihnen, weil er wußte, daß die beiden Erwachsenen ihn nicht kannten, und Naomi wohl kaum eine Reaktion zeigen würde. Es war riskant, sie so weit kommen zu lassen, aber er vertraute darauf, daß sie sich mit dem Gepäck nicht so schnell bewegen konnten, ganz gleich was sie nun vorhatten.

Sie gingen Richtung Taxistand. Falls nötig, so beschloß Diamond, würde er sie in ein Taxi steigen und abfahren lassen und ihnen im nächsten Wagen folgen. Falls der Mann in der Lederjacke mit Mrs. Tanaka fuhr, wäre zumindest eines klar: Er steckte mit in der Sache drin.

Draußen wartete eine ganze Reihe gelber Taxis, doch Lederjacke schob den Wagen an ihnen vorbei und überquerte die Straße. Dann also die Flughafenbusse? Anscheinend nicht. Sie betraten das Parkhaus für Kurzparker, eine Möglichkeit, die Diamond nicht bedacht hatte, und er schlug verärgert über sich selbst die Hände vors Gesicht. Seit seiner Ankunft hier dachte er nicht mehr klar; er schob es auf den Flug.

Er mußte rasch die Straße überqueren, lief im Zickzack zwischen den Autos hindurch und folgte den Dreien ins Erdgeschoß des Parkhauses, was sein Problem nochmals verschärfte. Lederjacke und Mrs. Tanaka waren mit Naomi knapp zwanzig Meter vor ihm, als sie rechts abbogen und den Fahrstuhl betraten. Die Türen hatten sich geschlossen, ehe er sie erreichte.

Was nun?

Gleich daneben befand sich eine Treppe. Er hatte keine Ahnung, ob sie ins Untergeschoß fuhren oder zu den oberen Parkdecks. Es gab keine Anzeige, die ihm verraten hätte, in welchem Stock der Fahrstuhl anhielt.

Er mußte sich für eine Möglichkeit entscheiden und darauf hoffen, daß er sie wiederfand. Eine Richtung war ebenso wahrscheinlich wie die andere, also hastete er, immer zwei Stufen auf einmal nehmend, nach unten und stieß die Tür zum Untergeschoß auf.

Niemand zu sehen.

Hinter ihm öffneten sich die Fahrstuhltüren. Die Kabine war leer. Er hätte sich doch für eines der oberen Decks entscheiden sollen. Er stieg ein, drückte den Knopf für den zweiten Stock und fluchte, weil die Türen sich nicht sofort schlossen.

Er würde von Glück sagen können, wenn er sie nicht endgültig verloren hatte. Der Fahrstuhl glitt nach oben, die Türen öffneten sich, und Diamond rannte los. Sinnlos, sich weiter unauffällig zu verhalten. Falls sie in einen Wagen stiegen und losfuhren, hatte er nicht die geringste Chance, ihnen zu folgen. Hier oben gab es keine Taxis. Aber er hatte sie entdeckt. Sie waren drei oder vier Parkreihen rechts von ihm, zirka achtzig Meter entfernt. Also rannte er los und rief: »Verzeihen Sie! Mrs. Tanaka!«

Sie drehte sich um.

Auch Lederjacke drehte sich um. Er war gerade dabei, den Wagen aufzuschließen.

Diamond war noch dreißig Meter von ihnen entfernt.

Mrs. Tanaka sagte etwas, das Diamond nicht verstehen konnte, dann öffnete sie eine Tür und verfrachtete Naomi in den Wagen.

»Kann ich kurz mit Ihnen reden?« rief Diamond.

Nein, das konnte er nicht. Statt dessen versperrte ihm das Kofferwägelchen den Weg. Lederjacke benutzte es als Rammbock und stieß es ihm heftig entgegen. Die Wucht war enorm durch den schweren Koffer und die ganze Kraft eines großen jungen Mannes.

Diamonds Knöchel hätten übel verletzt werden können, wenn er nicht einen Sekundenbruchteil vor dem Zusammenstoß fünfzehn Zentimeter in die Luft gesprungen wäre, was für einen Mann seines Umfangs eine Höchstleistung war. Er warf sich nach vorn, so daß der Koffer das meiste vom Aufprall abbekam, und knallte mit dem Kopf gegen den Metallkorb, der oben am Griff des Wagens angebracht war. Wäre nicht die dämpfende Wirkung des Koffers gewesen, er wäre mit dem Kopf im Korb gelandet, wie früher die Opfer der Guillotine.

So jedoch kippte er mitsamt dem Wägelchen zur Seite und beulte mit der linken Schulter den Kotflügel des Autos ein. Er war nicht in der Verfassung, aufzuspringen und zu kämpfen.

Lederjacke hielt sich nicht länger auf. Er riß den Koffer (der jetzt in der Mitte einen Riß hatte) unter dem Wägelchen hervor, schleuderte ihn auf den Rücksitz des Autos, knallte die Tür zu und stieg vorn neben Mrs. Tanaka ein.

Eine Ladung Abgase mitten ins Gesicht war keineswegs dazu angetan, Diamonds Zustand zu verbessern. Das Auto, ein großer, weißer Buick mit roten Seitenstreifen, heulte auf. Die Reifen quietschten, und der Buick schoß davon.

Kapitel zwanzig

Ein gewaltiger Bluterguß, keine Frage. Abschürfungen an der Schulter und am linken Arm, der ihm weh tat. Kopfschmerzen, die rasch heftiger wurden. Aber ansonsten war er nicht ernstlich verletzt, nur sein Selbstvertrauen. Er hatte es vermurkst. Es verbockt. Scheiße gebaut, wie man wohl hier in der Stadt der drastischen Ausdrucksweise sagen würde. Nachdem er

Tausende von Meilen geflogen war und Naomi auch tatsächlich eingeholt hatte, hatte er sie wieder entwischen lassen. Und jetzt wurde sie Gott weiß wohin gefahren.

Hoffnungslos.

Er hievte sich unter Schmerzen hoch, wobei ihm seine Selbstvorwürfe ärger zusetzten als der Schmerz. Verdammt, er war sogar zu blöd gewesen, sich das Kennzeichen zu merken.

Er konnte sich vorstellen, wie die New Yorker Cops reagieren würden, wenn er sie bat, einen weißen Buick mit roten Seitenstreifen und unbekanntem Kennzeichen zu suchen.

Also, was nun?

War die Jagd damit wirklich zu Ende?

Er blickte sich um, sah das Wägelchen noch immer umgekippt auf der Seite in der Parklücke liegen. Wahrscheinlich hätte er hinausschauen sollen, ob er den Buick wegfahren sah, aber er war verflucht sicher, daß seine Augen nicht gut genug waren, um auf diese Entfernung ein Nummernschild zu entziffern, selbst wenn er das Glück haben sollte, den Wagen zu entdecken.

Und dann fiel ihm ein, daß schließlich jedes Auto, das hier rausfuhr, die normale Ausfahrt nehmen mußte. Die Erbauer von Parkhäusern sorgten schon dafür, daß jeder Parker ordentlich zahlte. Mit Sicherheit gab es da unten eine Schranke und eine Stelle, wo man die Gebühr bezahlte. In einem vielbenutzten Parkhaus wie diesem stand man vielleicht sogar in der Schlange, um rauszufahren. Und selbst wenn es hier automatische Schranken gab, man konnte nur so schnell raus, wie deren Mechanismus und die Wagen vor einem es zuließen. Tatsächlich war er ziemlich sicher, daß Lederjacke nicht schon vorher an einem Automaten bezahlt hatte.

Also konnten sie nicht einfach losfahren, ohne zu zahlen. Ein Wagen, ganz gleich, wie schnell er war, brauchte seine Zeit, bis er auf die Straße rausfahren konnte.

Er humpelte, so schnell er nur konnte, zum Fahrstuhl. Die einzige Ausfahrt aus dem Parkhaus befand sich im Erdgeschoß, und der Fahrstuhl war der schnellste Weg nach unten. Er hatte Glück, endlich einmal, und die Türen waren offengeblieben. Er drückte den Knopf. Jede Verzögerung war psychische Folter – die Pause, ehe die Türen sich in Bewegung setzten, das langsame Hinuntergleiten –, ein stummes Gebet, daß der Fahrstuhl nicht auf den dazwischenliegenden Ebenen stoppen würde, und der elend lange Moment, bis er sich öffnete. Dann war er raus und suchte nach den EXIT-Schildern, bemüht, den kürzesten Weg zu finden, weil er ja nicht dieselbe Rundstrecke nehmen mußte wie die Autos.

Er entschied sich, nach links zu laufen, durch eine Reihe parkender Wagen hindurch, was nicht ohne Gequetsche und ein paar verstellte Seitenspiegel abging, aber der Weg war tatsächlich der kürzeste.

Vor ihm kurvten fünf oder sechs Wagen eine Rampe hinauf. Er rannte an vieren vorbei und kam gerade noch rechtzeitig, um zu sehen, wie sich die Schranke schloß und der Buick – oder zumindest ein weiß-rotes Auto – nach draußen fuhr.

Er verlor keine Zeit mehr. Der Wagen, der sich jetzt an der Spitze der Warteschlange befand, war ein rosa Chevrolet. Er riß die Beifahrertür auf. Die Frau am Steuer bezahlte gerade ihre Parkgebühr. Sie fuhr herum. »Was soll das?«

»Polizei.« Das einzige, was er zum Beweis vorzeigen konnte, war sein Paß, und den holte er aus der Tasche und hielt ihn hoch wie einen Durchsuchungsbefehl. »Dürfte ich Sie bitten, dem Wagen vor Ihnen zu folgen?«

»Sagen Sie das noch mal.« Sie war jung, zirka Mitte Zwanzig, mit dunklem, lockigem Haar, das wippte, wenn sie sprach.

»Ich bitte Sie, dem Buick da zu folgen.«

»Sind Sie Engländer?« fragte sie.

Er stöhnte innerlich. »Es handelt sich um einen Notfall.«

»Dann hüpfen Sie mal rein. Ich kann Sie nach Manhattan mitnehmen, wenn es Ihnen darum geht.«

Er setzte die Unterhaltung nicht fort.

Sie fuhr mit vielversprechendem Tempo an, und schon bald verließen sie das Flughafengelände und bogen auf den Van Wyck Expressway nach Manhattan. Der Buick war weit und breit nicht zu sehen.

»Könnten wir schneller fahren?«

»Sie sind Polizist, sagten Sie?«

»Ja.«

»Sie haben nicht zufällig eine von diesen tragbaren Sirenen dabei?«

Er nahm an, daß sie sich über ihn lustig machte.

»Nein.«

»Habe ich die polizeiliche Erlaubnis, die vorgeschriebene Höchstgeschwindigkeit zu überschreiten?«

»Ein Kind ist in Gefahr, ein kleines Mädchen«, betonte Diamond.

Sie fuhr auf die Überholspur.

Zwei Meilen weiter bat Diamond sie, ein wenig langsamer zu werden. Er konnte den weißen Buick sehen.

Er fuhr auf der mittleren Spur mit ungefähr fünfundsiebzig Meilen. Vorn auf dem Beifahrersitz erkannte er die Umrisse von Mrs. Tanakas Kopf.

»Nicht zu nah ran.«

»Dann soll ich sie also nicht von der Straße drängen?«

»Vorläufig noch nicht. Ich möchte mich lieber im Hintergrund halten.«

»Ich mag die Art, wie Sie reden.« Sie fädelte sich geschickt drei Wagen hinter dem Buick ein, so daß sie im Konvoi weiterfuhren. »Das Mädchen, kommt das auch aus England?«

»Äh, ja. Wie heißen Sie?« fragte er, um das Thema zu wechseln. Ihr das wenige zu erzählen, was er über Naomi wußte, würde sie nur verwirren. Er selbst war verwirrt genug.

»Ken.«

»Haben Sie Ken gesagt?«

»Mhm.«

»Ist das in Amerika ein Frauenname?«

»Eine Kurzform für Kennedy. Ich bin in der Woche geboren, in der JFK ermordet wurde. Ich bin es leid, das dauernd erklären zu müssen.«

»Ist doch schön, einen ungewöhnlichen Namen zu haben. Meiner ist langweilig. Peter.«

»Peter der Große.«

»Gemein.«

»Wieso gemein?« fragte Ken.

Er tätschelte seinen dicken Bauch, und sie grinste. »So war es nicht gemeint.«

Die Wagenreihe fuhr noch immer gleichmäßig in derselben Formation. Inzwischen sah man die Skyline von New York. »Wir sind hier auf Long Island, richtig?« fragte Diamond.

»Gerade sind wir auf den Long Island Expressway gefahren«, bestätigte sie. »Und gleich kommt der Tunnel unter dem East River.«

»Ist das die Strecke, die Sie sowieso gefahren wären?«

Sie schüttelte den Kopf. »Ich wohne in der Bronx. Aber das macht nichts.« Nach einer Pause fügte sie hinzu: »Sie machen mich neugierig. Sie sind nämlich gar kein Polizist. Ich seh' vielleicht blöd aus, aber ich kann zwischen einem Polizeiausweis und einem Reisepaß unterscheiden. Andererseits wirken Sie nicht wie ein Tramper. Oder ein Vergewaltiger. Worum geht's, ein Streit mit Ihrer Frau um das Sorgerecht für das Kind?«

Er beteuerte, daß Naomi nicht sein Kind war. Er wollte ihr schon fast erklären, wie es gekommen war, daß dieses kleine japanische Mädchen sein Leben beherrschte, doch da fuhren Sie in den Tunnel, und er konzentrierte sich lieber darauf, was am anderen Ende passieren würde. »Wo genau führt der hin?« fragte er, als hätte er eine Straßenkarte von Manhattan im Kopf.

»Vierunddreißigste Ost«, erwiderte Ken. »Von da an wird's schwieriger werden, ihnen zu folgen.«

»Könnten Sie dann versuchen, näher ranzukommen?«

Als sie den Tunnel hinter sich hatten, schaffte sie es, einen der Wagen vor sich zu überholen, und ein weiterer bog an der ersten Ampel ab, so daß sich jetzt nur noch ein blauer Volvo zwischen ihnen und dem Buick befand. Aber die Anspannung wuchs, während sie durch die Stadt fuhren und an jeder Ampel inständig beteten, daß der Volvo nicht stehenblieb. Sie kamen am Empire State Building und an Macy's vorbei, ehe sie rechts auf die Eighth Avenue nach Norden abbogen.

Der Buick wurde schneller.

»Können Sie den Wagen vor uns überholen?« bat Diamond.

Als sie auf die linke Spur ging, fühlte sich der Volvofahrer herausgefordert und blockierte ihr den Weg. An der nächsten Ampel bremste er jäh und zwang sie zu halten, während der Buick weiterfuhr.

Diamond fluchte und sah nach hinten, ob sie genug Platz hatten auszuscheren, aber es war nicht möglich.

»Die kommen nicht weit«, beruhigte Ken ihn. »An einer der nächsten Ampeln müssen sie halten.«

Er war da nicht so zuversichtlich. Er hatte schon gesehen, daß sie bei Rot über die nächste Kreuzung gefahren waren. »Wir müssen diesen Schlaumeier vor uns überholen.«

Und das tat sie bei der nächsten Gelegenheit, vor dem Busbahnhof Port Authority, untermalt von einem heftigen Hupkonzert. Sie waren weit zurückgefallen. Irgendwo weit vorn sah er etwas Weißes, das vielleicht, nur vielleicht, der Buick war. Sie mußten darauf vertrauen, daß er es war. Diamond beugte sich fast bis zur Frontscheibe vor. »Fahren Sie immer geradeaus. Ich sag Bescheid, falls sie abbiegen.«

Sie überholte bei jeder sich bietenden Gelegenheit, und manchmal auch, wenn sich keine Gelegenheit bot. Er konnte ihr kein mangelndes Engagement vorwerfen. Gelegentlich erhaschte er einen Blick von dem weißen Wagen einen Block vor ihnen, und er hoffte inständig, daß es immer noch der Buick war, den sie da verfolgten. Auf der rechten Seite tauchte der Central Park auf.

»Wenn wir so weiterfahren, kommen wir in die Bronx, und ich bin zu Hause«, sagte Ken.

Aber so weit kamen sie nicht. Kurz vor dem Nordende des Parks wechselte der weiße Wagen auf die linke Spur und bog ab.

»Können Sie rüber?«

»Klar.«

»Das muß die Hundertneunte Straße sein.«

Sie beherrschte den Chevrolet überzeugend, beschleunigte in eine Lücke hinein und nahm die Kurve so schnell, daß die Reifen quietschten. Aber vor ihnen auf der Hundertneunten Straße West war kein weißer Wagen zu sehen.

»Vielleicht ist er zurück auf die Manhattan Avenue gefahren«, schlug Ken vor.

»Versuchen Sie's.«

Sie bog erneut links ab. Was ein Fehler war, denn soweit sie sehen konnten, waren nur gelbe Taxis auf der Straße.

»Tut mir leid. Tut mir ehrlich leid«, sagte sie, und ihre Stimme klang bekümmert. »Soll ich wenden?«

»Was meinen Sie, wohin waren die unterwegs, ehe wir sie verloren haben?«

»Schwer zu sagen. Wir sind nicht weit von der Columbia University.«

»Können Sie zusehen, daß wir wieder in diese Richtung kommen? Wenn wir Glück haben, parkt der Wagen vielleicht irgendwo auf der Straße.«

Sie bogen nach rechts auf die Amsterdam Avenue. Keine Spur von dem weißen Wagen. Eine riesige Kirche ragte rechts von ihnen auf. »Ist bei Studenten unheimlich beliebt«, bemerkte Ken.

»Die Kathedrale des hl. Johannes?« las Diamond ungläubig von einem Schild ab.

»Ich meine die ungarische Bäckerei auf dieser Seite.«

»Aha.« Beiden war nicht zum Lachen zumute. Das Mißverständnis war symptomatisch für ihre Hilflosigkeit. Nichts ist so schwer zu akzeptieren wie die Erkenntnis, daß man versagt hat. Sie gaben sich alle Mühe, versuchten, sich gegenseitig aufzumuntern, aber was sie auch sagten, es half nicht viel.

»Gleich fängt hier auf dieser Seite der Campus der Universität an«, belehrte sie ihn.

»Wir sollten uns hier mal umsehen. Können Sie die nächste Straße reinfahren?«

Es war die Hundertdreizehnte Straße, und sie fuhren sie bis zum Broadway entlang, dann bogen sie zweimal hintereinander links ab und kamen auf die Hundertzwölfte. Hier parkten drei weiße Wagen, aber keiner davon war ein Buick. Inzwischen waren fast zehn Minuten vergangen, seit sie den Wagen aus den Augen verloren hatten; und aus zehn wurden zwanzig, während sie weiterhin ergebnislos die Straßen absuchten.

»Ich kann mir jetzt ein Taxi nehmen«, bot Diamond an.

»Kommt nicht in Frage«, sagte Ken. »Ich bin genauso wild darauf, diesen verdammten Wagen zu finden, wie Sie.«

»Vielleicht ist er schon längst ganz woanders.«

»Wir suchen weiter. Das sind wir dem kleinen Mädchen schuldig.«

Das brauchte man ihm nicht erst zu sagen.

Sie suchten fast eine Stunde, bis sie den Buick gefunden hatten. Er parkte in Broadway-Nähe auf der Hundertvierzehnten Straße. Sie hätten ihn früher finden können, wenn sie nicht mit der Hundertdreizehnten angefangen und sich dann bis zur Hundertachten runtergearbeitet hätten, aber die ungeheure Erleichterung, die Spur wiedergefunden zu haben, ließ sie jedes Bedauern vergessen.

»Was jetzt?« fragte Ken.

»Ich bin Ihnen über die Maßen dankbar, mehr als ich sagen kann.«

Sie runzelte die Stirn, weil sie seine britisch indirekte Formulierung nicht verstand.

»Ich komme jetzt allein zurecht«, sagte er.

»He, meinen Sie etwa, ich steige jetzt aus der Sache aus? Ich will selbst das Kind sehen.« Ihre Augen ließen keinen Zweifel daran, daß sie meinte, was sie sagte.

»Wenn das so ist, verrate ich Ihnen, was wir als nächstes tun. Wir gehen Klinkenputzen.«

An diesem Teil der Straße lagen Mietshäuser und kleine Hotels. Sie versuchten es zuerst bei den Hotels. »Ich suche ein Paar mit einem kleinen Mädchen. Die drei sind hoffentlich vor ungefähr einer Stunde hier angekommen«, war die arglos klingende Formulierung, mit der er sich erkundigte. »Die Dame kommt aus Japan, ebenso wie das Kind.« Er versuchte, sich als ein fürsorglicher englischer Gentleman auszugeben, als ob seine Freunde irgend etwas Kostbares vergessen hätten, das er ihnen unbedingt wiederbringen wollte.

Nachdem sie es in drei Hotels probiert und nur mißtrauische Blicke und Kopfschütteln geerntet hatten, aber keine richtige Antwort, änderte er seine Methode beim Firbank, einem heruntergekommenen Backsteinbau mit einem ZIMMER-FREI-Schild im Fenster. Das Fenster mußte dringend geputzt werden.

Die Tür stand offen, und hinter einem Klapptisch, der als Empfang diente, stand ein Mann in schwarzem Unterhemd und Jeans.

»Wohnt Mrs. Tanaka bei Ihnen?«

»Wer zum Teufel sind Sie?«

Das war immerhin schon ein Fortschritt im Vergleich zu dem bisherigen Schweigen. Diamond sagte, daß er im Auftrag der Einwanderungsbehörde hier sei. »Und wer zum Teufel sind Sie?« fügte er hinzu.

»George De Wint.«

»Der Hotelmanager?«

»Bei mir wohnen keine Illegalen«, sagte De Wint trotzig. Für einen fleischigen tätowierten Mann mit einem Profil wie James Cagney hörte er sich plötzlich jämmerlich an.

»Aber Sie haben hier eine Mrs. Tanaka, heute nachmittag aus England eingetroffen?«

»Aus England?«

»Japanerin, männlicher Begleiter und ein kleines Mädchen.«

»Und wo genau liegt das Problem?«

»Ist sie hier oder nicht?«

»Klar, sie ist hier. Soll ich Sie anmelden?«

Im Geist schlug Diamond triumphierend einen Purzelbaum. »Könnte ich die Anmeldung sehen?«

George De Wint lehnte sich nach links, legte eine Hand auf das Gästebuch und schob es über den Tisch.

Diamond schlug es auf und las den letzten Eintrag: M. Tanaka. »Hier steht nur ein Name.«

»Na und? Kinder müssen nicht angemeldet werden.«

»Was ist mit dem Mann?«

»Der Typ wohnt nicht hier. Er hat den Koffer getragen.«

»Ist er schon weg?«

»Soweit ich weiß, nicht. Worum geht's denn eigentlich, Mister. Ich will keinen Ärger.«

»Welches Zimmer?«

»Zwölf.«

»Erster Stock?«

»Zweiter. Sie wollte zwei Einzelbetten und ein Bad, also hab ich ihr mein größtes Zimmer gegeben.«

»Führen Sie uns rauf.«

Das ganze Firbank roch nach einem billigen Duftspray. Es gab keinen Lift, und die Treppen knarrten, so daß es unmöglich war, sich dem Zimmer leise zu nähern.

Ein Schild mit der Aufschrift »Bitte nicht stören« hing an der Klinke von Zimmer zwölf. Diamond klopfte.

Keine Antwort.

»Wahrscheinlich sind die gleich ins Bett gegangen«, vermutete De Wint.

»Mit einem Kind im Zimmer?« sagte Ken ungläubig.

»Um zu schlafen. Die haben Jet-lag, wenn sie aus England gekommen sind.«

Diamond rief: »Ist da jemand drin?«

Totenstille.

Er rüttelte an der Klinke. Der Manager nahm ein Schlüsselbund von seinem Gürtel.

Als die Tür aufgeschlossen wurde, kam noch immer kein Ton von drinnen. Und das Zimmer war nicht dunkel.

Diamond trat ein.

Ein mittelgroßer, billig möblierter Raum. Zwei Einzelbetten, eines aufgeschlagen. Auf dem anderen ein geöffneter Koffer.

»Dann sind sie eben weggegangen«, meinte De Wint. »Die Leute sind so blöd und lassen diese Schilder an der Tür hängen. Und wann soll mein Personal die Zimmer saubermachen?«

»Sie haben gesagt, sie wären hier oben.«

»Dann habe ich mich eben geirrt. Mister, das hier ist ein Hotel, kein Knast.«

Diamond ging zur Badezimmertür, klopfte einmal und öffnete sie. Das Licht brannte. Ein nasses Handtuch lag auf dem Boden. Die Wanne war bis zum Überlauf mit Wasser gefüllt. Er trat näher heran.

»Es ist also doch jemand hier«, sagte er.

Der Manager kam näher. Seine Reaktion war weniger beherrscht. »Oh Gott ... warum denn ausgerechnet in meinem Hotel, verdammt?«

Auf dem Grund der Wanne, gut zehn Zentimeter unter Wasser, lag eine Frau mit dem Gesicht nach unten. Sie trug eine weiße Bluse, graue Hose und Schuhe. Das Haar war kurz und dunkel.

Diamond warnte Ken, nicht hinzusehen.

Eine Leiche zu finden, ist immer ein Schock. Aber was diesen Fall noch entsetzlicher machte, war die Tatsache, daß die

Handgelenke der Frau mit einem Strick auf den Rücken gefesselt waren. Ein Gürtel war mehrfach um die Fußgelenke geschlungen und verknotet.

Diamond zog sein Jackett aus und gab es De Wint, der noch immer über sein Pech lamentierte. Er rollte die Hemdsärmel hoch und beugte sich über die Wanne, um die Leiche mit dem Gesicht nach oben zu drehen. Die New Yorker Polizei wäre bestimmt nicht begeistert darüber, daß der Körper bewegt wurde; trotzdem, er mußte sich jetzt gleich Gewißheit über die Identität der Toten verschaffen. Er packte die Kleidung, aber seine Statur war nicht dazu gemacht, Tote in Wannen umzudrehen, und er mußte den Manager um Hilfe bitten. »Nun machen Sie schon, Mann. Ich führe hier keine Selbstgespräche.«

De Wint wich zurück. »Ich pack' die nicht an. Kommt nicht in Frage.«

Zum Glück war Ken weniger verstört. Sie trat näher und sagte: »Ich helfe Ihnen. Mir macht das nichts.«

Beim zweiten Versuch schafften sie es, aber nicht ohne dabei gründlich naß zu werden.

Ohne Zweifel handelte es sich um die Japanerin, die sie vom Flughafen aus verfolgt hatten, die Frau, die Naomi aus England hergebracht hatte.

Er drehte sich zu De Wint um, und das Wasser tropfte ihm von den Armen. »Ist das die Frau, die dieses Zimmer hier angemietet hat? Kommen Sie her, Mann. Also, erkennen Sie die Dame nun oder nicht?«

»O Gott, ja. Das ist sie.«

Jetzt konnte der Kopf wieder unter Wasser gelassen werden.

Er mußte sich der Frage stellen, die niemand ausgesprochen hatte, weil der Gedanke daran einfach zu grauenhaft war: Wo war Naomi?

Diamond spürte Schwäche in den Beinen. Ihm zitterten im wahrsten Sinne des Wortes die Knie, und das lag nicht an der Entdeckung, die er gerade gemacht hatte. Er fürchtete sich davor, was er vielleicht als nächstes entdecken würde. Wortlos richtete er sich auf und ging am Manager vorbei, der würgend über die Kloschüssel gebeugt stand, zurück ins Schlafzimmer.

Es gab nicht viele Möglichkeiten, hier eine Kinderleiche zu verstecken. Er mußte nicht erst die Bettdecke zurückschlagen, um sicherzugehen, daß nichts darunter lag. Und der Raum unter den Betten war viel zu schmal. Er öffnete den Schrank. Darin hing nur ein Damenblazer, auf dem vorn der Name Rohan gelb eingestickt war.

Blieb noch das Fenster zu überprüfen. Tatsächlich hatte er nicht damit gerechnet, Naomi tot im Zimmer zu finden. Eine Mischung aus Intuition und Erfahrung sagte ihm, daß sie nicht hier war. Bei dem Blick aus dem Fenster war er sich weniger sicher.

Man sah die Rückseite der Häuser an der Parallelstraße. Dazwischen lag ein enger Hof, der von einer rußgeschwärzten Mauer umgrenzt wurde.

Er mußte sich wappnen, bevor er nach unten sah.

Plastikmülleimer. Etliche müde Geranien in Blumenkästen. Ein paar welke Blätter und Papierfetzen, die im Wind umherflogen. Nichts, das aussah wie ein kleiner Körper. Eine Taube beäugte ihn von einem Fenstersims gegenüber.

Er beugte sich weiter vor. »Die Feuerleiter hier links«, rief er De Wint zu. »Wie komme ich da dran?«

»Die Tür am Ende des Ganges.«

»Und wenn ich unten bin, wie gelange ich dann auf die Straße?«

»Es gibt einen Durchgang zur Hundertdreizehnten. Den können Sie von hier aus sehen.«

»Ich nehme an, so ist er mit dem Kind abgehauen.« Er wandte sich vom Fenster ab.

Die Zeit war kostbar. Er stand vor der Wahl, entweder sofort die Verfolgung aufzunehmen oder die Sachen der Frau zu untersuchen, um vielleicht einen Hinweis zu finden. Er entschied sich für letzteres und fing rasch an, das Schlafzimmer zu durchsuchen. Natürlich würde man ihm die Hölle heiß machen, weil er den Tatort eines Mordes verändert hatte. Egal, Naomis Sicherheit lag ihm mehr am Herzen als alles andere, und falls es hier eine Spur gab, mußte er sie schnell finden.

Als erstes sah er den Koffer durch, einen blauen Stoffkoffer ohne Herstellername und ohne Aufkleber.

Die ordentlich gefaltete Kleidung und Unterwäsche war von bester Qualität. Er entdeckte auch ein paar Kindersachen mit dem Etikett von Marks & Spencer. Er fuhr mit der Hand mehrfach durch das Kofferinnere in der Hoffnung, irgendwelche Papiere oder ein Adreßbuch zu finden. Es gab aber nichts Aufschlußreicheres als einen Stadtplan von London mit alphabetischem Straßenverzeichnis und eine drei Tage alte Ausgabe der »Times«. Ein Kulturbeutel mit Waschzeug, Lippenstift, andere Make-up-Artikel und ein paar Kopfschmerztabletten. Bürste und Kamm. Ein Reisefön. Nichts Besonderes.

Er blätterte die Seiten des Stadtplans durch und entdeckte ein Kreuzchen an der Stelle, wo die Schule lag. Endlich, eine eindeutige Verbindung zu Naomi.

Der Manager, dessen Gesichtsfarbe sich nicht merklich von dem Blaßgrün des Badezimmers unterschied, kam gerade rechtzeitig ins Schlafzimmer, so daß Diamond ihn weiter ausfragen konnte.

»Hat der Mann, der die beiden begleitet hat, irgendwas gesagt?«

»Meinen Sie, daß der es war?«

»Beantworten Sie meine Frage. Haben Sie ihn sprechen hören? War er Brite?«

»Nein, die Frau hat die ganze Zeit geredet und versucht, das Kind zu beruhigen.«

»War das Kind aufgeregt?«

»Die Kleine hat ein Mordsspektakel gemacht.«

Auf der anderen Seite des Zimmers verlor Ken bei dem Gedanken daran, was das kleine Mädchen durchgemacht haben mußte, ihre bis dahin kühle Haltung. »O Gott, nein.«

Diamond, der seine Phantasie eisern in Schach hielt, sagte zu De Wint: »Bleiben wir zunächst mal bei dem Mann. Wie hat er sich verhalten, als sie angekommen sind?«

»Er hat reichlich viel gelächelt.«

»Während das Kind Spektakel machte?«

»Ja, als ob es ihm peinlich gewesen wäre.«

»Machte er den Eindruck, daß das Kind zu ihm gehörte?«

De Wint schüttelte den Kopf. »Er hat bloß gegrinst und die Frau alles machen lassen. Ich weiß ja nicht, ob das was nützt, aber er hatte irgendwo einen Goldzahn. Den habe ich gesehen, wenn er lächelte.«

»*Irgendwo*?« wiederholte Diamond unnachgiebig. »Vorderzahn? Backenzahn? Ober- oder Unterkiefer? Reden Sie schon.«

»Oberkiefer. Diese Seite.«

»Also links.«

Die Erwähnung des Zahns hatte dem Manager offenbar das gesamte Gesicht wieder in Erinnerung gebracht. »Seine Augen waren braun, und er hatte eine Nase, die man nicht so schnell vergißt, schmal und elegant, wie irgendein Filmschauspieler.«

»Charlton Heston?«

De Wint wirkte beeindruckt. Er wußte nicht, daß Diamond von dem Besitzer der Charlton-Heston-Nase mit einem Gepäckkarren über den Haufen gefahren worden war.

Er fing wieder an zu suchen und fand zwischen den Betten eine umgestülpte Handtasche. Ihr Inhalt – Kamm, ein weiterer Lippenstift, Kugelschreiber, Puderdose, ein paar Schlüssel, zwei Streichholzschachteln und eine Rolle Pfefferminz – lag auf dem Teppich. Auch ein Portemonnaie mit sechshundert Dollar und einer Handvoll englischer Münzen. Bei diesem Mord war es nicht um Geld gegangen.

Er hob die Handtasche auf. Jedes Fach war geöffnet und geleert worden.

Was also fehlte?

Der Paß.

Das Foto von Naomi, das die Frau Mrs. Straw gezeigt hatte.

Vermutlich ein Scheckbuch und Kreditkarten.

Die Tickets und Bordkarten. Vielleicht hatte sie die schon am Flughafen weggeworfen, aber das war unwahrscheinlich. Die meisten Menschen bewahrten so etwas länger auf.

Kurz gesagt, sämtliche Belege, die nützlich gewesen wären, um Frau und Kind zu identifizieren, waren verschwunden.

Er sah unter den Betten nach. Hob Kissen und Bettdecken hoch. Ging die Taschen des Blazers im Schrank durch.

Nichts.

Lederjacke hatte alles mitgenommen, was er haben wollte, ebenso effizient, wie er getötet hatte. Unter den Blicken eines entsetzten Kindes hatte er vollkommen kaltblütig gehandelt, mit brutaler Konsequenz.

Diamond fuhr mit der Hand über seinen kahlen Schädel und versuchte zu entscheiden, ob es noch irgend etwas gab, das ihn hier in diesem Zimmer hielt. Der Impuls, die Verfolgung des Killers aufzunehmen, war beinahe unwiderstehlich. Der Mann hatte Naomi. Vielleicht brachte er sie gerade irgendwohin, wo er auch sie töten wollte.

Aber wohin? Er mußte einsehen, daß die Fährte kalt war. Lederjacke war Gott weiß wohin gegangen, irgendwo in New York. Die beiden zu finden war keine Aufgabe für einen einzelnen. Dafür waren die Mittel der Polizei erforderlich.

Er nahm den Hörer vom Telefon, bekam eine Amtsleitung und wählte die Notrufnummer.

Ein Streifenwagen würde sofort da sein, versprach man ihm. Er sollte bleiben, wo er war, und nichts anfassen.

Das kommt ein bißchen spät, dachte er.

Die Hilflosigkeit seiner Lage quälte ihn. Die reinste Katastrophe. Die Cops würden ihn zusammenstauchen, und zwar mit Recht, weil er die Leiche und die persönlichen Sachen der Toten angefaßt hatte.

Er hatte sich um Naomis willen nicht an die Regeln gehalten und damit absolut nichts erreicht.

Er war so niedergeschlagen, daß er, als Ken etwas zu ihm sagte, eine Weile brauchte, bis ihre Worte zu ihm durchdrangen. Wenn die Polizei jetzt die Dinge in die Hand nahm, erklärte sie ihm, wollte sie eigentlich nicht gern bleiben, zumal sie ja doch nichts mehr machen konnte, um ihm zu helfen.

Er dankte ihr mit aller Herzlichkeit, die er aufbringen konnte, und beteuerte, daß sie ihm ungemein geholfen habe. Sie sagte, sie hoffe inständig, das Kind würde bald gefunden, schüttelte ihm die Hand und ging.

Das war nicht der Moment, sich zu bedauern, aber es tat ihm leid, daß sie ging.

Allein im Zimmer – De Wint hatte die Gelegenheit genutzt und begleitete Ken die Treppe hinunter – war ihm das Warten unerträglich. Da es im Schlafzimmer nichts mehr zu tun gab, ging er noch einmal ins Bad.

Mrs. Tanakas Leiche lag unter Wasser, Gesicht nach oben, Augen geschlossen, Mund weit geöffnet. Es wäre sinnlos gewesen, sie wieder mit dem Gesicht nach unten zu drehen, selbst wenn er es gekonnt hätte. Er würde den Polizisten erzählen, was er getan hatte.

Während er die Leiche betrachtete, fiel ihm wieder ein, wie steif der Oberschenkel gewesen war, als er das Hosenbein gepackt hatte, um den Körper umzudrehen. Er hatte bei seiner Arbeit in der Mordkommission schon häufiger mit Toten zu tun gehabt, und aus irgendeinem Grund ging ihm die Leichenstarre – die man fühlte, wenn man Leichen berührte – immer mehr an die Nieren als der Anblick der Toten. Durch den Verlust der Muskelflexibilität, der den Körper gleichsam in eine Gipsfigur verwandelte, war der Gegensatz zu warmer lebendiger Haut ungeheuer kraß.

Dann dachte er, Moment mal, da stimmt was nicht. Sie ist vor weniger als einer Stunde getötet worden. Das weiß ich. Ich habe sie am Flughafen gesehen. Ich bin ihr im Wagen bis hierher gefolgt. Die Leichenstarre setzt erst nach Stunden ein, nicht in der kurzen Zeit.

Er beugte sich über die Wanne und legte eine Hand auf den Oberarm. Die Haut fühlte sich weich an. Er legte seine Hand erneut auf den Oberschenkel, die Stelle, wo er vorhin zugepackt hatte. Wieder spürte er die Steifheit.

Dann kam ihm eine Erinnerung, und er hatte die Erklärung. Er mußte daran denken, was die Telefonistin auf dem Polizeirevier Earls Court gesagt hatte: »Vor allem die Hosen von Rohan sind wirklich was Besonderes – mit den vielen Taschen.«

Die Steifheit hatte gar nichts mit Leichenstarre zu tun. Auf beiden Hosenbeinen waren zwei Vordertaschen übereinander, und die innere war mit einem Reißverschluß verschlossen. Er zog ihn auf. Die Ursache für die vermeintliche Leichenstarre befand sich in dieser Innentasche.

Er holte eine dicke Lederbrieftasche heraus. Er öffnete sie und fand einen japanischen Paß, der im Dezember 1988 ausgestellt worden war. Das Wasser war eingedrungen und hatte die Seitenränder durchweicht, aber die Einträge innen waren unversehrt. Alle Angaben waren englisch und japanisch. Inhaberin des Passes war Mrs. Minori Tanaka, sechsunddreißig Jahre alt. Das Foto zeigte eindeutig die tote Frau.

Sie hatte eine Adresse in Yokohama. Er holte Notizblock und Stift hervor und schrieb sie auf.

Es gab einen Eintrag für ein Kind, Emi, geboren am 2. Februar 1984, weiblich.

Er seufzte und schüttelte den Kopf. Emi ... Naomi. Arme Kleine.

Von unten ertönten Stimmen, und der Tonfall war jedem vertraut, der schon mal bei der Polizei gearbeitet hat. Diese Leute waren nicht gekommen, um den Gaszähler abzulesen. Wuchtige Schritte dröhnten auf der Treppe, und dazwischen war De Wints aufgeregte Stimme zu hören, wie er den ehrenwerten Hotelier spielte, der noch nie zuvor Schwierigkeiten gehabt hatte.

Rasch überprüfte Diamond den übrigen Inhalt der Brieftasche. Da waren die fehlenden Bordkarten und die Flugtickets. Und, in eine Innentasche gesteckt, ein kleiner Packen Fotos. Er sah sie durch, nahm eines heraus und betrachtete es einigermaßen verblüfft, ehe er es in seine Tasche gleiten ließ. Diesmal, so beschloß er, würde er der Polizei nicht alles sagen.

Kapitel einundzwanzig

Die beiden Streifenpolizisten, die als erste die Treppe heraufkamen, wurden von einem einzigen Gedanken beherrscht: Falls es Mord war, mußte der Tatort bis zum Eintreffen der Spurensicherung abgesperrt werden. Nachdem sie die Leiche in Augenschein genommen hatten, gingen sie zwar nicht so weit, sich die Schuhe auszuziehen und den Raum auf Zehenspitzen zu verlassen, aber sie achteten peinlichst darauf, daß sie mit nichts anderem in Berührung kamen als dem Teppich. Angesichts solcher Disziplin hätten bei Diamond alle Alarmglocken schrillen müssen, aber er war in Gedanken mit anderen Dingen beschäftigt. Er folgte ihnen nach draußen und sagte, daß noch etwas unternommen werden mußte, und zwar dringend. Er gab ihnen die Beschreibung von Naomi und dem Mann in der Lederjacke und von dem weißen Buick einschließlich des Kennzeichens. Die Polizisten schien es zu ärgern, daß dieser große, bullige Engländer Befehle erteilte, also schlug er einen etwas respektvolleren Ton an. Geduldig – geduldiger, als jeder, der ihn kannte, es ihm zugetraut hätte – wiederholte er alles, bis sich einer von ihnen entschloß, die Meldung an die Zentrale durchzugeben, daß sich ein Mordverdächtiger mit einem siebenjährigen, vermutlich geistig behinderten japanischen Mädchen auf der Flucht befand. Mehr konnte er nicht tun. Der Polizeiapparat lief an.

Schon bald drängelten sich Beamte der Mordkommission, Mitarbeiter der Spurensicherung in weißen Overalls, Polizeifotografen, der Stellvertreter des Coroners und der Gerichtsmediziner am Tatort. Durch verfahrenstechnische Routine wurde das Grauen des gewaltsamen Todes erträglicher.

In den nächsten drei Stunden wurde Peter Diamond von Detectives in die Mangel genommen.

Morde waren in New York an der Tagesordnung, aber der Fall Minori Tanaka war außergewöhnlich. Mehr als nur einer der vernehmenden Beamten meinte, daß es ein grausamer Mord war. Selbst für Morde gibt es eine Erträglichkeitsskala, und eine Kugel in den Kopf rangiert weit vor Ertränken. Daß dem Opfer die Hände gefesselt worden waren, empfand man als besonders widerwärtig. Ein Officer sagte, daß das Opfer vielleicht deshalb ertränkt worden sei, weil es eine relativ geräuschlose Tötungsart ist. Tatsächlich hatte De Wint nichts Verdächtiges gehört. Wäre nicht Diamond gekommen und hätte verlangt, daß man ihn in das Zimmer ließ, die Leiche wäre erst am nächsten Tag entdeckt worden.

Daran gemessen, wer er war, empfand er die harte Behandlung, die man ihm angedeihen ließ, als empörend, und das sagte er auch. Die Beamten der Mordkommission zeigten kein Verständnis. Für einen Exdetective hatte er sich, nach den Worten eines Lieutenant, wie Puh der Bär in einem James-Bond-Film aufgeführt. Er hielt den Vergleich zwar für unpassend, aber nachdem er zwei Stunden lang angeschrien worden war, tat er so, als sehe er es ein.

Er wurde zum 26. Revier gefahren, wo er ein Phantombild von Lederjacke zusammenstellen sollte; eine Aufgabe, die er häufig selbst von Zeugen verlangt hatte, ohne sich darüber im klaren zu sein, wie schwierig es war, eine Ähnlichkeit herbeizuführen. Anschließend mußte er sich Fotos von bekannten Verbrechern ansehen. Eine fruchtlose Übung, die aber absolviert werden mußte.

Um elf Uhr abends gab es noch immer nichts Neues über den Buick, nur daß er gestohlen worden war, und zwar am frühen Morgen auf einer Straße in Queens. Man sagte ihm, daß die Chancen auf eine Festnahme gering seien, wenn ein Wagen nicht innerhalb der ersten beiden Stunden gestoppt wurde, nachdem eine Suchmeldung rausgegangen war. Die lassen den Wagen stehen und nehmen einen anderen, wenn sie Profis sind, und wer in New York würde denn schon zugeben, daß er ein Amateur ist? Er fragte, ob die Streifen über die Einzelheiten auf dem laufenden gehalten würden. Das Funkgerät sei rotglühend, erfuhr er. Wenn ein Kind in Gefahr ist, richtig in Gefahr wie das japanische Mädchen, dann gilt höchste Alarmstufe.

»Kann ich sonst noch was tun?«

Er bekam die erwartete Antwort.

»Dann soll ich also gehen?«

»Sie haben's erfaßt. Wo wohnen Sie?«

»Was?«

»In welchem Hotel, Mann?«

Bis zu diesem Moment hatte er daran noch keinen Gedanken verschwendet. »Ich, äh, hab mir noch kein Hotel gesucht.«

»Mister, es ist reichlich spät am Abend.«

Er entschied sich für ein Zimmer im Firbank. Erdgeschoß, Bad auf dem Gang, für sechzig Dollar. Vermutlich eine vernünftige Wahl. Obwohl sein Sumo-Sponsor möglicherweise auch Geld für ein Fünf-Sterne-Hotel hätte springen lassen, war er hier im Mittelpunkt des Geschehens. Und in einem Fünf-Sterne-Hotel wäre ein Gast ohne Gepäck wahrscheinlich schief angesehen worden.

Mittelpunkt des Geschehens? Warum mache ich mir was vor, dachte er. Ich bin weitab vom Schuß. Ein Killer hat hier irgendwo in der Stadt ein behindertes Kind in seiner Gewalt. Selbst die Polizei kommt nicht weiter.

Geduld, Selbstdisziplin, Zuversicht, daß sich irgendwas ergeben wird – das sind die Stützen, mit denen ein erfahrener Detective sich aufrecht hält, wenn alles getan ist und nichts zu passieren scheint. Er hatte so etwas schon häufig durchgemacht. Der Druck war enorm, aber es galt, stark zu bleiben.

Nachdem er seine Neugierde stundenlang unterdrückt hatte, holte er schließlich in dem Erdgeschoß-Badezimmer, wo er ungestört war, das Foto aus der Tasche, das er in Minori Tanakas Brieftasche gefunden hatte. Seltsam, so ein Foto in der Brieftasche bei sich zu tragen. Nicht der typische Schnappschuß, den man gern Bekannten zeigt, wenn die Familie zur Sprache kommt. Auf dem Foto war ein Grabstein zu sehen.

Die Inschrift war auf japanisch, mit Ausnahme einiger Zahlen für das Geburts- und Todesdatum der oder des Verstorbenen. Er mußte die Augen zusammenkneifen, um sie lesen zu können: 2.2.1984-12.12.1988.

Er kramte in seiner Hosentasche nach dem Zettel, auf den er die Angaben aus dem Paß geschrieben hatte, und stellte fest, daß sein Gedächtnis ihn nicht trog. Das Kind, das in dem Paß erwähnt war, Emi Tanaka, war am 2. Februar 1984 geboren, was dem Geburtsdatum auf dem Grabstein entsprach.

Ein Zufall?

Nein.

Ein Zwilling?

Unwahrscheinlich.

Sehr wahrscheinlich war Emi Tanaka tot.

Falls das stimmte, dann war sie seit vier Jahren tot. Doch Mrs. Tanaka hatte Naomi in London und New York durch die Paßkontrolle gebracht, indem sie einen Paß vorlegte, der darauf schließen ließ, daß *Naomi* das Kind war, das am 2. Februar 1984 geboren worden war. Das Alter kam in etwa hin. Wenn Kinder auf den Pässen ihrer Eltern mitreisen, werden keine weiteren Ausweispapiere verlangt. Kein Foto. Keine Geburtsurkunde. Nicht einmal eine nähere Beschreibung.

Wieder in seinem Zimmer, legte er sich aufs Bett und grübelte darüber nach, aus welchem Grund eine Frau ein Kind –

ein autistisches Kind – den weiten Weg von Japan nach England bringen und es als ihr eigenes ausgeben sollte. Die Vermutung lag nahe, daß sie Naomi gekidnappt hatte. Vielleicht war sie eine von diesen unglücklichen Müttern, die ein fremdes Kind entführen, weil ihr eigenes gestorben ist. Er hatte mal in einem ähnlichen Fall in England ermittelt, obwohl beide Kinder sehr viel jünger gewesen waren, nur einige Monate alt. Das Leid der Frau hatte jeden betroffen gemacht, nicht zuletzt ihn selbst. Er war erleichtert gewesen, als sie ein mildes Urteil bekam. Jeder, der schon mal den schmerzhaften Verlust eines kleinen Kindes durch Tod oder Fehlgeburt erlitten hat, kann das Motiv für solche Handlungen verstehen, so kriminell sie auch sein mögen.

Anhand der bislang vorliegenden Fakten stellte er sich vor, wie das Ganze vielleicht abgelaufen war. Irgendwo in Japan war Mrs. Tanakas Kind Emi 1988 im Alter von vier Jahren und zehn Monaten gestorben. Die von Trauer überwältigte Mutter kam nicht über den Verlust hinweg. Sie mußte den Anblick ertragen, wie die Freundinnen ihrer toten Tochter aufwuchsen und sich des Lebens freuten, so, wie Emi es hätte tun sollen. Per Zufall oder mit Absicht beobachtete sie die Kinder in einer Schule für Behinderte. Naomi war darunter, und Mrs. Tanaka fiel sie vor allem deshalb auf, weil sie etwa in dem Alter war, in dem Emi gewesen wäre. Sie wollte sie für sich haben. Ohne Naomis Autismus zu erkennen, redete sie sich ein, daß dieses schöne und anscheinend normale Kind nur ungeliebt und unglücklich war und daß sie dem Mädchen eine gute Mutter sein und ihm die Liebe geben konnte, nach der es sich sehnte.

Und so dachte sie sich einen Plan aus, wie sie es von der Schule entführen könnte.

In London, so spann Diamond den Faden weiter, genauer gesagt auf einem Einkaufsbummel bei Harrods, war es Naomi gelungen, der Frau zu entwischen, von der sie entführt worden war. Sie hatte sich in der Möbelabteilung versteckt, wo sie nach Geschäftsschluß entdeckt worden war.

Die verzweifelte Mrs. Tanaka hatte nicht gewußt, wie sie das Kind zurückbekommen sollte. Aus Angst, sich mit der

Polizei oder der japanischen Botschaft in Verbindung zu setzen, hatte sie lieber gewartet, bis in den Medien gemeldet wurde, wo Naomi derzeit untergebracht war. Schließlich, vielleicht durchs Fernsehen, hatte sie von der Schule erfahren. Sie ging ganz früh morgens dorthin und konnte so vermeiden, mit jemandem vom Lehrerkollegium zusammenzutreffen. Ihre Willensstärke war größer als die von Mrs. Straw. Dann war sie mit Naomi nach New York geflohen.

An dieser Stelle brach die Theorie zusammen. Die Ereignisse in Amerika waren unerklärlich. Daß Lederjacke ins Spiel gekommen war, ließ sich mit keiner der bekannten Tatsachen vereinbaren. Offenbar hatte er auf Mrs. Tanaka und das Kind gewartet – mit Mordabsichten. Falls nicht, dann war er ein Killer, der sich an Flughäfen wahllos Frauen aussuchte und sie umbrachte – aber würde sich ein Killer, der seine Opfer willkürlich auswählte, an eine Frau mit einem kleinen Kind heranmachen? Wohl kaum. Und außerdem deutete die Art und Weise des Mordes nicht darauf hin, daß das Opfer zufällig ausgesucht worden war. Die normalen Motive Sex und Diebstahl trafen in diesem Fall einfach nicht zu.

Bis spät in die Nacht versuchte Diamond, sich auf die Widersprüche einen Reim zu machen, ohne Erfolg. An einer früheren Stelle in der Kette der Ereignisse mußte es zu den USA eine Verbindung gegeben haben, die er übersehen hatte, aber dann war er mit seinem Latein am Ende. Irgendwann verließ er das Zimmer und ging nach oben, um nachzufragen, ob sich irgend etwas Neues ergeben hatte. Ein einsamer Cop saß zusammengesackt auf einem Stuhl vor dem Mordzimmer. Drinnen war niemand. Die Leute von der Mordkommission waren gegangen, und die Ermittlungen wurden jetzt vom Präsidium aus geführt, wo immer das war.

Er ging zurück in sein Zimmer, zog sich aus und legte sich schlafen. In England war mittlerweile Morgen. Ihm war nicht nach Schlafen zumute, aber er war hundemüde.

Kapitel zweiundzwanzig

Die Mordkommission führte die Ermittlung auf ihre Art, und die Erfahrungen von Peter Diamond waren nicht erwünscht. Er fand seine Zuschauerrolle anstrengender als damals, als er Leiter des Morddezernats war.

Am frühen Morgen, nachdem ihm klar geworden war, daß er seit seinem Flug von London nichts mehr gegessen hatte, machte er sich auf die Suche nach einem Café und fand das Hungry Mac's an der Ecke Broadway und Hundertvierzehnte Straße. Die Nummer sieben auf der Speisekarte umfaßte beinahe alles, was die Küche zu bieten hatte, und schien ihm als einfaches Frühstück geeignet; er bestellte eine doppelte Portion. Er saß auf einem Hocker an der Theke – eine unbequeme Sitzart für einen korpulenten Mann –, um den Fernsehapparat im Blickfeld zu haben. Das Firbank bot seinen Gästen kein Fernsehen auf dem Zimmer, daher hatte er noch nicht feststellen können, ob die Nachrichten über den Mord und Naomis Entführung berichteten. Sehr zu seinem Mißfallen lief gerade irgendeine idiotische Game-Show, und zwei von den Gästen starrten auf den Bildschirm, als wäre es für sie der Höhepunkt der Woche.

Er hätte sich denken können, daß er die Informationen, die er wollte, von dem Mann bekommen würde, der seine Bestellung entgegennahm.

»Glauben Sie wirklich, Sie können zwei Frühstücke verdrücken?«

»Da bin ich ganz sicher.«

»Sind Sie Tourist?«

»Äh, ja.«

»Aus England?«

»Ja.«

»Wo wohnen Sie?«

Er zögerte. Er hatte selbst noch nie ein Schnellfeuerverhör durch einen New Yorker Kellner erlebt, obwohl er schon beobachtet hatte, wie andere diese Behandlung über sich ergehen lassen mußten. »Im Firbank.«

»Wo sie die tote Frau gefunden haben?«

»Ja.« Er versuchte einen Scherz. »Fließendes Warm- und Kaltwasser in allen Zimmern. Handtücher und Leiche vom Hotel gestellt.«

»Heutzutage laufen schon irre Typen rum«, sagte der Mann in den Raum hinein, und es war nicht ganz klar, ob er Diamond meinte. »Der Typ hier hat letzte Nacht im Firbank geschlafen.« Offenbar meinte er Diamond.

Der Laden war gut besucht, aber keiner schien sich dafür zu interessieren, wo Diamond übernachtet hatte.

Als der Teller voll Speck, Würstchen, Bratkartoffeln und vier Spiegeleiern mit Toast und Kaffee serviert wurde, gab es vom Kellner einen Leckerbissen extra in Form einer wichtigen Information. »Ich höre, man hat den Wagen des Killers gefunden.«

Diamond hielt Messer und Gabel in der Schwebe über dem Teller. »Wo?«

»Ein Cop hat ihn in Chinatown entdeckt.«

»Niemand drin, nehme ich an?«

»Klar.«

Er verschlang sein doppeltes Frühstück in einem Tempo, das im Hungry Mac's noch Wochen später für Gesprächsstoff sorgen sollte, und lief im Eilschritt zum 26. Revier. Dort verschaffte ihm sein autoritäres Auftreten Zutritt zu Sergeant Stein von der Mordkommission, einem schlaksigen, grauhaarigen Mann in einem verblichenen rosa Hemd und schwarzen Jeans, der an diesem Morgen der ranghöchste der für diesen Fall zuständigen Detectives war.

»Sie sind der Cop aus England«, sagte Stein in einem Ton, der verriet, daß er vor Diamond gewarnt worden war.

»Ich habe gehört, ihr habt den Wagen gefunden.«

»Ein Streifenbeamter.«

»Chinatown. Ist das in der Nähe von der Bowery?«

»Könnte man sagen.«

»Und wo genau?«

»Chinatown?«

»Der Buick.«

»Der ist abgeschleppt worden«, sagte Sergeant Stein und fügte nach einer längeren Pause hinzu: »Soll auf Spuren untersucht werden.«

»Wann ist er gefunden worden?«

»Wir geben später eine offizielle Mitteilung raus.«

»Kommen Sie schon«, sagte Diamond ungeduldig. »Ich bin nicht bloß aus Langeweile hier.«

»Weshalb sind Sie dann hier?« fragte Stein.

»Weil da draußen ein Mörder ein vermißtes Kind in seiner Gewalt hat. Reicht das für die New Yorker Polizei nicht als Grund?«

Stein war unnachgiebig. »Mister, eigentlich müßte ich Ihnen die Fragen stellen.«

»Zum Beispiel?«

»Zum Beispiel was für ein besonderes Interesse Sie an dem Kind haben.«

Diamond erstarrte. »Worauf wollen Sie hinaus, Sergeant?«

»Wir gucken uns Typen im mittleren Alter, die kleinen Mädchen hinterherlaufen, ganz genau an.«

Der Sergeant war nah dran, eine verpaßt zu kriegen, und er wußte es, denn Diamond trat so dicht an ihn heran, daß sie sich fast Nase an Nase gegenüberstanden, wie Boxer, die einander mit Blicken einschüchtern. »Das ist nicht nur beleidigend, sondern auch eine Provokation«, grollte er. »Wenn Sie Ihre Dienstmarke behalten wollen, erzählen Sie einem altgedienten Polizeibeamten nicht so einen Scheiß.« Das geringfügige Detail, daß er gar kein altgedienter Polizeibeamter mehr war, blieb unerwähnt. Er hatte reagiert, als wäre er es noch. Im Eifer des Gefechts hätte er schon angestrengt überlegen müssen, um sich daran zu erinnern, daß er es nicht war. Und Sergeant Stein sollte es nicht erfahren.

Stein trat den Rückzug an, hob sogar die rechte Hand wie ein Indianer, der Frieden schließt. »Vergessen Sie, was ich gesagt habe, ja? Es war eine harte Nacht.«

»Diese Nacht könnte noch härter werden«, sagte Diamond. »Also? Wann wurde der Wagen gefunden?«

»Gegen zwei Uhr morgens auf der Mulberry Street.«

»Hat jemand was gesehen?«

»Noch keine Zeugen.«

»Wohin habt ihr den Wagen gebracht?«

»Die Spurensicherung hat 'ne Werkstatt in der Amsterdam.«

»Kann man von hier aus zu Fuß da hingehen?«

»Sie möchten dahin? Sie können mit einer Streife fahren. Warten Sie hier, Mr. Diamond.« Stein nickte mehrmals, um seine neuentdeckte Kooperationsbereitschaft zu demonstrieren, und ließ Diamond dankenswerterweise allein.

Die Fahrt zur Amsterdam Avenue in Gesellschaft eines wortkargen, Kaugummi kauenden Officers gab Diamond Gelegenheit, über Steins Bemerkung nachzudenken. Kindesmißbrauch hatte es schon immer gegeben, doch in letzter Zeit war die Öffentlichkeit dafür sehr viel sensibler geworden. Ob die Fälle von Kindesmißbrauch zugenommen hatten, war eine andere Frage. Wie bei Vergewaltigung und anderen Sexualdelikten mußte bei den Statistiken berücksichtigt werden, daß man mittlerweile offener darüber berichten konnte und daß die Aufklärungsrate sich verbessert hatte. Jedenfalls war die Haltung der Öffentlichkeit inzwischen die, daß ein Mann sich besser nicht mit einem kleinen Kind sehen ließ, wenn er nicht der Vater oder ein Lehrer war. Er fand zwar auch, daß Wachsamkeit angebracht war, aber er bedauerte dennoch, daß ein paar Perverse und einige sensationsgierige Zeitungen dafür gesorgt hatten, ein vertrauensvolles Verhältnis zwischen Mann und Kind unwahrscheinlich, wenn nicht gar unmöglich erscheinen zu lassen. Da er selbst keine Kinder hatte, sah er das Problem mit anderen Augen als vermutlich ein Vater. Aber waren Kinderlose dazu verdammt, sich wie potentielle Kinderschänder behandeln zu lassen?

Die Werkstatt, in die Fahrzeuge zur kriminaltechnischen Untersuchung gebracht wurden, war nicht gerade die blitzsaubere Kombination von Werkstatt und Labor, die Diamond erwartet hatte. Es war eine umgebaute Garage mit zwei Rampen und Gruben, in denen junge Männer in schmutzigen Overalls arbeiteten. Der Buick stand völlig unbeachtet auf dem Vorplatz.

Diamond fand schnell einen lockeren und freundlichen ›Spurentechniker‹, den man offenbar noch nicht vor einem lästigen britischen Cop gewarnt hatte und der durchaus gesprächsbereit war. »Der Buick? Für den brauchen wir mindestens eine Woche. Anscheinend hat halb New York das Auto gefahren und es für Sex und zum Rauchen benutzt. Ich würde sagen, er hat einer Studentenverbindung gehört.«

»Dann haben Sie ihn sich also schon angesehen?«

»Ich mußte das meiste von dem Müll rausholen, damit er untersucht werden kann.«

»Was für Müll?«

»Zigarettenpackungen und -stummel, Bonbonpapierchen, Sandwichverpackungen, Papiertaschentücher, Kondompakkungen, Tankquittungen, Alka-Seltzer-Tabletten, Kaugummi, Kugelschreiber, Knöllchen, Binden, Fast-food-Verpackungen ... soll ich weitermachen?«

»Das muß ja ein richtiger Berg sein«, bemerkte Diamond. »Oder habt ihr schon alles in Beutel verpackt?«

»Was stellen Sie sich vor, Mann. Gestern abend haben wir vier Wagen reingekriegt.«

»Darf ich mir die Sachen mal ansehen? Ich arbeite an dem Fall.«

»Bitte sehr.«

Er wurde in den hinteren Teil der Werkstatt geführt, durch ein Büro in einen großen Raum, wo die Dinge, die ihm gerade aufgezählt worden waren, auf einer langen Tischplatte ausgebreitet waren. Sein erster Eindruck von Schludrigkeit wurde jäh korrigiert. Jedes einzelne Stück war bereits etikettiert, mit einer Nummer versehen und mit einem ordentlichen Vermerk, wo es in dem Wagen gelegen hatte.

Der Innenraum des Buick war mindestens seit Februar, dem Datum einer Tankquittung, nicht mehr gesäubert worden. Jemand hatte alle Quittungen gesammelt und zusammengeklemmt. Es würde eine Mordsarbeit werden, etwas zu finden, das eindeutig von Mrs. Tanakas Mörder weggeworfen worden war.

»Sie haben doch sicher den Kofferraum durchsucht, nicht?«

»Ja. Haben wir.«

Diamond beugte sich über den Tisch und nahm die Kugelschreiber in Augenschein. »Sie können mir doch sicher sagen, ob die hier in letzter Zeit benutzt worden sind. Schon gut, ich fasse nichts an.«

»Woher sollen wir das wissen?«

»Wenn ein Kugelschreiber eine Zeitlang nicht benutzt wird, trocknet er ein. Dann muß man die Spitze erst ein paarmal auf einem Blatt hin und her bewegen, bis Tinte kommt.«

Sein Freund, der Spurentechniker, nahm diese banale Erklärung ernster auf, als sie es verdiente. »Stimmt schon, aber ich kenne keinen Test, mit dem sich feststellen ließe, wie lange ein Stift schon nicht mehr benutzt worden ist. Das hängt von bestimmten Faktoren ab, zum Beispiel von der Temperatur, wo er aufbewahrt wurde. Herrgott, Mann, wir können ja nicht mal genau sagen, wie lange eine Leiche irgendwo gelegen hat; und ich wüßte nicht, wieso wir bei Kugelschreibern erfolgreicher sein sollten.«

»Nein, aber wenn die Tinte sofort kommt, kann man davon ausgehen, daß er vor nicht allzu langer Zeit benutzt wurde.« Er hörte sich an wie Sherlock Holmes, nur daß er damit niemanden überzeugen konnte, sich selbst am allerwenigsten. Am besten sagte er nichts mehr über Kugelschreiber. »Darf ich mir die Quittungen ansehen?«

»Klar. Halten Sie sie aber an der Klammer fest, und nehmen Sie das Holzstäbchen zum Blättern.«

»Ich kann mir eigentlich nicht vorstellen, daß der Mörder irgendwo getankt hat«, sagte Diamond, während er das Bündel Quittungen nahm. »Es ist unwahrscheinlich, daß auf einer seine Fingerabdrücke sind.«

»Wir können das Datum überprüfen«, sagte der Techniker.

»Ich suche nicht nach einem Datum«, erwiderte Diamond. Er folgte jetzt in erster Linie einem Instinkt, während er die Quittungen umdrehte und sie, mit der unbedruckten Rückseite nach oben, mit dem Holzstäbchen durchblätterte. Diese Kugelschreiber hatten ihn auf eine Idee gebracht, eine noch vage Vermutung.

»Glauben Sie, da könnte jemand was auf die Rückseite der Quittungen geschrieben haben?« fragte der Techniker.

»Haben Sie schon nachgesehen?«

»Hatte noch keine Zeit. Warum sollte das jemand tun?«

»Das kleine Mädchen, das gekidnappt wurde, konnte gut zeichnen.«

»Und Sie meinen, das könnte Ihnen einen Hinweis geben?«

»Wäre möglich«, sagte Diamond. »Aber leider«, so fügte er hinzu und legte die Quittungen zurück auf den Tisch, »ist hier nirgendwo was drauf.«

Dann nahm er die Knöllchen und ging sie durch. Naomi hatte auch die nicht zum Zeichnen benutzt. Er schnalzte ärgerlich mit der Zunge.

»Genug gesehen?«

»Halte ich Sie auf?«

»Nein, überhaupt nicht.«

»Dann würde ich gern das übrige Zeug durchsehen. Falls Sie wieder an Ihre Arbeit wollen, ich schwöre Ihnen, daß ich nirgendwo meine Fingerabdrücke hinterlasse.«

»Einverstanden.«

Es war schön, daß man ihm vertraute.

Die Chance, irgend etwas zu finden, war zwar gering, aber einen Haufen Müll zu durchsuchen war immer noch besser, als nichts zu tun. Mit zwei Hölzchen, die er wie Eßstäbchen hielt, ging er die Gegenstände systematisch durch und suchte nach Anzeichen dafür, daß sie vor nicht allzu langer Zeit benutzt worden waren. Bei einer angebrochenen Rolle Pfefferminz kam ihm die Idee, daß man Naomi vielleicht ein Bonbon angeboten hatte, um sie zu beruhigen, aber das oberste Bonbon war derart verstaubt, daß die Packung sicherlich schon vor Monaten geöffnet worden war.

Der Gedanke, daß man Naomi etwas zu essen angeboten hatte, damit sie aufhörte, sich zu wehren, ging ihm nicht aus dem Kopf, und er wandte sich den Fast-food-Verpackungen zu – einem Stapel von sechs Verpackungen unterschiedlicher Größe von verschiedenen Restaurants. Sie verströmten einen süßsauren Geruch, über dessen Ursprung er lieber nicht nachdenken wollte. Ebensowenig, wie er sich vorstellen mochte, wie es wohl im Innern des Buick an einem heißen Tag bei geschlossenen Fenstern gerochen haben mußte.

Zwei Verpackungen wirkten nicht ganz so alt, also zog er sie aus dem Stapel. Sie waren nicht wie die anderen aus Styropor, sondern aus dünnem weißen Karton. Den Fettflecken und den Zuckerresten nach zu urteilen, waren wahrscheinlich Donuts darin gewesen.

Er drehte einen Karton um, um sich die Unterseite anzusehen. Sie hätte sich gut zum Zeichnen geeignet. Doch sie war leer. Wieso sträubte er sich so dagegen, den Gedanken aufzugeben, daß es irgendwo eine Zeichnung von Naomi gab – sogar eine Zeichnung, die irgendwelche Informationen lieferte? Er hatte das Gefühl, von einer fast telepathischen Kraft gesteuert zu sein, als ob die Kleine ihn zwingen wollte, das zu finden, was sie zurückgelassen hatte. So ganz widersinnig war das nicht; er hatte schon ein paarmal in seinem Leben Vorahnungen gehabt, die sich dann erfüllt hatten, beispielsweise die Gewißheit, daß er in einer fremden Stadt einen bestimmten alten Bekannten treffen würde.

Deshalb schlug zwar sein Herz schneller, als er die zweite Verpackung in die Hand nahm und auf der Unterseite des Deckels Kugelschreiberstriche sah, aber er reckte weder triumphierend die Faust in die Luft, noch rief er »Heureka!«

Mit großer Geduld erklärte er Sergeant Stein auf dem Revier, daß Naomi sehr gern zeichnete, wohl um ihre Stummheit wettzumachen.

»Und Sie glauben, das hier hat sie gezeichnet?« sagte Stein.

»Nicht genau das hier. Ich habe die Zeichnung auf der Essensverpackung abgemalt. Den Karton habe ich in der Werkstatt gelassen, bei all den anderen Sachen aus dem Wagen. Die Tinte paßt zu einem der Kugelschreiber, die auf dem Boden neben dem Beifahrersitz gefunden wurden. Es läßt sich natürlich nicht beweisen, daß die Zeichnung von Naomi stammt, aber die Verpackung sah so aus, als hätte sie noch nicht lange in dem Wagen gelegen. Ich glaube, der Mörder hat irgendwann mal angehalten, um ihr was zu essen zu besorgen, oder sie hat die Schachtel im Wagen gefunden und sie zum Zeichnen benutzt.«

»Das nennen Sie eine Zeichnung?« sagte Stein. »Verstehen Sie mich nicht falsch, aber es sieht mir eher aus wie sinnloses Gekritzel. Was soll das sein?«

»Da bin ich mir selbst noch nicht sicher«, gab Diamond zu. »Das Original ist etwa zweimal so groß oder noch etwas größer«, fügte er hinzu und legte sein Notizbuch aufgeschlagen auf den Schreibtisch.

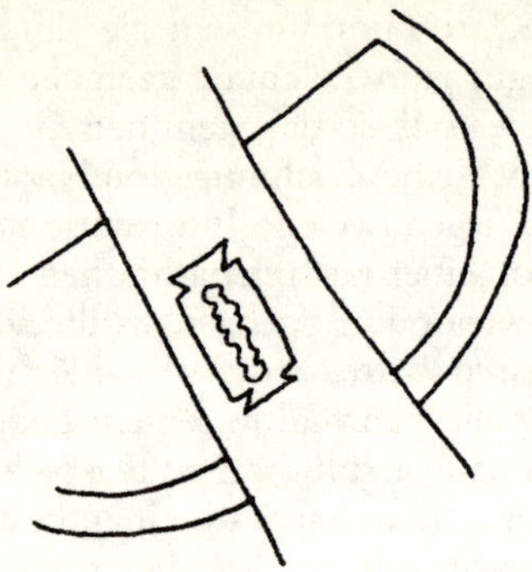

Nach einem Moment sagte Stein: »Sie glauben wirklich, daß das irgendwas darstellen soll?«

»Wenn die Zeichnung von Naomi stammt, ja. Sie hat eine ganz eigene Art, Dinge zu sehen, aber sie zeichnet recht genau.«

»Ist das eine Karte?«

»Könnte wohl sein.«

»Wenn uns das irgendwie weiterbringen soll, dann muß es eine sein«, sagte Stein. »Ich meine, was ist das hier? Eine Art Straßenüberführung? Davon gibt's nämlich nicht viele hier in New York City.«

Diamond starrte auf die Zeichnung. Er sah, was Stein meinte – die breite Straße, die von Südosten nach Nordwesten verlief und anscheinend kleinere Straßen überquerte. »Wenn ja, was soll dieses eckige Ding da sein?«

»Ich schätze, ein Auto.«

»Aus der Vogelperspektive, meinen Sie?«

»Möglich.«

»Und dieses längliche Gebilde in der Mitte?«

Stein überlegte einen Moment. »Sie sagen, die Kleine hat eine besondere Art, die Dinge zu sehen. Vielleicht ist das die Unterseite von dem Buick. Das wäre dann der Auspuff.«

»Die *Unterseite*?« Diamond bezweifelte, daß ein Kind in diesem Alter soviel technisches Verständnis hatte, und das sagte er auch. Außerdem bezweifelte er, daß Naomi genügend Abstraktionsvermögen besaß, um eine Karte zu zeichnen. »Sie zeichnet aus der Erinnerung, und zwar das, was sie wirklich gesehen hat. In England ist sie in einem Zug gefahren, und später hat sie eine genaue Zeichnung von der Rückseite des Sitzes gemacht, den sie vor sich hatte.«

»War Ihnen das bei Ihren Ermittlungen eine Hilfe?«

»Nicht direkt, nein.«

Sergeant Stein zog die Augenbrauen hoch, als fragte er sich, ob es sich lohnen würde, noch mehr Zeit für die Entschlüsselung von Naomis Werk aufzuwenden.

Diamond sagte: »Dieses Ding da, das Ihrer Meinung nach ein Auto sein könnte, sieht mir ganz nach einer altmodischen Rasierklinge aus.«

»Mhm«, sagte Stein, ohne sich genauer zu äußern.

»Vor der Erfindung von Einwegrasierern.«

»Ich kann mich noch an die Rasierklingen erinnern«, sagte Stein, »aber wenn das eine Rasierklinge ist, dann weiß ich nicht, was die übrige Zeichnung soll.«

»Ich auch nicht.«

»Ich muß mich jetzt mal um ein paar Dinge kümmern, die sonst noch anstehen.«

Allein gelassen grübelte Diamond weiter über das Rätsel nach. Er drehte sein Notizbuch, um zu sehen, ob das Bild aus unterschiedlichen Blickwinkeln einen Sinn ergab. Das, was er für oben hielt, mußte nicht unbedingt oben sein; eine Essensschachtel läßt sich beliebig drehen und als Zeichenfläche benutzen. Es ergaben sich keine neuen Möglichkeiten. Das rechteckige Gebilde sah von allen Seiten immer wie eine Rasierklinge aus. Jetzt, da er es einmal so gedeutet hatte, konnte er sich nichts anderes mehr darunter vorstellen.

Gegen Mittag kam Lieutenant Eastland herein, der leitende Beamte in dem Fall – der Mann, der ihn mit Puh der Bär verglichen hatte –, und sagte, die Tote sei inzwischen identifiziert worden. Die japanische Polizei hatte die im Paß angegebene Adresse in Yokohama überprüft. Mrs. Tanaka war geschieden und hatte allein gelebt. Bis letzten November hatte sie als Sekretärin an der Universität von Yokohama gearbeitet.

»Als Sekretärin?« sagte Diamond. »Das kann bedeuten, daß sie Chefsekretärin in der Verwaltung war oder eine einfache Schreibkraft.«

»Nach meinen Informationen hat sie in der naturwissenschaftlichen Fakultät in einem Computerteam gearbeitet«, erwiderte Eastland. »Was das Kind angeht ...«

Diamond fiel ihm ins Wort. »Lieutenant, eines sollten Sie über das Kind wissen.« Es würde zwar peinlich werden, aber es mußte gesagt werden. »Ich bin relativ sicher, daß Naomi nicht Mrs. Tanakas Kind ist. Sie hatte eine eigene Tochter, die gestorben ist. Ich, äh, habe dieses Foto von dem Grab gefunden. Das war das Kind, das im Paß eingetragen ist.« Er holte das Foto aus seiner Tasche und machte sich darauf gefaßt, in der Luft zerrissen zu werden. Beweismittel zurückzuhalten war kein guter Weg, Freunde zu gewinnen und Menschen für sich einzunehmen.

Die unvermeidliche Frage kam: »Wo haben Sie das her?«

Er antwortete, erklärte es und entschuldigte sich.

»Und wieso zeigen Sie es mir jetzt?« fragte Eastland ohne irgendeine sonstige Reaktion. Er war ein schmallippiger, hagerer Cop in den Vierzigern, der sich sparsam ausdrückte.

»Weil es mit dem Fall zu tun haben könnte.«

»Das wußten Sie doch schon gestern abend.«

»Ich habe es mir erst genauer angesehen, als Sie mit mir fertig waren.«

»Wollten sich wohl eine Fortsetzung ersparen, was?«

»Das war nicht der Grund.«

»Was dann?«

»Prioritäten. Ich wollte die Sache nicht noch komplizierter machen. Vor allem sollte die Maschinerie anlaufen, um Naomi zu suchen, wer auch immer sie ist.«

»Haben Sie noch was aus der Brieftasche genommen?«

»Nein.«

»Kann ich mich darauf verlassen?«

»Absolut.«

»Wissen Sie, was Sie sind?«

»Ich weiß, wofür Sie mich halten.«

»Solange wir beide wissen, woran wir miteinander sind ...«, sagte Eastland ausdruckslos. »Also, hätten Sie jetzt wohl die Güte, mir die Zeichnung zu zeigen, über die sie mit Sergeant Stein gesprochen haben?«

Der Sarkasmus hätte deutlicher nicht sein können, aber wenigstens schienen Diamonds beraterische Bemühungen einigermaßen anerkannt zu werden.

Er schlug sein Notizbuch auf. Um den Lieutenant nicht zu beeinflussen, sagte er nichts über die Rasierklinge.

»Sie glauben, das hat die Kleine gezeichnet?«

Diamond erklärte, daß er eine Kopie angefertigt hatte.

Eastland betrachtete die Zeichnung eine Weile angestrengt. Das einzige, was ihm schließlich dazu einfiel, war: »Was meinen Sie dazu?«

»Ich glaube, das kleine Ding da ist eine Rasierklinge.«

»Wäre möglich. Falls ja, wo liegt sie – auf einer Ablage? Soll das in einem Badezimmer sein? Der halbrunde Teil – ist das ein Waschbecken?«

»Daran habe ich nicht gedacht.«

»Das Badezimmer von dem Zimmer, in dem der Mord stattgefunden hat, hat ein ähnliches Waschbecken, aber das Bord verläuft ganz anders. Ich habe noch keine Ablage gesehen, die quer über dem Waschbecken angebracht ist. Aber Kinder sehen die Dinge nun mal aus merkwürdigen Blickwinkeln.«

»Um von oben auf das Bord zu gucken, hätte sie größer als Sie oder ich sein müssen«, bemerkte Diamond.

»Ich will damit sagen, daß Kinder die Dinge anders sehen, als sie sind.«

»Sie ist eine genaue Künstlerin.«

»Und Sie halten das hier für bedeutsam?«

»Da wir sonst nichts in der Hand haben …«, sagte Diamond, und seine Stimme erstarb, als ihm ein neuer Gedanke kam.

»Selbst wenn das eine Zeichnung von dem Badezimmer ist«, sagte Eastland. »Selbst wenn da eine Rasierklinge lag – und ich kann mich nicht daran erinnern – wohin führt uns das?«

Mit einem Mal ergaben die Linien für Diamond einen Sinn. Alles paßte zusammen. »Es ist eine Tätowierung.«

»*Eine was*?«

»Die Rasierklinge ist eine Tätowierung. Sehen Sie es sich noch mal an. Das, was Sie für eine Ablage gehalten haben, ist ein Arm vor einem Lenkrad. Sie zeichnet das, was sie direkt vor sich sieht. Ich glaube, das ist der Arm des Verdächtigen.

Aus Naomis Blickwinkel, als sie angeschnallt neben ihm auf dem Vordersitz gesessen hat.«

Eastland starrte einige Zeit darauf. »Vielleicht haben Sie recht.«

Kapitel dreiundzwanzig

Einer der älteren Cops erinnerte sich an eine Rasierklinge als Tätowierung. Sie war Ende der siebziger Jahre das Erkennungszeichen einer Jugendbande gewesen, die während der Punkrock-Bewegung in dem heruntergekommenen Teil von Brooklyn ein ziemliches Chaos angerichtet hatte. Um 1978 herum hatte die Gang sogar bis zu vierzig Mitglieder. In den achtziger Jahren hatten dann neue Banden das Revier übernommen.

»Vermutlich haben Sie in Ihrer Vorstrafendatei auch die Tätowierungen registriert?« fragte Diamond.

»Die sind im Computer, klar.«

Elf Männer waren registriert, die am Arm eine Rasierklinge eintätowiert hatten. Nicht alle waren in der Brooklyner Gang gewesen. Einigen hatte das Rasierklingenmotiv einfach gefallen; in einem extremen Fall verlief eine Kette von Rasierklingen von einem Handrücken aus, den Arm hoch und über die Schultern bis hinunter zum anderen Handrücken.

Der Computer spuckte die Informationen über jeden einzelnen aus. Bei dreien aus der Brooklyner Bande hatte die Beschreibung eine vielversprechende Ähnlichkeit mit Diamonds Erinnerung an Lederjacke. Er bat um Fotos aus der Verbrecherkartei. Dazu mußten sie zur Zentraldatei, die in einem anderen Gebäude im selben Block untergebracht war. Die Akten lagen schon auf einem Tisch bereit, als sie dort ankamen. Diamonds Puls beschleunigte sich.

Naomis Zeichnung hatte etwas gebracht.

Einer von ihnen war Lederjacke. Ohne jeden Zweifel. Das bösartige, schmale Gesicht, die Augen und, auf dem Profilfoto, die Charlton-Heston-Nase.

»Das ist er.«

»Lundin? Mit dem ist nicht gut Kirschen essen.«

Der Mann hieß Fredrik Anders Lundin. Zweiunddreißig Jahre alt. Mehrere Vorstrafen als Jugendlicher, anschließend zwei Jahre Gefängnis wegen bewaffneten Raubüberfalls. Dazwischen lag eine Verurteilung wegen Mordes, doch er war in der Berufung freigesprochen worden. Es lagen Informationen vor, daß Lundin nach Absitzen einer weiteren dreijährigen Gefängnisstrafe für bewaffneten Raubüberfall seine Dienste als Profikiller anbot. Derzeit stand er unter Polizeiüberwachung, so stand es zumindest in der Akte.

»Hier steht, Sie lassen ihn überwachen.«

Lieutenant Eastland sagte auf seine bedächtige Art: »Sind Sie hundertprozentig sicher, daß das unser Mann ist?«

»Absolut.«

»Sie haben ihn mit Mrs. Tanaka und der Kleinen auf dem Parkplatz des Flughafens gesehen?«

»Lieutenant, ich war so nah an ihm dran wie gerade jetzt an Ihnen.«

»Okay, wir kassieren ihn ein.«

»Wie?«

Eastland zuckte die Achseln, was soviel hieß wie ›Englische Detectives sind schwer von Begriff‹. »Dafür haben wir doch unsere Streifenbeamten.«

»Hören Sie, das hier ist keine einfache Verhaftung«, stellte Diamond klar. »Der Mann ist ein Killer. Er hat ein Kind entführt. Das Leben der Kleinen hat absoluten Vorrang. Wenn Sie zwei Streifenbeamte hinschicken, könnte es eine Schießerei geben.«

»Was schlagen Sie dann vor, eine Überwachung?«

»Er wird doch schon überwacht, wie hier steht.«

»Glauben Sie nicht alles, was in den Akten steht«, warnte Eastland. »Überwachung kann heißen, daß er an zwei Abenden in der Woche von einem unserer Leute beim Billard beobachtet wird.«

Diamond war sich nicht sicher, inwieweit die locker-flockige Haltung des New Yorker Detectives dessen Schutzwall gegen die Gefahren draußen auf der Straße war. Er meinte es ernst, und er wollte nichts dem Zufall überlassen. »Lieutenant, Sie haben mich um meinen Rat gebeten. Ich meine, daß Fingerspitzengefühl erforderlich ist. Ich halte es nicht für ratsam, daß Sie versuchen, ihn in dem Raum zu verhaften, in dem er Naomi festhält. Damit bringen Sie sie ernsthaft in Gefahr.«

»Mr. Diamond, ich bin Ihnen zu tiefstem Dank verpflichtet«, sagte Eastland mit nachgemachtem britischem Akzent, der ungefähr so echt klang wie Dick Van Dyke in »Mary Poppins«. »Machen wir doch einen kleinen Ausflug nach Queens, wo der Gentleman seinen Wohnsitz hat, und zeigen Fingerspitzengefühl. Ich nehme an, Sie möchten dabeisein.«

Diamond fand den ironischen Ton nicht lustig, aber er nahm das Angebot von Sergeant Stein an, in dessen Wagen mitzufahren. Als sie aus dem Midtown Tunnel herausfuhren, war es schon später Nachmittag. Einige Straßenlampen gingen an.

»Haben Sie eine Waffe?« fragte Stein während der Fahrt.

»Nein.«

»Stimmt es, daß die Cops in England keine Waffe tragen?«

»Meistens ja.«

»Haben Sie noch nie eine gebraucht?«

»Bisher nicht.« Er hätte hinzufügen können, daß er hoffnungslos tolpatschig war, daß eine Waffe in seinem Besitz losgehen würde, wenn man es am wenigsten erwartete, wie jetzt zum Beispiel, wo er so durchgerüttelt wurde. Der Sitz hatte, zumindest nach Diamonds Gefühl, keinerlei Sprungfedern.

Stein sagte: »Mich hätte es ohne meine Automatik bestimmt schon fünfmal erwischt.«

Die Gegend, durch die sie fuhren, war weder der beste noch der schlechteste Teil von Queens. Die Mietshäuser aus der Zeit der Jahrhundertwende hatten, als sie gebaut wurden, wahrscheinlich zu den besseren Adressen gehört. Die Balkone über den Feuerleitern waren noch mit den Spuren des warmen Nachmittags geschmückt, der sich gerade dem Ende zuneigte: Campingstühle, Topfpflanzen, Bettzeug, Bierdosen, Fast-food-Verpackungen.

Ein Streifenpolizist winkte sie an eine Straßenecke. »Sie können hier nicht weiterfahren. Der Verdächtige kann auf die Straße sehen.«

»Auf welcher Seite liegt seine Wohnung?« fragte Stein.
»Auf der rechten.«
»Hat ihn schon jemand gesichtet?«
»Nein. Aber das Licht ist an.«
»Wir könnten also Glück haben.«
Sie stiegen aus und gingen zu Lieutenant Eastland und zwei anderen Detectives, die hinter ihnen angehalten hatten. Ein dritter Wagen mit uniformierten Beamten war aus einer anderen Richtung gekommen. Eastland setzte sich über Walkie-talkie mit seinen Leuten in Verbindung, die schon bei der Wohnung Posten bezogen hatten. Dann erteilte er Befehle. Er machte seine Sache gut, und Diamond änderte seine Meinung über ihn.
»Die Leute in den Nachbarwohnungen sind sehr kooperativ«, sagte er gleich darauf zu Diamond.
»Hat jemand die Kleine gesehen?«
»Leider nein.«
»Oder ihre Stimme gehört?«
»Davon hat jedenfalls keiner was gesagt.«
»Vielleicht sind die Wände zu dick.«
»Möglich.«
»Also, wie sieht der Plan aus?«
»Wir können ruhig noch etwas warten«, sagte Eastland. »Wenn wir Glück haben, kommt er vielleicht in der nächsten Stunde raus, um was zu essen zu besorgen, und dann schnappen wir ihn. Möchten Sie näher ran?«
»Ja.«
Stein erhielt Anweisung, ihn zu begleiten. Wie zwei Anwohner, die mit unsichtbaren Hunden Gassi gehen, schlenderten sie über den Bürgersteig, bis sie auf einer Höhe mit Hausnummer 224 waren, wo die erleuchteten Fenster im ersten Stock verrieten, daß Fredrik Lundin zu Hause war. Jalousien verhinderten, daß man irgend etwas sah. Es war unklug stehenzubleiben. Ein fingerbreiter Spalt zwischen den Lamellen der Jalousie genügte, um freien Blick auf die Straße zu haben.

Sie gingen fast bis zum Ende des Blocks, bis sie anhielten. Stein bot ihm eine Zigarette an.

Trotz der Versuchung erinnerte Diamond sich, daß er jetzt eigentlich Nichtraucher war.

Steins Walkie-talkie rauschte. Eastlands Stimme fragte: »Irgendwas gesehen?«

Stein erwiderte: »Licht im Fenster. Jalousien. Erdgeschoß dunkel, offenbar unbewohnt. Haustür scheint kein Problem zu sein. Sollen wir reingehen?«

»Noch nicht.«

»Das Risiko bei der Sache ist«, sagte Stein zu Diamond, als er das Gerät abgeschaltet hatte, »daß sie zu einer Belagerung ausarten kann, falls Lundin mißtrauisch wird.«

Diamond war bereit, dieses Risiko einzugehen, obwohl es jetzt rasch dunkel wurde.

»Für eine Belagerung braucht man viele Leute«, erklärte Stein. »Deshalb lassen wir es nicht dazu kommen.«

Drei Zigaretten später unterbrach das Funkgerät die Stille. »Okay, wir können nicht die ganze Nacht auf den Scheißkerl warten«, gab Eastland durch. »Sie und Diamond gehen durch den Vordereingang rein und dann in die Wohnung im Erdgeschoß. Halten Sie sich bereit, nach oben zu gehen, sobald der Verdächtige aufgescheucht und von dem Mädchen getrennt ist. Verstanden?«

»Verstanden, Lieutenant«, sagte Stein.

Diamond verspürte den Impuls, ihm das Funksprechgerät aus der Hand zu reißen und Eastland dringend zu bitten, keine Schießerei zu provozieren, aber bei nüchterner Überlegung sagte er sich, daß das auch nichts ändern würde. Eastland leitete den Einsatz, und im Beisein der Hälfte seiner Leute würde er sich von einem britischen Kollegen nichts sagen lassen. Beruhigend war zumindest, daß er versuchen wollte, Lundin von Naomi zu trennen.

Diamond und Stein gingen wieder die Straße hoch in Richtung Haus Nummer 224. Es war inzwischen erheblich dunkler, und der Eingang war nicht gut beleuchtet. Sie konnten kaum etwas sehen, als sie die Stufen zur Haustür hochgingen. Stein steckte eine Hand in die Tasche, wohl um nach dem Griff seiner Waffe zu tasten. Er nickte Diamond zu, und der probierte, ob die Tür verschlossen war. Sie ließ sich problemlos öffnen.

Von oben kam kein Geräusch. Sie befanden sich in einem breiten Flur, gegenüber war die Treppe. Auf halbem Wege rechts lag die Tür zu der Wohnung, wo sie Posten beziehen sollten. Diamond umfaßte den Türknauf. War die Hoffnung übertrieben, auch diese Tür könnte nicht abgeschlossen sein? Sie war fest verriegelt. Mit einem gezielten Tritt wäre das Problem zu beseitigen gewesen, aber nur auf die Gefahr hin, daß das ganze Haus aufgeschreckt wurde.

Glücklicherweise war Sergeant Stein auf den Fall vorbereitet; er hatte einen Plastikstreifen dabei, wie er bei Einbrechern und Polizisten als unverzichtbares Hilfsmittel bekannt ist, um Schnappriegel zu öffnen. Er benutzte ihn geschickt, die Tür ging nach innen auf, und sie traten ein. Warme Luft umhüllte sie mit dem Duft von billigem Parfüm und Körpergeruch. Wie in einem Puff, dachte Diamond unwillkürlich – ein Gedanke, der sich noch stärker in ihm festsetzte, als er hörte, wie eine weibliche Stimme schläfrig, aber ohne eine Spur von Beunruhigung murmelte: »He, wer ist denn da? Wie spät ist es?«

Ein Sofa knarrte, und etwas bewegte sich. Die Frau, die dort gelegen hatte, sagte: »Ist da einer oder zwei?« Sie stand auf und ging wankend auf eine Tischlampe zu. »Zwei nehm' ich nicht, nicht gleichzeitig. Tut mir leid, Jungs. Einer von euch muß warten.« Ihre Hand war an der Lampe.

»Nicht anmachen«, sagte Stein im Flüsterton.

Sie konnte gerade noch »Was zum Teufel …« sagen, ehe Diamond bei ihr war und ihr den Mund zuhielt. Weil sie sich wehrte, mußte er sie umklammern. Sie trug eine Art Seidenumhang, so daß es schwierig war, sie festzuhalten, denn der Stoff war glatt, und darunter trug sie offenbar nichts. Sein knappes: »Keine Angst, wir sind von der Polizei«, war nicht dazu angetan, eine Dame ihres Gewerbes zu beruhigen, aber es war das erste, was ihm einfiel.

Stein war da schroffer: »Keinen Laut, oder Sie werden festgenommen. Wir sind wegen dem Kerl von oben hier. Kennen Sie den?«

Diamond lockerte seinen Griff.

Sie sagte, viel zu laut: »Sie meinen Fredrik?«

Sie machten beide: »Schsch!«

Mit leiserer Stimme sagte sie: »Was hat er denn nun wieder angestellt?«

»Hat er ein Kind bei sich?« fragte Stein.

»Ein Kind?«

»Ein Mädchen.«

Sie zögerte. »Sie meinen, minderjährig?«

»Ein *kleines* Kind, so groß, Japanerin.«

Sie schien ehrlich schockiert. »Fredrik? Der läßt keine Kinder für sich arbeiten. Ich bin ganz sicher, daß er niemanden auf den Babystrich schickt. Ich würde für keinen arbeiten, der Kinder benutzt.«

Diamond blieb ganz ruhig und sagte nichts, aber das Blut dröhnte ihm im Kopf, und sein Mund war plötzlich wie ausgetrocknet. Bis zu diesem Augenblick war er nicht auf die Idee gekommen, daß Kinderprostitution ein Motiv für Naomis Entführung sein konnte. Jetzt mußte er diese Möglichkeit in Betracht ziehen, so widerwärtig sie auch war. Offenbar lebte Lundin von Zuhälterei. Gott gebe, daß die Frau recht hatte und Lundin davor haltmachte, Kindersex zu verkaufen.

»Haben Sie von da oben irgendwas gehört?« fragte Stein.

Sie schüttelte den Kopf.

»Überhaupt nichts?«

»Man hört nicht, wenn jemand redet.«

»Aber Sie können hören, wenn jemand umhergeht.«

»Schon, ja. Manchmal hör' ich das.«

»Gestern abend?«

»Schätze ja.«

»Mehr als eine Person?«

»Kann ich nicht sagen.»

»Haben Sie seit gestern mit Lundin gesprochen?«

»Nein.«

»Meinen Sie, er ist jetzt zu Hause?«

»Woher soll ich das wissen? Ich hab geschlafen, bis ihr gekommen seid. Hat euch einer den Schlüssel gegeben?«

»Legen Sie sich einfach wieder schlafen«, schlug Stein vor, ohne daß seine Stimme sonderlich großzügig klang.

Er rief Eastland über Funk und brachte ihn auf den neuesten Stand.

»Okay«, kam die Anweisung, »bleibt, wo ihr seid. Schickt das Flittchen raus zu uns. Sie kann uns helfen.«

»Haben Sie gehört?« fragte Stein die Prostituierte, die sich gerade wieder auf dem Sofa niederlassen wollte. »Ziehen Sie sich an, schnell.«

»Und, Stein …«, fuhr die Stimme aus dem Funkgerät fort.

»Lieutenant?«

»Wenn er rauskommt, überlaßt ihn uns. Ihr geht direkt rein und sucht das Kind.«

Sie könne sich nicht im Dunkeln anziehen und wolle auch nichts mit der Polizeiaktion zu tun haben, beklagte sich die Dame, während sie durch die Wohnung stolperte, um ihre Sachen zusammenzusuchen. Diamond nahm es kaum wahr; er war von den Andeutungen der Frau noch immer wie vor den Kopf geschlagen. Noch vor einer Minute hatte er die Polizei bitten wollen, Lundin sachte zu behandeln, damit der danach eine Aussage machen konnte; aber wenn sich der schreckliche Verdacht bewahrheiten sollte, würden sie *ihn* davon abhalten müssen, mit dem Mistkerl Schlitten zu fahren.

»Herrgott, was suchen Sie denn?« fragte Stein die Frau. Er stand an der offenen Tür.

»Mein Gesicht.«

»Ihr was?«

»Die Tasche mit dem Lippenstift und so. Die muß hier irgendwo sein.«

»Das darf doch nicht wahr sein! Machen Sie, daß Sie rauskommen.«

Sie ging.

Eastland würde sie als Lockvogel benutzen. Lundin würde der Frau die Tür sicher eher aufmachen als der New Yorker Polizei.

Über ihren Köpfen knarrten die Dielenbretter. Da oben war jemand. Stein verständigte seinen Lieutenant augenblicklich über Funk. Nach Lage der Dinge konnte die Aktion nicht fehlschlagen. Zweifellos waren vor und hinter dem Haus Leute postiert, die darauf warteten zuzuschlagen.

Auch Diamond wartete, bemüht, sich auf die Aufgabe zu konzentrieren, die ihm und Stein bevorstand. Er mußte daran glauben, daß sie Naomi unversehrt in der oberen Wohnung finden würden. Er dachte ständig daran, wie sich ihre kleine

Hand in seiner angefühlt hatte. Normalerweise erinnerte er sich an die Augen von Menschen. Er konnte sich zwar Naomis Augen vorstellen, aber aufgrund ihrer Behinderung waren sie nicht so ausdrucksvoll. Die Erinnerung an diese Berührung aber bewegte ihn noch immer.

Er und Stein postierten sich an der Tür, die einen Spaltbreit geöffnet war, so daß sie den Flur beobachten konnten. Sie wußten, es würde dauern, bis die Aktion anlief, und sie warteten mindestens zwanzig Minuten, ohne daß etwas geschah.

Dann hörten sie die Haustür und Schritte auf dem gefliesten Flur. Die Prostituierte ging an ihrer Wohnungstür vorbei und dann die Treppe hoch, ihre lederbesohlten Stiefel, Markenzeichen ihres Gewerbes, klapperten auf den Holzstufen.

Stein zog seine Pistole.

Zwei schattenhafte Gestalten folgten der Frau in kurzem Abstand. Sie machten keinerlei Geräusch.

Sie bog um den Treppenabsatz und ging die zweite Treppe hoch. Ihre Eskorte folgte.

Unten im Flur schlichen noch mehr Cops an dem schmalen Sichtspalt zwischen Türpfosten und Tür vorbei.

Die Frau war jetzt nicht mehr zu sehen, aber der Klang von Lundins Türklingel war laut und klar, ebenso wie die Stimme der Frau, als sie sagte: »Fredrik, ich bin's, Dixie.«

Diamond hörte Schritte in dem Raum über ihnen, aber er hörte nicht, ob Lundins Wohnungstür geöffnet wurde. Wahrscheinlich guckte er durch den Spion.

Die Klingel ertönte ein zweites Mal.

Die beiden bewaffneten Polizisten standen bestimmt rechts und links von der Tür an die Wand gepreßt.

»Fredrik, bist du da?«

Es wurde etwas entriegelt.

Die Stimme der Frau sagte: »Hi, Fredrik, kannst du mal kurz runterkommen?«

»Was ist denn, verdammt?« fragte Lundins Stimme.

»Ich hab ein kleines Problem mit 'nem Kunden. Bitte.«

»Was für ein Problem?«

»Äh ... er will nicht gehen.«

»Was soll das heißen?«

Los, mach schon, drängte Diamond ihn im Geiste. *Komm einfach raus, ja?*

»Na, wie ich sage. Er macht Schwierigkeiten.«

»Er will nicht aus der Wohnung? Er hat seinen Spaß gehabt und will nicht gehen?«

»Ich kann ihn nicht zwingen.«

»Wer ist er?«

»Irgend so ein Typ. Ich kenn' ihn nicht. Ich kann nicht arbeiten, wenn er nicht geht.«

»Okay, okay, geh wieder runter. Ich kümmer' mich drum.«

Die Tür schloß sich.

Diamond schlug sich frustriert mit der Hand an den Kopf.

Dixie kam deutlich schneller die Treppe runter, als sie raufgegangen war. Sie drängte sich an Diamond und Stein vorbei in die Wohnung. »Mehr tu' ich nicht für euch«, sagte sie zu ihnen. »Vermasselt die Sache bloß nicht, sonst bin ich im Eimer.«

»Schnauze«, sagte Stein. Man erntet nicht viel Dankbarkeit, wenn man der Polizei hilft.

Das Warten begann erneut, und es schien noch länger, obwohl es keine fünf Minuten dauerte.

Dann wurden wieder Schritte in der oberen Wohnung laut, und man hörte, wie Lundin den Riegel an seiner Tür öffnete. Zweifellos, diesmal trat er aus dem Zimmer, denn jemand rief: »Keine Bewegung, Polizei!«

Unvorsichtigerweise kam Lundin der Aufforderung nicht nach. Man hörte, wie er zur Treppe rannte. Zwei oder drei Stufen hatte er wohl geschafft, als ein Schuß fiel, gefolgt von zwei weiteren fast unmittelbar darauf. Auf einen Schmerzensschrei folgte das Geräusch eines Körpers, der auf die Treppe aufschlug und dann mehrere Stufen hinunterpolterte.

»Sie haben ihn«, sagte Sergeant Stein. Er spähte durch den Spalt, während die Beamten im Treppenhaus sich etwas zuriefen, wohl um sicherzugehen, daß sie sich dem Verletzten gefahrlos nähern konnten. »Los!«

Als sie die Tür öffneten, lag ein Mann in einem weißen T-Shirt und schwarzen Jeans nicht weit vom Fuß der Treppe, und die Polizisten standen über ihm. Stein rannte an ihm vorbei, die beiden Treppen hoch, dicht gefolgt von Diamond.

Die Tür von Lundins Wohnung stand offen. Das Licht drinnen blendete sie nach dem langen Warten im Dunkeln. Die Wohnung war luxuriös eingerichtet mit braunen Ledermöbeln, cremefarbenen Einbauschränken und einem chinesischen Teppich. Große Grünpflanzen standen herum und abstrakte Bronzeskulpturen.

Aber keine Spur von einem kleinen Mädchen.

Diamond sah in den anderen Räumen nach – Schlafzimmer, Küche und Bad. Er schlug die Bettdecke hoch, riß Schränke auf und sah mit grimmiger Entschlossenheit in die Badewanne.

Naomi war nicht da.

Er ging zurück ins Wohnzimmer, blickte sich um, ob er etwas übersehen hatte.

»Mr. Diamond.« Stein war noch immer im Badezimmer.

Er kniete neben der Kloschüssel.

»Könnte das die Kleine sein?«

Eine Frage, die Diamond entsetzte.

»Ich sehe immer im Klo nach«, erklärte der Sergeant. »Sie kriegen Panik und versuchen, Dinge im Klo runterzuspülen.« Er hielt einige kleine Fetzen eines Fotos hoch.

Diamond setzte sie auf dem Boden zusammen. Es waren insgesamt sieben, und sie ergaben ein unvollständiges, aber erkennbares Foto.

»Ja«, sagte er. »Das ist sie.«

Kapitel vierundzwanzig

Diamond machte wieder Schwierigkeiten.

»Abgesehen von allem anderen, glaube ich nicht, daß Sie dafür gebaut sind«, sagte Lieutenant Eastland zu ihm. »Stein kann Sie bequem mit dem Wagen zum Krankenhaus bringen.«

»Ich fahre im Krankenwagen mit«, beharrte Diamond. Er hatte einen Fuß auf das Trittbrett gestellt und brauchte nur noch hineinzuklettern. Er hätte sich über eine helfende Hand gefreut, denn für einen schwergewichtigen Mann war es ziemlich hoch.

»Der Sanitäter muß hinten mitfahren und auch einer von unseren Leuten.«

»Der Beamte soll vorn mitfahren«, sagte Diamond. »Ich werde den Gefangenen für Sie bewachen. Hören Sie, der Mann wird nicht weglaufen mit zwei Kugeln im Bein.«

»Sie können ihn im Krankenhaus vernehmen.«

»Ich möchte es jetzt tun, Lieutenant. Ihr habt schon viel zuviel Zeit vergeudet.«

Damit traf er Eastland an einer empfindlichen Stelle. »Wir haben Zeit vergeudet? Sie wollten doch die Sache durchziehen wie einen Kindergeburtstag, nicht ich. Die feinfühlige Taktik. Sie waren wegen der Kleinen besorgt, erinnern Sie sich?«

»Stimmt. Und das bin ich immer noch.« Mit diesen Worten beugte sich Diamond in den Krankenwagen und packte das Ende der Trage, um sich hochzuhieven, was beinahe katastrophale Folgen gehabt hätte, denn die Trage stand auf einem Gestell mit Rädern und rollte auf ihn zu. Dank seines Schwungs schaffte er es gerade noch, rechtzeitig hineinzuklettern, um zu verhindern, daß er samt Trage mit dem unglücklichen Lundin auf der Straße landete. Dann ließ er sich auf dem freien Sitz neben dem Sanitäter nieder. Bei einem Mann seiner Statur war Inbesitznahme überzeugender als jedes Argument. »Bis später, Lieutenant.«

Eastland funkelte ihn zornig an und schoß zum Abschied eine letzte boshafte Bemerkung ab. »Wenn Sie typisch für England sind, wundert es mich nicht, daß es da täglich vom Himmel schifft. Es müßte Scheiße regnen.« Er nickte dem Fahrer zu, die Türen zu schließen.

»Wie lange brauchen wir?« fragte Diamond den jungen Mann neben sich so freundlich, als wenn nichts gewesen wäre.

»Sie meinen bis zum Krankenhaus? Sechs, sieben Minuten.«

»Schön.« Er beugte sich vor, um das Gesicht des Gefangenen am anderen Ende der Trage besser sehen zu können.

»Passen Sie auf mit seinem Bein«, warnte der Sanitäter.

»Passen Sie auf mit meinem Bein«, sagte Lundin noch besorgter. Er hatte eine Spritze gegen die Schmerzen bekommen, aber schon die Hand, die über seinem verletzten Bein schwebte, schien ihm Schmerzen zu verursachen.

»Sein Bein interessiert mich nicht«, sagte Diamond. »Zeigen Sie mir seinen Arm. Den rechten.«

Der Sanitäter zog das Laken von Lundins Oberkörper. Auf dem rechten Arm war eine tätowierte Rasierklinge.

Lundin sagte: »Wenn Sie glauben, ich häng' an der Nadel, liegen Sie verkehrt.«

»Sie können reden, dann sind Sie ja doch nicht völlig weggetreten«, sagte Diamond. »Sagen Sie mir, wo das Mädchen ist.«

»Ich will einen Anwalt.«

Die alte Leier, dachte Diamond. »Wissen Sie was, Lundin?« sagte er. »Solche Perverslinge wie Sie, die sich an kleinen Mädchen vergreifen, kann keiner ausstehen. Im Gefängnis passieren denen ständig irgendwelche Unfälle.«

»Kleine Mädchen? Wovon reden Sie?«

»Kommen Sie mir nicht so. Ich hab gesehen, wie Sie die Kleine am Flughafen abgeholt haben. Zusammen mit ihrer Mutter.«

»Ach, der sind Sie«, sagte Lundin.

Diamond war leicht verstimmt, daß er nicht sofort erkannt worden war. Wer ihn einmal gesehen hatte, vergaß ihn normalerweise nicht. Aber er mußte Lundin zugute halten, daß der ihn von der Trage aus nur schwer sehen konnte. »Stimmt. Also kennen wir uns. Ich bin der, den Sie umgefahren haben, und Sie sind der Kinderschänder.«

»Das ist gelogen.«

»Sie haben mich eindeutig mit einem Gepäckkarren über den Haufen gefahren.«

»Das andere – ich bin nicht pervers.«

»Sie arbeiten also für jemand anders, der es ist, wollen Sie das damit sagen?«

»Ich sage gar nichts.«

»Das ist noch schäbiger, so Leuten Kinder zuzuführen.«

»Sie reden Schwachsinn.«

»Stellen Sie meine Geduld nicht auf die Probe, Lundin.«

»Was soll das? Finger weg von meinem Bein!«

»Wo ist das Kind? Was haben Sie mit ihm gemacht?«

»Ich muß nicht mit Ihnen reden. Wer sind Sie überhaupt?« fragte Lundin.

»Ein Mann mit Gewichtsproblemen«, sagte Diamond, verschränkte ostentativ die Arme und näherte sich langsam dem verletzten Bein. »Manchmal muß ich mich einfach aufstützen.«

»Sie Scheißkerl! Lassen Sie mich in Ruhe, ja?«

»Ich rate Ihnen, mich nicht zu beschimpfen. Wo ist sie?«

»Die Kleine?«

»Ja.«

»Es geht ihr gut. Es ist nicht so, wie Sie sagen.«

»Ihrer Mutter geht es nicht gut. Haben Sie die Kleine später ermordet?«

»Nein, verdammt. Nein!«

»Ist sie am Leben?«

»Ja.«

»Also, wo kann ich sie finden?«

Schweigen.

»Wo kann ich sie finden, Lundin?«

»Nein, weg da! Ich habe sie jemandem übergeben. Das war so abgemacht.«

»Wem?«

»Das kann ich nicht sagen, ich weiß es nicht.«

»Machen Sie sich was aus dem Kind?« fragte Diamond.

»Wie meinen Sie das?«

»Ja, ich weiß, es paßt nicht zu einem bezahlten Killer, sich was aus einem Kind zu machen, aber ich will es mal so formulieren. Sie werden wegen des Todes von Mrs. Tanaka vor Gericht kommen. Wenn auch das Kind ermordet wird, sind Sie mitschuldig an einem zweiten Mord.«

»Es geht ihr gut.«

»Sie wiederholen sich, aber woher wollen Sie das wissen? Es kann doch sein, daß die Person, bei der die Kleine ist, sie bereits umgebracht hat.«

»Das glaube ich nicht.«

»Die haben Sie beauftragt, die Mutter umzubringen. Wieso sollten sie davor zurückschrecken, das Kind zu töten?«

Er zögerte und fragte dann noch einmal: »Mister, wer sind Sie?

»Mein Name ist Diamond.«

»Sind Sie ein Bulle?«

»Nein.« Manchmal wird Aufrichtigkeit mit der Wahrheit belohnt. Es war den Versuch wert. »Ich bin Privatmann. Ich bin wegen des Kindes aus England gekommen. Naomi wurde aus einem Kinderheim entführt, und ich möchte unbedingt wissen, was mit ihr passiert ist.«

»Sie sind kein Bulle?«

»Das sagte ich schon.«

»Haben Sie ein Tonband laufen?«

»Nein.«

Nach einer Pause nahm Lundin seinen Mut soweit zusammen, daß er sagte: »Mein Auftrag galt für die Frau, nicht für das Kind.«

»Man hat Sie beauftragt, die Frau zu töten?«

Die Frage hätte Diamond sich verkneifen sollen, das wurde ihm in dem Augenblick klar, als er sie ausgesprochen hatte. Sie brachte ihn nicht weiter und ließ Lundin abrupt hochfahren. »Vergessen Sie's, ich muß überhaupt nicht mit Ihnen reden.«

»Wer hat Sie engagiert?«

Schweigen.

Diamond verlegte sich geschickt auf eine andere Frage. »Sie haben gesagt, sie hätten jemandem das Kind übergeben. Wann war das?«

Widerwillig brummte Lundin: »Gestern abend.«

»Vereinbarungsgemäß?«

Lundin sagte: »Ich muß diese verdammten Fragen nicht beantwor-« und brach abrupt ab, als er sah, daß Diamond seine verschränkten Arme öffnete. »Ich hatte den Auftrag, die Kleine zum Trump Tower zu bringen und sie um neun Uhr abends oben an der Rolltreppe im ersten Stock stehenzulassen.«

»Um sie jemandem zu übergeben?«

»Nein, ich sollte sie einfach stehenlassen.«

»Und das haben Sie auch gemacht?«

»Ich hab mir gedacht, daß jemand da auf sie wartet.«

»Haben Sie jemanden gesehen?«

»Mister, in der Branche will man niemanden sehen.«

»Wie haben Sie dann Ihre Instruktionen bekommen?«

»Telefonisch.«

»Mann oder Frau?«

»Mann, würde ich sagen.«

All das führte zu nichts. Fredrik Lundin wußte nicht, wo Naomi war oder wer sie in der Gewalt hatte. Er würde wegen des Mordes an Mrs. Tanaka angeklagt werden, aber seine Auftraggeber hatten dafür gesorgt, daß er die Polizei nicht auf ihre Spur bringen konnte. Die Fährte war kalt geworden.

»Kommen wir noch mal zurück auf die ersten Anweisungen, die Sie bekommen haben. Wer hat sich mit Ihnen in Verbindung gesetzt?«

»Ich weiß nicht. Ich wurde angerufen.«

Und so ging es weiter. Lundin hatte sich mit niemandem getroffen. Eine Stimme hatte ihm gesagt, was er tun und wo er die Anzahlung für die Eliminierung von Mrs. Tanaka bekommen sollte. Aus seinem Mund klang es so normal wie ein Hauskauf, neunzig Prozent zahlbar bei Vertragserfüllung, nur daß ›Vertragserfüllung‹ in diesem Fall eine unheilvollere Bedeutung hatte.

Diamond brauchte nicht die sechs bis sieben Minuten, die die Fahrt dauerte. In genau vier Minuten hatte er alles erfahren, was es vermutlich von Fredrik Lundin zu erfahren gab. Die Polizei würde ihn im Krankenhaus vernehmen, und sie würde genug Informationen aus ihm herausholen, um ihn für lange Zeit hinter Gitter zu bringen, aber sie würde nichts herausfinden, was Diamond wissen wollte, nichts, was ihm unmittelbar nützen konnte, um Naomi aufzuspüren.

Im Krankenhaus angekommen, wurde Lundin zur weiteren Verarztung weggebracht. Diamond teilte Lieutenant Eastland das enttäuschende Ergebnis mit.

Eastland war noch immer gereizt. »Was haben Sie erwartet?« sagte er, nachdem er gehört hatte, wie wenig über Lundins Auftraggeber herausgekommen war. »Der Mann ist nur Befehlsempfänger. Wer hält sich schon einen Hund und bellt dann selbst?«

»Ich hoffe, Sie geben die Suche nicht auf.«

»Hab ich das gesagt? Haben Sie gehört, daß ich das gesagt habe?«

»Nein, aber ...«

»Okay. Was haben Sie vor, Diamond?«

»Ich? Ich, äh, ich bin mir noch nicht schlüssig.«

»Wohnen Sie noch immer in diesem Billighotel, Firbank?«

Diamond mußte einen Moment lang überlegen. »Ich denke schon.«

»Sie können mit mir zurückkommen. Ich fahr gleich los. Stein macht hier weiter.«

Er wußte, daß das kein Friedensangebot war. Eastland wollte ihn vom Krankenhaus weghaben, während die Vernehmung stattfand, und diesmal schien es angeraten, sich zu fügen.

»Okay, ich hab mich etwas übernommen«, gab Diamond zu, als sie zusammen auf dem Rücksitz des Polizeiwagens saßen. »Ich brauche Ihre Hilfe dringender, als Sie meinen.« Das kam einer Entschuldigung schon sehr nahe.

»Ich dachte, Sie würden den Kerl erwürgen.«

»Lundin, meinen Sie? Nein, bei dem hab ich falsch gelegen. Ich habe wirklich gedacht, es ginge um Kinderprostitution. Jetzt glaube ich, die Kleine wurde aus einem anderen Grund gekidnappt. Lundin mag ja ein Zuhälter sein, aber in diese Sache ist er nicht als Zuhälter verwickelt.«

»Er läßt drei oder vier Frauen für sich arbeiten. Er ist ein kleiner Fisch«, sagte Eastland. »Was steckt also dahinter? Was ist das Motiv? Wieso läßt jemand gegen Bezahlung eine Frau umbringen und sich ein Kind ausliefern? Worum geht es hier – ein Sorgerechtsstreit?«

»Scheidungskrieg?« sagte Diamond. »Das sehe ich nicht so. Niemand hat große Zuneigung für Naomi an den Tag gelegt. Sie wurde in London allein gelassen, bis Mrs. Tanaka aufkreuzte, und auch sie hat das Kind nicht gerade liebevoll behandelt.«

»Sie war nicht die Mutter.«

»Stimmt. Wo sind die Eltern? Sie haben sich bisher auffallend still verhalten. Wenn sie sich tatsächlich um das Sorgerecht für das Kind streiten würden, hätten sie sich inzwischen gemeldet. Wer in so was verwickelt ist, braucht Publicity.«

»Und, haben Sie eine Theorie?«

Diamond unterdrückte ein Gähnen. »Lieutenant, die Zeitverschiebung macht mir zu schaffen. Das ist das einzige, was mich noch wachhält. Soviel kann ich sagen: Womit wir es hier auch immer zu tun haben, die Sache ist äußerst gefährlich, und es ist viel Geld im Spiel. Aber was ein kleines, behindertes Mädchen damit zu tun haben soll, ist mir ein Rätsel.«

»Vielleicht geht es um Lösegeld?«

»Dann müßten die Eltern schwerreich sein.«

»Japanische Industrielle?«

»Dann hätten sie ihre Tochter mittlerweile wohl als vermißt gemeldet. Sie haben doch bei den Kollegen in Japan angefragt. Haben die was davon gesagt, daß die Tochter eines Industriellen entführt wurde?«

»Nein«, sagte Eastland. »Aber wir wissen doch beide, daß Kindesentführungen nicht in jedem Fall gemeldet werden. Es könnte sein, daß die Eltern mit den Kidnappern verhandeln.«

»Wie paßt dann Mrs. Tanaka in diese Theorie?« fragte Diamond, und sein Tonfall verriet, wie wenig er davon hielt. »Wieso wurde sie ermordet?«

»Sie ist irgendwie zwischen die Stühle geraten. Vielleicht hat sie die Leute, die sie bezahlt haben, übers Ohr gehauen.«

»Glauben Sie das wirklich?« fragte Diamond.

»Fällt Ihnen was Besseres ein?«

Er antwortete nicht, und eine Zeitlang war nichts außer den Stoßdämpfern zu hören, die von den holprigen Straßen in Manhattan auf die Probe gestellt wurden.

Schließlich sagte Eastland: »Wenn wir die Kleine eindeutig identifizieren könnten, hätten wir bessere Karten.«

»Das versuchen wir schon, seit sie gefunden wurde«, sagte Diamond.

Sie fuhren vor dem Hotel vor, und Diamond stieg aus und bedankte sich. Er war niedergeschlagen, und die Aussicht auf eine weitere Nacht im Firbank munterte ihn auch nicht gerade auf. Als er das öffentliche Telefon in der Eingangshalle sah, fiel ihm ein, daß er seit seiner Abreise aus London noch nicht mit Stephanie gesprochen hatte. Sie geriet zwar nicht schnell in Panik, aber inzwischen fragte sie sich bestimmt, warum er noch nicht angerufen hatte. Er kramte in seiner Tasche nach Kleingeld, denn er hatte Sehnsucht nach Stephanies Stimme, auch wenn er Vorwürfe zu hören bekäme.

Dann rechnete er sich aus, wie spät es in London war. Kurz vor vier Uhr morgens. Es ging aber auch alles schief.

Kapitel fünfundzwanzig

Als er am Morgen versuchte, Stephanie anzurufen, war sein Timing noch immer falsch. Nachdem er sich das Klingelzeichen angehört hatte, bis das Ohr schmerzte, fiel ihm ein, daß es in England jetzt Mittagszeit war und Stephanie bestimmt im UNICEF-Laden arbeitete. Er ging frühstücken, überzeugt, daß ihm wieder ein frustrierender Tag bevorstand.

Als er ins Firbank zurückkam und erneut zu Hause anrief, meldete sie sich, doch das Timing stimmte immer noch nicht. Obwohl er fünftausend Meilen und mehrere Zeitzonen weit weg war, hörte er ihre Verstimmung deutlich heraus. Er war in Ungnade gefallen. Es machte keinen sonderlichen Eindruck auf sie, daß er erklärte, er hätte es schon einmal versucht. Der legendäre Diamond-Charme wurde auf die Probe gestellt, und er mußte alle Register ziehen. »Warum ich anrufe, ist – abgesehen davon, daß ich deine Stimme hören wollte, Schatz –, daß ich noch mal nachfragen wollte, ob ich das richtig in Erinnerung habe mit den Schuhgrößen. Hattest du gesagt, Schuhgröße vierzig ist hier Größe achteinhalb?«

Es trat eine kurze Besinnungspause ein, und er spürte, wie der Ärger verflog. Dann unterhielten sie sich ganz normal. Er erwähnte nicht, daß Mrs. Tanaka ermordet worden war, aber er sagte, daß Naomi noch immer vermißt wurde, und Stephanie klang aufrichtig besorgt.

Er gab zu: »Vielleicht muß ich einfach einsehen, daß ich mit meinem Latein am Ende bin.«

»Du willst doch nicht aufgeben«, sagte sie bestürzt. »Peter, du kannst nicht zurückfliegen, solange das arme kleine Geschöpf irgendwo in New York gefangengehalten wird. Außerdem, was erzählst du dem Ringer, der dein Ticket bezahlt?«

»Daran hab ich noch gar nicht gedacht.«

»Hör mal, wenn du dir meinetwegen Sorgen machst, ich komm gut ein paar Tage allein zurecht. Mach dir keine Gedanken. Tu, was du für die Kleine tun kannst. Es muß eine Möglichkeit geben, sie zu finden.«

»Ich hoffe, du hast recht.« Und er fügte aufrichtig hinzu: »Ich liebe dich.«

»Ich liebe dich auch.«

Draußen hatte es angefangen zu regnen. Er lieh sich im Hotel einen Schirm aus und machte sich auf den Weg zum Polizeirevier, wo es drunter und drüber ging. Er bekam rasch mit, daß Naomis Entführung nicht mehr oberste Priorität hatte. In der Nacht hatte es in West Harlem drei Tote unter Rauschgiftsüchtigen und Dealern gegeben. Einigen Drogenabhängigen wurden gerade Fingerabdrücke abgenommen, während Diamond nach einem bekannten Gesicht Ausschau hielt.

Sergeant Stein kam herein und nickte. Er wäre einfach in ein anderes Büro weitergegangen, wenn Diamond ihn nicht angesprochen hätte.

»Haben Sie noch mehr aus Lundin rausbekommen?«

»Nicht viel. Er war von den Medikamenten benommen.«

»Irgendwelche Hinweise, was mit dem Mädchen ist?«

»Null. Tut mir leid, aber ich muß jetzt einen Bericht tippen.«

»Nichts Neues über sie?«

Stein schüttelte den Kopf. »Sehen Sie sich doch ein bißchen die Stadt an, das Empire State Building oder so.«

»Ist Lieutenant Eastland hier?«

»Heute nachmittag. Vielleicht.«

Diamond unterdrückte eine bissige Bemerkung und marschierte hinaus. Er nahm sich ein Taxi, nicht, um sich die Stadt anzusehen, sondern um zu Lundins Wohnung in Queens zu fahren. Ihm war eine Idee gekommen; wenn er gereizt war, schaltete sein Verstand manchmal auf Schnellgang.

Der Kleinbus vor dem Haus verriet, daß die Spurensicherung noch bei der Arbeit war. Auf der Treppe traf er einen der Beamten und erklärte, wer er war, was ihm einen skeptischen Blick eintrug. Erst die Erwähnung von Eastlands Namen machte mehr Eindruck. »Als wir gestern hier waren, haben wir Teile eines zerrissenen Fotos von dem vermißten Kind gefunden.«

»In der Toilette. Ja, die haben wir. Wir haben noch zwei weitere gefunden, die innen haftengeblieben sind.«

»Könnte ich sie sehen?«

»Da fragen Sie besser meinen Boß.«

Die Fotofetzen waren in einem Plastikbeutel in dem Kleinbus, und Diamonds Wunsch, sie sich anzusehen, stieß zunächst auf Ablehnung, bis er dem Vorgesetzten im Plauderton eines Staubsaugervertreters, ohne den man anscheinend in New York nichts erreichte, seine Ansicht schmackhaft machte. »Das Foto, soweit ich es in Erinnerung habe, Frontalansicht mit blaßblauem Hintergrund, kommt mir vor wie ein typisches Schulfoto. Diese kommerziellen Fotografen sind schlau. Sie überreden die Schulleitung, von allen Kindern Fotos machen zu dürfen, von jedem einzelnen. Vom Stil her sind sich die Fotos in der ganzen Welt recht ähnlich. Man sieht strahlende Kinder in Schuluniform auf den Schreibtischen von Geschäftsleuten, dem Kaminsims im Weißen Haus, einfach überall. Haben Sie Familie?«

»Ja, wir haben ein Enkelkind.«

»Der Fotograf muß also für die Bestellung Dutzende, vielleicht Hunderte von Fotos machen, nicht? Und er muß sie irgendwie identifizieren können. Er kann nicht jedem Kind eine Tafel mit seinem Namen drauf in die Hand drücken wie bei einem Verbrecherfoto. Was macht er also? Er schreibt auf die Rückseite mit Bleistift eine Art Seriennummer. Wenn wir Glück haben, steht auf einem der Schnipsel die Nummer, die das Kind identifiziert.«

Das Interesse des Beamten war geweckt, und er schickte jemanden zu dem Kleinbus.

Diamond, vor Anstrengung hochrot im Gesicht, sagte beiläufig: »Kann natürlich sein, daß wir Pech haben.«

Gleich darauf wurden die Fotoschnipsel auf einen Tisch gekippt. Es war nicht sofort eine Nummer zu erkennen, doch dann begannen sie, die Stückchen umzudrehen.

Es war fast wie bei einem Zaubertrick, nur daß das hier keine Illusion war. Genau wie Diamond prophezeit hatte, stand mit Bleistift geschrieben auf einem Eckstück die Nummer 212. Endlich schien das Glück ihm hold zu sein.

»Und Sie hatten nur so eine Ahnung?«

»Ja.«

»Stark«, sagte der Beamte anerkennend.

»Danke.«

»Jetzt haben Sie eine Nummer.«

»Ja.«

»Als nächstes müssen Sie also den Fotografen finden, von allen Schulfotografen auf der ganzen Welt.«

»Genau«, sagte Diamond, ohne zu erklären, daß er die Suche eingrenzen konnte. Er würde Nachforschungen in Japan anstellen lassen, und zwar vor allem in Yokohama, wo Mrs. Tanaka gewohnt und gearbeitet hatte. Natürlich gab es jede Menge Schulen in Yokohama, aber weniger Grundschulen und noch weniger Kinder, die die Nummer 212 bekommen hatten.

Hoffnungsvoll fuhr er zum Präsidium zurück und erzählte Sergeant Stein von seiner Entdeckung. Binnen Minuten wurde ein Memo getippt und an die Polizeidienststellen in Yokohama gefaxt. Leider war es in Japan nach Mitternacht. Polizisten mochten ja noch Dienst haben, Schulfotografen wohl nicht.

London, so wußte er, war wach. Er bat Stein, im Zusammenhang mit dem Fall ein Überseegespräch führen zu dürfen.

»Sie wollen ein Ortsgespräch führen«, sagte Stein laut und vernehmlich. »Kein Problem. Wir können Ortsgespräche führen, wann wir wollen.« Offenbar waren im New Yorker Polizeipräsidium, ebenso wie im Rest der Stadt, Sparmaßnahmen nur ein Lippenbekenntnis.

Diamond wählte die Vorwahl von Großbritannien, nahm eine Visitenkarte aus seiner Tasche und wählte die Nummer, die auf der Rückseite stand, wobei ihm klar wurde, daß er den Namen der Frau noch immer nicht kannte.

»Ja?« Es war die Stimme eines Mannes.

»Könnte ich bitte mit der japanischen Dame sprechen, die als Dolmetscherin arbeitet?«

»Einen Moment.«

Sie kam an den Apparat, gab ihre Identität weiterhin nicht preis. »Ja?«

»Hier spricht Peter Diamond, ich rufe aus New York an.«

»Ich erinnere mich.«

»Der Sumo-Ringer, Mr. Yamagata, hat sich freundlicherweise bereit erklärt, meine Unkosten zu übernehmen.«

»Das ist richtig.«

»Ich wollte ihn nur über den Stand der Dinge informieren. Ich arbeite mit der New Yorker Polizei zusammen. Das kleine Mädchen ist leider ...«

Sie fiel ihm ins Wort. »Mr. Diamond, bevor Sie weiterreden, muß ich Ihnen sagen, daß ich nicht mehr für Mr. Yamagata arbeite. Das *basho* in London ist seit Sonntag zu Ende. Alle Ringer und Begleiter sind nach Japan zurückgekehrt.«

»Oh.«

»Wenn Sie sich erinnern, ich habe Ihnen eine Karte mit seiner Adresse in Tokio gegeben.«

»Ja, die liegt hier vor mir.«

»Dann schlage ich vor, Sie rufen ihn heute am späteren Abend in Tokio an.«

»Yamagata persönlich?«

»Er wohnt in der *heya*, sozusagen dem ›Stall‹ der Ringer. Es gibt da jemanden, der dolmetschen kann.«

»Glauben Sie, er hält sein Versprechen? Meine Unkosten belaufen sich inzwischen auf ein hübsches Sümmchen.«

»Daran besteht kein Zweifel.«

Ohne nachzufragen, ob Sie die Unkosten oder das Versprechen meinte, bedankte er sich und legte auf.

Den restlichen Vormittag und den Nachmittag benötigte er, um vom Firbank in ein besseres Hotel am Broadway umzuziehen, mit Telefon auf dem Zimmer und einer Bar. Noch immer war es nur ein kurzer Fußweg zum Revier, wohin er in regelmäßigen Abständen ging, nur um jedesmal zu erfahren, daß sich nichts Neues über das vermißte Kind ergeben hatte. Bei den Morden in der Rauschgiftszene kamen die Ermittlungen gut voran.

»Ist Lundin denn inzwischen durch die Mangel gedreht worden, um rauszubekommen, wer ihn beauftragt hat?« fragte er Stein.

»Lundin weiß nichts. Er war nur an dem Geld interessiert, und wir glauben, daß er den größten Teil im voraus bekommen hat.«

»Wieviel?«

»Wahrscheinlich zwanzig Riesen.«

Gegen fünf Uhr kam aus Yokohama ein Fax mit der Bestätigung, daß die Ermittlungen wie gewünscht durchgeführt wurden. Falls und sobald irgendwelche Ergebnisse vorlagen, wollte man sie umgehend weiterleiten.

»Falls und sobald. Klingt nicht gerade vielversprechend«, bemerkte Stein.

»Hört sich fast an wie Computersprache«, sagte Diamond, »aber ich bin bereit zu warten, auch wenn es spät wird.«

»Gehen Sie doch in Ihr Hotel. Wir rufen Sie sofort an, wenn sich was ergibt.«

Diamond ließ den Blick durch das Büro schweifen, in dem es noch immer von Drogenabhängigen, Detectives und Polizisten in Uniform wimmelte, und hatte so seine Zweifel. »Danke, aber ich bleibe.«

Kurz nach neun Uhr abends versuchte er, Yamagata in Tokio anzurufen. Dort war es elf Uhr vormittags am nächsten Tag. Jemand teilte ihm mit, daß der *sekitori* zu Tisch sei und nicht gestört werden dürfe. Diamond sollte in zwei Stunden wieder anrufen. Er hatte Verständnis. Bei diesen massigen Kerlen, so stellte er sich vor, bestand das Mittagessen aus mehr als einem Kaffee und einem Sandwich im Stehen.

Beim zweiten Versuch meldete sich die gleiche Person, die perfekt Englisch sprach. Offenbar war Yamagata ganz in der Nähe des Telefons, denn es wurde rasch und effizient gedolmetscht. Diamond berichtete, was die Suche nach Naomi ergeben hatte, und gab abschließend zu, daß er von der Nummer der Gold Card ausgiebig Gebrauch machte. Das war kein Problem, wie ihm versichert wurde. Yamagata wollte die Ermittlungen nach besten Kräften unterstützen. Er würde sich sogar direkt mit der Polizei von Yokohama in Verbindung setzen, um sich zu erkundigen, welche Fortschritte die Nachfrage bei den Schulfotografen ergeben hatte.

Das Ergebnis war beeindruckend. Knapp zwanzig Minuten später kam ein Fax aus Yokohama. Sämtliche Schulfotografen waren gebeten worden, ihre Unterlagen durchzusehen. Ein weiteres Fax sollte folgen, sobald mehr Informationen vorlagen.

»Das gefällt mir schon besser als ›falls‹ und ›sobald‹«, sagte Diamond zu niemand Bestimmtem. Sergeant Stein hatte längst dienstfrei.

Kurz vor zwei Uhr früh traf per Fax die erste positive Meldung ein:

Polizeipräsidium, Yokohama
An: Detective Superintendent Diamond, NYPD

Betr. Ihr Fax, PD/2, laut Anfrage bei Fotografen in Yokohama erhielten in den letzten beiden Jahren 35 Kinder, 19 Jungen, 16 Mädchen, an neun verschiedenen Grundschulen, Fotos mit der Seriennummer 212. Teilen Sie uns bitte mit, ob Sie weitere Informationen benötigen.

»Und ob«, sagte er und griff nach einem Stift.

26. Revier, NYPD
An: Polizeipräsidium Yokohama

Besten Dank für Ihre Bemühungen. Ich bitte Sie festzustellen, ob eines von den Mädchen zur Zeit vermißt wird und seit sechs Wochen nicht mehr in der Schule war. Bitte fragen Sie auch in Sonderschulen für geistig Behinderte nach. Ich wäre überaus dankbar, wenn Sie diese Angelegenheit vordringlich behandeln würden.

Eine Beamtin, die gerade ihren Dienst begonnen hatte, sagte ihm, er sehe erschöpft aus, was er nicht bestreiten konnte. Sie bot ihm an, die ankommenden Faxe regelmäßig durchzusehen. Er könne ruhig auf einem der Klappbetten, die im Revier bereitstanden, ein Nickerchen machen.

Polizeipräsidium, Yokohama
An: Detective Superintendent Diamond, NYPD

Weitere Ermittlungen haben ergeben, daß von den Mädchen, die in den Unterlagen der Fotografen mit der Nummer 212 geführt werden, keines von den Schulen als vermißt gemeldet wurde. Zwei fehlten zwei Wochen bzw. zehn Tage aufgrund von leichten Erkrankungen, aber sie sind wieder in der Schule. Ein Mädchen ist vor drei Monaten nach Nagoya gezogen. Alle übrigen sind in der Schule.

Er sah auf seine Uhr. Es war noch früh, zwanzig nach fünf. Alle Muskeln taten ihm weh. »Danke.«

Sie sagte: »Möchten Sie einen Kaffee?«

»Ich muß erst dieses Fax beantworten.«

26. Revier, NYPD
An: Polizeipräsidium, Yokohama

Vielen Dank. Schicken Sie mir bitte so bald wie möglich nähere Informationen über das Mädchen, das nach Nagoya gezogen ist. Könnten Sie ebenfalls überprüfen, ob die Familie dort lebt?

Vielleicht lag es an der Uhrzeit, aber er war geneigt zu glauben, daß es besser gewesen wäre, die Nacht in einem bequemen Hotel statt auf einem Klappbett zu verbringen. Er beschloß, irgendwo frühstücken zu gehen.

Polizeipräsidium, Yokohama
An: Detective Superintendent Diamond, NYPD

Die Nachforschung nach dem Kind, über das Sie nähere Informationen wünschen, in den Computerdateien der Schulen von Nagoya ist ergebnislos verlaufen. Wir senden Ihnen daher Informationen aus früheren Schulakten: Noriko Masuda, Alter 9, geb. 20. Dezember 1983. Letzte bekannte Adresse: c/o Dr. rer. nat. Yuko Masuda (Mutter), 4-7-9, Umeda-cho, Naka-ku, J227 Yokohama. Vater, Jiro Masuda, Beschäftigungstherapeut, gestorben bei Autounfall, Januar 1985. Mutter arbeitete bis 1985 im Fachbereich Biochemie an der Universität von Yokohama. Tochter besuchte von September 1987 bis März dieses Jahres die Noge-Sonderschule in Yokohama. Diagnose von 1987: autistisch. Schulische Fortschritte: langsam, behindert durch Taubheit. Überdurchschnittlich zeichnerisch begabt. Mitarbeit: gut. Führung: gut. IQ (nonverbal): 129.

Er las es ein zweites Mal, wie benommen von den kostbaren Informationen nach all den Wochen voller Vermutungen und Hoffnungslosigkeit. Daß er so viel in der Hand haben würde, hatte er nicht erwartet, hatte er nicht zu hoffen gewagt, als die ersten Faxe eintrafen. Es war jetzt mit an Sicherheit grenzender Wahrscheinlichkeit davon auszugehen, daß das Mädchen Naomi war. Genauer gesagt, daß das Mädchen, das er als Naomi kannte, in Wirklichkeit Noriko war. Es wäre schon ein absurder Zufall, wenn sie es doch nicht wäre.

Noriko.

Ein für westliche Zungen leicht auszusprechender Name. Ihm persönlich jedoch würde es unmöglich sein, sie nicht mehr Naomi zu nennen, also würde er dabei bleiben. Er rechtfertigte seine Entscheidung vor sich selbst damit, daß er andernfalls bei seiner weiteren Zusammenarbeit mit den New Yorker Polizisten nur Verwirrung stiften würde. Sie waren nicht sehr anpassungsfähig.

Der Autismus war also bestätigt. Seine Hochstimmung wurde ein wenig beeinträchtigt, und etwas in ihm verkrampfte sich beim Anblick des Wortes. Obwohl alles dagegen sprach, hatte er sich an die Hoffnung geklammert, daß es vielleicht doch möglich sein würde, das kleine Mädchen aus seiner inneren Isolation zu befreien.

Er machte den Bericht durch ein paar naheliegende Vermutungen lebendiger und stellte sich Yuko Masuda vor, die Mutter, eine intelligente junge Frau, die nach dem tragischen Unfalltod ihres jungen Mannes ihre Forschungsarbeit aufgab, um das schwierige Kind großzuziehen, das sich weigerte, so zu reagieren wie die Kinder anderer Frauen. Ein Problem, das ihr vermutlich erst bewußt wurde, als Naomi drei oder vier war.

Stand die Mutter derart unter Streß, überlegte Diamond, daß Mrs. Tanaka, die an der Universität arbeitete, ihr angeboten hatte, das Kind auf eine Reise nach Europa und Amerika mitzunehmen? Damit Dr. Masuda sich von der Anstrengung erholen konnte, die die Erziehung eines autistischen Kindes bedeutete?

Wie konnte eine so freundliche Geste zu Mord und Kidnapping führen?

Er schüttelte den Kopf, seufzte und schrieb rasch ein paar Dankesworte an Yokohama auf. Außerdem fügte er, damit es etwas persönlicher wirkte, das einzige japanische Wort hinzu, das er kannte: *Sayonara*. Dann zerriß er es. Verdammt, sein Gehirn arbeitete noch immer nicht richtig. Es war noch zu früh, um die Zusammenarbeit mit Japan zu beenden. Es mochte dort zwar schon spät sein, aber der Fall war gerade erst richtig angelaufen.

26. Revier, NYPD
An: Polizeipräsidium, Yokohama

Vielen Dank für Ihre Mühe. Die Angaben stimmen mit dem vermißten Kind überein. Wir bitten Sie dringend, die Mutter, Dr. Masuda, ausfindig zu machen. Wir müssen wissen, unter welchen Umständen das Kind vor September dieses Jahres nach London gereist ist. Wir nehmen an, daß sie in Begleitung von Mrs. Minori Tanaka war, 36, ehemalige Sekretärin an der Universität von Yokohama. Möglichst ausführliche Informationen über diese beiden Frauen erbeten.

Als er das Fax abgeschickt hatte, ging er zurück in sein neues Hotel, um zu duschen und sich zu rasieren. Er hatte zwar höchstens drei Stunden Schlaf gehabt, aber heute morgen fühlte er sich wie der Tenno.

Kapitel sechsundzwanzig

Der erste Mensch, den er in der Bibliothek der Columbia University ansprach, sagte in einem Ton, als hätte er eine sensationelle Entdeckung gemacht: »Sie müssen aus England sein!«

Diamond erwiderte brav: »Da haben Sie völlig recht!« Jedesmal, wenn das passierte – und hier in New York war es an der Tagesordnung – hatte er das Gefühl, daß er sein jeweiliges Gegenüber mit dem einfachen Geständnis, Engländer zu sein, irgendwie enttäuschte. Man schien mehr von ihm zu erwarten: daß er »God Save the Queen« intonierte oder die Hosenbeine hochzog und Socken mit dem Union Jack darauf enthüllte. Er konnte mit beidem nicht dienen.

Er stellte sich als Detective vor, der mit der New Yorker Polizei zusammenarbeitete, eine leichte Verdrehung der Tatsachen, aber er hatte noch nie Skrupel gehabt, die Wahrheit im Namen der Gerechtigkeit auszuschmücken.

Der leitende Bibliothekar, mit dem er sprach, ein eigenartiger, dünner Mann mit dem sonderbar starren Lächeln, das man normalerweise auf den Gesichtern von Politikern und ganz frühen griechischen Statuen sieht, sagte, er halte große Stücke auf die britische Polizei, und wollte wissen, ob er beruflich oder privat in der Bibliothek sei.

Diamond erklärte, er hoffe, eine internationale Datenbank über akademische Forschungsprojekte einsehen zu können, falls die Bibliothek eine besaß.

Daß es eine solche gab, wußte er bereits.

Auf dem Weg zu den Computern erzählte der Bibliothekar, daß er sein Wissen über Scotland Yard zum großen Teil der britischen Filmindustrie verdankte. »Wußten Sie, daß der verstorbene Lord Olivier einmal einen einfachen englischen Bobby gespielt hat?«

Diamond sabotierte das verheißungsvolle Gespräch, indem er sagte: »The Magic Box.« Zufällig war es noch gar nicht so lange her, daß er den Film an einem verregneten Nachmittag, an dem es für einen Spaziergang im Holland Park zu naß war, im Fernsehen gesehen hatte.

»Oh, Sie kennen ihn. Die Geschichte des Mannes, der die Kinematographie erfunden hat.«

»Friese-Greene.«

»Ganz genau!« sagte der Bibliothekar bewundernd.

»Aber Friese-Greene war nicht der Erfinder der Kinematographie.«

»Nein?« Das Lächeln wirkte allmählich angespannt.

»Soweit ich weiß, haben etliche Leute in verschiedenen Ländern, auch in Ihrem, die entscheidenden Entdeckungen gemacht. Friese-Greene war eine Nebenfigur.«

»Sind Sie sicher?«

»Überprüfen Sie es, wenn Sie wollen. Wir sind hier ja am richtigen Ort.«

»Nicht nötig, Mr. Diamond, ich verlasse mich natürlich auf Ihr Wort.«

»Der Film hat den Patriotismus angekurbelt«, fuhr Diamond ohne viel Taktgefühl fort. »Großbritannien brauchte damals etwas Aufmunterung. Unsere Nation ist unschlagbar, wenn es darum geht, aus unbedeutenden Leuten Helden zu machen.«

Nach einer Pause sagte der Bibliothekar standhaft: »Trotzdem war die schauspielerische Leistung großartig. Erinnern Sie sich an die kurze Szene, in der Laurence Olivier als Bobby eingeladen wird, sich die projizierten Bilder anzusehen?« Ohne die Antwort abzuwarten, fuhr er fort: »Eine seiner großartigsten Szenen, finde ich. Wenn er sonst nichts gespielt hätte, die Szene allein hätte genügt, um zu beweisen, daß der Mann ein Genie war. Es wurde kaum ein Wort gesprochen.«

Diamond nickte. »Wirklich schade, daß die Geschichte nicht wahr ist.«

»Ach, aber denken Sie doch an Keats, die ›Ode auf eine griechische Urne‹: ›Schönheit ist Wahrheit, Wahrheit Schönheit. Das ist alles, was du auf Erden weißt, und alles, was du wissen mußt.‹«

»Nicht in meinem Job«, sagte Diamond. Er hatte noch nie viel davon gehalten, Lyrik und Polizeiarbeit miteinander zu vermischen.

Sie kamen in den Computersaal – ein Ort, dachte er, von dem ein feinsinnigerer Polizist vielleicht bemerkt hätte, daß er summte wie eine Lavendelhecke an einem Augustmorgen. Reihen mit Monitoren erstreckten sich von einer Wand zur anderen. Der Bibliothekar brachte Diamond zu einem freien Benutzerplatz und zeigte ihm, wie man Informationen abrief. »Sie möchten in das Verzeichnis über naturwissenschaftliche Forschungen, nicht wahr?«

»Das Internationale Verzeichnis für Forschungsprojekte in Biochemie. Ich möchte wissen, woran eine japanische Wissenschaftlerin vor ein paar Jahren gearbeitet hat.«

»Das müßten wir herausfinden können.« Er drückte ein paar Tasten.« Vielleicht machen Sie jetzt besser allein weiter. Es ist jetzt ganz einfach. Folgen Sie bloß den Anweisungen, wenn sie hervorgehoben sind.«

»Es wäre mir lieber, wenn Sie blieben«, gab Diamond ohne Hemmungen zu. »Mein Verstand setzt aus, wenn ich vor diesen Dingern sitze.«

»Das beruhigt mich denn doch. Nach dem, was Sie bisher so gesagt haben, dachte ich, Sie wären informationsfixiert und sonst nichts. Kennen Sie den Namen der Forscherin?«

»Yuko Masuda.«

Der Bibliothekar gab einen Befehl ein. »Ich hoffe, Sie haben das nicht ernst gemeint, daß Sie den Film nicht gut fanden, weil die Geschichte nicht ganz der Wahrheit entsprach.«

»Lassen Sie sich dadurch nicht deprimieren«, erwiderte Diamond. »So wurde ich ausgebildet.«

»Zu starke linke Hälfte.«

»Zu starke was?«

»Vom Gehirn. Die linke Gehirnhälfte ist für Fakten zuständig. Ich war schon immer der Meinung, es würde Polizisten nicht schaden, wenn sie erkennen würden, daß sie auch eine rechte Gehirnhälfte haben, wo die Intuition sitzt.«

»Wie genau soll das gehen?«

»Nicht ›genau‹, Mr. Diamond. Ich schlage vor, Sie befreien Ihren Verstand von den vielen Fakten, die Sie sammeln, und gestatten ihm, für psychische Energien empfänglich zu sein.«

»Sie meinen Teeblätter und Tarot-Karten?«

»Nein, nein, ich meine es ernst. Ich glaube, ihr Detectives könntet davon profitieren, ab und zu mal euren sechsten Sinn anzuzapfen.«

»Kommen Sie mir nicht damit. So landen die falschen Leute im Gefängnis«, sagte Diamond. »Ein Detective, der glaubt, die Wahrheit schon zu kennen, bevor er Beweise hat, ist gefährlich. Von denen sind mir schon etliche untergekommen.«

»Diese Recherche über die Forscherin, machen Sie das nicht aus Intuition?«

»Nein, aus Verzweiflung. Ich weiß so gut wie nichts über diese Frau. Und irgendwo muß ich ja anfangen.«

»Und ich glaube, wir haben sie gefunden«, sagte der Bibliothekar, der den Text schon über den Bildschirm laufen ließ, während sie sprachen.

Diamond starrte auf den Bildschirm und sah in der unteren Hälfte:

Masuda, Yuko, Dr., Universität von Yokohama. »Eine Verletzung des Gehirns: Koma und seine typischen Merkmale.« 1979, 381. G. v. Manflex. »Narkose und Komazustände.« (*American Journal of Biochemistry*, Mai 1981.) »Die Behandlung des Alkoholkomas.« Vortrag vor dem japanischen Pharmakologen-Kongreß, Tokio 1983. »Durch Medikamente und Alkohol induziertes Koma.« 1983. G. v. Manflex.

»Das nenne ich eine Verletzung des Gehirns«, sagte er. »Meine Gehirnzellen machen postwendend kehrt und nehmen Reißaus, wenn ich so was sehe. G. v. Manflex. Narkose. Verstehen Sie was davon?«

»Der Ausdruck ›eine Verletzung des Gehirns‹, kommt mir irgendwie bekannt vor«, sagte der Bibliothekar. »Wo hab ich das schon mal gehört? Lassen Sie mich nachdenken.« Nachdem er hatte nachdenken dürfen, sagte er plötzlich: »Ich hab's. Der wunderbare Dichter aus Ihrem Land, Dylan Thomas.«

»Nicht aus meinem Land«, warf Diamond ein. »Aus Wales.«

»Ist das nicht dasselbe? Jedenfalls, auf dem Totenschein von Dylan Thomas stand ›Verletzung des Gehirns‹. Irgendwie passend – hintersinnig, wenn man bedenkt, daß er soviel Alkohol getrunken hat. Der Arzt wird sich sein Teil gedacht haben.«

»Ich meinte die anderen Wörter«, sagte Diamond, der die ständigen Abschweifungen langsam überhatte.

»Moment.« Der Bibliothekar drückte ein paar Tasten, und über dem Text wurde die Erklärung der Abkürzungen eingeblendet. »G. v. steht für ›Gefördert von‹. Die Forschungsarbeit wurde von Manflex gesponsert. Wird wohl dieser Pharmariese sein. Haben Sie schon von Manflex gehört?«

»Nichts Näheres.«

»Wenn Sie in diesem Land etwas gegen Kopfschmerzen kaufen, können Sie fast sicher sein, daß es ein Produkt von Manflex ist.«

»Und was bedeutet das andere?«

»Keine Ahnung. Mit Naturwissenschaft kenne ich mich gar nicht aus.«

»Ich mich auch nicht. Erzählen Sie mir mehr über Manflex. Das ist doch nicht zufällig ein japanischer Konzern?«

»Sie meinen, daß das Unternehmen Japanern gehört? Das glaube ich kaum.«

»Aber es fördert japanische Forschungsprojekte.«

»Das macht es nicht zu einem japanischen Unternehmen.«

Er akzeptierte die Belehrung. Er hatte laut gedacht, versucht, Verbindungen herzustellen, die es nicht gab, aber geben müßte.

»Sie könnten aber auch recht haben«, räumte der Bibliothekar ein. »Die Firma hat ihren Sitz in Amerika, klar, aber wer weiß, wem sie gehört? Die Japaner haben große Teile von Manhattan aufgekauft, sogar Rockefeller Plaza. Möchten Sie die Adresse?«

Die wurde aber ausnahmsweise nicht auf dem Bildschirm angezeigt. Diamond bekam das Telefonbuch von Manhattan in die Hand gedrückt. Wenige Minuten später rief er die Manflex Corporation am West Broadway an oder versuchte es wenigstens, denn die Nummer war besetzt. Nachdem er sich zehn Minuten lang fluchend die Finger wund gewählt hatte, meldete sich eine Telefonistin, die noch gereizter war als er: »Ja, bitte?«

»Bin ich mit der Manflex Corporation verbunden?«

»Ja.«

»Mein Name ist Diamond, und ich möchte den leitenden Geschäftsführer sprechen.«

»Tut mir leid. Unmöglich. Sind Sie von der Presse?«

»Nein.«

»Mr. Flexner ist nicht zu sprechen.«

»Wann, meinen Sie, wird er zu sprechen sein?«

»Kein Kommentar.«

»Hören Sie, ich weiß nicht, für wen Sie mich halten. Ich möchte einfach mit jemandem aus der Geschäftsleitung reden. Ist sonst niemand da?«

»Ihr Typen seid wirklich hartnäckig«, sagte die Stimme vorwurfsvoll. »Eine öffentliche Stellungnahme wird zu gegebener Zeit veröffentlicht.«

»Worüber? Ich habe doch nur eine Anfrage ...«

»Tut mir leid«, sagte sie. »Ich bin wirklich zu beschäftigt, um dieses Gespräch fortzusetzen.«

Und sie legte auf.

Er konnte sich denken, daß ihre Unhöflichkeit nicht persönlich gemeint war. Sie stand eindeutig unter extremem Druck.

»Kann mir jemand sagen, warum ein pharmazeutisches Unternehmen namens Manflex zur Zeit von der Presse belagert wird?« fragte er die Bibliotheksangestellten in der Nähe.

Es gab einiges Achselzucken und Kopfschütteln, bis einer von ihnen endlich den Mund aufmachte: »Ich habe irgendwas über Manflex gehört. Der Börsenkurs schnellt zur Zeit in die Höhe. Die waren ganz schön abgesackt, und jetzt geht's wieder aufwärts, und zwar rasant.«

Wenn Manflex nach einem Kurseinbruch an der New Yorker Börse wieder zulegte, hieß das, daß einige Leute ordentliche Gewinne machten. Und wenn Manflex das Forschungsprojekt von Naomis Mutter gefördert hatte, dann gab es vielleicht einen Grund, warum Naomi just zu der Zeit gekidnappt worden war, als der Aktienkurs des Unternehmens in die Höhe schnellte.

Er rief noch einmal an, aber es war wieder besetzt.

Er hatte noch einiges in der Bibliothek zu erledigen. Er fand verständlich geschriebene medizinische Nachschlagewerke, und so machte er sich daran, das Fachchinesisch zu entschlüsseln, das er von dem Computer abgeschrieben hatte. In Yuko Masudas Forschung ging es um die Behandlung von Komata, die durch Alkohol und Medikamente ausgelöst wurden. Jedes Koma wurde auf irgendeinen Schockzustand des Gehirns zurückgeführt. Dr. Masuda war auf Komaformen spezialisiert, die durch Vergiftungen des Gehirns ausgelöst wurden und nicht etwa durch Verletzung, Druck, Infektion oder Zuckermangel.

Das halbstündige konzentrierte Studium machte Peter Diamond nicht unbedingt zu einem Spezialisten für Neurologie, aber er meinte, daß er jetzt besser darauf vorbereitet war, mit den Leuten von Manflex zu sprechen.

Er wählte erneut die Nummer. Niemand meldete sich.

Dann verließ er die Bibliothek und sah sich nach einem Taxi um.

Das Manflex-Gebäude gehörte zu den älteren Gebäuden am West Broadway; nach gängigen Vorstellungen war es groß, doch gemessen an den nahen Zwillingstürmen des World Trade Center wirkte es klein. Als Diamond davorstand, sah er, daß die beiden Drehtüren zur Eingangshalle offenbar verschlossen waren. Bewaffnetes Sicherheitspersonal sorgte dafür, daß niemand die Seitentüren benutzte. Als zwei junge Frauen aus dem Gebäude kamen, die wie kleine Sekretärinnen der Firma aussahen, wurden sie offenbar routinemäßig von Presseleuten mit Mikrophonen bestürmt. Sie sagten mit der gleichen Beiläufigkeit, daß sie keinen Kommentar abgeben würden. Es wirkte wie ein Ritual, das beide Seiten schon lange praktizierten.

Diamond ging zu einer Reporterin in einem voluminösen Wildledermantel und weißen Stiefeln. »Entschuldigen Sie bitte, könnten Sie mir sagen, was hier los ist? Ist da jemand Berühmtes drin?« Als Entschuldigung für sein Unwissen fügte er hinzu: »Ich bin Engländer.«

Sie schenkte ihm einen mitfühlenden Blick. »Das ist das Manflex-Gebäude.«

»Müßte mir das was sagen?«

»Pharmaunternehmen.«

»Aha? Und wieso interessiert sich die Presse dafür?«

Jetzt blickte sie ihn an, als käme er von einem anderen Stern. »Der Kurs für Manflex-Aktien ist nach Gerüchten über ein neues Wundermittel in die Höhe geschnellt. Die Geschäftsleitung will Dienstag eine Erklärung abgeben, und es gibt jede Menge Spekulationen.«

»Manflex – ist das eine rein amerikanische Firma?«

Allmählich schien sie ihn für nicht ganz richtig im Kopf zu halten. »Haben Sie denn nicht von Manny Flexner gehört?

Der war in der Pharmabranche eine Legende. Sehr dynamisch. Sein Sohn ist gerade Vorstandsvorsitzender geworden.«

»Und wie ist der?«

»Das weiß noch keiner. Er hat den Posten erst vor ein paar Wochen angetreten. Im Moment hält er sich noch bedeckt.«

»Wenn an dem Gerücht was dran ist, hat er aber einen guten Start.«

»Den braucht er auch. Die Leute waren sehr verunsichert, nachdem Manny gesprungen war.«

»Gesprungen?«

»Aus seinem Büro im einundzwanzigsten Stock.«

Diamond blickte nach oben.

»Er ist auf der anderen Seite des Gebäudes rausgesprungen«, teilte ihm die Reporterin mit. »Auf einen kleinen Parkplatz für leitende Mitarbeiter.«

Diamond bedankte sich und machte einen Spaziergang über den Broadway, um zu überlegen, was er als nächstes tun sollte. Was er über das Auf und Ab bei Manflex erfahren hatte, wäre Anlaß genug für weitere Ermittlungen, aber er glaubte kaum, daß er auch Lieutenant Eastland davon überzeugen konnte. Fürs erste zog er es vor, diese magere Spur allein zu verfolgen. Hier würde er sich jedoch nicht einfach mit einem Bluff an den Sicherheitsleuten vorbeimogeln können. Dazu war eine andere Taktik erforderlich.

In einem Schreibwarengeschäft kaufte er einen Briefblock und einen Umschlag. Dann schrieb er einen Brief an David Flexner, den Vorstandsvorsitzenden von Manflex, und stellte sich als Detective aus England vor, der gerade einen Mordfall und die Entführung eines Kindes untersuchte. Da die Angelegenheit äußerst dringlich sei, müsse er mit der Geschäftsleitung von Manflex über die Mutter des Kindes, Dr. Yuko Masuda, sprechen, die Anfang der achtziger Jahre an der Universität von Yokohama ein von Manflex gefördertes Forschungsprojekt geleitet hatte. Er gab Anschrift und Telefonnummer seines Hotels an und unterschrieb mit dem Beisatz »Detective Superintendent«. Den Umschlag adressierte er an Flexner mit dem Vermerk »Persönlich – Äußerst dringend«. Dann ging er wieder zum Manflex-Gebäude und händigte den Brief einem der

Sicherheitsleute mit dem Hinweis aus, daß das Schreiben unbedingt sofort an Mr. Flexner weitergeleitet werden müsse. Und wieder einmal erwies sich sein alter Polizeiausweis als nützlich; Sicherheitsleute sind selbst ausnahmslos Expolizisten.

Bevor er zum Hotel zurückkehrte, hob er mit seiner Kreditkarte an einer Bank noch etwas Bargeld ab, um in eine Snackbar zu gehen, an der er soeben vorbeigekommen war. Später, so dachte er, würde er Steph erzählen können, daß er zum Mittagessen nur ein Sandwich gegessen hatte. Sie hatte keine Ahnung, wie groß ein amerikanisches Sandwich war, garniert mit Dillgurken.

Es war also verständlich, daß er in seinem Zimmer ein Verdauungsschläfchen machte.

Das Telefon weckte ihn.

»Hallo?«

»Superintendent äh, Diamond?«

Er setzte sich auf. Die Digitaluhr neben seinem Bett zeigte 15 Uhr 36. »Ja.«

»David Flexner. Sie wollten mich wegen der Frau aus Japan sprechen.«

»Genau.«

»Ich kann Ihnen im Augenblick nicht viel dazu sagen, und Sie werden es sicher verstehen, daß es hier drunter und drüber geht.«

»Das verstehe ich, aber das Leben des Kindes ...«

»Sicher.« Es entstand eine Pause. »Wir können uns treffen, aber besser irgendwo anders, nicht hier im Gebäude. Warten Sie. Wissen Sie wo die Staten-Island-Fähre ablegt?«

»Das finde ich schon.«

»Battery Park. Jeder in New York kann Ihnen sagen, wo das ist. Wir treffen uns dann gegen Viertel nach sieben am Fahrkartenschalter. Früher schaffe ich es nicht. Wie erkenne ich Sie?«

»Ich trage einen braunen Regenmantel.«

»Wie Columbo?«

»Wie fünf Columbos. Ich bin gut im Futter. Außerdem habe ich eine Glatze, aber die werden Sie nicht sehen können, weil ich einen braunen Filzhut trage.«

»Gut. Halten Sie nach einer Bohnenstange mit langen, blonden Haaren und einer roten Windjacke Ausschau. Wir werden uns schon erkennen, Super.«

Diamond stand auf und ging duschen. »Super«, so hatte ihn noch niemand genannt. Flexner hatte wie ein Sechzehnjähriger geklungen. Wenn es irgend etwas gab, dessen er sich schämen müßte, so war es ihm jedenfalls nicht anzuhören gewesen. Wenn das Gespräch mit ihm nichts bringt, dachte er, was mache ich dann? Eastland hatte keine Nachricht für ihn hinterlassen, demnach war er wohl nicht weitergekommen. Die Phasen der Untätigkeit waren einfach unerträglich. Früher bei der Mordkommission hätte er seine Mitarbeiter herumgehetzt oder – wie sie es ausdrücken würden – ihnen das Leben zur Hölle gemacht. Hier, in diesem gottverlassenen Hotelzimmer, konnte er sich nur selbst antreiben.

Er ging nach draußen und machte im Central Park einen Spaziergang, der im Vergleich zum Tempo der Sportfanatiker, die ihn ständig überholten, kaum die Bezeichnung Spaziergang verdiente. Als er sich auf einer Bank ausruhte, sprach ihn gleich jemand an, der für fünf Dollar ein Gedicht auf ihn verfassen wollte. Diamond sagte barsch, er habe heute schon genug Lyrik genossen, und der Poet spuckte ihm auf den Schuh.

Er versuchte, selbst ein wenig kreativ zu sein und entwarf verschiedene Szenarien. Einmal hatte Naomis Mutter ihre Forschungsarbeit aufgegeben, weil sie von der Pharmaindustrie enttäuscht war, ein anderes Mal, weil sie unlautere Praktiken bei Manflex publik gemacht hatte; dann wiederum war sie selbst Opfer eines fehlgeschlagenen Medikamentenversuchs geworden. Er konnte sich nach wie vor nicht erklären, warum sie von ihrem Kind getrennt worden war, falls sie noch lebte.

Gegen sechs – er war noch kein bißchen weitergekommen – fuhr er mit der U-Bahn nach Süden zum Battery Park. Die Freiheitsstatue war schon eine blaue Silhouette, die im Abendlicht verblaßte. Eine Fähre legte an, und er sah zu, wie sich die Eisengitter öffneten und die Passagiere ausstiegen. Bei der starken Brise war er froh über seinen Regenmantel – der Gedanke, daß sein Mantel dem von Lieutenant Columbo glich, war ihm noch nie gekommen. Eigentlich war es ein Trenchcoat, gut gefüttert und mit Aufschlägen, die man über der Brust zuknöpfen konnte. In Kombination mit dem Hut erinnerte der Mantel eindeutig eher an Bogart als an Peter Falk.

Er beobachtete, wie sich die Fähre füllte und ablegte, dann schlenderte er zum Fahrkartenschalter. Kurz nach sieben, zu früh, um nach Flexner Ausschau zu halten. Die Bänke füllten sich rasch mit Passagieren für die nächste Fähre. Da er vielleicht zwanzig Minuten würde warten müssen, suchte er sich einen Sitzplatz.

Zehn Minuten vergingen. Eine Mutter setzte sich mit ihrem störrischen Kleinkind auf den Platz neben Diamond und focht eine lautstarke Debatte um ein Stück Schokolade aus, mit dem sich, so die Mutter, das Kind bestimmt den Magen verderben würde, nach allem, was es gegessen hatte. Als der Kleine sich endlich brüllend durchgesetzt hatte, kam Diamond zu dem Schluß, daß die Mutter vielleicht doch nicht geblufft hatte. Um seinen Trenchcoat in Sicherheit zu bringen – der in seiner Größe nicht so leicht zu bekommen war –, stand er auf und entfernte sich.

Es war niemand zu sehen, auf den Flexners Beschreibung zutraf.

»Sind Sie Mr. Peter Diamond?«

Er drehte sich um. Eine hübsche, dunkelhaarige junge Frau in einer knallroten Bomberjacke und Jeans hatte ihn angesprochen.

»Der bin ich.«

»Mr. Flexner läßt sich entschuldigen. Er hatte Schwierigkeiten, den Presseleuten zu entwischen, deshalb mußte der Treffpunkt geändert werden. Ich bin Joan. Ich soll Sie hinfahren.«

»Wohin genau?«

»Tut mir leid, aber das kann ich Ihnen noch nicht sagen. Im Auto ist ein Telefon. Er wird uns Bescheid geben.«

»Sie wollen, daß ich jetzt mit Ihnen komme?« Er sah auf die Uhr und stellte fest, daß der von Flexner vorgeschlagene Zeitpunkt für ihr Treffen bereits verstrichen war.

»Das muß sehr belastend für ihn sein, der ganze Druck von seiten der Medien«, sagte sie, während Diamond neben ihr her durch den Park zu einer Stelle ging, wo sieben Wagen parkten.

»Das kann ich mir vorstellen«, sagte er. »Sind Sie seine Assistentin oder so?«

Sie lächelte. »Oder so, was meinen Sie denn damit?«

»Sie sind bei ihm angestellt?«

»Ich fahre einen Wagen. Mehr nicht.«

Es war ein schicker Wagen, eine lange, schwarze Limousine, so eine, nach der sich in England jeder umdrehen würde, die aber in New York keinerlei Aufsehen erregte. Aus einiger Entfernung schaltete Joan per Fernbedienung die Alarmanlage aus. Die Blinker gingen kurz an, und die Türverriegelung klackte. Ebenso automatisch ging Diamond auf die linke Seite.

Sie sagte rasch: »Ich fahre.«

Er bemerkte seinen Irrtum. »Hab mich vertan.«

Im Wagen nahm sie das Telefon und wählte eine Nummer. »Es dauert nicht lange«, sagte sie zu ihm.

Er lehnte sich zurück, versuchte mitzuhören, ohne neugierig zu wirken, aber die Stimme am anderen Ende war nicht zu verstehen.

Sie sagte in den Hörer: »Wir sind hier ... Sicher, war er ..., ja, Mr. Flexner, ich weiß. Möchten Sie mit ihm sprechen? ... Schön, wir sind gleich da.« Sie legte auf und fuhr los. »Das ist ja wie im Krimi. Sie werden staunen, wo wir hinfahren.«

Verschlagen sagte er: »Zum Trump Tower?«

Es machte keinen sichtbaren Eindruck. »Nein.«

»Wohin dann?«

»Zur West Side.«

»Sie tun aber auch sehr geheimnisvoll. Fahren wir irgendwohin, wo ich schon mal war?«

»Ich denke nicht, aber unser Ziel ist zur Zeit ziemlich in.«

Er hatte die deprimierende Vorstellung eines Schickimicki-Nachtclubs, der passende Schauplatz für einen reichen jungen Mann wie David Flexner. »Bin ich richtig angezogen?«

»Genau richtig.«

Sie würde endlos so weitermachen, und er kannte sich in New York nicht gut genug aus, um sie festzunageln. Er mochte keine Geheimnistuerei, wenn er es war, der im dunkeln tappte. Sie fuhren in nördlicher Richtung, durch ein Hafengebiet am Hudson River entlang. Hin und wieder konnten sie die Lichter von New Jersey sehen. Eine Umleitung führte sie vom Fluß weg, und sie fuhren auf die Tenth Avenue weiter nach Norden. Der Lincoln Tunnel war ausgeschildert, aber sie fuhren an der Auffahrt vorbei und verlangsamten kurz danach das Tempo. Joan suchte anscheinend nach einer bestimmten Straße.

»Siebenundvierzigste.«

»Danke.«

»Welche suchen wir denn?«

»Die Neunundvierzigste wäre gut.«

Sie bogen nach links und fuhren die Straße bis zum Ende durch, unter den Trägern der Hochstraße hindurch. Bald waren sie wieder in einem Hafenviertel. Gleich darauf bogen sie auf einen Asphaltstreifen zwischen Lagerhäusern. Rote Warnlampen blinkten an den Spitzen von einigen Kränen.

»*Hier* ist es?« fragte Diamond ungläubig.

»Ich hab Ihnen doch gesagt, es ist wie im Krimi«, sagte sie. Sie blinkte zweimal mit den Scheinwerfern.

Eine Gestalt trat aus dem Schatten vor einem der Lagerhäuser. »Sieht nicht wie David Flexner aus«, sagte Diamond, als würde er ihn kennen.

»Das ist einer von seinen Leuten«, sagte sie, drückte einen Knopf und ließ das Fenster auf Diamonds Seite herunter.

»Ich hoffe, Sie warten hier«, sagte Diamond zu Joan und war schon dabei auszusteigen. »Ich möchte nicht gern von hier aus zu Fuß zu meinem Hotel zurückgehen.«

»Ich hab es nicht eilig«, erwiderte sie.

Der Mann beugte sich vor und sah in den Wagen. »Mr. Diamond?« Das Gesicht war unrasiert und roch nach Schnaps. Nicht unbedingt das Gesicht eines leitenden Angestellten.

Diamond wandte sich der Frau zu, die sich Joan nannte. Selbst jetzt noch blickte sie ihn ruhig und ohne eine Spur von Falschheit an. Wenn das hier eine Falle war – und davon war er inzwischen überzeugt –, hatte sie ihre Rolle tadellos gespielt. Sie hatte ihn mit ihrer Gelassenheit entwaffnet.

Der Mann draußen packte den Türgriff. Diamond drückte den Türknopf runter.

Joan fragte: »Warum haben Sie das getan?« Und noch während sie das sagte, entriegelte sie die Tür per Knopfdruck.

Der Mann riß die Tür auf. Er war wie ein Schauermann gebaut, was er vermutlich auch war.

Joan schrie: »Pack ihn!«

Diamond lehnte sich weg von der Tür und griff nach dem Lenkrad, woraufhin Joan ihm das spitze Ende des Schlüssels in den Handrücken stach. Der heftige Schmerz raubte ihm die Kraft in der Hand. Sie öffnete die Tür, sprang auf ihrer Seite aus dem Wagen und schrie etwas über den Kai.

Gleichzeitig beugte sich der Gorilla in den Wagen und nahm Diamond in den Würgegriff. Es war schmerzhaft und lähmend, aber er ließ sich trotzdem nicht aus dem Wagen ziehen. Er stemmte sich mit den Beinen ab, um sich in den Sitz zu pressen, und tastete nach dem Gesicht des Mannes, das ganz dicht an seinem war. Er bekam eine Handvoll Haare zu fassen, aber damit begnügte er sich nicht. Er hatte es auf Augen und Ohren abgesehen.

Er ließ die Hand über das Gesicht gleiten, wurde in den Handballen gebissen, doch er schaffte es, den Daumen fest in eine Vertiefung aus weichem, feuchten Fleisch zu stoßen, die nur die Augenhöhle des Mannes sein konnte.

Ein Schrei erklang, und der Würgegriff lockerte sich.

Doch dann erklangen Stimmen. Jemand rief: »Weg da!«

Etwas schwang in einem großen Bogen auf Diamonds Schädel zu. Er konnte sich nicht ducken. Er hob einen Sekundenbruchteil zu spät den Arm. Die Wucht war entsetzlich. Sein Gesicht prallte auf das Armaturenbrett und brach durch Glas. Ein zweiter Schlag krachte auf seine Schulter. Er konnte von Glück sagen, daß er noch alles mitbekam.

»Du hast ihn erwischt«, sagte jemand.

Was nun? dachte er. Soll ich mich totstellen?

Jemand packte ihn mit beiden Händen unter den Achseln und zog ihn vom Autositz. Er ließ sich durchhängen, bevor er auf dem Boden aufschlug.

»Scheißkerl.«

Mit Worten, so vermutete er, würde sich der Mann, dem er das Auge lädiert hatte, nicht begnügen. Zwei Tritte in die Nieren folgten. Unwillkürlich schrie er vor Schmerzen auf. Dafür bekam er wieder einen wuchtigen Schlag auf den Kopf.

Er verlor langsam das Bewußtsein.

»Faß an einem Bein an, los.«

Er glaubte nicht, daß er das überleben würde. Joan hatte gesagt, ihr Ziel sei zur Zeit ziemlich ›in‹, und jetzt wußte er, was sie gemeint hatte. Sie würden ihn *in* den Hudson River werfen.

Kapitel siebenundzwanzig

Er hatte Unmengen von einer widerlich schmeckenden Flüssigkeit geschluckt. Die Augen brannten ihm, und die Nase war verstopft. Wiederholt würgte er und erbrach sich, ohne daß er sich danach besser fühlte. Ein- oder zweimal öffnete er die Augen und sah nichts. Er spürte nur hin und wieder ein sachtes Stoßen gegen seinen rechten Arm und die Schulter. Und daß es kalt war, unbeschreiblich kalt. Teile seines Körpers mußten schmerzen, aber die Kälte betäubte jedes andere Gefühl.

Sein Gesicht war nach oben gewandt, der größte Teil von ihm untergetaucht.

Er erinnerte sich an nichts. Er hätte in einem urzeitlichen Sumpf liegen können.

Und auf den Tod warten.

Ein heftigerer Stoß warf ihm den Arm über die Brust, so daß er sich fast auf die Seite drehte. Ein weiterer Schwall von der Flüssigkeit spülte über sein Gesicht, füllte erneut Mund und Nase. Wenn Ertrinken so war, würde er es als Todesart nicht weiterempfehlen.

Er drehte den Kopf und spuckte.

Hustete.

Schnappte nach Luft.

Wimmerte.

Deine Kräfte lassen nach, Diamond. Wenn du jetzt nichts tust, gehst du unter.

Er streckte den rechten Arm aus. Seine Hand schlug gegen eine Fläche, die sich glitschig anfühlte, aber hart. Er hatte kaum begonnen, sie zu untersuchen, als er spürte, wie dieses Etwas außer Reichweite bewegt wurde. Er tastete danach, was immer es war, verfehlte es und begriff im selben Moment, daß nicht das Ding sich bewegt hatte, sondern er. Als er wieder nach rechts getrieben wurde, machte er einen zweiten Versuch, berührte das Ding und tastete danach unter der glitschigen Oberfläche. Aber es war zum Verrücktwerden, die Wasserbewegung schaukelte ihn wieder weg.

Allmählich funktionierte sein Hirn wieder. Er begriff, daß das, was er als sachtes Stoßen empfunden hatte, daher rührte, daß er von einer Strömung gegen ein Hindernis gedrückt wurde. Er schob die Hand hoffnungsvoll in die Richtung, bekam ein sich seltsam anfühlendes Objekt zu fassen, das er losließ, als er an Form und Beschaffenheit erkannte, daß es ein großer, toter Vogel war. Dann spürte er, daß seine Handknöchel mit irgend etwas Glatterem in Berührung kamen, irgendeinem Behälter, einer Bierdose vielleicht. Im Geiste war er wieder im zwanzigsten Jahrhundert. Er trieb inmitten von Müll, der sich an den Ufern von Wasserwegen sammelt.

Aber es gab einen Grund dafür, daß sich hier die Abfälle stauten. Eigentlich hätte die Strömung sie mitnehmen müssen. Vermutlich war da irgendwo ein Hindernis.

Je klarer er denken konnte, desto spürbarer wurde die Kälte, sie drang in ihn ein, forderte Unterwerfung, wollte ihn davon überzeugen, daß es sinnlos war zu kämpfen. Schwach streckte er erneut die Hand aus.

Seine Finger berührten etwas, das sich nicht bewegte, das Form und Dicke einer Gefängnisgitterstange hatte, nur die hier war horizontal. Er hielt sich daran fest.

Sie war sicher verankert. Ohne loszulassen, erkundete er die Form, entdeckte einen Neunziggradwinkel, ein kürzeres Stück und dann, von Algen bedeckt, das Mauerwerk, aus dem sie herausragte. Er hatte eine Eisensprosse gefunden, die in Stein einzementiert war.

Er beugte den Arm, um sich näher heranzuziehen. Dann griff er mit der linken Hand darüber und nach oben, um zu ertasten, ob sich über der Sprosse, an der er sich festhielt, eine ähnliche befand.

Die Hand schabte über Algen und Stein.

Ja. Seine Finger schlossen sich um eine zweite Sprosse.

In die Wand war eine Leiter eingelassen.

Aber hatte er die Kraft, sich aus dem Wasser zu ziehen? Das hätte schon unter normalen Umständen eine enorme Anstrengung erfordert, und er war schwach.

Versuch es, oder du stirbst, sagte er sich. Sprosse für Sprosse.

Er löste die rechte Hand von der ersten Sprosse und streckte sie nach oben. Packte zu und zog. Spürte, daß er zu schwach war. Er umklammerte die Sprosse mit beiden Händen und ließ sich hängen. Er hatte jetzt die Schultern aus dem Wasser, und eine von ihnen verursachte ihm Schmerzen, die er zuvor nicht gespürt hatte. Das Wasser reichte ihm bis zur Brust, und er hing einfach da, verfluchte seine Körperfülle, war unfähig, mehr zu tun.

Dann wurde ihm bewußt, daß seine Beine gegen etwas stießen, das über den Knien spürbar gegen seine Oberschenkel drückte.

Da war eine tiefere Sprosse. Die Leiter reichte bis unter die Wasseroberfläche. Leider nicht bis zu seinen Füßen, aber wenn er die Beine so weit heben konnte, daß er einen Fuß auf die Sprosse bekam, hatte er eine Chance hochzuklettern.

Er zog die Knie bis zu der erforderlichen Höhe an, mußte jedoch feststellen, daß ihm seine Knie keine Hebelkraft bieten konnten, weil er zu dick war. Es blieb ihm keine andere Wahl, als sich nur mit den Armen zwei Sprossen hochzuhieven.

Er holte tief Luft und griff nach oben. Als er die Finger um die nächste Sprosse legte, spürte er einen derart stechenden Schmerz in der Schulter, daß er wieder losließ. Jetzt wußte er, daß er verletzt war. Der rechte Arm war praktisch nutzlos.

Angesichts der Gefahr, wieder in das schmutzige Wasser zu sinken, nahm er alle Kraft zusammen, griff mit der linken Hand nach oben, während er sich mit der rechten unter rasenden Schmerzen festhielt.

Er berührte die Sprosse mit den Fingerspitzen, umfaßte sie, zog sich mit einer Hand höher und erlöste im gleichen Moment den rechten Arm von seiner qualvollen Aufgabe. Das Gefühl, es schaffen zu können, brachte das Adrenalin zum Fließen.

Ohne innezuhalten, zwang er die rechte Hand zum Einsatz und hielt sich fest, während er den Körper hochwuchtete, um einen Fuß auf die unterste Sprosse setzen zu können.

Es gelang.

Beide Füße fest aufgesetzt, stemmte er sich hoch, bis er mit dem Oberkörper ganz aus dem Wasser war. Dann stieg er, immer die nächsthöhere Sprosse packend, langsam an der Wand hoch, in der er jetzt einen steinernen Pier erkannte.

Und noch während er kletterte, begann sein Verstand, seine bizarre Lage zu analysieren. Zunächst verschwommen, aber dann immer klarer, erinnerte er sich, wo er war und warum. Er begriff den Grund für die Schmerzen, die ihn plagten, nicht nur in der Schulter, sondern nun, wo der Blutkreislauf wieder in Schwung gekommen war, auch im Kopf und im Kreuz. Er war brutal zusammengeschlagen worden, und seine Angreifer hatten angenommen, er würde ertrinken. Vielleicht hatte ihm sein Übergewicht, das ihn jetzt beim Klettern so behinderte, das Leben gerettet. Die Schläge waren gedämpft worden, und im Wasser hatte er aufgrund seiner eingebauten Wärmeisolierung länger überlebt.

Doch er fühlte sich trotz allem elend.

Und nach wie vor bedroht. Auf den oberen Sprossen zögerte er, weil er Angst hatte, daß ihn jemand sehen und zurück ins Wasser werfen könnte. Schon ein Stoß gegen die Brust wäre genug, und einen weiteren Sturz würde er nicht überleben.

Die Dunkelheit war seine Verbündete. Er lugte über den Rand der Mauer, um sich zu vergewissern, daß niemand in der Nähe war, kletterte dann die restlichen Sprossen hoch und plumpste nieder wie ein gestrandeter Wal.

Er konnte nichts anderes tun, als still dazuliegen und abzuwarten, bis Puls und Atmung sich halbwegs normalisiert hatten. Teile seines Körpers signalisierten ihm Verletzungen, die er noch gar nicht registriert hatte. Jetzt tat ihm das Gesicht weh. Er betastete sein linkes Auge und fühlte eine imposante Schwellung. Quer über der Nase hatte er eine Platzwunde.

Er konnte nicht sagen, wie lange er im Wasser gelegen hatte. Sicher war er eine Zeitlang bewußtlos gewesen. Vermutlich war er durch den Kälteschock wieder zu sich gekommen.

Im Freien ist die Dunkelheit nie total. Er wälzte sich herum und spähte über die freie Fläche zwischen dem Pier und dem Lagerhaus, von wo seine Angreifer gekommen sein mußten. Die Limousine war weg, vielleicht – so sagte er sich optimistisch – mitsamt den Männern. Killer neigen dazu, den Tatort schnell zu verlassen.

Was nun?

Natürlich mußte er zur Polizei. Die Verbindung zu Manflex war jetzt kein bloßer Verdacht mehr. Diese Leute hatten gezeigt, daß sie bereit waren zu töten, und er wollte, daß sie möglichst schnell vernommen wurden. Er wollte David Flexners Erklärung hören.

Er hoffte nur, daß er sich lange genug auf den Beinen halten konnte.

Auf den Beinen *halten*? Er begriff, daß er erst einmal auf die Beine *kommen* mußte, und das wollte er nun versuchen. Irgendwie schaffte er es unter übermenschlichen Anstrengungen in eine kauernde Position, streckte dann die Beine, so daß er vorgebeugt stand, die Hände auf die Knie gestützt, und versuchte schließlich, sich unter Stöhnen aufzurichten, bis es ihm endlich gelang, sich hinzustellen. Er würde sich nur langsam unter Schmerzen und mit schlurfenden Schritten fortbewegen können, und sogar der leichte Wind vom Fluß drohte, ihn umzuwerfen.

Er mußte irgendwie zurück zu den Straßen, aber der Weg dahin würde ihm wie die letzte Meile eines Marathonlaufes vorkommen. Positiv war jedenfalls, daß er noch beide Schuhe anhatte. Offenbar hatte er nur seinen Hut verloren.

In den nächsten zwanzig Minuten schaffte er es durch das Hafengebiet, über ein mit Abfall übersätes Niemandsland und eine Böschung hinunter bis dorthin, wo eine der West-Side-Straßen endete. Die nächstgelegenen Mietshäuser muteten nicht gerade wie ein sicherer Hafen für einen halb ertrunkenen, übel zugerichteten Briten an, aber er wankte zur ersten Tür, die er finden konnte, und suchte nach einer Klingel – eine Einrichtung, über die das Haus nicht verfügte. Er klopfte mit den Knöcheln gegen das Holz. Niemand kam. Aus dem Innern des Hauses war nichts zu hören.

Er mußte es noch an zwei weiteren Häusern probieren, bis endlich jemand erschien, und zwar ein kleiner, schwarzer Junge, der ihn anstarrte. Jeder hätte ihn angestarrt.

»Hi«, sagte Diamond unter Aufbietung all seiner Phantasie.

Der Junge starrte weiter.

»Sind deine Eltern da?«

Ein Blinzeln und dann weiteres Starren.

»Deine Mum und dein Dad? Kleiner, ich brauche Hilfe.«

Der Junge runzelte die Stirn und sagte: »Woher kommst du?«

Nicht das schon wieder, nicht in seiner jetzigen Verfassung, aber der Junge hatte sein Schweigen gebrochen, also: »Aus England.«

»England?« Der Junge hob eine Hand, als wollte er ihn schlagen.

Gerade noch rechtzeitig erkannte Diamond, was beabsichtigt war, und ließ die rechte Hand in einer schwungvollen Bewegung zur Begrüßung gegen die des Jungen klatschen.

Kurze Zeit später saß er, eingewickelt in eine Wolldecke, in einem Korbsessel im Wohnzimmer der Kellerwohnung, umgeben von einer großen afrokaribischen Familie. Er bekam Kaffee mit Rum und ein Pflaster auf die Nase.

Nachdem er etwa zwanzig Minuten umsorgt worden war, fühlte er sich erheblich besser. Er stand auf, um zu gehen. Auf die Frage, wohin er wollte, nannte er das 26. Polizeirevier.

Als sich die Belustigung gelegt hatte, bot der Vater des Jungen an, ihn mit dem Auto hinzubringen.

Und so kam es, daß sich Sergeant Stein vom 26. Revier gegen zehn Uhr abends, als er gerade durch die Zentrale ging, ein höchst befremdlicher Anblick bot: Ein grinsender Mann, der in ganz New York für seine Gefängnisstrafen wegen bewaffneten Raubüberfalls bekannt war, trug ein Bündel nasser Kleidungsstücke, begleitet von Superintendent Diamond, in eine Decke gehüllt, ein Pflaster auf der Nase, das linke Auge blau und zugeschwollen.

Die Erklärung mußte zweimal abgegeben werden, da Lieutenant Eastland, der bereits dienstfrei hatte, zurückgerufen wurde, um Entscheidungen zu treffen. Er lachte nicht gerade über Diamonds Zustand, zeigte aber auch nicht viel Mitgefühl. »Also«, faßte er zusammen, »wir haben eine Verbindung zu Manflex über die Mutter des Kindes. Sie haben auf eigene Faust ermittelt, wurden zusammengeschlagen und in den Fluß geworfen. Von wem?«

»Kommen Sie schon«, sagte Diamond wütend. »Da draußen gab es bis auf die Autoscheinwerfer kein Licht. Die Frau, die sich Joan genannt hat, würde ich wiedererkennen. Aber die Sache ist die, daß David Flexner persönlich diesen Leuten Instruktionen gegeben haben muß. Irgend etwas, das ich gesagt habe, muß ihn richtig wütend gemacht haben.«

»Das überrascht mich«, sagte Eastland.

»Was *haben* Sie denn gesagt?« fragte Stein.

»Nur, daß ich Informationen über das Forschungsprojekt haben wollte, an dem Dr. Masuda vor einigen Jahren in Yokohama mit finanzieller Unterstützung von Manflex arbeitete.«

»Ich würde darin nicht unbedingt ein Mordmotiv sehen«, bemerkte Eastland. »Können wir sicher sein, daß es diese Verbindung gibt?«

»Was meinen Sie?«

»Ich meine, können wir mit Sicherheit davon ausgehen, daß Flexner die Leute geschickt hat, die über Sie hergefallen sind?«

»Das liegt doch wohl auf der Hand. Die Frau hat gesagt, daß sie für ihn arbeitet. Sie wußte von der Verabredung. Sie wußte, wo sie mich finden würde und wann.«

»Okay, wir schaffen ihn her und stellen fest, was an der Sache dran ist.«

»Noch eins«, sagte Diamond.

»Sie möchten zu einem Arzt?«

»Ich möchte meine Sachen reinigen lassen.«

»Okay. Wie fühlen Sie sich jetzt?«

»Ich kann es kaum erwarten, Flexner zu sehen.«

»Sie sollten sich ausruhen.«

»Scheren Sie sich zum Teufel.«

Tatsächlich legte er sich für fast eine Stunde auf das Klappbett, auf dem er die Nacht zuvor geschlafen hatte. Sie mußten ihn wecken, als Flexner gebracht wurde, und nach dem kurzen Schlaf fühlte er sich schlechter als zuvor. Ihm tat jeder Knochen im Leibe weh.

Es wurde vereinbart, daß er sich die erste Vernehmung über die interne Fernsehanlage ansehen sollte. Lieutenant Eastland erklärte, daß es für Flexner keinen Grund gab anzunehmen, daß Diamond überlebt hatte. Eine der wichtigsten Grundregeln bei Vernehmungen lautete, nichts preiszugeben.

Der junge, langhaarige Mann auf dem Bildschirm wirkte eindeutig nervös. Seine Körpersprache verriet, wie aufgeregt er war, weil man ihn zur Vernehmung ins Polizeirevier geholt hatte. Er fuhr sich immer wieder blitzschnell mit der Zungenspitze über die Lippen und strich sich mit den Händen über die Wangen wie ein Schauspieler, der seinen Hamlet übertreibt.

Eastlands Stimme war zu hören, wie er sein Gegenüber routinemäßig über das Mitschneiden von Vernehmungen aufklärte. »Geben Sie Ihre Erlaubnis?«

Flexner nickte.

»Würden Sie bitte laut antworten?«

»Ich habe nichts dagegen.«

»Sie sind einverstanden, wenn wir die Vernehmung aufzeichnen?«

»Ich bin einverstanden.«

»Okay.«

Während Eastland Flexners Personalien aufnahm, sah Diamond sich den jungen Mann genau an. Für einen Wirtschaftsboß wirkte er recht unkonventionell; er trug ein T-Shirt, Jeans und eine Windjacke und hatte schulterlanges blondes Haar, was ziemlich genau der Beschreibung entsprach, die er am Telefon von sich gegeben hatte.

»Kennen Sie einen Mann namens Diamond, einen Cop aus England?« fragte Eastland. Er war nicht auf dem Bildschirm zu sehen. Die Kamera war ständig auf Flexner gerichtet.

»Ich kenne den Namen, mehr nicht. Er hat mich heute nachmittag angerufen.«

»Er hat Sie angerufen? Ist diese Angabe wirklich korrekt, Mr. Flexner?«

Flexner fuhr sich nervös mit der Hand durchs Haar. »Ich meine, er hat mir einen Brief geschrieben. Ich habe ihn in seinem Hotel angerufen.«

»Wir wollen schön bei der Wahrheit bleiben, nicht?«

»Tut mir leid. War das wichtig?«

»Alles ist wichtig. Haben Sie den Brief noch?«

»Nicht dabei.«

»Können Sie mir sagen, was genau drinstand?«

Flexner schloß die Augen, während er sprach, als versuchte er, sich den Brief vorzustellen. »Darin stand, er sei ein englischer Detective, der einen Mord und eine Entführung untersucht, die Entführung eines Kindes. Er wollte von mir Informationen über die Mutter des Kindes, die in den achtziger Jahren in Yokohama in Japan ein von meiner Firma gefördertes Forschungsprojekt durchgeführt hat. Ihr Name war Dr. Yuko Masuda. Unterschrieben hat er mit Peter Diamond, Detective Superintendent.«

»Und er hat eine Telefonnummer angegeben, die Sie anrufen sollten?«

»Das Brightside Hotel. Ich habe die Sache ernst genommen und die Unterlagen über diese Frau eingesehen. Dann habe ich Mr. Diamond angerufen und ein Treffen im Battery Park vereinbart, am Fahrkartenschalter der Fähre.«

»Seltsamer Treffpunkt.«

Flexner zuckte die Achseln. »Ich befinde mich derzeit in einer ziemlich ungewöhnlichen Situation, aus Gründen, die mit dieser Sache nichts zu tun haben. Es war am einfachsten, mich mit ihm irgendwo außerhalb des Büros zu treffen.«

»Battery Park? Warum nicht in seinem Hotel?«

»Der Battery Park ist nicht weit von meinem Büro. Außerdem findet auch ein Fremder leicht dorthin.«

»Sie sind also hingefahren?«

»Natürlich, aber ich wurde aufgehalten. Er war nicht da.« Flexner beugte sich auf seinem Stuhl nach vorn, als wäre ihm plötzlich ein Gedanke gekommen. »Was ist mit dem Mann? Ist alles in Ordnung mit ihm?«

»Erzählen Sie mir, was mit Ihnen war«, sagte Eastland.

»Ich bin zum Battery Park gekommen ...«

»Nein«, sagte Eastland, der nichts übergehen wollte. »Sagen Sie mir erst, was Sie aufgehalten hat.«

»Ein Feueralarm.«

»Was?«

»In einem Lagerraum im neunzehnten Stock wurde Feueralarm ausgelöst.«

»Um wieviel Uhr?«

»Gegen Viertel vor sieben, als ich gerade gehen wollte. Jemand hatte eine Zigarette in einen Abfalleimer geworfen. Ein paar Papiertaschentücher hatten angefangen zu qualmen.«

»In einem Lagerraum?«

»Ja. Die Folge war, daß ich erst um fünf vor halb acht im Battery Park war, und der Mann war nicht da. Ich habe mich umgesehen, ich habe gefragt ...«

»Okay«, sagte Eastland. »Damit es ganz klar ist. Haben Sie zu irgendeinem Zeitpunkt jemanden beauftragt, Detective Diamond dort zu treffen?«

»Nein. Ich hab doch gerade gesagt, daß ich selbst hingefahren bin.«

»Wußte sonst noch jemand von der Verabredung? Ihre Sekretärin?«

Flexner schüttelte den Kopf. »Ich habe die Verabredung selbst getroffen.«

»Ist Ihre Telefonanlage abhörsicher?«

»Soviel ich weiß, ja.«

»Sie haben gesagt, Sie hätten die Unterlagen über diese Frau eingesehen. Hat sie jemand für Sie geholt?«

»Nein, wir haben sie im Computer. Wir haben sämtliche Förder- und Forschungsprogramme gespeichert. Ich habe die Daten über das Modem in meinem Büro abgerufen.«

»Hat jemand sie dabei beobachtet?«

»Ich war allein. Hören Sie, würden Sie mir bitte sagen, was passiert ist?«

»Detective Diamond ist von einer Frau abgeholt worden, die gesagt hat, Sie hätten sie geschickt. Wissen Sie was davon?«

Flexner lehnte sich zurück und runzelte die Stirn. »Ich hätte sie geschickt? Nein, das habe ich nicht. Ich habe mit niemandem darüber gesprochen.«

»Lassen Sie sich Zeit, Mr. Flexner. Überlegen Sie genau. Sind Sie ganz sicher, daß Sie niemandem von dieser Verabredung erzählt haben?«

»Absolut.«

»Vielleicht hat jemand Ihr Telefongespräch mitgehört. Ist das möglich?«

»Ich war allein im Büro. Die Tür war geschlossen.«

»Aber die Frau – die sich übrigens Joan nannte – hat Detective Diamond an dem Fahrkartenschalter angesprochen, ihm gesagt, Sie könnten nicht kommen, und ihn in einer schwarzen Limousine ins Hafenviertel in den West Forties gefahren, wo ein paar angeheuerte Schläger auf ihn gewartet, ihn zusammengeschlagen und in den Hudson geworfen haben.«

»Das kann doch nicht wahr sein.« Es sprach für Flexner, daß er so aussah, als meinte er es ehrlich. Er war kalkweiß geworden.

»Ist es aber«, sagte Eastland. »Und Sie sollten mal darüber nachdenken, wer die Frau ist und warum so etwas einem Mann angetan wurde, mit dem Sie sich verabredet hatten. Sie müssen nicht sofort antworten.«

»Ist er tot?« fragte Flexner.

»Denken Sie noch mal in Ruhe über alles nach, Mr. Flexner. Vielleicht haben Sie ja was vergessen. Ich bin gleich wieder da.«

Flexner blieb entgeistert sitzen. Zu hören war nur, wie die Tür des Vernehmungsraumes geschlossen wurde.

Eastland kam in den Raum, wo Stein und Diamond die Vernehmung am Bildschirm verfolgt hatten. »Nun?«

»Ich möchte ihn befragen«, sagte Diamond. »Ich will noch immer die Informationen, die er mir geben wollte.«

»Meinen Sie, er sagt die Wahrheit?«

»Er wirkt ziemlich überzeugend.«

»Ach ja?« sagte Eastland mit deutlicher Häme. »Vielleicht ist ja nichts von alledem passiert. Und Ihr blaues Auge ist nur ein Phantom.«

»Ich möchte ihn trotzdem befragen.«

»Noch nicht.«

»Es ist dringend.«

»Wir kriegen den Burschen schon klein, kein Problem«, sagte Eastland großspurig. »Er behauptet, er hätte niemandem erzählt, daß er Sie treffen wollte. Das muß gelogen sein.«

Diamond beherrschte sich, aber nur mit Mühe. Es bestand die Gefahr, daß Naomis gefährliche Lage vor lauter Eifer, David Flexner kleinzukriegen, in den Hintergrund rückte. Ihn kleinzukriegen, wie Eastland es drastisch ausgedrückt hatte, war keine geeignete Methode, um die entscheidenden Informationen zu erhalten. »Hören Sie, ich schlage folgendes vor, um herauszufinden, ob er die Wahrheit sagt. Er hat sich mit mir verabredet. Das ist unbestritten. Also wollte er mir irgend etwas über Naomis Mutter erzählen.«

»Das war ein Vorwand, um Sie in die Falle zu locken.«

»Finden wir es heraus. Fragen wir ihn, was er uns erzählen kann. Wenn er tatsächlich die Wahrheit sagt, führt uns das vielleicht zu Naomi.«

Der Lieutenant war offenbar nicht überzeugt. Er breitete die Hände aus, als wäre seine These gerade bestätigt worden. »Peter, mein Bester, Sie wollten Informationen über das Forschungsprojekt, an dem die Frau vor sieben, acht Jahren gearbeitet hat. Dadurch werden wir nicht erfahren, wer die Kleine heute in seiner Gewalt hat.«

»Jemand hat deshalb soviel Angst bekommen, daß er mich umbringen lassen wollte. Wir sind also nahe an etwas dran«, sagte Diamond. »Lassen wir ihn reden, solange er noch kooperationswillig ist. Wenn Sie da reingehen und ihn sich vorknöpfen, kriegen wir vielleicht nichts aus ihm raus.«

»Ihn bei Laune halten, meinen Sie?«

»Sein Spiel mitspielen. Herrgott, es wird nicht lang dauern.«

Eastland erwog den Vorschlag. »Vielleicht haben Sie recht.«

»Ich mache es«, bot Diamond an.

»Sie? Auf keinen Fall. Er denkt, Sie liegen im Leichenschauhaus, und wir wollen ihm die Illusion nicht rauben. Okay, Diamond, wir machen es eine Weile so, wie Sie möchten. Sagen Sie mir, was Sie ihn fragen würden.«

Diamond legte seine Strategie in groben Zügen dar. Obwohl Eastland nicht vollends überzeugt war, so schien er doch ein wenig versöhnlicher.

Wenige Minuten später ging die Vernehmung weiter. Eastland kam sofort zur Sache. »Erzählen Sie mir etwas über Yuko Masuda.«

»Da gibt es nicht viel zu erzählen. Ich habe sie persönlich nie kennengelernt«, erwiderte David Flexner. »Sie ist bloß eine von Tausenden, die an einem von Manflex finanzierten Forschungsprojekt gearbeitet hat.«

»Sie ist also unwichtig?«

»Das habe ich nicht gesagt. Nach meinen Unterlagen haben wir ihre Arbeit zehn oder mehr Jahre gefördert. Sie hat einige Schriften über die Behandlung von Drogen- und Alkoholkomata mit Sympathomimetika verfaßt.«

»Mit *was*?«

»Die imitieren die Funktionen des sympathischen Nervensystems. Zum Beispiel Adrenalin und Ephedrin.«

»Von Adrenalin habe ich gehört.«

Ein Seufzer von Flexner verriet einige Ungeduld.

»Alkoholkoma haben Sie gesagt?« fuhr Eastland fort. »Sie meinen, diese Mittel machen die Patienten wieder wach? Bringen Sie wieder zu Bewußtsein?«

»Inspector, ich habe alle meine Informationen aus einer Computerdatei. Ich bin weder Biochemiker noch Arzt.«

»Okay, okay. Und was haben Sie sonst noch aus Ihrem Computer erfahren?«

»Das Übliche. Ihr Alter, ihre Adresse, ihre Qualifikationen. Sie ist keine Angestellte von uns, verstehen Sie, sondern Wissenschaftlerin.«

»Geht aus der Datei hervor, ob sie verheiratet ist?«

»Ja. Masuda ist ihr angeheirateter Name.«

»Und ist ihr Kind erwähnt?«

»Nein. Das ist für uns irrelevant.«

»Sie lebt und arbeitet in Japan?«

»Yokohama.«

»Und seit wann forscht sie?«

»Seit 1979.«

»Eine lange Zeit.«

»Forschung braucht manchmal lange Zeit.«

»Bekommen Sie regelmäßig Berichte über den Stand ihrer Arbeit?«

»Nicht ich persönlich. Aber unsere Firma hält sich über sämtliche Forschungsprogramme auf dem laufenden.«

»Wußten Sie, daß sie angeblich schon vor Monaten unbekannt verzogen ist?«

»Nein, das wußte ich nicht. Solange uns niemand Bescheid gibt, erfahren wir so etwas in der Regel nicht.«

Es trat eine Pause ein, als zögerte Eastland weiterzumachen. Schließlich sagte er: »Steht sonst noch etwas in der Akte, das Sie Detective Diamond erzählen wollten?«

»Nein«, antwortete Flexner. »Natürlich wollte ich helfen, so gut ich konnte, aber mehr hätte ich ihm nicht erzählen können. Nur das, was ich Ihnen gesagt habe.«

»Verzeihen Sie, aber das klingt für mich nicht gerade nach einem Staatsgeheimnis«, sagte Eastland. »Wieso mußten Sie sich mit ihm treffen, als wären Sie beide CIA-Agenten? Wieso haben Sie ihm die Informationen nicht am Telefon gegeben?«

Flexner zuckte wieder die Achseln. »Ich wollte mich einfach vergewissern, mit wem ich es zu tun hatte. Normalerweise geben wir keine Informationen über irgendwelche Leute raus.«

»Sie haben ihm nicht getraut?«

»Ich hielt es für besser, mich mit ihm zu treffen, um sicherzugehen. Ich konnte ihn nicht zu mir ins Büro einladen. Damit hätte ich nur die Presseleute neugierig gemacht. Die belagern das Gebäude.«

»Ich habe sie gesehen. Ihr Unternehmen bekommt zur Zeit jede Menge Aufmerksamkeit«, sagte Eastland. »Geht es um das Wundermittel, das Sie auf den Markt bringen wollen?«

Flexner veränderte seine Sitzhaltung. »Hören Sie, das hat mit der Japanerin nichts zu tun.«

»Woher wissen Sie das?«

»Da besteht kein Zusammenhang.«

»Das würden wir gern selbst entscheiden, Mr. Flexner.«

»Ich möchte nicht über das Medikament sprechen. Wenn irgendwas davon vorzeitig nach außen dringt, könnte die Börse sehr nervös reagieren.«

»Alles, was Sie mir erzählen, bleibt streng vertraulich«, versicherte Eastland ihm.

David Flexner fuhr sich hektisch mit der Hand über den Mund. »Sie bringen mich da in eine schwierige Lage.«

»Der heiße Stuhl.«

»Wie bitte?«

»Ich setze Sie auf den heißen Stuhl.«

»Oh.« Ein unglückliches Lächeln huschte über die Lippen des jungen Mannes. »Sie müssen wissen, daß ich erst kürzlich den Vorsitz im Vorstand übernommen habe, nach dem Tod meines Vaters«, erklärte er. »Offen gesagt, die Geschäfte laufen schon seit einer Weile nicht besonders gut. Im Vergleich zur Konkurrenz hatten wir erhebliche Einbrüche. Konkurrenzunternehmen wie Merck und Lilly haben neue Arzneimittel entwickelt und uns Marktanteile abgenommen. Und erst kürzlich sind unsere Aktien weiter gefallen, weil in einem unserer größten Betriebe in Italien ein Feuer ausgebrochen ist. Das Werk ist völlig ausgebrannt.«

»Und das hat hier in Amerika das Vertrauen in Ihr Unternehmen beeinträchtigt?«

»Manflex Italien ist unsere größte Tochtergesellschaft in Europa. Die Ermittlungen laufen noch. Vielleicht war es Brandstiftung.«

»Aber mit diesem neuen Medikament hoffen Sie, das Vertrauen wiederherstellen zu können, richtig?« sagte Eastland.

David Flexner nickte. »Schon ein einziges Produkt, das zum Verkaufsschlager wird, kann die entscheidende Wende bewirken. Ohne mehr sagen zu wollen als unbedingt nötig, kann ich Ihnen verraten, daß Prodermolat ...«

»Prodermolat?«

»PDM3. Es ist eines von Tausenden von Präparaten, die wir im Laufe der Jahre haben patentieren lassen. Der weitaus größte Teil davon wird nie etwas einbringen. Tja, zufälligerweise ist dieses Mittel – das vor fast zwanzig Jahren entwickelt wurde – wirkungsvoller als irgend jemand erwartet hat.«

»In welcher Hinsicht?«

»Verzeihen Sie, aber das kann ich Ihnen nicht sagen. Wir geben in zwei Tagen eine offizielle Erklärung heraus, und davon hängt die Zukunft von Manflex ab. Und Tausende von Arbeitsplätzen, Lieutenant. Wir stehen unter enormem Druck, daß die Information nicht vor Dienstag publik wird. Ich kann es keinem erzählen, nicht einmal Ihnen, nicht einmal hier.«

»Sie dürfen keine Informationen zurückhalten«, sagte Eastland, der sich eher gekränkt als drohend anhörte. »Ich muß es wissen.«

»Es tut mir leid, aber …«

»Glauben Sie, ich ziehe gleich morgen los und kaufe Manflex-Aktien?«

»Na ja, das nicht.«

»Ich habe Besseres zu tun, als an der Börse zu spekulieren, Mr. Flexner. Wenn ich reich werden wollte, hätte ich nicht bei der Polizei angefangen.«

»Aber ich habe meine Verpflichtungen.«

Eastland hob leicht die Stimme. »*Sie* haben Ihre Verpflichtungen? Was ist mit mir? Ich muß ein Kind finden, genauer gesagt, ein behindertes Kind, das in höchster Lebensgefahr schwebt. Wir spielen hier nicht Verstecken, das Kind könnte ermordet werden, wenn ich es nicht finde.«

»Ermordet?«

Nach einer hinreichend langen Pause fügte Eastland hinzu: »Es hat schon einen Mord gegeben.«

An Flexners schneller Reaktion, einem schockartigen Zukken, das seinen Mund aufklappen ließ, war zu erkennen, daß er auf die schlechte Nachricht vorbereitet war. Offenbar verstand er den Satz so, daß Diamond das Opfer war. In einem Tonfall, der verriet, daß er gleich kapitulieren würde, sagte er: »Sie hätten es mir sofort sagen sollen.«

»Sie waren nicht ganz offen zu mir. Erzählen Sie mir von diesem Mittel«, sagte Eastland mit dem Timing eines erfahrenen Vernehmungsbeamten.

Flexner war sichtlich blaß geworden. »Geben Sie mir Ihr Wort, daß es nicht nach außen dringt?«

»Geheimnisse sind mein Geschäft.«

»Okay, ich, äh, ich bin zwar nicht der Bestinformierte, um über die Möglichkeiten des Mittels zu sprechen, aber soviel ich weiß, wurde es 1975 in Cornell entwickelt. Die ersten Forschungsarbeiten wurden mit finanzieller Unterstützung von Beaver River Chemicals durchgeführt, einem Unternehmen, das 1976 von meinem Vater aufgekauft wurde. Niemand hatte für das Zeug große Verwendung. So läuft das nun mal. Es werden Tausende von Präparaten entdeckt und patentiert, ohne daß man weiß, ob sie zu irgendwas zu gebrauchen sind. Nicht viele werden zur Weiterentwicklung ausgesucht, die ist nämlich ungeheuer kostspielig. Das kann in die Millionen gehen. Professor Churchward hat entdeckt, daß PDM3 die Nervenzellen des Gehirns regeneriert.«

»Ist das was Besonderes?«

Bei dieser Frage blickte Flexner gequält. »Ich sagte, regenerieren. Das hat die Wissenschaft noch nicht erlebt. Es ist ein sagenhafter Durchbruch. Es bedeutet, daß wir den geistigen Alterungsprozeß aufhalten können.«

»Alzheimer?« sagte Eastland.

»Ja, aber noch mehr, viel mehr. PDM3 fördert die Produktion neuer Zellen. Wir erwarten, daß sich damit die Leistungsfähigkeit des Gehirns bis ins hohe Alter aufrechterhalten läßt.«

»Bei jedem?«

»Genau.«

»Dann ist es also ein bombensicheres Geschäft. Und am Dienstag bringen Sie das Mittel auf den Markt?«

Flexner hob die Hände wie jemand, der in eine Revolvermündung blickt. »Nein, nein. Das dauert mindestens noch ein Jahr. Wir geben eine Pressekonferenz, in der wir über den bisherigen Stand der Arbeit berichten und ankündigen, daß wir in die dritte Testphase eintreten, was umfangreiche vorklinische Versuche bedeutet.«

»Aber schon allein die Tatsache, daß Sie mit Versuchen beginnen, wird einen enormen Ankauf von Manflex-Aktien zur Folge haben.«

»Wahrscheinlich.«

»Sie haben vorhin einen Professor erwähnt.«

»Churchward von der Corydon University in Indianapolis. Ich bin letzte Woche hingeflogen, um mit ihm zu sprechen. Er leitet die Teams, die an PDM3 arbeiten.«

»Hatten Sie einen guten Eindruck von ihm?«

»Was meinen Sie?«

»Mochten Sie ihn?«

»Das war nicht nötig.«

»Aber Sie vertrauen ihm?«

»Meiner Meinung nach ist er ein guter Wissenschaftler, sonst würde ich nicht in das Medikament investieren.«

»Sie sehen also eine rosige Zukunft, Mr. Flexner?«

»Für die Menschheit, bei einem solchen Durchbruch? Natürlich.«

»Für den Pharmakonzern Manflex.«

Er blickte etwas verlegen. »Ich denke, ja.«

»Demnach können Sie im Moment gut darauf verzichten, daß in Ihrem Umfeld wegen eines Mordfalls ermittelt wird.«

»Das können Sie laut sagen.«

»Und Sie haben keinem von Detective Diamond erzählt?«

»Keiner Menschenseele.« Impulsiv sagte Flexner: »Könnten wir die Sache bis nach Dienstag aus der Presse raushalten?«

Eastland tat so, als wäre die Frage nicht gestellt worden. »Als Sie ihn angerufen haben, haben Sie die Nummer selbst gewählt?«

»Ja.«

»Sie haben sich nicht von der Zentrale verbinden lassen?«

»Nein.«

»Kann man in der Zentrale externe Gespräche mithören?«

»Nein, da bin ich ziemlich sicher.«

»Betrachten wir die Sache mal von einem anderen Blickwinkel«, schlug Eastland vor. »Wer außer Ihnen weiß, was Sie am Dienstag bekanntgeben wollen?«

»Über PDM3?« Er blickte nach oben, als ständen die Namen an der Decke. »Mein Stellvertreter Michael Leapman und Professor Churchward natürlich. Sie werden beide an der Konferenz teilnehmen.«

»Der Professor ist in New York?«

»Er ist heute abend eingetroffen. Er wohnt im Waldorf Astoria.«

»Sonst weiß niemand etwas über PDM3?«

»Ich wüßte nicht, wer. An den verschiedenen Phasen des Projekts sind etliche Mitarbeiter beteiligt, aber nur Michael und Professor Churchward sind über alles im Bilde.«

»Ihre Frau?«

»Ich bin nicht verheiratet.«

»Freundin?«

Flexner schüttelte den Kopf.

»Also wer ist Ihr Gegner?« fragte Eastland. »Wer hat ein Interesse daran, Ihre große Ankündigung zu vereiteln?«

»Sie meinen die Konkurrenz?«

»Wenn Sie so wollen. *Irgend jemand* hat das Kind entführt. Haben Sie eine Vermutung, wer, Mr. Flexner?«

»Ich habe keine Ahnung. Unsere Konkurrenten würde ich ausschließen. Sie würden sich nicht auf kriminelle Machenschaften einlassen. Können Sie nicht die Mutter fragen, ob jemand an sie herangetreten ist?«

»Ich habe Ihnen doch schon gesagt, daß die Mutter nicht auffindbar ist.«

Flexner atmete tief aus. »Ich kann mir das alles nicht erklären.«

»Es ist ziemlich offensichtlich, daß jemand bei Manflex schnell reagierte, als Diamond sich mit Ihnen in Verbindung gesetzt hat. Ich vermute, in Ihrem Büro sind Wanzen angebracht. Haben Sie das mal in Erwägung gezogen?«

Seine Augen wurden größer.

Eastland fuhr fort: »Anders kann ich mir weder die Falle erklären, in die Diamond getappt ist, noch den Feueralarm in Ihrem Gebäude. Es war jemand aus Ihrem Unternehmen, Mr. Flexner. Ohne jeden Zweifel.«

Der junge Mann schüttelte den Kopf, weniger verneinend als fassungslos.

Eastland sagte: »Wo finde ich Michael Leapman?«

»Michael? Ich wüßte nicht, wieso er ...«

»War er heute nachmittag im Manflex-Gebäude?«

»Ja, aber ...«

»Seine Adresse bitte.«

»Die weiß ich nicht. Er wohnt in New Jersey.«

»Haben Sie seine Telefonnummer?«

»Irgendwo.« Er griff in die Gesäßtasche seiner Jeans. »Aber Michael ist wirklich der allerletzte, der unsere Pläne zunichte machen wollte. PDM3 ist sozusagen sein Baby.«

Kapitel achtundzwanzig

In England wäre das niemals möglich gewesen. Kurz vor Mitternacht hatte ein Streifenbeamter irgendwo in Chinatown bei Chunky Chang, einem Herrenbekleidungsgeschäft für Übergrößen, eine weiße Baumwollhose, ein T-Shirt und einen rosa Strickpullover, alles Größe XXL, Socken und weiße Turnschuhe gekauft. Diamond war wieder angekleidet, wenn auch bei weitem nicht nach seinem Geschmack. Und nun wurde er zusammen mit Lieutenant Eastland und Sergeant Stein durch den Holland Tunnel nach New Jersey gefahren.

»Also, was wissen wir über den Kerl?« fragte Eastland.

Stein hatte die schwierige Aufgabe übernommen, per Funk ein Profil von Michael Leapman zu erhalten, während sie auf dem Weg zu ihm waren, um ihn zu verhören. »Keine Vorstrafen«, sagte er. »Seit fünf Jahren stellvertretender Vorstandsvorsitzender bei Manflex. Unverheiratet. Siebenunddreißig, gebürtig aus Detroit. Hat dort für ein Pharmaunternehmen namens Fredriksson & Lill gearbeitet. Hatte es bis zum Geschäftsführer gebracht, dann wurde die Firma von Manflex übernommen. Möchten Sie wissen, welche Qualifikationen er hat?«

»Nicht nötig«, sagte Eastland. »Der alte Flexner muß viel von ihm gehalten haben, wenn er ihn zum Stellvertreter gemacht hat.«

»Auch der junge Flexner hat eine hohe Meinung von ihm«, mischte Diamond sich ein. »Und wenn wir ihm glauben – wozu ich geneigt bin, nachdem ich ihn bei der Vernehmung beobachtet habe –, hat Leapman ein persönliches Interesse am Erfolg von PDM3. Er hat sich innerhalb des Unternehmens dafür stark gemacht. Er hat Flexner dazu gebracht, sich mit dem Professor in Indianapolis zu treffen.«

Der Wagen war schon ein gutes Stück weiter, ehe jemand auf die Bemerkung einging. »Wieso sollte dann ein Karrieremensch wie Leapman alles aufs Spiel setzen, indem er unmittelbar vor dem großen Knüller Profikiller auf einen britischen Detective ansetzt?« sagte Stein.

»Sie meinen, was hat mich zu einer Bedrohung gemacht?« sagte Diamond.

»Nein, ich meine, was hat das kleine Mädchen zu einer Bedrohung gemacht? Sie sind bloß eine Nebenfigur.«

Auf derlei kränkende Bemerkungen reagierte man am besten mit Gleichgültigkeit, wußte Diamond aus Erfahrung. »Ich glaube, es muß mit diesem Arzneimittel zu tun haben«, sagte er, ohne sich die geringste Verstimmung anmerken zu lassen. »PDM3 könnte das Geschäft des Jahrhunderts werden, wie David Flexner erklärt hat. Leapman setzt alles daran, es patentieren zu lassen. Wir wissen zwar noch nicht, wie stark er persönlich beteiligt ist, aber es ist möglich, daß er es als die Chance seines Lebens sieht und sein eigenes Kapital in das Unternehmen gesteckt hat. Es muß für ihn ein Schock gewesen sein, als David Flexner die Nachfolge seines Vaters angetreten hat. So, wie ich es sehe, benutzt er seine Insiderkenntnisse, um als Entschädigung ein hübsches Sümmchen herauszuschlagen.«

»Wollen Sie damit sagen, diese ganze Geschichte mit dem Medikament könnte ein Trick sein?« fragte Stein.

»Nein, es wäre zu kompliziert, so viele Leute an der Nase herumzuführen. In der Pharmaindustrie gibt es alle möglichen Vorsichtsmaßnahmen. Die Ergebnisse der vorklinischen Versuche müssen sehr vielversprechend ausgefallen sein. Die hätten sie nicht fälschen können. Aber der Zeitpunkt ist erstaunlich, finden Sie nicht? Daß sie gerade dann soweit sind, mit den wunderbaren Eigenschaften dieses Mittels an die Öffentlichkeit zu gehen, wo Manflex ins Trudeln geraten ist. Das Zeug gibt es schon seit zwanzig Jahren.«

»Das hat er doch erklärt«, wandte Eastland ein. »Sie haben erst gemerkt, was man alles damit machen kann, als der Professor mit seiner Arbeit angefangen hat.«

»Aber er arbeitet schon einige Jahre daran.«

»Meinen Sie, sie haben es bis jetzt zurückgehalten?«

»Ich versuche nur, Leapmans Verhalten zu erklären – falls er wirklich der Bösewicht ist. Natürlich kann es sein, daß Manny Flexner von PDM3 gewußt hat und nicht so überzeugt davon war wie sein Stellvertreter. Kann sein, daß Manny die Sache gebremst hat.«

»Wenn an dem Mittel irgendwas faul ist, bleibt das nicht lange geheim«, sagte Eastland. »Wie Sie gesagt haben, jedes

Pharmaunternehmen wird die Formel wissen und die Ergebnisse unter die Lupe nehmen wollen.«

Diamond ließ sich nicht davon abbringen, daß die Entscheidung bei Manflex, PDM3 endlich auf den Markt zu bringen, zu den Verbrechen geführt hatte, die sie untersuchten. »Ja, die bisherigen Ergebnisse müssen wasserdicht sein, sonst würden sie nicht riskieren, sie zu veröffentlichen. Gehen wir mal davon aus, daß alles stimmt, was wir über das Mittel gehört haben, und daß es sich um die aufregendste Entdeckung seit dem Penizillin handelt. Ist dann nicht auch sicher – so sicher wie das Amen in der Kirche –, daß die gehobenen Kriminellenkreise von dem zu erwartenden Geschäft Wind bekommen haben?«

»Die Mafia?«

»Die Herrschaften, die die Kriminalität in Ihrer Stadt steuern, gleich welcher Gruppierung sie angehören. Sie könnten die Fäden in der Hand haben.«

»Vielleicht«, sagte Eastland. »Vielleicht.« Einen Moment später fügte er hinzu: »Wäre möglich.«

Sergeant Stein sagte nachdenklich: »Ein Riesengeschäft.«

Eastland, der dennoch nicht überzeugt war, sagte: »Das ist ja alles gut und schön, nur leider bearbeiten wir einen Entführungsfall und keinen Mord an der Börse. Die einzige Verbindung, die wir haben, ist die, daß die Arbeit der Mutter zufällig von Manflex finanziert wurde.«

Gerade Diamond mußte weiß Gott nicht an Naomi erinnert werden, aber er wollte sich von seiner Theorie nicht abbringen lassen. »Kommen Sie, es deutet einiges darauf hin, daß wir es hier mit Profigangstern zu tun haben. Mrs. Tanaka ist von einem Profikiller ermordet worden. Und die Leute, die mich überfallen haben, waren keine Amateure.«

»Und warum ist Mrs. Tanaka ermordet worden?« fragte Sergeant Stein.

»Ich vermute, sie sollte eine bestimmte Aufgabe erfüllen und hat versagt. Sie hielten sie für unzuverlässig.«

»Sie war entbehrlich.«

»Bloß eine Nebenfigur, wie ich.«

»Und das Mädchen?« sagte Stein. »Ist es auch entbehrlich?«

»Nein«, sagte Diamond, um rasch über das Undenkbare hinwegzugehen. »Wenn sie Naomi töten wollten, hätten sie es längst getan.«

»Vielleicht bin ich ja begriffsstutzig«, sagte Eastland, »aber niemand hat mir bisher erklärt, wieso ein kleines, geistig behindertes Mädchen in diesem Fall so wichtig ist.«

Diamond hatte darauf keine Antwort. Er war schon lange zu dem Schluß gekommen, daß Lieutenant Eastland alles andere als begriffsstutzig war.

Leapmans Haus war eines von sechs in einer Sackgasse nördlich von Hoboken, geräumige Einfamilienhäuser, deren Besitzer, so vermutete Diamond, sich noch keine erstklassige Adresse mit Blick über Manhattan leisten konnten, aber die Hoffnung noch nicht aufgegeben hatten. Sie hatten Gipsgänse auf ihren Veranden und Fahnenstangen in ihren Rasenflächen.

In den Fenstern des letzten Hauses war kein Licht zu sehen, aber das war nicht weiter verwunderlich, da es bereits Viertel nach eins in der Nacht war. In zwei Häusern lief der Fernseher, die anderen waren dunkel.

Der Polizeiwagen hielt vor Leapmans Haus. Diamond faßte den Türgriff und schnappte vor Schmerzen nach Luft. Sein rechter Arm tat noch immer weh.

»Nichts da«, sagte Eastland. »Sie haben für heute genug Action gehabt. Wir haben unsere Vorschriften. Fertig, Stein?«

Diamond, der zur Abwechslung gehorchte, blieb im Wagen und sah zu, wie die beiden mit gezogenen Pistolen vorsichtig auf das Haus zugingen. An der Haustür angekommen, stellte sich Stein ein gutes Stück daneben, ehe er die Klingel drückte, wohl eingedenk der Tatsache, daß schon so mancher Cop durch eine Tür hindurch erschossen worden war.

Das Klingeln war von der Straße aus zu hören.

Kein Licht ging an.

Eastland schlich um das Haus herum und ließ Stein zurück, der mehrmals die Klingel drückte, ohne daß sich drinnen etwas regte.

Als dann doch ein Licht auftauchte, war es nur Eastlands Taschenlampe, deren Schein sich hüpfend auf der anderen Seite des Hauses an der Garage vorbei bewegte. Eastland leuchtete mit der Lampe durch das Fenster eines der vorderen Zimmer und winkte Stein zu sich. Sie standen da und starrten, für Peter Diamonds Empfinden, unerträglich lange hinein.

Diamond sagte zum Fahrer: »Die haben da was. Ich geh hin.«

Als er sich aus dem Wagen mühte, wurde er ein weiteres Mal unangenehm an die Strapazen erinnert, die er seinem Körper zugemutet hatte. An ein katzenhaftes Huschen über die Zufahrt war nicht zu denken. Er humpelte.

Lieutenant Eastland drehte sich um und kam auf ihn zu.

»Was haben Sie entdeckt?« fragte Diamond, aber Eastland ging schnurstracks an ihm vorbei und benutzte das Funkgerät im Wagen.

»Was ist los?« sagte er jetzt zu Stein, aber die Frage war überflüssig.

Michael Leapmans Wohnzimmer sah aus, als wäre eine wildgewordene Büffelherde hindurchgestürmt. Im Licht der Taschenlampe sah er ein Regal, das über ein Sofa gekippt war, Bücher und Nippes lagen auf dem Boden verstreut. Der Bildschirm des Fernsehers zeigte zur Decke und war eingeschlagen. Auf einem Tisch lag ein Sessel.

»Ist er da drin?«

»Können wir nicht sehen«, sagte Stein, der noch immer die Waffe in der Hand hielt. »Wir wissen es nicht.«

»Sollten wir nicht reingehen?«

»Der Lieutenant fordert Verstärkung an.«

»Aber ich bin doch da. Haben Sie sämtliche Türen überprüft? Die Fenster?«

»Verstehen Sie mich nicht falsch, aber er würde Sie nicht als Verstärkung wollen.«

»Wieso nicht?«

»Haben Sie eine Waffe?«

»Nein.«

Stein zuckte die Achseln, was bedeuten sollte, daß er keine Verstärkung wollte, jedenfalls nicht von einem Mann ohne Waffe.

»Gibt es Anzeichen für einen Einbruch?« fragte Diamond.

»Nein.«

Eastland kam zurück und sagte, daß das Sondereinsatzkommando unterwegs sei. »Die Täter könnten noch drin sein. Ich gehe kein Risiko ein.«

Sechs Minuten später fuhr ein Kleinbus vor, dicht gefolgt von zwei Wagen. Bewaffnete Männer wurden um das Haus herum geschickt, und man stellte Scheinwerfer auf. Hundeführer und Männer in weißen Overalls kamen, die kurz mit Eastland sprachen, dann die Haustür aufbrachen und hineingingen.

Diamond blieb in Eastlands Nähe und hörte mit, was die Männer im Haus übers Walkie-talkie meldeten. Im Haus war niemand, erfuhren sie, aber es gab noch mehr Anzeichen von Gewaltanwendung, so unter anderem Blutflecken an der Wand in einer Ecke des Wohnzimmers. Auf dem Telefon, das aus der Steckdose gerissen worden war und auf dem Boden lag, befanden sich blutige Fingerabdrücke. Daneben war ein blutbefleckter Baseballschläger gefunden worden.

»Sieht aus, als hätte jemand das Telefon benutzt, nachdem man das Opfer niedergeschlagen hat«, meldete die Stimme.

»Oder es versucht hat«, sagte Eastland. »Habt ihr alle Räume überprüft?«

»Ja. Bis auf das Wohnzimmer in keinem Raum Unordnung. Sieht mir nicht nach Einbruch aus, Lieutenant. Die Schubladen und Schränke sind geschlossen.«

Dann meldete sich nach einem Rauschen die Stimme des anderen Beamten im Haus. »Darauf würde ich nicht wetten. Sein Wagen steht nicht in der Garage.«

»Sie haben den Wagen genommen«, sagte Eastland. Er wandte sich an Stein und bat ihn, Leapmans Autokennzeichen über Computer zu erfragen.

Diamond stöhnte frustriert. »Können wir jetzt mal selbst nachsehen?«

»Die Leute von der Spurensicherung sind noch nicht da.«

»Wann kommen die denn? Hören Sie, ich habe nicht vor, durch den Raum zu trampeln, in dem der Überfall stattgefunden hat. Ich möchte mir gern die anderen Räume ansehen.«

»Was ist eigentlich Ihr Problem?« fragte Eastland. »Nicht zufrieden mit der Durchsuchung?«

»Ich möchte mir selbst einen Eindruck verschaffen, mehr nicht.«

»Es deutet nichts darauf hin, daß die Täter irgendwo anders als im Wohnzimmer waren.«

Diamond durfte erst eine Stunde und zwanzig Minuten später ins Haus, nachdem die Spurensicherung mit ihrer Arbeit fertig war. Während er frustriert wartete, kam ihm der Gedanke, daß Eastland sich vielleicht ein wenig für die Freiheiten rächen wollte, die Diamond sich am Tatort im Firbank Hotel herausgenommen hatte, aber wahrscheinlich täuschte er sich. Sie hatten ihre Vorschriften und hielten sich daran. Trotzdem war er genervt und verärgert, während er vor dem Haus hin und her humpelte.

Er wußte selbst nicht genau, was er zu finden hoffte, wenn er überhaupt etwas fand. Er fühlte sich einfach von einer inneren Kraft getrieben. Vielleicht, sinnierte er, hatte er sich den Rat des Bibliothekars zu Herzen genommen, seinen sechsten Sinn anzuzapfen oder die rechte Gehirnhälfte oder wovon der Mann noch geschwafelt hatte. Es war nicht leicht, sich in einer kühlen Nacht daran zu erinnern. Schließlich meldete die Spurensicherung, daß das Haus, bis auf das Wohnzimmer, zur Untersuchung freigegeben war. Diamond ließ seine neuen Turnschuhe an der Haustür stehen und ging mit Eastland hinein.

»Sie suchen nach Indizien dafür, daß das Mädchen hier war, nicht?« sagte der Lieutenant.

»Ich bin für alles offen.«

»Ach ja?«

Im ganzen Haus brannte Licht. Die Einrichtung war typisch für einen alleinstehenden Geschäftsmann und verbreitete eher die Atmosphäre einer Möbelausstellung als eines gemütlichen Heimes. Leapman schien ein ordentlicher Mensch zu sein, mit einer Vorliebe für helles Eichenholz und gedämpfte Farben. Die Möbel waren funktionell, es gab nur wenig Krimskrams und absolut keine Unordnung.

»Möchten Sie oben anfangen?« schlug Eastland vor.

»Die Schlafzimmer.«

Diamond ließ sich nicht nur von seinem sechsten Sinn leiten. Falls Naomi über einen nennenswerten Zeitraum hier festgehalten worden war, hatte sie sich wahrscheinlich in einem Raum befunden, der von den Nachbarn nicht eingesehen werden konnte.

Oben schauten sie zunächst in alle Räume. Ein Gästezimmer erregte Diamonds Aufmerksamkeit. Es war klein, und es ging auf den Garten. Doch es deutete nichts darauf hin, daß es benutzt worden war. Das Federbett war akkurat und glattgestrichen, das Kissen aufgeschüttelt und ordentlich. Eastland durchsuchte systematisch die Kommode und fand nur Ersatzbettzeug in der untersten Schublade.

»Zufrieden?« wollte er von Diamond wissen.

»Fast.« Jetzt wurde er stark von Intuition gelenkt, denn er mußte an etwas denken, das Julia Musgrave gesagt hatte. Er erklärte Eastland: »Autistische Kinder verstecken gern Sachen, Spielzeug und so weiter, Dinge, die ihnen wichtig sind. Wenn ich recht habe, könnte sie hier vielleicht das gleiche Versteck gehabt haben, das sie schon einmal benutzt hat.« Er hockte sich neben das Bett. »Beim letzten Mal war es auf dieser Seite.« Er schob die Hand zwischen Matratze und Sprungfederrahmen mit einer gespannten Erwartung, die kaum geringer war als die des Earls of Carnarvon, als er das Grab von Tutanchamun öffnete. Seine Fingerspitzen hatten etwas Hartes berührt. Er nahm es triumphierend heraus: ein Kugelschreiber. »Ich würde sagen, es ist zu neunundneunzig Prozent sicher, daß Naomi hier war.«

»Sie wußten, daß er da drin sein würde?« sagte Eastland.

Beschwingt mutete Diamond seinem lädierten Körper noch eine weitere Strapaze zu, indem er die Matratze hochzog. An Intuition mag ja etwas dran sein, aber Glück ist trügerisch. Unter der Matratze lag kein Zeichenblock. Nicht einmal ein Blatt Papier.

Grund zur Freude: Naomi war am Leben, jedenfalls noch bis zu dem Zeitpunkt, als sie den Stift dort versteckt hatte. Grund zur Sorge: Die Spur war erneut im Sande verlaufen; es war nicht zu sagen, wer das Mädchen jetzt in seiner Gewalt hatte. Die Labortests würden vielleicht ein paar Anhaltspunkte liefern, aber die Männer in den weißen Kitteln brauchten immer Tage, bis sie mit ihren Ergebnissen rausrückten.

»Hat Sergeant Stein etwas über den gestohlenen Wagen herausgefunden?« fragte er Eastland.

»Leapmans Wagen? Ein dunkelblauer Chevy Citation. Wir haben das Kennzeichen vom Zentralcomputer. Jeder Streifenwagen in New York hat es mittlerweile.«

Es gab keinen Grund, länger zu bleiben. Da er wußte, daß er aus den Latschen kippen würde, wenn er nicht bald etwas schlief, bat Diamond, daß man ihn zu seinem Hotel fuhr.

Kapitel neunundzwanzig

Es läßt sich nur vermuten, was Lieutenant Eastland dachte, als er am nächsten Morgen in sein Büro kam und dort Peter Diamond antraf, der lediglich mit einem nicht zugeknöpften Hemd und einer roten Unterhose bekleidet war. Der dicke Engländer stand da, den Telefonhörer zwischen Schulter und fleischige Wange geklemmt. Auf dem Schreibtisch türmten sich Kleidungsstücke, zum Teil getragen, zum Teil frisch aus der Reinigung. Das Durcheinander von Telefonbüchern, Notizblöcken, Stiften und zusammengeknüllten Papiertaschentüchern ließ darauf schließen, daß er schon länger beschäftigt war. »Erstens Rind«, sagte er gerade. »Haben Sie Rind? ... Gut. Was noch? Leber, würde ich sagen. Lamm, ja ... Tja, soviel, wie Sie kurzfristig schaffen können ... Ausgezeichnet. Wie schnell wird das gehen? ... Oh, tun Sie mir das nicht an! Ich rede von heute mittag ... Ja, heute ... Schön, ich weiß. Ich rufe Sie gegen Mittag wieder an ... Ein Uhr dann. Nicht später.« Er legte auf. »Morgen, Lieutenant. Haben Sie verschlafen?«

Eastland sah ihn mit glasigen, rotgeränderten Augen an.

Diamond sagte: »Meine Sachen sind wieder da.«

»Das sehe ich.«

»Wir können es noch gerade rechtzeitig zum Sheraton Center schaffen.«

Eastland sagte: »Das war mal mein Büro.«

Diamond verkündete in dem gleichen munteren Ton: »Die Konferenz fängt um elf an.«

»Konferenz?«

»Manflex. Wissen Sie nicht mehr? Auf der sie das Wundermittel ankündigen wollen. David Flexner wird da sein und Professor Churchward. Da müssen wir hin.«

»Wen meinen Sie mit *wir*?«

»Uns beide. Sergeant Stein auch, wenn Sie möchten.«

Eastland fuhr sich mit den Fingerspitzen über eine Wange, als wollte er nachprüfen, ob er sich schon rasiert hatte. »Das Sheraton, sagen Sie?«

»Ecke Seventh Avenue und Dreiundfünfzigste Straße.«

»Ich weiß, wo das Sheraton ist«, grollte Eastland.

»Dann nix wie hin.«

»Diamond, Sie haben soviel Feingefühl wie eine abgesägte Schrotflinte.«

Man mußte Eastland zugute halten, daß er Diamond noch nie so munter erlebt hatte. Der Engländer war nicht zu bremsen. Drei Minuten später saßen sie in einem Wagen und fuhren Richtung Innenstadt.

»Ich habe noch mal gründlich nachgedacht«, sagte Diamond, als wollte er die Veränderung erklären. »Gestern abend bei Leapman, das kam mir alles irgendwie falsch vor.«

»Falsch?«

»Was wir gefunden haben.«

»Der Kugelschreiber?«

Diamond starrte den Lieutenant überrascht an. »Nein. Der Kugelschreiber war nicht falsch. Das war ein echter Fund. Fast alles andere war falsch.«

»Zum Beispiel?«

»Die Verwüstung im Wohnzimmer. Auf den ersten Blick sah das beeindruckend aus, als hätte es dort einen Kampf gegeben, aber was war denn wirklich kaputt? Ein zerschlagener Fernseher. Ein Regal war über das Sofa gekippt, und auf dem Boden lagen ein paar Bücher und Kleinkram herum, ein Sessel war umgestoßen und lag auf einem Tisch, und das war's dann auch.«

»Das Telefon war aus der Steckdose gerissen«, fügte Eastland hinzu.

»Stimmt, aber es war nicht beschädigt. Für mich sah das Ganze so aus, als wäre es von einem ziemlich zögerlichen Besitzer inszeniert worden, der in seinem Wohnzimmer nicht mehr Schaden als nötig anrichten wollte.«

»Sie glauben, es war inszeniert?«

»Ich halte es für mehr als wahrscheinlich.«

»Vergessen Sie dabei nicht die Blutflecken?«

»Nein, die habe ich nicht vergessen. Überlegen Sie doch mal, in welchem Zustand das Schlafzimmer war, in dem das Kind festgehalten wurde. Tadellos, bis auf den Kugelschreiber. Es gab keine anderen Anzeichen dafür, daß Naomi dort gewesen ist. Nicht mal ein Haar auf dem Kopfkissen. Hätte man nicht einen Hinweis darauf finden müssen, daß sie in aller Eile von dort weggebracht wurde?«

»Vielleicht war sie schon unten, als der Kampf losging«, sagte Eastland.

»Komplett angezogen, Mantel, Schuhe und alles? Die waren nämlich nicht im Haus.«

»Wer die Kleine mitgenommen hat, muß auch ihre Sachen mitgenommen haben.«

»Dann hätte er sie mit blutbefleckten Händen angefaßt und dem Mädchen in den Mantel geholfen? Klingt das wahrscheinlich?«

»Haben Sie eine bessere Erklärung?« fragte Eastland.

»Und dann der Wagen«, fuhr Diamond fort, als wäre die Frage gar nicht gestellt worden. »Wie ist der Täter zum Haus gekommen. Zu Fuß? Wenn er mit einem Wagen gekommen ist, wo ist der? Er kann anschließend ja wohl kaum mit *zwei* Wagen weggefahren sein.«

»Zwei Täter«, sagte Eastland trotzig. »Einer hat seinen Wagen gefahren, der andere Leapmans.«

»Und Leapman haben sie mitgenommen?«

»Ja.«

»Na schön, warum mußten sie Leapman und das Kind mitnehmen?«

»Vielleicht haben sie ihn getötet. Da ist weiß Gott genug Blut. Sie haben die Leiche weggeschafft.«

»Um Ihre Ermittlungen zu behindern, meinen Sie?«

»Klar«, sagte Eastland. »Sie haben Leapman in die Garage getragen, ihn in den Wagen geladen, dann die Garage geöffnet und sind mit der Leiche hinten drin rausgefahren. So mußten sie den Toten nicht bis zur Straße tragen, wo ein Nachbar sie hätte sehen können.«

»Und Sie meinen, so ist es gewesen?«

»Haben Sie eine bessere Erklärung?« fragte Eastland zum zweiten Mal.

»Fangen wir mal ein wenig früher an«, sagte Diamond. »Leapman hat das Mädchen eindeutig irgendwann in sein Haus gebracht. Wir haben den Kugelschreiber an der Stelle gefunden, wo ich sagte, daß er liegen würde. Da sind wir doch einer Meinung, nicht?«

»Ja.«

»Versetzen Sie sich in Leapmans Lage. Als David Flexner sich gestern mit mir an der Fähre verabredete, hat Leapman mitgehört. Im Büro oder im Telefon ist eine Wanze. Er hat Verbindungen zum organisierten Verbrechen. Und er hat seine kriminellen Freunde verständigt und sie gebeten, mich aus dem Weg zu schaffen, während er zur Ablenkung im Hauptgebäude von Manflex Feueralarm ausgelöst hat, um David Flexner aufzuhalten. Ist das eine plausible Schlußfolgerung aufgrund der uns vorliegenden Fakten?«

»Es ist denkbar.«

»Denkbar? Ich wurde in den Fluß geworfen. Das werden Sie doch nicht in Zweifel ziehen?«

»Nein, das ziehe ich nicht in Zweifel.«

»Leapman muß geglaubt haben, daß ich tot bin, aber er hatte noch immer ein Problem, weil nämlich Sie – die Cops – David Flexner in derselben Nacht zur Vernehmung ins Polizeirevier geholt haben. Er konnte sich zwar nicht erklären, wie Sie da eine Verbindung hergestellt hatten, aber er wußte, wie gefährlich die Sache wurde. Bis zu ihm und zu ihm nach Hause, wo er Naomi festhielt, war nur noch ein kleiner Schritt.«

Eastland wurde langsam wach. »Er wollte nicht, daß die Cops ihm einen Besuch abstatten. Gerade zum jetzigen Zeitpunkt wäre eine Verhaftung für ihn katastrophal.«

»Genau. Wenn er aus PDM3 Kapital schlagen will, muß die Pressekonferenz stattfinden. Sind Sie bis hierher mit mir einer Meinung?«

Eastland zuckte bloß die Achseln: »Sagen wir, ich höre zu.«

»Also, Leapman muß PDM3 nicht vorstellen. Er ist bloß Flexners Stellvertreter und muß sich nicht unbedingt auf der Konferenz sehen lassen. Da reichen sein Chef und Professor Churchward. Das einzige, was ihm den Tag versauen und den großen Wertanstieg seiner Aktien verhindern könnte, ist ein Besuch von der Polizei, die bei der Gelegenheit feststellt, daß er das Kind bei sich zu Hause hat. Das wäre eine Katastrophe.«

»Und?«

»Und deshalb arrangiert er sein Verschwinden. Er nimmt Naomi mit, beseitigt alle Spuren, daß sie im Haus war. Zunächst zieht er sie an und setzt sie in seinen Wagen. Dann räumt er ihr Zimmer so gründlich auf, als sei sie nie dagewesen.«

»Nur, daß Sie so schlau waren, unter der Matratze nachzusehen«, sagte Eastland in einem ausdruckslosen Ton, der zwar nicht spöttisch, aber auch nicht anerkennend klang.

Diamonds Augen verengten sich, und eines tat weh. Das blaue Auge war noch immer geschwollen. Er spürte, daß er verulkt wurde, aber er wollte sich nicht aus dem Konzept bringen lassen. »Dann täuscht er den Überfall vor. Kippt einige Möbelstücke um und schlägt den Fernseher ein.«

»Und das Blut? Wollen Sie behaupten, das war Ketchup?«

»Nein.«

»Selbstbeigebrachte Wunden?«

»Ich weiß nicht.«

Eine Weile sagte keiner etwas. Diamond mußte verschnaufen, und Eastland sammelte seine Gedanken, um Diamonds Theorie auseinanderzunehmen. »Für ein Szenario, das sich bloß auf einen Kugelschreiber stützt, ziemlich gewagt«, sagte er schließlich. »Um es kurz zusammenzufassen, Sie glauben, Leapman hat den Tatort selbst arrangiert, um uns glauben zu machen, daß er zusammengeschlagen und wahrscheinlich ermordet wurde?«

»Ja. Ich denke, Sie werden feststellen, daß die Fingerabdrücke nur von ihm stammen. Vermutlich trug er Handschuhe, um den Baseballschläger und das Telefon anzufassen.«

Er bekam unerwartete Unterstützung. »Stimmt, diese Gegenstände wurden mit Handschuhen angefaßt. Soviel wissen wir bereits. Und Sie glauben, daß Leapman quicklebendig ist? Daß er irgendwann vor unserem Eintreffen mit dem Kind weggefahren ist?«

»Genau.«

»Wohin?«

»Keine Ahnung, aber wenigstens wissen wir, nach wem wir suchen müssen. Wir können eine Beschreibung rausgeben.«

»Gestern abend wurden schon alle Streifenwagen verständigt«, sagte Eastland gähnend.

»Keine Ergebnisse?«

»Keine.«

Diamond mußte nicht erst darauf hingewiesen werden, wie schwierig es war, in New York einen Wagen aufzuspüren.

»Also, was meinen Sie?«

»Wozu?« sagte Eastland.

»Zu dem, was ich Ihnen gerade erzählt habe.«

»Quatsch.«

Und das war's.

Im Sheraton Center fuhren sie mit einem Pulk von Leuten, die Namensschildchen mit dem Manflex-Firmenlogo trugen, in den zweiten Stock. Die Konferenz sollte in der georgianischen Suite stattfinden. Junge Frauen in roten Blazern und weißen Röcken verteilten Informationsbroschüren. Diamond nahm eine und las mit grimmiger Befriedigung auf einem eingelegten Beiblatt: *Mr. Michael Leapman, stellvertretender Vorstandsvorsitzender, wird bedauerlicherweise nicht wie vorgesehen neben Professor Churchward die Sitzung leiten können. Er wird von Mr. David Flexner vertreten.*

Diamond und Eastland, die unauffällig in einer der hinteren Reihen Platz genommen hatten, sahen, wie David Flexner in Begleitung des Professors eintrat, eines schlanken Mannes in braunem Anzug und mit kurzgeschorenem Haar, der sich auf einen Stuhl neben dem Podium setzte. Flexner ergriff zuerst das Wort. Er wandte sich selbstsicher an das große Publikum und machte den Eindruck, als hätten ihm die beunruhigenden Ereignisse der letzten vierundzwanzig Stunden nicht das geringste ausgemacht. Nachdem er seine Zuhörer begrüßt hatte, gab er einen kurzen Abriß der Geschichte von Manflex unter der Leitung seines Vaters und zählte die wichtigsten Produkte auf, für die das Unternehmen bekannt war.

Unter höflichem Applaus wurde der Mann im braunen Anzug als Professor Alaric Churchward vorgestellt. Hager und blaß, aber sehr beherrscht musterte Churchward das Publikum einige Sekunden lang mit scharfem Blick, bevor er zu einer packenden Rede ansetzte. Nahezu vier Millionen Amerikaner, sagte er, könnten sich nicht mehr an die Namen von Freunden und Angehörigen erinnern. Sie könnten alltägliche Dinge wie Stühle und Tische nicht benennen. Sie litten an der Alzheimer-Krankheit, und unter ihnen seien Menschen, die äußerst verantwortungs- und anspruchsvolle Berufe gehabt hätten. Zu den traurigen Alzheimer-Opfern zählten Berühmtheiten wie die Schauspielerin Rita Hayworth, der Filmregisseur Otto Preminger, der Kriminalschriftsteller Ross Macdonald und der Künstler Norman Rockwell. Die Ursache war unbekannt; wahrscheinlich wurden die Symptome in etlichen verschiedenen Bereichen des Gehirns ausgelöst. Wissenschaftler in aller Welt arbeiteten seit fünfzehn Jahren intensiv an der Entwicklung einer erfolgreichen Behandlungsmethode.

Dann faßte er die wichtigsten Forschungsziele auf eine Weise zusammen, die deutlich machte, daß Bahnbrechendes bevorstand. Bislang hatte sich die Wissenschaft in erster Linie darauf konzentriert, Mittel und Wege zu finden, wie sich der Acetylcholin-Vorrat vergrößern ließ, der für die Funktionsfähigkeit des Gedächtnisses eine wichtige und weitgehend ungeklärte Rolle spielt. Die Versorgung des Gehirns mit dieser Substanz ließ bei Ausbruch von Alzheimer bekanntermaßen rapide nach.

Schließlich kam er auf seine eigene Forschung zu sprechen (jetzt wurden im Publikum weitere Stifte gezückt und Tonbandgeräte eingeschaltet) und sagte, daß seine Methode direkt auf die Nervenzellen selbst abzielte. In den letzten zwölf Jahren hatten Forscherteams in Amerika, Europa und Asien unter seiner Leitung Tierversuche durchgeführt, um die Wirksamkeit von bestimmten Schutzstoffen zu testen, die das Absterben von Nervenzellen hinauszögerten oder sogar verhinderten. In den letzten acht Jahren hatten sie sich auf ein Präparat konzentriert, das unter der Bezeichnung Prodermolat oder PDM3 bekannt sei, mit dem Ergebnis, daß dessen Wirkung die eines Schutzstoffes weit übertraf.

Alaric Churchward war ein recht gewandter Selbstdarsteller. Nach der Überleitung zu seinem Produkt hielt er die Zuhörer in Spannung, indem er Filmaufnahmen von Alzheimer-Patienten zeigen ließ, die er fünf Jahre zuvor getestet hatte, und zwar vor der Verabreichung von PDM3.

Die verwirrten Menschen, die auf der Leinwand zu sehen waren und gefragt wurden, was für ein Monat gerade war, wann sie geboren wurden oder wie der amtierende Präsident der Vereinigten Staat hieß, waren nicht ausschließlich in dem fortgeschrittenen Alter, das Peter Diamond mit der Krankheit assoziierte. Eine Frau war siebenundvierzig und ein Mann zweiundfünfzig, die anderen waren dagegen älter als fünfundsechzig. Der Anblick von intelligent wirkenden Menschen, die an der Frage nach recht simplen Fakten scheiterten, war bestürzend. Das galt besonders für zwei Männer, die zornig wissen wollten, wer sie waren und wo sie herkamen.

»Ich schätze, das ist die ›Davor‹-Phase«, sagte Eastland zu Diamond.

»Meinen Sie? Ich glaube nicht, daß ich ... Oh, ich verstehe, was Sie meinen ...« Er war dermaßen auf den Film konzentriert, daß er selbst so klang, als wäre er etwas minderbemittelt. Diese bedauernswerten Menschen erschütterten ihn mehr, als er erwartet hatte. Er hatte selbst große Angst vor fortschreitendem Gedächtnisverlust, und das Leiden dieser Menschen ging ihm unter die Haut.

Das Licht wurde wieder angeschaltet, und der Professor erklärte ausführlich, worum es sich bei dem Präparat PDM3 handelte, wobei er sich derart in Fachausdrücken erging, daß Diamond zunehmend Mühe hatte, ihm zu folgen. Die quälenden Bilder von den Alzheimer-Patienten gingen ihm nicht aus dem Sinn.

Dann wurde der Raum für eine weitere Filmvorführung verdunkelt, die Interviews ›danach‹. Churchward erklärte einleitend, daß einigen der Freiwilligen, wie er sie nannte – nicht Patienten oder Versuchspersonen –, PDM3 verabreicht worden war und einigen zur Kontrolle ein Placebo-Präparat.

Der Film war eindrucksvoll. Die Veränderungen bei den Testpersonen, die das Mittel bekommen hatten, waren bemerkenswert. Sie beantworteten nicht nur die Fragen, die sie zuvor vor ein Rätsel gestellt hatten, sondern erzählten darüber hinaus unaufgefordert, wie sich ihr Leben verbessert hatte. Sie konnten sich allein anziehen, spazierengehen, einkaufen, Briefe schreiben. Beim Standard-Worttest hatten sie im Durchschnitt um ein Vielfaches besser abgeschnitten. Die Ergebnisse standen im krassen Gegensatz zur fortschreitenden Verschlechterung bei der Gruppe, die das Placebo genommen hatte. Diamond, der diese Werbeveranstaltung mit Zynismus betrachtete, konnte nur mit Mühe unvoreingenommen bleiben und den Wunsch unterdrücken, jedem der bedauernswerten, umnachteten Menschen wäre das Mittel verabreicht worden.

Als das Licht anging, saßen zur allgemeinen Überraschung ein Mann und eine Frau neben Churchward, die er als Personen aus dem eben gezeigten Film vorstellte, Freiwillige, deren Leben sich durch PDM3 verändert hatte. Beide beantworteten klar einige Fragen und bezeugten so ihr verbessertes Erinnerungs- und Konzentrationsvermögen. Als sie das Podium verließen, erhob sich spontaner Beifall.

Jetzt trat David Flexner vor und forderte die Zuhörer auf, Fragen zu stellen.

Ein bärtiger Mann in einer der vorderen Reihen wies darauf hin, daß bestimmte Medikamente von anderen Pharmaunternehmen beachtliche Verbesserungen bei Alzheimer-Patienten bewirkt hatten, aber nur vorübergehend. Innerhalb von zwei Jahren hatte sich der Zustand erneut verschlechtert. War mit PDM3, so seine Frage, tatsächlich eine dauerhafte Besserung möglich?

Churchward antwortete so flüssig, als wäre die Frage vorher abgesprochen gewesen, was vielleicht auch der Fall war. »Natürlich kenne ich die Produkte, die Sie ansprechen, Sir, und ich stimme mit Ihnen darin überein, daß diese Medikamente über einen längeren Behandlungszeitraum enttäuscht haben, obwohl sich mit ihnen unbestritten gewisse Erfolge haben erzielen lassen. Leider nur kurzfristig. Der Grund – und das ist meine persönliche Meinung – ist darin zu sehen, daß die Nervenzellen, die Acetylcholin produzieren, weiterhin absterben. Unser Verfahren mit PDM3 schlägt einen ganz anderen Weg ein: Diese Zellen werden faktisch regeneriert. Unsere Versuche in Indiana und in unseren Forschungszentren in Tokio und London laufen seit sieben Jahren, und es sind keine signifikanten Verschlechterungen beobachtet worden. Natürlich werden die Patienten älter – wir dürfen nicht vergessen, daß wir es hier in erster Linie mit Geriatrie-Fällen zu tun haben –, aber unsere Tests und Interviews sind durchweg ermutigend. Nächste Frage.«

Eine Frau rechts von Diamond fragte, ob negative Nebenwirkungen bei PDM3 bekannt seien.

»Erstaunlich wenige«, sagte Churchward. »Jedes Medikament ruft einige unerwünschte Reaktionen hervor, aber in diesem Fall sind sie geringfügig. Die freiwilligen Testpersonen haben in der Mehrzahl von keinerlei negativen Wirkungen berichtet.«

»Vielleicht haben sie es ja vergessen«, flüsterte Diamond Eastland zu. Churchwards aalglatte Präsentation reizte ihn allmählich.

»Weniger als zwanzig Prozent unserer Freiwilligen berichteten von einem leichten Schwindelgefühl, aber das ist bekanntlich schwierig einzuschätzen, und es war auch nur von kurzer Dauer«, fügte Churchward hinzu. »Fünf Prozent derjenigen, die das Placebo bekommen hatten, gaben ebenfalls ein Schwindelgefühl an. Wir betrachten das nicht als ernstes Problem.«

Diamond beugte sich zu Eastland hinüber und sagte mit leiser Stimme, daß er mal telefonieren müsse. Er saß direkt am Gang, so daß er gehen konnte, ohne jemanden zu stören.

Als er zehn Minuten später wiederkam, war das Frage-und-Antwort-Spiel noch im Gange. Jemand fragte, ob man PDM3 als »Intelligenzdroge« bezeichnen könne.

»Einen solchen Begriff würde ein ernsthafter Biochemiker nicht verwenden, Madam«, erwiderte Churchward, »aber ich verstehe, worauf Sie hinauswollen. Schätzungen nach nehmen bis zu 100 000 Amerikaner täglich Medikamente, von denen sie sich eine Steigerung ihrer Verstandesleistung erhoffen. Ob man nun von kognitiven Verstärkern oder Intelligenzdrogen spricht, ihre Wirkungen sind bis heute unbewiesen. Ich habe gelesen, daß zur Zeit nicht weniger als 160 kognitive Verstärker entwickelt werden, von denen viele Vasodilatatoren sind. Verstehen Sie, was ich damit meine? Vasodilatatoren bewirken eine Erweiterung der Blutgefäße, wodurch das Gehirn mit mehr Blut versorgt wird. Doch wenn Ihre Blutversorgung im Gehirn normal ist, gibt es keinen Beweis dafür, daß Sie durch Vasodilatatoren schlauer werden. Bis jetzt konnte mich noch niemand davon überzeugen, daß irgendeine der sogenannten Intelligenzdrogen tatsächlich wirkt. Und dennoch ...«

Der Professor hielt inne, lächelte schwach und beugte sich dann mit erhobenem Zeigefinger vor wie ein Prediger, um die Aufmerksamkeit seiner Zuhörer zu erhöhen. Aber die Mühe konnte er sich sparen, denn alle lauschten gebannt. »... PDM3 eröffnet aufregende Möglichkeiten. Heute nachmittag werde ich Sie detailliert über ein begrenztes Experiment informieren, das wir mit einer Gruppe Studenten durchgeführt haben. Es ist weithin bekannt, daß bestimmte hochintelligente Menschen ein schlechtes Gedächtnis haben. Wir haben zwanzig Studenten und Studentinnen von der Corydon University in Indianapolis PDM3 verabreicht. Drei von ihnen schnitten durchweg unterdurchschnittlich bei Gedächtnistests ab, und es steht außer Zweifel, daß das Mittel ihre geistigen Fähigkeiten deutlich verbessert hat. Wir sprechen hier nicht von vergeßlichen älteren Menschen. Das hier ist etwas anderes. Und jetzt« – Churchward verschränkte die Arme und hielt alle für einen Moment in gespannter Erwartung – »möchte ich einen Schritt weitergehen. Ich plane in Phase drei unserer Tests ein umfangreiches Experiment, um die Fähigkeit dieses bemerkenswerten Mittels zur Regenerierung und Verlängerung der mentalen Leistungsfähigkeit normaler Menschen zu untersuchen. Falls unsere vorläufigen Erkenntnisse stimmen, sind die Auswirkungen – für den einzelnen Menschen, für die Gesellschaft insgesamt, für die Wirtschaft, für das Wohl unserer Nation, den Fortschritt der Menschheit – einfach ...«

»Wahnsinnig?« sagte die Fragestellerin.

Churchward lächelte. »Ich neige dazu anzunehmen, daß niemand Gefahr läuft, durch die Einnahme von PDM3 wahnsinnig zu werden. Doch, ja, wir können uns kaum vorstellen, welche Möglichkeiten eine solche Entdeckung in sich birgt.«

Es schien ein gutes Schlußwort zu sein, zumindest fand David Flexner das, denn er nahm das Mikrophon. »Wenn es keine weiteren Fragen gibt, meine Damen und Herren ...«

»Doch, ich habe noch eine Frage, wenn es recht ist.« Peter Diamond war plötzlich aufgestanden. Er hatte nicht vorgehabt, sich öffentlich zu Wort zu melden, und er hatte es auch nicht mit Lieutenant Eastland abgesprochen (der »Verdammt!« murmelte). Erst in den letzten Minuten hatte er beschlossen, eine Breitseite auf die beiden so gut vorbereiteten Männer auf dem Podium abzufeuern. Wenn er ihnen jetzt Angst einjagte, wo sie doch dachten, alles im Griff zu haben, machten sie vielleicht in ihrer Panik irgendeinen Fehler, der sie wirklich belastete – falls sie in die Verbrechen verwickelt waren. »Diese Sitzung sollte eigentlich von Mr. Leapman geleitet werden. Was ist der Grund für seine Abwesenheit?«

Flexner fuhr sich rasch mit der rechten Hand durch sein langes Haar. »Mr. Leapman ist, äh ... Verzeihen Sie, Sir, das hat organisatorische Gründe. Ich denke nicht, daß es mit dem hier Gesagten irgendwas zu tun hat.«

»O doch«, sagte Diamond hartnäckig. »Es ist bekannt, daß Mr. Leapman sich für dieses Medikament stark gemacht und es in Ihrem Unternehmen gefördert hat. Mehr als jeder andere ist er für diese Konferenz verantwortlich und auch für die Entscheidung, jetzt in die dritte Testphase einzutreten. Was sollen wir also davon halten, Mr. Flexner? Bedeutet das, daß Michael Leapman von dem Projekt Abstand genommen hat?«

Flexner starrte ihn an. »Sir, würden Sie mir bitte sagen, wen Sie vertreten?«

»Mein Name ist Diamond.«

Diese simple Aussage hatte eine sehr befriedigende Wirkung. Menschen erstehen nun mal nicht so oft von den Toten auf, und niemand hatte David Flexner gesagt, daß Diamond sein Bad im Hudson River überlebt hatte. Die Haare standen ihm zwar nicht gerade zu Berge, aber ansonsten erweckte er durchaus den Eindruck eines Mannes, der einen Geist erblickt.

Damit er Zeit hatte, seine Stimme wiederzufinden, sagte Diamond weiter: »Ich stelle mich wohl besser richtig vor. Ich bin Detective und arbeite zusammen mit Lieutenant Eastland von der New Yorker Polizei, den Sie ja bereits kennen. Er sitzt neben mir, falls Sie es von da hinten nicht sehen können. Aber meine Frage bezog sich auf Mr. Leapman. Wie Sie sicher wissen, ist er verschwunden. Ich denke, Ihre Zuhörer haben ein Recht darauf, über die Umstände in Kenntnis gesetzt zu werden.«

Flexner sah blutleerer aus als sein geisterhaftes Gegenüber. »Das ist unbedeutend«, brachte er heraus.

Churchward stand auf und sprach mit Flexner, und da er so nah am Mikrophon war, waren seine Worte im ganzen Saal zu hören. »Wir sollten das jetzt möglichst schnell beenden.«

Niemand sonst hatte den Wunsch zu gehen. Diamond sagte: »Mag sein, daß Sie das Ganze möglichst schnell abschließen möchten, Gentlemen, aber das würde uns übrige doch ziemlich wundern. Mr. Michael Leapman ist unter ungeklärten Umständen aus seinem Haus in New Jersey verschwunden. Im Haus ist beträchtlicher Schaden angerichtet worden. Es gibt Anzeichen eines Kampfes. Umgestoßene Möbel. Blutflecken. Sein Wagen ist weg. Ich nehme an, Sie wurden darüber informiert, als Sie ihn heute morgen anrufen wollten.«

Flexner schien zu nicken.

Als er sah, daß sein Vorstandsvorsitzender sprachlos war, griff Professor Churchward nach dem Mikrophon und sagte: »Wir sind hier auf einer wissenschaftlichen Pressekonferenz, nicht bei einer polizeilichen Untersuchung. Es tut uns leid zu hören, daß Michael überfallen wurde, aber, bei allem Respekt, das steht in keinem Zusammenhang mit unserer heutigen Diskussion.«

Diamond sagte sofort: »Ich glaube, da irren Sie sich. Sie nehmen an, daß Mr. Leapman das Opfer eines Überfalls geworden ist.«

»So haben Sie es doch eben geschildert«, sagte Churchward.

»Nein, Professor, ich habe geschildert, wie es in dem Haus aussah. Es deutet alles darauf hin, daß der Überfall nur vorgetäuscht wurde.«

Einige schnappten nach Luft. Alle Blicke ruhten jetzt auf Diamond, um zu hören, was er sagte.

»Mir kam das Ganze von Anfang an komisch vor, und deshalb habe ich das gerichtsmedizinische Labor gebeten, das Blut zu analysieren, das am Tatort gefunden wurde. Vor wenigen Minuten habe ich mich telefonisch nach dem Ergebnis erkundigt.« Er genoß diesen Augenblick und verfiel auf eine gemeine Methode, ihn auszudehnen.« Da hier so viele Wissenschaftler anwesend sind, interessiert es Sie vielleicht, daß das Blut im Labor verdünnt und dann mit Tierserum in Kontakt gebracht wird, um festzustellen, ob es sich um Menschenblut handelt. Zwischen menschlichem Protein und dem Tierserum müßte eine Präzipitationsreaktion erfolgen. Dann bildet sich eine weiße Linie. In diesem Fall wurde keine weiße Linie festgestellt. Das gerichtsmedizinische Labor verfügt über einen großen Bestand an Antiseren von einer Vielzahl von Tieren.« Er hielt inne. Er verstand es genausogut wie Churchward, ein Publikum in seinen Bann zu ziehen. »Die Blutflecken in Michael Leapmans Wohnzimmer stammen von Rinderblut, vermutlich von einer Kalbsleber.« Erneut wartete er, um die Fakten wirken zu lassen. »Mir drängt sich also die Frage auf, ob einer von Ihnen beiden sich erklären kann, warum Mr. Leapman ausgerechnet zu diesem wichtigen Zeitpunkt unter mysteriösen Umständen verschwunden ist.«

Churchward schaltete vorsichtshalber das Mikro aus, bevor er sich mit Flexner beriet, der gerade an einem Glas Wasser nippte.

Diamond blieb stehen.

Ohne sich zu erheben, brummte Lieutenant Eastland vorwurfsvoll: »Das hätten Sie mir auch vorher sagen können.«

»Ich hatte keine Zeit.«

»Als ich heute morgen ins Büro kam, waren Sie da gerade dabei, das Ganze zu arrangieren?«

»Mit dem Labor, ja. Ich habe eben dort angerufen. Den Rindertest haben sie als erstes gemacht.«

»Und ich dachte, Sie würden sich ein Sandwich bestellen.«

David Flexner schaltete das Mikro wieder ein und bemühte sich, möglichst gelassen zu klingen: »Uns ist kein Grund für den von Ihnen geschilderten Vorfall bekannt. Michael Leapman hat sich seit vielen Jahren um unser Unternehmen verdient gemacht. Wir bedauern das eben Gehörte, aber wir sehen keinerlei Zusammenhang mit unserem heutigen Anliegen. Das Programm wird nach dem Mittagessen fortgesetzt. Mehr habe ich zu diesem Zeitpunkt nicht zu sagen.«

Die Presse scharte sich um Diamond.

»Zufrieden?« fragte Eastland, als Diamond den letzten Reporter abgeschüttelt hatte.

»Es geht hier nicht um meine Zufriedenheit. Ich möchte herausfinden, wieviel Flexner und der Professor über Leapmans Aktivitäten wissen.«

»Und was haben Sie erfahren?«

»Zumindest Flexner war ehrlich ratlos. Bei dem Professor bin ich mir nicht ganz so sicher.«

Eastland schien der gleichen Meinung zu sein. »Er ist ein anderer Typ. Eine reifere Persönlichkeit. Ihm ging es um Schadensbegrenzung.«

»Das war auch mein Eindruck. Ein cooler Bursche. Ich möchte mir noch kein abschließendes Urteil über Professor Churchward bilden.«

»Jemand von seinem Schlag würde auch dann nicht die Fassung verlieren, wenn King Kong in den Saal getrampelt käme.«

»Aber deshalb ist er noch lange nicht schuldig.«

»Wollen Sie ihn sich noch einmal ansehen? Er leitet die Sitzung heute nachmittag.«

Diamond sagte, er habe andere Pläne. Er wollte dem Manflex-Gebäude einen Besuch abstatten, solange die hohen Tiere nicht da waren. Er wollte selbst herausfinden, ob Flexner am Abend zuvor, als er wegen des Inhalts von Yuko Masudas Akte befragt worden war, etwas Wichtiges verschwiegen hatte.

»Ohne Durchsuchungsbefehl kommen Sie da nicht rein«, sagte Eastland zu ihm. »Das Gebäude ist bewacht wie ein Staatsgefängnis.«

»Wollen wir wetten?«

»Klar.«

»Eine Einladung zum Essen«, schlug Diamond vor.

»Eine von *Ihren* Mahlzeiten? Niemals.«

Beide Männer grinsten. Sie arbeiteten jetzt besser zusammen, seit sie wußten, was sie voneinander zu halten hatten.

Später, nachdem er sich mit einem selbstbezahlten Sandwich (oder auch zweien) gestärkt hatte, stieg Diamond aus einer Limousine und schritt selbstbewußt auf den Haupteingang der Manflex Corporation zu. Der Mann vom Sicherheitsdienst – glücklicherweise einer, mit dem Diamond bei seinem ersten Besuch nicht zusammengetroffen war – wollte seinen Passierschein sehen.

Diamond gab zu, daß er keinen Passierschein hatte. Er hatte etwas Besseres.

»Was ist das?«

»Ein britischer Paß.«

»Mister, wollen Sie mich verschaukeln?«

»Nein, ich gebe Ihnen Gelegenheit, meinen Namen zu überprüfen. Ich bin Peter Diamond.«

»Müßte ich Sie kennen?« sagte der Wachmann, eine Spur vorsichtiger.

»Ich bin froh, daß Sie das fragen. Und jetzt sollten Sie ein bißchen über die Antwort nachdenken.« Diamond schaute auf das Namensschildchen des Mannes. »Officer William Pinkowitz.«

Jeder, der das Spiel um Macht und Unterwerfung schon einmal gespielt hat, weiß, daß man den anderen in die Defensive drängt, wenn man seinen Namen benutzt. »Haben Sie etwas mit Safe Haven Security zu tun?«

Diamond wiederholte in entrüstetem Ton: »Etwas damit zu tun?«

»Arbeiten Sie für uns?«

»So würde ich es nicht ausdrücken, doch Sie kommen der Sache schon näher.«

»Aber Sie sind kein Amerikaner.«

»Habe ich das nicht schon deutlich gemacht?« Er ließ den armen Mann noch ein wenig zappeln, ehe er sagte: »Safe Haven ist lediglich ein Tochterunternehmen von Diamond Sharp International.«

»Diamond Sharp ...«

»International. Möchten Sie bei Ihrem Vorgesetzten nachfragen?«

Officer William Pinkowitz zögerte ein Weilchen, doch dann gelangte er offenbar zu dem Entschluß, daß jeder weitere Zweifel an den Worten von Peter Diamond ein Risiko bedeutete, das er lieber nicht eingehen wollte. »Ich werfe nur noch einen Blick in Ihren Paß, Sir.«

»Natürlich.«

Kurz darauf folgte das unvermeidliche, respektvolle: »Sie sind Detective Superintendent?«

»Sie machen gute Arbeit, Pinkowitz. Weiter so.« Er ging in das Gebäude. Hinter sich hörte er, wie Pinkowitz salutierend die Hacken zusammenschlug.

Im einundzwanzigsten Stock, von dem aus, wie er erfahren hatte, Manny Flexner aus dem Fenster in den Tod gesprungen war, trat er aus dem Fahrstuhl. Eine Frau kam über den Korridor, die nicht zu der Sorte gehörte, die schüchtern an einem vorüberhuschen. Um die Dreißig, mit dunklem Haar, makellosem Make-up und einer neckischen Locke, die sich auf ihrer Stirn ringelte, konnte sie es nicht erwarten herauszufinden, was der Mann mit dem blauen Auge und dem schlimm zugerichteten Gesicht dort zu suchen hatte. Als sie noch gut fünfzehn Meter entfernt war, rief sie schon: »Kann ich Ihnen helfen?«

»Personalakten?« sagte er.

»Die sind jetzt alle auf Computer.«

»Wo könnte ich, äh …?«

»Sind Sie aus Australien?«

»England.«

»Oh, das ist doch nicht möglich!« Sie überprüfte die Position ihrer Locke. »Ich habe sehr gute Freunde in England. Wo in England?«

»London.«

»Wirklich? Meine Freunde wohnen in Welwyn Garden City. Ist das in der Nähe von London?«

»Nähe ist relativ.«

»Nähe ist relativ – schön gesagt! Aber was ist mit Ihnen passiert? Ich hoffe, Sie haben keine schlimmen Erfahrungen in unserem Land gemacht.«

»Nein, ich bin bloß gestürzt. Mir geht's gut.«

»Das sieht mir aber gar nicht danach aus! Machen Sie hier Urlaub?«

»Ich stelle Nachforschungen an«, sagte er in einer plötzlichen Eingebung. Er war sich nicht sicher, wie lange darauf Verlaß war, daß Officer Pinkowitz sein vertrauliches Wissen für sich behalten würde. »Eine Familiensache. Mr., äh, Leapman hat mir erlaubt, in den Akten nach Informationen über ein entferntes Mitglied der Familie zu suchen.«

»Michael Leapman? Der ist heute nicht da. Zu dumm.«

»Das macht gar nichts. Aber wenn mir vielleicht jemand zeigen könnte, wie ich den Computer bedienen muß ...«

»Ich weiß nicht, ob ein Schreibtisch frei ist. Moment, lassen Sie mich überlegen.«

»Mr. Leapmans Schreibtisch?«

»Aber ja – natürlich!«

Sauber und einfach, befriedigend einfach. Zumindest, so sagte er sich, funktioniere ich wieder.

Sie führte ihn in Leapmans Büro, dem anzusehen war, daß es viel benutzt wurde. Ein bequemer Sessel mit verstellbarer Rückenlehne und abgewetzten Armlehnen. Ein Schreibtisch mit Tassenrändern, die sich offenbar nicht entfernen ließen. Einige nicht mehr ganz neue Spielzeuge für den modernen Manager, darunter eine Newton-Schaukel, die Diamond einfach in Schwingung versetzen mußte. Ein Poster von Stockholm, das sich an den Ecken aufrollte. Selbst die Tastatur des Computers, der auf einem separaten Schreibtisch stand, war abgenutzt.

Diamond setzte sich davor, und seine neugewonnene Helferin drückte einen Knopf. Während das Gerät startete, kamen ihr kurz Zweifel. »Hat Michael Ihnen wirklich erlaubt, die Personaldateien einzusehen? Nur wenige Mitarbeiter kennen das Paßwort, um da reinzukommen.«

»Das ist schon in Ordnung«, versicherte er ihr. »Ich will ja nicht rausfinden, was ihr hier verdient oder wie alt ihr seid. Ich möchte nur in die Akte einer Wissenschaftlerin, die von Manflex gefördert wird.«

»Das ist kein Problem«, sagte sie, offensichtlich erleichtert. »In die Dateien von Wissenschaftlern kommt man leichter rein als in die von ständigen Mitarbeitern. Welchen Namen suchen Sie denn?«

»Masuda. Dr. Yuko Masuda.«

»Der klingt aber nicht englisch.«

»Ist er auch nicht. Ich habe einen Cousin, der nach Japan gegangen ist.«

»Versuchen wir's also. Masuda. Wie schreibt man das?«

Als der Name auf dem Bildschirm auftauchte, wurden Diamonds Hoffnungen auf neue Informationen zunichte gemacht. Es war ein magerer Bericht über zwölf Jahre Forschung.

Name: MASUDA, Dr. Yuko (weiblich). *Geburtsdatum*: -

Adresse: c/o Fachbereich Biochemie, Univ. von Yokohama, Japan.

Qualifikationen: Magister, Promotion

Zeitraum der Förderung: Von: September 1979 Bis: dauert an.

Forschungsgebiet: Durch Medikamente und Alkohol induziertes Koma

Untersuchte Medikamente: Sympathomimetika.

Veröffentlichungen: »Eine Verletzung des Gehirns. Koma und seine typischen Merkmale.« [Dissertation], 1981. »Narkose und Komazustände.« *American Journal of Biochemistry*, Mai 1981. »Die Behandlung des Alkoholkomas.« Vortrag vor dem japanischen Pharmakologen-Kongreß, Tokio 1983.

»Das ist nicht viel«, beklagte er sich. »Hat sie seit 1983 sonst nichts veröffentlicht? Ich dachte, Forscher würden ständig was veröffentlichen.«

Die Frau zuckte die Achseln. »Vielleicht ist die Datei nicht auf dem neuesten Stand?«

Zumindest bestätigte die Datei, daß David Flexner bezüglich Yuko Masuda die Wahrheit gesagt hatte. Was hier stand, wußte er bereits durch die Vernehmung.

»Läßt sich feststellen, wann die Datei angelegt wurde?«

»Oh, sicher. Es gibt eine Checkliste mit sämtlichen Daten, wann etwas eingegeben oder gelöscht wurde.« Sie drückte zwei

Tasten, und rechts auf dem Bildschirm öffnete sich ein Fenster. »Nur zwei Meldungen. Wie Sie sehen, wurde die Datei am 10. September 1987 angelegt, und die letzte Änderung liegt erst drei Monate zurück.«

Er zögerte. Irgend etwas stimmte da nicht. »Aber der letzte Eintrag bezieht sich auf einen Kongreß im Jahr 1983. Welche von den Angaben sind neu? Was hat jemand vor drei Monaten eingegeben, wo sich doch alles, was da steht, auf Arbeiten bezieht, die bis 1983 veröffentlicht wurden?«

»Tut mir leid, das kann ich nicht beantworten. Ich habe keine Ahnung.«

»Der Computer kann uns das nicht sagen?«

»Nein.«

Er seufzte. Vor nicht ganz drei Monaten war Naomi nach London gebracht worden. Vielleicht gab es da einen Zusammenhang, aber offenbar gab es keine Möglichkeit, das herauszufinden.

Ihm kam einer neuer Gedanke. »Könnte eigentlich jeder in diesen Dateien Ergänzungen vornehmen?«

»Wenn er reinkommt, natürlich, aber nur wenige hier kennen das Paßwort.«

»Das wären also auch der Vorstandsvorsitzende ...?«

»Und sein Stellvertreter, der Personalchef, der Leiter der Forschungsabteilung, die leitende Systemanalytikerin und einige Sekretärinnen, darunter ich.«

»Wessen Sekretärin sind Sie?«

»Mr. Harts. Er ist der Personalchef.«

»Und Sie sind ...?«

»Molly Docherty. Ich dachte schon, Sie würden gar nicht mehr fragen.«

»Ich heiße Peter Diamond. Und wer leitet die Forschungsabteilung?«

»Mr. Greenberg. Möchten Sie mit ihm sprechen?«

»Wie lange arbeitet er schon hier?«

»Etwa zwei Jahre.«

»Dann möchte ich nicht mit ihm sprechen.« Diamond tippte mit dem Finger auf den Bildschirm. »Sagen Sie, Molly, wo wurden diese Informationen vor September 1987 aufbewahrt?«

»Das stand auf Karteikarten. Mr. Flexner – Mr. Manny Flexner, meine ich – war ein netter Mensch, aber dem Computerzeitalter hinkte er ein wenig hinterher. Er hatte kein Vertrauen zur modernen Technik.«

Ich auch nicht, dachte Diamond. »Und sämtliche Informationen aus dieser Kartei wurden in den Computer eingegeben?«

»Oh ja, alles. Und dreifach überprüft. Ich habe daran mitgearbeitet.«

Bevor er die nächste Frage stellte, schickte er ein stilles Gebet zum Himmel. Er hielt sich für einen Agnostiker, doch wenn er wie jetzt Hilfe brauchte, nahm er sie von jeder Seite an. »Gibt es diese Kartei noch?«

Molly Docherty legte eine quälend lange Denkpause ein, ehe sie sagte: »Ich glaube, sie werden irgendwo gelagert.«

»Wo?«

»Da fragen Sie mich was. Im Keller, glaube ich.«

»Hätten Sie wohl die Güte, mich dahin zu begleiten?«

Sie lachte, wie er vermutete, über seine Ausdrucksweise. »Da muß ich erst meinen Boß fragen.«

»Sie müssen mich ja nicht erwähnen.«

Auf dem Weg zum Fahrstuhl sagte sie: »Sie müssen sehr an Ihrer Familie hängen.«

»Wieso?« Er war leicht irritiert, und dann fiel ihm wieder ein, unter welchem Vorwand er sich Einsicht in die Dateien verschafft hatte. »Es geht mir nicht nur darum, einen Stammbaum anzulegen. Ich möchte auch alles über die Vergangenheit meiner Angehörigen wissen.« Selbst in seinen Ohren hörte er sich nicht sonderlich überzeugend an.

Der Keller war ein kalter, hallender Raum voller veralteter Büromöbel: Holzschreibtische mit abgeblättertem Furnier, graue Metallschränke, wie sie in den sechziger Jahren so überaus beliebt waren, und ein Sammelsurium von Stühlen mit angerissenen und ausgefransten Bezügen. Die ausrangierte Personalkartei war leicht zu finden, verstaut in fünf Metallkästen – verschlossen, aber Molly hatte umsichtigerweise einen Satz Schlüssel von oben mitgebracht.

»Die reichen mindestens dreißig Jahre zurück«, sagte sie. »In jedem Kasten müssen an die Tausend sein.«

»Machen wir einen auf.«

Sie bückte sich und fand den richtigen Kasten. Als sie die Schlüssel durchprobierte, sagte sie: »Das ist ja eine richtige Schatzsuche. Ich hoffe wirklich, es ist der Mühe wert.«

Sie blätterte rasch mit einem langen, lackierten Fingernagel die Karten durch, nahm eine heraus und reichte sie Diamond. »Voilà!«

Er brauchte nicht lange. »Die hier entspricht nicht dem Computereintrag.«

»Natürlich nicht«, sagte sie. »Wir bringen die Daten ständig auf den neuesten Stand.«

»Indem Sie Informationen löschen?«

»Nein, ergänzen.«

»Wie erklären Sie sich dann das hier?« Er gab die Karte zurück.

Name: MASUDA, Dr. Yuko

Adresse: c/o Fachbereich Biochemie, Universität von Yokohama

Qualifikationen: Magister, Promotion

Zeitraum der Förderung: Von: September 1979 Bis: Juli 1985

Forschungsgebiet: Komata, induziert durch Medikamente und Alkohol

Untersuchte Medikamente: Jantac

Veröffentlichungen: »Eine Verletzung des Gehirns. Koma und seine typischen Merkmale.« [Dissertation], 1981. »Narkose und Komazustände.« *American Journal of Biochemistry*, Mai 1981. »Die Behandlung des Alkohol-Komas.« Vortrag vor dem japanischen Pharmakologen-Kongreß, Tokio 1983.

»Wo liegt das Problem?«

Offenbar hatten sich die Einzelheiten nicht so unauslöschlich in Molly Dochertys Gedächtnis eingebrannt. Diamond erklärte: »Hier steht, daß die Förderung im Juli 1985 endete. In Ihrem Computer ist das nicht erwähnt. Da steht, daß die Förderung anhält. Das ist ein großer Unterschied, nicht wahr?«

»Ich vermute, sie hat die Forschungsarbeit zu einem späteren Zeitpunkt wieder aufgenommen.«

»Wäre das dann oben nicht vermerkt?«

»Wichtig ist doch, daß sie jetzt wieder für uns arbeitet. Wahrscheinlich hat derjenige, der den Eintrag auf den neuesten Stand bringen mußte, das Datum gelöscht und durch ›dauert an‹ ersetzt.«

Damit gab Diamond sich nicht zufrieden. »Dadurch entsteht der Eindruck, daß sie ununterbrochen geforscht hat. Es muß eine Unterbrechung gegeben haben.«

»Für kurze Zeit.«

»Fast zwei Jahre? Der Computer wurde 1987 installiert, haben Sie gesagt. Und alles auf diesen Karten wurde bei der Eingabe dreifach überprüft?«

Als ob sie die Möglichkeit, daß jemand sich geirrt haben könnte, von sich weisen wollte, sagte sie: »Ich sehe mal nach, ob es auf einer anderen Karte einen Eintrag gibt. Vielleicht wurden ja die Angaben auf zwei Karten zusammengefaßt.«

Aber es gab keine zweite Karte über Yuko Masuda.

»Dieses Medikament – Jantac – ist im Computer auch nicht aufgeführt«, sagte Diamond. »Da steht etwas ganz anderes und Unaussprechliches. Sympathiko ... und so weiter. Was genau ist Jantac?«

»Tut mir leid«, sagte sie, »aber es gibt Tausende von Medikamenten. Da bin ich überfragt.«

»Ist es ein Manflex-Produkt?«

»Es ist mir nicht bekannt, aber wir können oben in der Liste nachsehen.«

»Und könnten Sie von dieser Karte eine Kopie machen?«

Sie blickte unschlüssig. »Geht es Ihnen wirklich bloß um eine Familienchronik?«

»Nur im allerweitesten Sinne, fürchte ich. Ich bin Polizeibeamter auf der Suche nach einem kleinen Mädchen, das vermißt wird. Dr. Masuda ist die Mutter.«

»Und was haben Sie über das Medikament rausgefunden?«

Eastland wirkte entspannter, jetzt, da er an seinem Schreibtisch im Polizeirevier saß.

»Jantac? Nicht viel«, gab Diamond zu. »Es war bei Manflex auf der Liste mit Mitteln, die noch in der Versuchsphase sind.«

»War?«

»Jetzt nicht mehr. Wurde 1985 gestoppt.«

»Das Jahr, in dem Ihre japanische Lady mit ihren Forschungen aufhörte.«

»Genau.«

»Wissen wir, warum es zurückgezogen wurde?«

»Nein, aber ich habe vor, es herauszufinden.«

»Meinen Sie, es könnte wichtig sein?«

»Irgend jemand hat es aus der Computerdatei gelöscht. Ich bin überzeugt, daß sämtliche Informationen von den Karten korrekt übertragen wurden. Molly – die Frau, die mir geholfen hat – schwört hoch und heilig, daß alles auf den Karten in den Computer eingegeben und dreifach überprüft worden ist. Und jetzt kommt's – der Computereintrag wurde zum ersten und einzigen Mal vor drei Monaten geändert.«

»Also um die Zeit, als Sie Naomi in London gefunden haben?«

»Ja.«

Eastland lehnte sich in seinem Stuhl zurück. »Woher wollen Sie die Informationen über Jantac kriegen?«

»Universität von Yokohama, schätze ich. Dort wurde daran gearbeitet. Ich schicke ein Fax hin.«

»Bevor Sie das tun, muß ich Ihnen noch was sagen. Wir haben Leapmans Wagen gefunden.«

»Wo?«

»JFK.«

»Der Flughafen.«

»Er stand im Parkhaus. Schon einige Zeit.«

»Woher wissen Sie das?«

»Er ist gestern abend abgeflogen. Japan Airlines, direkt nach Tokio. Ich habe den ganzen Nachmittag Passagierlisten überprüft.«

»Tokio. Haben Sie dort schon Bescheid gesagt?«

»Zu spät. Er ist schon gelandet und über alle Berge. Mit Naomi.«

Kapitel dreißig

Eine Boeing 747 der Japan Airlines rollte die Landebahn des internationalen Flughafens bei Narita entlang, fünfundfünfzig Kilometer von Tokio entfernt. Durch sein Fenster über dem Flügel sah Peter Diamond Beobachtungstürme, Wasserwerfer und Bereitschaftspolizisten in voller Kampfausrüstung. Er hatte irgendwo etwas über die Massenunruhen Mitte der achtziger Jahre und den lang anhaltenden Streit mit den hiesigen Bauern über Landerechte gelesen. Dennoch, derartige Sicherheitsmaßnahmen waren erschreckend. Er fragte sich, wie streng wohl die Einwanderungsvorschriften waren. Es war vielleicht nicht besonders glücklich, ausgerechnet am Flughafen Narita anzukommen, wenn man als Gepäck lediglich eine Plastiktüte bei sich hatte, in der sich nur ein rosa Pullover, Baumwollhose, Einwegrasierer, Waschlappen, Zahnpasta und Zahnbürste befanden. Seine Befürchtung bestätigte sich, als er seinen Paß zeigte, der ihm prompt weggenommen wurde. Man bat ihn in einen Vernehmungsraum, wo man ihn unter Videoüberwachung zwanzig Minuten warten ließ, vermutlich um die Liste mit unerwünschten Fremden durchzusehen.

Schließlich erhielt er Gelegenheit, einem Einwanderungsbeamten (der fehlerfreies Englisch sprach) zu sagen, daß er Polizeibeamter sei, der in einem Fall ermittelte.

Der junge Mann beäugte ihn skeptisch. »Scotland Yard?«

»Nein.« Er hatte den starken Verdacht, daß alles, was er sagte, überprüft wurde, deshalb blieb er bei der Wahrheit. »Ich arbeite mit der New Yorker Polizei zusammen. 26. Revier.«

»Sie sind beim NYPD?«

»Ich arbeite mit dem Police Department zusammen. Ich bin ein leitender Beamter. Wenn Sie sich meinen Paß ansehen ...«

»Das habe ich bereits. Ist Detective Superintendent Ihr derzeitiger Rang, Mr. Diamond?«

Er bemerkte eine deutliche Betonung auf dem »Mr.«.

»Mein ehemaliger Rang, um genau zu sein. Ich bin aus dem regulären Polizeidienst ausgeschieden.«

»Ausgeschieden? Dann sind Sie also Privatdetektiv?«

»Äh, ja, gewissermaßen.«

»Und ist die japanische Polizei über Ihre derzeitige Mission informiert?«

»Nein, äh, noch nicht. Dazu war keine Zeit. Die hiesige Polizei weiß von dem Fall, aber sie weiß nicht, daß ich hergeflogen bin. Hören Sie, das ist ein Notfall. Ich verfolge einen Verdächtigen, der ein Kind entführt hat. Als ich erfahren habe, daß er nach Tokio geflogen ist, habe ich die nächste Maschine genommen.«

»Der Verdächtige ist ...?«

»Ein Amerikaner namens Michael Leapman.«

»Und das Kind?«

»Das Kind ist aus Japan.«

»Japan? Und Sie sagen, die japanische Polizei ist noch nicht informiert?«

Das Ganze klang von Minute zu Minute absurder. Er sah bereits auf sich zukommen, daß er den Rest des Nachmittags damit verbringen würde, seine Geschichte immer wieder irgendwelchen Polizisten zu erzählen – und nicht unbedingt Polizisten, die des Englischen genauso mächtig waren wie dieser vorbildliche Beamte der Einwanderungsbehörde. »Die Angelegenheit ist äußerst dringend. Natürlich werde ich die Polizei verständigen, aber während wir uns hier unterhalten, wird die Spur kalt, wenn Sie verstehen, was ich meine.«

»Ich verstehe, Mr. Diamond. Aber ich bin nicht sicher, ob Sie verstehen, welche Schwierigkeiten Sie erwarten, wenn Sie in Tokio einen Verdächtigen verfolgen. Sie sprechen nicht Japanisch?«

»Nein.«

»Sie kennen niemanden in Tokio?«

»Oh, ich kenne jemanden.«

»Wen?«

»Einen Sumo-Ringer namens Yamagata.«

»Yamagata?« Der Name machte einen erstaunlichen Eindruck auf den Einwanderungsbeamten. Er umklammerte die Tischkante, blinzelte mehrmals und lehnte sich schwungvoll zurück. »Sie kennen den *Ozeki* Yamagata?«

»Ja.«

»Da sind Sie sich ganz sicher?«

»Wenn nicht, hätte ich ihn nicht erwähnt.«

»Sie kennen ihn wirklich persönlich?« Es war, als würden sie über den Kaiser sprechen.

Das, dachte Diamond, ist die Gelegenheit. Ohne allzu dick aufzutragen, hob er seine Verbindung zu Yamagata hervor. »Wir haben uns kennengelernt, als er in London war. Er zahlt meine Unkosten. Er hat mich regelrecht engagiert. Er hat ein persönliches Interesse an dem Fall.«

»Das hätten Sie sagen sollen.«

»Habe ich ja gerade.«

»Yamagata-Zeki?« Er wiederholte den Namen, als könne er einfach nicht glauben, was Diamond da sagte.

»Er lebt in Tokio. Ich bin sicher, er wird sich für mich verbürgen. Möchten Sie bei ihm nachfragen?«

»Das möchte ich.« Das Gesicht des Mannes hellte sich auf. »Das möchte ich sehr gern. Danke.« Es war, wie sich zeigte, ein glänzender Vorschlag, geradezu eine Ehre. Der Beamte nahm das Telefonbuch. Sein Gesicht war gerötet. Die Seiten zitterten beim Umblättern.

Er stand auf, um den Anruf zu tätigen, stramm, wie ein Soldat. Ohne ein Wort zu verstehen, beobachtete Diamond fasziniert, wie die strenge Miene des Einwanderungsbeamten von einem zunächst schüchternen in einen verbindlichen und schließlich stolzen Ausdruck wechselte.

Nach dem Gespräch hielt der junge Mann den Hörer weiter in der Hand und starrte ihn an, als wäre er etwas ungeheuer Schönes.

»Sie sind durchgekommen?«

»Ja.« Die Stimme klang schwärmerisch. »Ich habe soeben mit Yamagata-Zeki gesprochen.« Er legte den Hörer auf und sank auf seinen Stuhl.

»Dann ist alles in Ordnung?«

»Ich bin Ihnen unendlich dankbar.«

»Kann ich meinen Paß haben?«

Er wurde ihm gereicht. »Ich muß jetzt für Sie ein Taxi rufen. Yamagata-Zeki freut sich darauf, Sie in der *heya*, wo er wohnt, begrüßen zu können.«

»Dazu ist keine Zeit«, sagte Diamond ausdruckslos.

»Das können Sie nicht ablehnen.«

Es hätte aus der Haut fahren können. Warum sollte er einen Höflichkeitsbesuch machen, wo er doch hinter Leapman her war? Aber während er darüber nachdachte, wie er um die Einladung herumkam, wurde ihm klar, daß ein kleiner Abstecher zu Yamagatas *heya* vielleicht sogar unerläßlich war. Wie der Einwanderungsbeamte ihm zu verstehen gegeben hatte, mußte jemand, der in Tokio völlig fremd war, mit Problemen rechnen. Er brauchte mit der Verfolgung von Leapman gar nicht erst anzufangen ohne praktische Hilfe von den Einheimischen, und das würde schwierig, wenn die meisten von ihnen kein Englisch sprachen.

Kurz darauf saß er, noch immer verärgert über die verlorene Zeit, in einem Taxi, das ihn zur *heya* fuhr, wobei es sich, wie er vom Einwanderungsbeamten erfahren hatte, um einen von über dreißig ›Ställen‹ für Sumo-Ringer in Tokio handelte, von denen die meisten, so auch dieser, im Stadtbezirk Ryoguko, östlich des Flusses Sumida lagen. Sein neuer Freund fürs Leben (»für immer in Ihrer Schuld, Superintendent«) hatte ihm versichert, daß das Taxi kostenlos sei. Diamond war sich nicht sicher, ob es von der Einwanderungsbehörde oder von Mr. Yamagata bezahlt würde. Er konnte sich nicht vorstellen, daß der Taxifahrer auf sein Geld verzichtete, weil ihm die Ehre Lohn genug war. Doch zweifellos würde die Unterstützung durch einen berühmten Sumo-Mäzen von Nutzen sein.

Die ersten Bilder vom richtigen Japan bekam er kaum mit. Statt dessen versuchte er erneut, sich einen Reim darauf zu machen, warum Leapman hierhergekommen war. Daß er aus New York fliehen mußte, lag auf der Hand, aber erstaunlich war, daß er in ein fremdes Land geflohen war, dessen Sprache er vermutlich nicht sprach, es sei denn, er hatte etwas anderes vor. Etwas, ohne das er, wie er glaubte, nicht überleben würde.

Im Flugzeug hatte Diamond im Wirtschaftsteil der »New York Times« einen Artikel über die Konferenz im Sheraton gelesen. Unter der Überschrift »Rätsel um Manflex-Topmanager« wurde in einigen Absätzen wild über das Verschwinden von Leapman spekuliert, doch im großen und ganzen zeigte sich der Markt von Flexners und Churchwards verheißungsvollen Prognosen bezüglich PDM3 beeindruckt. Die Manflex-Aktien hatten um mehr als fünf Dollar zugelegt, was große Gewinne für Insider bedeutete, die ihre Anteile billig gekauft hatten. Höchstwahrscheinlich würde Leapman nach wie vor ein Vermögen machen, wenn er sich der Strafverfolgung entziehen konnte. Er brauchte, um den Profit einzustreichen, bloß seinen Börsenmakler anzurufen – aus Tokio oder von sonstwo.

Aber wieso Japan?

Hatte der Mann vielleicht doch ein Herz und war hierhergekommen, um Naomi zu ihrer Mutter zurückzubringen? Bestimmt würde er nicht noch länger ein kleines Kind am Hals haben wollen. Er wußte, daß Naomi gesucht wurde. Sie weiter in seiner Gewalt zu behalten, war ebenso gefährlich wie unpraktisch. Er war ein Betrüger, der mit professionellen Verbrechern unter einer Decke steckte, aber vielleicht schreckte er ja davor zurück, ein Kind umzubringen, weil es ihm im Weg war. War die Erklärung so simpel?

Wahrscheinlich nicht.

Die Schornsteine der Industriegebiete Tokios wichen allmählich den Straßen der City, auf denen es von zielstrebigen Menschen in strengen, dunklen Anzügen und Kostümen nur so wimmelte. Der Taxifahrer sagte etwas auf japanisch und lachte leise in sich hinein, ein typisches Männerlachen, das man in jeder Sprache erkannte, und zeigte auf ein beleuchtetes Schild, das auf englisch »Soapland« verkündete.

»Massagesalon?« riet Diamond.

»Sie wollen?«

»Nein, nein, Sumo.«

Er bemühte sich nach Kräften, die merkwürdige Zusammenstellung englischer Wörter auf den Schildern zu verstehen. Sie fuhren durch ein Viertel mit zahlreichen Kinos, Theatern und Restaurants und kamen schließlich zur U-Bahn-Station Kuramae. Fast unmittelbar daneben wies ein Schild zur Sumo-Halle Kuramae-Kokugikan, von der nur eine lange weiße Mauer und ein großes, pyramidenförmiges Dach zu sehen war.

»Sind wir da?«

Nein, waren sie nicht. Sie überquerten eine Brücke über den Sumida und gelangten in einen Stadtteil, der der Beschilderung nach Ryoguko hieß. Die *heya*, ein Gebäude, das erheblich älter aussah als die Sumo-Halle, erreichten sie nach nur drei Minuten.

Der Fahrer stieg freundlicherweise aus und zeigte Diamond noch, durch welche Tür er gehen sollte. Dann lehnte er die angebotenen fünf Dollar Trinkgeld ab. Diamond war tatsächlich in einer völlig anderen Kultur angekommen.

Eine Gruppe Mädchen im Teenageralter, offenbar Groupies – oder wie immer sie im Sumo-Jargon genannt wurden –, stand am Eingang und betrachtete ihn neugierig, aber mit Zurückhaltung. Von der Statur her hätte er ein Sumo-Ringer sein können, doch andere Faktoren sprachen dagegen. Er ging durch die Tür. Direkt dahinter stand ein Tisch, an dem ein junger Mann im gestreiften Kimono saß, das geölte Haar auf dem Kopf zu einem schwarzen Haarknoten zusammengebunden.

Diamond machte eine verlegene Verbeugung und sagte: »Mr. Yamagata erwartet mich.«

»Sie sind?«

»Peter Diamond.«

»Sie warten bitte.« Er nahm den Telefonhörer.

Da es keine Sitzgelegenheit gab, sah Diamond sich interessiert ein Poster an, das ein bevorstehendes *basho* ankündigte, und fragte sich, ob das exorbitante Hinterteil im Vordergrund vielleicht seinem Gönner gehörte.

Der Raum war äußerst sauber und holzgetäfelt, fast wie der Empfangsbereich eines piekfeinen Fitneßstudios. Er blickte nach unten und bemerkte einen Riß in seiner prall gefüllten Plastiktüte; irgendwie paßte er nicht in dieses Ambiente.

Ein anderer stämmiger, kimonotragender junger Mann kam durch eine Tür auf Diamond zu. Sie begrüßten sich mit der obligatorischen Verbeugung, und er sagte in gutem Englisch: »Ich heiße Sie willkommen, Mr. Diamond. Ich bin Nodo. Ich habe die Ehre, Sie zu Yamagata-Zeki zu begleiten.«

Nodos Zehensandalen schabten über die Holzdielen, als er Diamond durch eine Halle führte, wo auf einer mit Seilen eingefaßten Fläche trainiert wurde, auf deren Lehmboden man Sand geschaufelt hatte. Unter den Augen von einem Dutzend Ringern und angefeuert von einem silberhaarigen Trainer mit einem Bambusstock, mit dem er hemmungslos auf die nackten Hinterteile einschlug, forderten sich zwei lebendige Fleischberge heraus. Niemand drehte sich nach dem Mann im Anzug um, der gerade vorbeigeleitet wurde.

»Das sind die niedrigen Ränge«, erklärte Nodo mit der hochmütigen Überzeugung, daß keiner von den niedrigen Rängen Englisch sprach.

Über einem Heizkörper am hinteren Ende des Raumes stand auf einem Regal eine Art Altar mit Kerzenständern. Nodo klatschte in die Hände und neigte kurz den Kopf, als sie daran vorübergingen. Bevor er die Tür öffnete, sagte er: »Shinto-Schrein. Wir nennen ihn *kamidana.*«

»Aha«, erwiderte Diamond und bemühte sich, möglichst aufgeklärt zu klingen.

»Jetzt werden Sie den Yamagata-Zeki treffen. Er bedruckt die *tegata*. Sie werden sehen.«

Sie betraten einen weiteren großen Raum, wo Diamond sogleich seinen berühmten Gönner erkannte. Falls es überhaupt möglich war, so wirkte Mr. Yamagata noch gewaltiger als in London, mit der riesigen Brust, dem breiten Gesicht, dessen fleischige Hautfalten nicht erkennen ließen, wo das Kinn aufhörte und der Hals begann. Er saß im Schneidersitz zwischen zwei Gehilfen. Vor ihm lag ein Stapel großer leerer Karten, und er machte Abdrücke von seiner Handfläche, indem er die Hand immer wieder auf ein rotes Stempelkissen preßte und sie dann wuchtig auf den Stapel knallte, von dem der Mann zu seiner Linken jeweils die frischbedruckten Karten herunternahm. Der berühmte Ringer blickte kurz zu Diamond hinüber und senkte den Kopf in einer flüchtigen Verbeugung, die Diamond erwiderte. Es wurde kurz etwas auf japanisch gesagt.

Nodo erklärte, Yamagata-Zeki habe viele Fans und Sponsoren, die sich über *tegata*, Handdrucke, als persönliches Souvenir freuten. Die Karten wurden mit einer kleinen Geldspende an die *heya* geschickt, und die *rikishi* bedruckten zum Dank bis zu tausend Karten auf einmal. Diamond wurde um Nachsicht gebeten, daß der Yamagata-Zeki während des Gesprächs weiterdrucken würde.

Nodo fügte hinzu: »Er bittet Sie, Platz zu nehmen.«

In Sumo-Ställen gibt es keine Stühle; sie würden ohnehin nicht lange halten. Diamond sah sich außerstande, den Schneidersitz einzunehmen, aber er zeigte guten Willen, indem er sich auf dem Boden vor Yamagata mit angewinkelten Knien niederließ. Bis zu diesem Augenblick hatte er sich als unbeteiligter Beobachter gefühlt, doch der Druck der Dielenbretter gegen sein Gesäß machte ihn spürbar zu einem Teil der Szene.

Das rhythmische Aufklatschen der Druckhand lenkte ihn zunächst ab, doch mit Beharrlichkeit und Nodos Hilfe gelang es ihm, Yamagata über die Suche nach Naomi auf den neuesten Stand zu bringen. Er tat es gewissenhaft, so wie damals bei den Einsatzbesprechungen in der Mordkommission.

Wieder folgte ein Wortschwall auf japanisch, ohne daß das Drucken unterbrochen wurde.

Nodo übersetzte. »Er sagt, Sie sollen so bald wie möglich nach Yokohama fahren. Dort werden Sie Antworten auf die ungeklärten Fragen finden.«

»Das sehe ich auch so«, sagte Diamond und dachte insgeheim, daß er deshalb nicht extra hätte herkommen müssen. »Wie komme ich da hin?«

»Um diese Tageszeit besser mit dem Zug als mit dem Taxi.«

»Mit dem ›Bullet‹?« fragte er, um seine fragmentarischen Kenntnisse über das japanische Leben anzubringen.

»Nein. Die Yokosuka-Linie ist schneller. Ich soll Ihnen ein Taxi zum Hauptbahnhof rufen. Brauchen Sie Geld?«

Er wollte gerade antworten, als einer der Ringerschüler mit einem Handy hereinkam und es Yamagata hinhielt. Ohne zu zögern, nahm er das Gerät mit der farbnassen Hand entgegen. Er lauschte, brummte eine Antwort und gab das rotverschmierte Handy dem Pechvogel zurück, der es hereingebracht hatte. Dann sagte er etwas zu seinen Helfern. Offenbar war die Drucksitzung zu Ende, denn die leeren Karten wurden hastig weggeräumt. Mit einer schaukelnden Bewegung machte Yamagata Anstalten aufzustehen. Er drückte die saubere Hand auf den Boden, stützte sich darauf und erhob sich. Dann sprach er mit Nodo.

Die übersetzten Neuigkeiten verhießen nichts Gutes. »Das war ein Anruf von der Paßkontrolle am Flughafen Narita. Der

Beamte, mit dem Sie gesprochen haben, hat nachgeforscht, ob sich noch jemand an das kleine Mädchen und den Amerikaner von gestern erinnert. Offenbar sind sie gesehen worden, und sie waren nicht allein. Zwei andere Amerikaner sind mit ihnen gereist, Mitte Zwanzig, über einsachtzig groß, und die Namen waren Lanzi und Frizzoni.«

»Ich verstehe«, sagte Diamond ernst. »Er hat Aufpasser dabei.«

»Der Zoll hat ihr Gepäck durchsucht; sie waren sauber.«

»Sie können sich hier Waffen besorgen. Sie haben Kontakte. Bisher dachte ich, er arbeitet allein, aber das war naiv. Der Einsatz ist zu hoch. Das sieht übel aus.«

»Yamagata-Zeki ist ganz Ihrer Meinung. Er fährt mit Ihnen nach Yokohama.«

Diamond traute seinen Ohren nicht. »Er will mitkommen?«

»Er sagt, das schaffen Sie nicht allein.«

Diamond stieß einen leisen Pfiff aus, während er sich dieses Bild vorstellte. »Ich weiß das zu schätzen, aber meint er nicht auch, daß er ziemlich auffällig ist? Ich meine, zu bekannt«, korrigierte er sich.

»Ich halte es nicht für klug, seine Entscheidung in Frage zu stellen«, sagte Nodo.

»Kommen Sie auch mit?«

»O nein.«

»Wieso nicht? Wir brauchen einen Dolmetscher.«

»Das ist nicht nötig. Sie sind in Japan.«

Die Ereignisse nahmen so selbstverständlich ihren Lauf wie ein *basho*. Wenige Minuten später zwängte sich Yamagata, nur mit einem buntgemusterten Kimono und Zehensandalen bekleidet, in den Fond eines Taxis. Es war ausgeschlossen, daß Diamond mit ihm hinten saß, also stieg er vorn ein. Wenn der Wagen auf der Fahrt zum Bahnhof an einer Ampel halten mußte, erntete der Fahrgast auf dem Rücksitz immer wieder ungläubige Blicke von Passanten. So vorteilhaft es sein mochte, einen berühmten Sumo-Ringer als Unterstützung bei sich zu haben, an Geheimhaltung war nicht zu denken.

Noch schwieriger wurde es am Bahnhof. Sofort scharte sich eine Menschenmenge um sie, die sie vom Fahrkartenschalter bis zum Zug begleitete. Yamagata erduldete die Aufmerksamkeit wie ein unabänderliches Schicksal. Er hatte eine finstere Miene aufgesetzt, die wohl die Menschen davon abhalten sollte, ihn um ein Autogramm zu bitten oder mit ihm zu plaudern. Sie plapperten aufgeregt untereinander, aber abgesehen davon, daß sie neugierig starrten und ihm die Sicht nahmen, ließen sie ihn in Ruhe. Wenn er sich bewegte, war niemand so unklug, ihm lange im Weg zu stehen.

Der Vorteil der Reise mit einem Sumo-Helden war, daß ihnen in dem überfüllten Zug augenblicklich Plätze angeboten wurden, für jeden ein Doppelsitz. Sobald er sich gesetzt hatte, schloß Yamagata die Augen, als wollte er die ihm zuteil werdende Aufmerksamkeit ausblenden. Irgend jemand sagte etwas auf japanisch zu Diamond, daher folgte er Yamagatas Beispiel. Die Gefahr einzuschlafen bestand nicht, denn die Lautsprecherdurchsagen, die alle paar Sekunden im furchtbaren Stakkatorhythmus erfolgten, hätten Tote aufgeweckt.

Nach dreißig Minuten waren sie am Bahnhof von Yokohama und mußten umsteigen. Yamagata ging voraus, noch immer blind für die Aufmerksamkeit, die er erregte. Schnell wurde Diamond klar, daß er das komplizierte System der japanischen Eisenbahn ohne fremde Hilfe niemals durchschaut hätte.

Zwei Stationen weiter stiegen sie aus und gingen zum Taxistand. Es warteten noch andere Leute auf ein Taxi, doch als Yamagata mit seiner verzückten Fangemeinde im Gefolge eintraf, wurde ihm ehrfürchtig Platz gemacht.

Sie stiegen in das erste Taxi, und Yamagata gab dem Fahrer Anweisungen.

Fahrtziel Universität, wenn ich nicht völlig falschliege, dachte Diamond.

Kapitel einunddreißig

Was die Reaktionen der Leute auf einen berühmten Sumo-Ringer anging, so unterschied sich die Universität von Yokohama nur unwesentlich vom Tokioter Hauptbahnhof. Die Angestellten in der Verwaltung strömten scharenweise in die Empfangshalle, um den illustren Gast anzustarren, der unverändert gebieterisch vor sich hinstarrte, als wollte er einem Gegner seine Verachtung zeigen. Am Empfang jedoch erwachte er zum Leben und erklärte der jungen Dame dort in schnellem, energischem Japanisch den Zweck des Besuches. Sie war so konfus und überwältigt, daß sie offenbar nicht mitbekam, was er sagte, also wiederholte er es. Es entstand eine peinliche Pause, bis eine Mitarbeiterin, eine zurückhaltende junge Frau mit vor Verlegenheit gerötetem Gesicht, großen, intelligenten Augen und einem winzigen Mund, der mit glänzendem Lippenstift fein konturiert war, Diamond beiseite nahm und fragte, ob er Amerikaner sei.

»Engländer. Gibt es ein Problem?«

»Wir sind es nicht gewohnt, Besuch von *sumotori* zu bekommen.«

»Das verstehe ich.«

»Natürlich ist es eine Ehre. Wir wünschten nur, wir hätten Vorbereitungen treffen können, für eine richtige Führung.«

»Wir möchten keine Führung, danke. Wir möchten bloß mit jemandem im Fachbereich Biochemie sprechen – einer Wissenschaftlerin. Es ist sehr wichtig.«

»Er hat etwas von einem vermißten Kind gesagt.«

»Das stimmt. Wir möchten mit der Mutter reden, Dr. Yuko Masuda. Könnten Sie feststellen, ob sie auf dem Campus ist?«

»Ich werde mich erkundigen.«

Statt mit einer Antwort kam sie mit einer Anweisung zurück: »Verzeihung, ich soll Ihnen ausrichten, Sie möchten zum Gebäude der Naturwissenschaften und zum Fachbereich Biochemie kommen.«

»Wie ist Ihr Name?«

Sie schien leicht verunsichert über diese Frage. »Miss Yamamoto.«

Diamond versuchte, den Namen genauso zu wiederholen, wie sie ihn ausgesprochen hatte. »Könnten Sie mitkommen und für mich dolmetschen?« Sie senkte schicklich den Kopf. »Es wäre mir eine Ehre, Sir.«

»Ausgezeichnet. Und noch etwas.«

»Ja?«

»Es wäre unklug, Dr. Masuda zu sagen, wer ihre Besucher sind. Wir möchten sie nicht beunruhigen.«

»Ich werde es weitergeben.«

Sie wurden durch ein Labyrinth von Gängen zur naturwissenschaftlichen Fakultät geführt, einem modernen mehrstökkigen Gebäude aus Fertigteilen. Die Neuigkeit hatte sich schon herumgesprochen. An fast allen Fenstern waren Gesichter, und am Eingang hatten sich neugierige Studenten versammelt, von denen einige Fotos machten und manche Stifte und Papier bereithielten, aber keiner traute sich, um ein Autogramm zu bitten. Yamagatas Miene war nicht sehr einladend.

Die Biochemie war im zweiten Stock. Diamond hatte Bedenken, zusammen mit so vielen Pfunden den Fahrstuhl zu benutzen, aber ihre Führerin zögerte nicht, und die Technik überstand den Belastungstest.

Als sich die Türen öffneten, trat ein silberhaariger Mann in einem weißen Laborkittel auf sie zu und begrüßte sie auf traditionelle japanische Art.

»Das ist Dr. Hitomi, der die laufenden Forschungsprojekte koordiniert«, erklärte die unentbehrliche Miss Yamamoto.

Sie wurden ins Sekretariat des Fachbereichs geführt, und man bat sie, Platz zu nehmen. Yamagata blickte skeptisch auf den Plastikstuhl, der ihn wohl aushalten sollte, und schüttelte den Kopf, also blieb auch Diamond taktvollerweise stehen. Außerdem rechnete er damit, daß Dr. Masuda jeden Moment kommen würde, und dann hätte er sich ohnehin wieder hochhieven müssen.

Doch zu ihrer großen Enttäuschung stellte sich heraus, daß Naomis Mutter nicht mehr an der Universität arbeitete. Zuletzt hatte sie vor sieben Jahren hier geforscht, und dabei war es um ein Präparat zur Behandlung von Komapatienten gegangen.

»Jantac?« sagte Diamond, nachdem für ihn übersetzt worden war.

Dr. Hitomi nickte.

»Aber unseren Informationen nach arbeitet sie hier noch immer an einem Forschungsprojekt, das vom Pharmakonzern Manflex finanziert wird«, sagte Diamond.

Das löste einige Verunsicherung aus.

»Er wiederholt, daß Dr. Masuda hier nicht arbeitet«, erklärte Miss Yamamoto. »Ihre Forschungsarbeit hier wurde 1985 beendet.«

»Beendet? Endgültig beendet?«

»Endgültig.«

Dr. Hitomi meldete sich erneut zu Wort.

»Er sagt, er habe Dr. Masuda persönlich gekannt. Sie war eine gute Wissenschaftlerin. Ihre Arbeit wurde beendet, als Manflex beschloß, die Versuche mit Jantac einzustellen.«

»Wieso? Wieso wurden sie eingestellt?«

Als die Frage für Dr. Hitomi übersetzt worden war, zuckte er die Achseln, ehe er antwortete.

»Er sagt, Dr. Masuda hatte schon über zwei Jahre mit Jantac gearbeitet und bei der Behandlung von Komasymptomen gute Ergebnisse erzielt, aber dann stellte sie Nebenwirkungen des Medikaments fest.«

»Nebenwirkungen?« Diamonds Antennen fuhren aus.

Dr. Hitomi hatte ein Wörterbuch aus dem Regal hinter sich genommen. Er zeigte auf ein Wort.

»Zirrhose?« sagte Diamond. »Lebererkrankung?« Sein Hirn arbeitete auf Hochtouren.

Nach einer weiteren Erklärung übersetzte Miss Yamamoto: »Die Nebenwirkung dieses Medikaments war nicht leicht festzustellen, da die Komapatienten Alkoholiker waren, und Alkoholismus ist eine Hauptursache für, wie heißt noch gleich das Wort?«

»Zirrhose.«

»Er sagt, Alkoholismus ist ohnehin eine Ursache für Zirrhose. Doch Dr. Masuda fand heraus, daß auch Jantac eine Vermehrung der Leberenzyme verursachte, was zu Zirrhose führt. Leichte Nebenwirkungen sind akzeptabel, aber das war zuviel. Als sie Manflex ihre Erkenntnisse berichtete, wurde das Forschungsprogramm eingestellt.«

Dr. Hitomi fügte etwas hinzu.

»Er sagt, Mr. Manny Flexner, ist der Name richtig?«

»Manny Flexner, ja.«

»Manny Flexner hat persönlich die Entscheidung gefällt, die Arbeit an Jantac einzustellen. Für Mr. Flexner hatte die Sicherheit von Patienten stets Vorrang.«

Diamond nickte, während er noch immer krampfhaft überlegte, was das alles bedeuten konnte. Was er eben erfahren hatte, stand zwar im Widerspruch zu den Computerdaten, die er in der New Yorker Zentrale von Manflex gesehen hatte, aber es bestätigte und ergänzte die Informationen, die er auf der Karteikarte im Keller gefunden hatte. Jantac hatte sich als gefährliches Mittel erwiesen, und infolgedessen war Yuko Masudas Arbeit eingestellt worden.

»Würden Sie Dr. Hitomi fragen, ob die Fakultät Kopien von irgendwelchen Briefen aus dem Schriftwechsel in dieser Angelegenheit besitzt?«

Das, so schien es, war zweifelhaft. Dr. Hitomi griff zum Telefon.

Es stellte sich heraus, daß die gesamte Korrespondenz vor einigen Monaten auf Wunsch von Manflex an die Firma zurückgeschickt worden war.

Verdächtig.

»Dieses Jahr?«

»Ja.«

Irgendwer in New York hatte sich große Mühe gegeben, alle Spuren zu beseitigen. Diamond seufzte und verschränkte die Arme. Es war ein merkwürdiges Gefühl, von einer Gruppe Menschen umringt zu werden, die ihm unbedingt helfen wollten und ihn aufmerksam beobachteten, ohne das Problem zu verstehen. Jetzt lag alles bei ihm, und er war sich überhaupt nicht sicher, was er als nächstes tun sollte.

»Besitzt die Universität Exemplare von den Aufsätzen, die Dr. Masuda veröffentlicht hat?«

Mit an Sicherheit grenzender Wahrscheinlichkeit, in der Bibliothek.

»Auf englisch und japanisch?«

Wahrscheinlich.

Die gesamte Truppe brach auf und begab sich in die Bibliothek, wo der vorhersehbare Trubel mehrere Minuten lang verhinderte, daß etwas Brauchbares zustande kam. Schließlich gab man Diamond eine englische Ausgabe von Yuko Masudas Vortrag zur Behandlung von alkoholkranken Komapatienten, den sie 1983 vor dem japanischen Pharmakologen-Kongreß in Tokio gehalten hatte. Er setzte sich und suchte nach etwas Aufschlußreichem, während alle anderen ihn erwartungsvoll beobachteten.

Innerlich stöhnte er auf. Der Text ging weit über seinen Horizont. Er starrte eine Zeitlang auf die erste Seite, bevor er weiterblätterte, um zu sehen, wie viele Seiten es insgesamt waren. Dreizehn.

Dann blieb sein Blick auf einem Absatz gegen Ende der letzten Seite hängen: *»Die Arbeit geht weiter. Derzeitige Studien konzentrieren sich auf ein Mittel von Manflex Pharmaceuticals mit der Markenbezeichnung Jantac, und die ersten Ergebnisse sind ermutigend.«* Dazu gab es eine Fußnote, und er sah, daß dort eine chemische Formel stand.

Ideen entspringen nur selten einer plötzlichen Eingebung. In der Regel entwickeln sie sich über Stunden, Tage oder Jahre hinweg auf Ebenen des Gehirns knapp über dem Unterbewußtsein, und meistens führen sie zu nichts. Diamond hatte, seit er mit Molly Docherty im Keller des Manflex-Gebäudes gewesen war und sich die Karteikarte von Yuko Masuda angesehen hatte, eine vage Idee im Kopf.

»Darf ich mal telefonieren? Ich möchte New York anrufen.«

Sie brachten ihn in das Büro des Chefbibliothekars. Glücklicherweise konnte er sich an die Nummer erinnern, die er brauchte.

»Polizei«, sagte eine müde amerikanische Stimme.

»Ist da das 26. Revier? Lieutenant Eastland, bitte.«

»Wer sind Sie?«

»Peter Diamond, Superintendent Diamond, ich rufe aus Yokohama an.«

»Lieutenant Eastland ist im Moment nicht da, Sir.«

»Dann geben Sie mir doch bitte seine Privatnummer. Es ist äußerst wichtig.«

»Wir können ihn unmöglich stören, Sir. Wissen Sie, wie spät es hier ist?«

Diamond explodierte. Es war ihm verdammt egal, wie spät es in New York war. Das Leben eines Kindes stand auf dem Spiel, und er mußte sofort mit Eastland sprechen.

Die Beamtin notierte seine Nummer und versprach, daß der Lieutenant in den nächsten Minuten zurückrufen würde.

Das Versprechen wurde gehalten.

Die vertraute Stimme, heiser vom Schlaf, schimpfte wütend: »Diamond? Herrgott noch mal ...«

»Hören Sie. Die Pressekonferenz im Sheraton. Sie wissen, welche ich meine?«

»Ja«, sagte Eastland, der bereits kapitulierte. Er mußte wirklich müde sein.

»Haben Sie das Material noch?«

»Material?«

»Das Pressematerial. Die Informationen über PDM3.«

»Ich weiß nicht. Kann sein, daß ich es weggeworfen habe. Vielleicht ist es unten. Soll ich nachsehen?«

»Machen Sie schon. Würde ich Sie sonst anrufen?«

»Moment. Ich bin gleich wieder da.«

Durch die Tür konnte er sehen, daß Yamagata eine gymnastische Übung machte, bei der er das linke Bein auf ein Bücherregal gestellt hatte. Da bahnte sich eine kleine Katastrophe an.

»Peter, sind Sie noch da?«

»Natürlich. Haben Sie's?«

»Ja.«

»Gut. Also, schlagen Sie die erste Seite der blauen Broschüre auf, in der PDM3 vorgestellt wird. Da steht irgendwo eine chemische Formel. Wissen Sie, welche ich meine?«

»Moment ... Okay, soll ich sie vorlesen?«

»Nein, ich lese vor. Hören Sie genau zu. Vergleichen sie jede Ziffer, ja? C_{18}.«

»Korrekt.«

»H_{13}.«

»Stimmt.«

Diamonds Puls ging schneller. Er las die Formel für Jantac vor. »NOC.«

»Ja.«

Es *mußte* die gleiche sein. Mit vor Anspannung zitternder Stimme las er zu Ende. Die Formeln waren identisch. Jantac, von Manny Flexner 1985 ausgemustert, hatte man als Prodermolat wiederauferstehen lassen – als Wundermittel PDM3.

»Ist das alles, was Sie wollten?« sagte Eastland in einem wenig herzlichen Ton.

»Das ist alles, was ich wollte – es sei denn, Sie können mir was über zwei Killertypen namens Lanzi und Frizzoni sagen.«

»Nie gehört. Kann ich jetzt wieder ins Bett gehen?«

Diamond dankte ihm und legte auf. Er winkte Yamagata, ins Büro zu kommen, und der mächtige Kerl packte klugerweise Miss Yamamotos Handgelenk und brachte sie gleich mit. Sie wurde rot, wie nur junge Japanerinnen rot werden können, aber nicht aus Verärgerung – denn sein Griff war sanft –, und blieb neben ihm stehen, als er sie losließ.

Yamagata mußte unbedingt begreifen, wie bedeutsam die Entdeckung war. Einige von den anderen, darunter Dr. Hitomi und zwei Bibliothekare, waren ebenfalls hereingekommen, aber Diamond formulierte seine Erklärung speziell für den Ringer. »Verstehen Sie, worauf ich hinauswill?« sagte er, nachdem er das Telefonat im wesentlichen wiedergegeben hatte. »Die Gefährlichkeit von Jantac wurde hier nachgewiesen, und es hätte nicht wieder verwendet werden dürfen. Wir wissen jetzt, daß ein anderes Forschungsteam unter Leitung von Professor Churchward mit demselben Präparat eigene Versuche durchführte und zu sensationellen Ergebnissen bei der Behandlung von Alzheimer gelangt ist. Ich will nicht darüber spekulieren, ob Churchward wußte, daß er mit einem gefährlichen Mittel gearbeitet hat, aber jemand in der Zentrale von Manflex wußte es mit Sicherheit, und deshalb wurde im Computereintrag zu Yuko Masuda der Name Jantac gelöscht.« Er wartete, bis es übersetzt worden war, und er mußte es langsamer wiederholen. In seinem Eifer hatte er zu viele Sätze aneinandergereiht. Außerdem vermutete er, daß Miss Yamamoto sich in Yamagatas Nähe nicht richtig konzentrieren konnte.

Yamagata sagte deutlich: »Leapman.«

»Ja, es muß Leapman gewesen sein. Sein gesamtes Verhalten spricht dafür. Und noch etwas wurde im Computer geändert. Dr. Masudas Projekt wurde 1985 eingestellt, aber die Computerdaten wurden gefälscht, so daß es aussah, als dauerten ihre Forschungen noch an. Es wird eine andere Medikamentengruppe erwähnt, aber vermutlich bloß zur Tarnung.«

Nachdem Miss Yamamoto übersetzt hatte, fuhr Diamond fort: »Es geht nicht bloß um Fälschung der Unterlagen. Leapman steckt mit Mafiosi unter einer Decke, die aus PDM3 Kapital schlagen wollen. Die Manflex-Aktien haben zu Beginn dieses Jahres eine Talfahrt erlebt.« Er stellte mimisch die Abwärtsbewegung der Umsatzkurve dar. »Bevor Manny Flexner Selbstmord beging, hat es in einem Manflex-Werk in Europa einen Großbrand gegeben. In Mailand. Daraufhin sackten die Manflex-Aktien noch tiefer in den Keller. Die Polizei ermittelt noch wegen des Verdachts auf Brandstiftung. Für mich deutet das darauf hin, daß der Plan bereits vor vielen Monaten ausgeheckt wurde.«

Er hielt inne, damit übersetzt werden konnte. Yamagata nickte ernst. Er schien ihm zu folgen.

»Wenn sie zu so etwas imstande sind, dann sind sie auch imstande, Yuko Masuda umzubringen, die sie hätte entlarven können. Ich kann es noch nicht mit Sicherheit sagen, aber ich habe die schlimme Befürchtung, daß sie tot ist. Ich glaube, ihre kleine Tochter – das Mädchen, das ich als Naomi kenne – wurde Mrs. Tanaka übergeben, einer Frau, die unbedingt ein Kind adoptieren wollte. Vielleicht hatten sie Skrupel, ein Kind umzubringen. Mrs. Tanaka erhielt Anweisung, das Kind aus Japan fortzuschaffen, nach Europa. Sie war entsetzt, als sie merkte, daß Naomi autistisch ist. Sie wurde nicht damit fertig und hat sie ausgesetzt. Entschuldigung, ich lasse Sie ja gar nicht zu Wort kommen«, sagte er zu Miss Yamamoto.

»Schon gut«, sagte sie und fing direkt an zu übersetzen, den Blick ernst auf den Ringer gerichtet.

»Wie Sie wissen«, griff Diamond den Faden wieder auf, »haben wir alles Mögliche getan, um Naomis Situation publik zu machen. Nach meinem Auftritt im Fernsehen bekam Mrs.

Tanaka Panik und hat Naomi wieder zurückgeholt. Aber jetzt hatte sie ein Problem. Sie konnte auf keinen Fall in Großbritannien bleiben, daher hat sie ihre Kontaktperson angerufen und um Anweisungen gebeten. Sie sollte nach New York fliegen, was sie auch getan hat, mit tödlichen Konsequenzen. Offenbar waren die Drahtzieher zu dem Schluß gekommen, daß Mrs. Tanaka unzuverlässig und entbehrlich war, und sie setzten einen Profikiller auf sie an.«

Er hielt inne. Das meiste hatte er jetzt erzählt. Es fügte sich eins ins andere. Und doch ...

Yamagata lauschte der japanischen Übersetzung und sagte dann ein paar Worte, die, ins Englische übersetzt, den Kern des Problems trafen. »Wenn Dr. Masuda tot ist, warum ist Leapman dann mit Naomi und den beiden amerikanischen Gorillas nach Japan gekommen?«

Diamond wollte gerade zugeben, daß er an diesem Punkt mit seiner Weisheit am Ende war, als jemand sich auf japanisch einschaltete. Es war Dr. Hitomi, der in dem gleichen sanften Tonfall sprach wie zuvor.

Trotz dieser Sanftheit klang Yamagatas Antwort hastig und aufgeregt.

Die Übersetzung erfolgte postwendend. »Dr. Hitomi glaubt, Sie irren sich, wenn Sie sagen, daß Dr. Masuda tot ist. Er hat sie noch letzte Woche auf dem Campus gesehen.«

Diamond mußte sich zusammenreißen, um ruhig zu bleiben. »Ist er sicher? Als die Polizei ihre letzte Adresse überprüft hat, war sie unauffindbar.«

Jetzt mischte sich einer von den Bibliothekaren in fehlerhaftem, aber gut verständlichem Englisch ein. »Es stimmen. Sie am Leben. Sie manchmal in Bibliothek. Wenn Sie wollen, ich Ihnen zeigen ihren Namen in Computer.«

»Nicht nötig«, sagte Diamond. »Ich glaube Ihnen, Ihnen beiden.« Er atmete heftig aus, so daß seine Lippen vibrierten. Es nahm ihm ein wenig von seiner Anspannung. »Und jetzt wissen wir die Antwort auf Mr. Yamagatas Frage. Leapman und seine Freunde sind in Japan, um diesmal Nägel mit Köpfen zu machen und Dr. Masuda für immer zum Schweigen zu bringen.«

»Mit dem Kind?« sagte Miss Yamamoto spontan.

»Sie werden das Kind als Lockvogel benutzen. Die Frage ist, haben sie die Mutter der Kleinen schon gefunden?«

Nach der Übersetzung ins Japanische sagte Yamagata etwas.

»Er sagt, die entscheidende Frage ist, wo Sie nach Dr. Masuda suchen sollen.«

Er hatte recht. Zunächst taten sie das Naheliegende und suchten in der Benutzerkartei der Bibliothek nach ihrer Adresse. Es war dieselbe, die Diamond von der Polizei in Yokohama erfahren hatte und wo jetzt jemand anderes wohnte. Ein Anruf bestätigte das.

»Wo in ganz Japan sollen wir jetzt weitersuchen?« sagte er laut, aber mehr zu sich selbst, so daß er überrascht war, als Miss Yamamoto übersetzte.

Diesmal antwortete niemand.

Der Tiefpunkt war erreicht, der deprimierendste Augenblick der ganzen Suche. Es war schon schwer genug, nach all den Erfolgen plötzlich in einer Sackgasse zu stecken, aber zu wissen, daß es mit jeder Minute der Untätigkeit wahrscheinlicher wurde, daß Naomi und ihre Mutter sterben würden, war einfach unerträglich.

Diamond bat, die Polizei zu verständigen, was jedoch, wie er erfuhr, bereits vor Stunden geschehen war, wohl dank des eifrigen jungen Einwanderungsbeamten am Flughafen.

»Dann fragen wir dort an, ob bereits irgendwelche Informationen vorliegen.«

Doch die Polizei hatte nichts erreicht. Die Amerikaner waren nicht einmal gesehen worden.

Jemand bot ihm Kaffee an. Diamond war nicht danach.

»Was ist sonst noch über sie im Bibliothekscomputer?« fragte er Miss Yamamoto.

»Nur die Titel der ausgeliehenen Bücher.«

»Welche sind das?« fragte er, eigentlich mehr um sich der Illusion hinzugeben, daß er irgend etwas tat.

Yuko Masuda hatte ein Buch ausgeliehen. Über Koma.

Er stutzte.

»Gibt es hier in der Stadt oder in Tokio ein Krankenhaus, das auf die Behandlung von Alkoholikern spezialisiert ist?«

Drei.

»Würden Sie bitte bei allen dreien anrufen und fragen, ob Dr. Masuda dort forscht?«

Der Anruf im zweiten Krankenhaus ergab, daß Dr. Masuda dort eine regelmäßige Besucherin war.

Kapitel zweiunddreißig

Man hatte Diamond gesagt, daß das Krankenhaus im Süden der Stadt lag, im Ausländerviertel Yamate-Machi. Der Taxifahrer fuhr etwa anderthalb Kilometer am Nordufer des Nakamura entlang. Er fuhr schnell und hupte fast die ganze Zeit, denn Yamagata drängte ihn ständig zu überholen. Man mußte kein Japanisch können, um das zu verstehen. Und der Fahrer beschwerte sich nicht. Er war offenbar ein Sumo-Fan, der sein Glück nicht fassen konnte, einen so berühmten Fahrgast zu haben. Wenn er diese Fahrt überlebte, würde ihn jeder Taxifahrer in Yokohama beneiden.

Diamond saß mit zusammengebissenen Zähnen auf dem Beifahrersitz und war gefaßt auf eine Kollision. Eine solche Fahrt, dachte er grimmig, sollte man sich in seinem Alter nicht mehr zumuten. Es war einfach zuviel für einen wie ihn, der normalerweise den Bus über die Kensington High Street als das Äußerste an Geschwindigkeit erlebte. Doch er betete noch immer zu Gott, daß er Yuko Masuda vor Leapman und seinen beiden Gorillas fand.

Sie bogen quietschend nach rechts ab, und die Schmutzfänger schleiften über die Straße, weil der Wagen durch das Gewicht im Fond tiefer lag. Sie überquerten eine Brücke, fuhren im Zickzackkurs eine vielbefahrene Straße neben dem Bahnhof Ishikawacho entlang und dann auf den Zubringer der Schnellstraße. Gott stehe uns bei, sagte Diamond zu sich, jetzt kann er richtig Gas geben. Aber das Taxi hatte ohnehin schon fast seine Höchstgeschwindigkeit erreicht. Sie jagten auf der Überholspur durch einen Tunnel und fuhren die nächste Ausfahrt raus, die in das Viertel Yamate-Machi führte. Gott sei Dank war gleich darauf links das Krankenhaus zu sehen, eine moderne Anlage mit vier hoch aufragenden Gebäudeblöcken und einem eigenen Straßennetz.

Yamagata hatte schon seine Tür geöffnet, noch ehe sie vor der Hauptempfangshalle zum Stehen kamen. Er bedeutete Diamond, im Wagen zu bleiben, und lief mit einer für einen so dicken Mann beeindruckenden Schnelligkeit in das Gebäude. Es wäre interessant gewesen, die Reaktionen zu sehen. Wenn ein *sumotori* hereingestürmt kam und den Weg zur Koma-Station wissen wollte, lag die Vermutung nahe, daß er jemanden etwas zu hart angefaßt hatte.

Yamagata tauchte wieder auf, rief noch im Laufen Anweisungen, kletterte ins Taxi, das ins Schaukeln geriet, und sie brausten weiter. Das Tempo war auf dem Krankenhausgelände, wo an jeder Kurve Geschwindigkeitsbegrenzungen ausgeschildert waren, noch rücksichtsloser, aber der Fahrer bremste weder für Krankenwagen noch für Essenswagen oder Rollstühle; er konnte fahren wie der Teufel.

Sie fuhren um die Ambulanz herum, wichen schleudernd aus, als vor ihnen eine Trage mit einem bewußtlosen Patienten von einem Gebäude zum anderen gerollt wurde, und rasten durch eine schmale Lücke zwischen zwei parkenden Autos hindurch. Vor ihnen lag das Gebäude, zu dem sie wollten, falls Yamagatas hektische Anweisungen etwas bedeuteten. Es war ein einstöckiger Holzpavillon mit Flachdach, der aussah, als wäre er nachträglich errichtet worden. Das Taxi hielt mit kreischenden Bremsen, die Fahrgäste sprangen hinaus und stießen die Eingangstür auf.

Sie waren in einem kurzen Korridor mit Türen an einer Seite. Eine Frau kam auf sie zu.

Just in diesem kritischen Moment – zum denkbar falschesten Zeitpunkt –, kam Diamond ein zutiefst beunruhigender Gedanke. Er hatte nicht die leiseste Ahnung, wie Yuko Masuda aussah. Wenn sie die Frau da war, wie sollte er das wissen? Hinzu kam, daß er auch Michael Leapman noch nie gesehen hatte. Er suchte nach zwei völlig Fremden.

Er sagte zu Yamagata: »Wir brauchen Hilfe«, und der dicke Mann schien zu verstehen, denn er sprach die Frau an. Als der Name Masuda fiel, reagierte sie nicht so, als wäre es ihr eigener. Sie stellte eine Gegenfrage, die Yamagata beantwortete. Dann zeigte sie auf eine Tür direkt hinter ihnen.

Diamond öffnete sie und betrat eine etwa vierzig Meter lange Intensivstation mit fünf durch Glaswände abgetrennten Abteilen. Im ersten lag ein bewußtloser Patient, umgeben von Apparaten, die ihn überwachten und am Leben erhielten. Eine Wand war fast vollständig mit Fotos und Postkarten bedeckt, und über dem Bett hing ein Mobile mit Goldfischen aus Pappe. Eine Krankenschwester mit Mundschutz hantierte am Tropf herum. Sie drehte sich um, und ihre Augen weiteten sich vor Verblüffung.

Yamagata sagte etwas.

Die Krankenschwester zeigte zu dem Pflegeplatz am hinteren Ende, nicht weit vom Fenster, und Diamonds Herzschlag beschleunigte sich.

Eine kleine Japanerin in weißem Kittel unterhielt sich mit zwei weißen Männern. Sie sahen nicht aus wie Krankenhausmitarbeiter. Einer war groß und blond, trug einen dunklen, teuer aussehenden Anzug, weißes Hemd und Krawatte, und der andere hatte rötlichbraunes Haar, das oben so flach geschnitten war, als wäre es mit einem einzigen Sichelhieb gestutzt worden. Dieser zweite Mann war unwesentlich kleiner, hatte aber eine breite Brust und breite Schultern und war legerer gekleidet, mit Wildlederjacke und schwarzen Jeans. Vermutlich war er einer der beiden Kleiderschränke, die bei der Ankunft am Flughafen gesichtet worden waren. Und wenn das stimmte, dann war davon auszugehen, daß der Blonde Michael Leapman war. Sie waren in ihre Unterhaltung vertieft und hatten nicht gemerkt, daß jemand hereingekommen war.

Diamond näherte sich ihnen bis auf wenige Meter, ohne daß sie ihn bemerkten.

»Mr. Leapman?«

Beide Männer wirbelten herum.

»Wer sind Sie denn?« fragte der Blonde mit amerikanischem Akzent.

»Jemand, den Sie für tot gehalten haben«, antwortete Diamond.

»Sie sind dieser Cop aus England.«

Die endgültige Bestätigung, daß er Michael Leapman vor sich hatte. »Lassen Sie's fallen.«

Der Gorilla hatte blitzschnell ein Messer gezückt.

»Guter Witz.«

Diamond wollte keine Gewalt. Aber wenn doch, setzte er auf Yamagata – selbst gegen einen Killer, der mit einem Messer bewaffnet war. Mit der rechten Hand bedeutete er der Frau, von den beiden Amerikanern wegzutreten. »Dr. Masuda.«

Ihr Gesicht verzog sich, als hätte sie Schmerzen, und sie preßte die Lippen zusammen, doch ansonsten rührte sie sich nicht von der Stelle, schüttelte bloß den Kopf und verschränkte die Arme vor der Brust.

Leapman sagte selbstsicher: »Wir gehen jetzt mit Dr. Masuda raus, und Sie können einen Dreck dagegen tun. Los, Dino.«

Dr. Masuda schien wie gelähmt vor Angst. Sie hätte von ihnen wegtreten können, schließlich hatte sie das Messer nicht an der Kehle. Sie wandte den Kopf und blickte nach hinten.

Diamond nahm links von sich eine leichte Bewegung wahr und sah, daß Yamagata in die Hockstellung gegangen war, die die *sumotori* einnehmen, bevor sie angreifen. Dann schrie Dr. Masuda etwas auf japanisch.

Leapman sagte: »Heh, sagen Sie dem Schwabbelbauch da, er soll schön ruhig bleiben, ja? Die Dame hier hat sich entschieden.«

Was immer Dr. Masuda auch gesagt hatte, es schien Leapmans letzte Bemerkung zu bestätigen, denn Yamagata richtete sich plötzlich auf und packte Diamond am Arm, um ihn zurückzuhalten.

Ein Sumo-Meister, der klein beigab? Nicht zu fassen.

Leapman grinste sie an wie jemand, der gerade gewonnen hat, ohne einen Finger zu krümmen. »Ich kann nicht behaupten, daß ich mich freue, Ihre Bekanntschaft gemacht zu haben, Gentlemen. Schönen Tag noch, trotzdem.« Er bedeutete Dr. Masuda vorauszugehen, und sie gehorchte. »Sehen Sie, was ich meine?« Er folgte ihr. Ebenso wie der Aufpasser, der rückwärts ging, um ihnen Deckung zu geben, das Messer drohend auf sie gerichtet.

Yamagata faßte Diamonds Arm fester. Er würde nicht zulassen, daß Diamond die Verfolgung aufnahm.

Als sie außer Reichweite waren, wurde klar, warum Dr. Masuda so gefügig mitgegangen war. Yamagata schob Diamond zum Fenster und zeigte auf eine Gestalt, die neben einer roten Limousine stand. Genauer gesagt, zwei Gestalten. Auf den ersten Blick hatten sie wie eine ausgesehen, denn ein Mann hielt ein kleines japanisches Mädchen direkt vor sich fest. Die Kleine wirkte blaß und gleichgültig, die Hände schlaff an den Seiten, trotz des Seils um ihren Hals.

Es war Naomi.

Nachdem er so viele Tage um ihr Leben gebangt hatte, so intensiv nach ihr gesucht hatte, war es ein Alptraum. Wenn er nun nichts unternahm – wo sie dort vor seinen Augen von einem Mörder bedroht wurde –, würde er sich das nie verzeihen.

Leapman hatte die Tür erreicht. Er sagte zu Diamond: »Sie kommt mit, weil sie ihre Tochter wiederhaben will. Sie hat sie seit Monaten nicht gesehen. Und, nur für den Fall, daß Sie auf die Idee kommen, uns zu verfolgen – ich lasse Dino die Tür bewachen, damit wir verduften können.«

Dr. Masuda war bereits hinausgegangen, und Leapman folgte ihr. Der Leibwächter wartete direkt vor der Tür und bewachte mit vorgehaltenem Messer den einzigen Ausgang.

So schrecklich es auch für Diamond war, er wußte, daß Yamagata recht hatte. Wenn sie jetzt etwas riskierten, würden sie Naomi in Gefahr bringen. Der Killer da draußen konnte sie mühelos erwürgen. Sehr wahrscheinlich hatte er ohnehin den Auftrag, Mutter und Kind zu töten. Ein falscher Schritt konnte die Sache nur beschleunigen. Vor allem Yamagata mußte es schwerfallen, sich zurückzuhalten, wo doch seine Ausbildung und sein ganzer Stolz auf der Idee des Kampfes basierten.

Selbst jetzt noch hielt er Diamonds rechten Arm mit eisernem Griff fest.

»Sie entwischen, verdammt noch mal!« Die Szene, die sich auf der anderen Seite der Scheibe abspielte, schien weit weg, als wäre sie im Fernsehen. Und tatsächlich waren die Fenster etwa so groß wie tragbare Fernsehgeräte, viel zu schmal, um hindurchzuklettern.

»Würden Sie mich wohl loslassen?« forderte Diamond.

Jetzt sah er, wie Yuko Masuda mit ausgebreiteten Armen auf ihre Tochter zulief.

Der Killer ließ Naomi los, wahrscheinlich auf Anordnung von Leapman, der unmittelbar folgte. Die Kleine stand still da, ungerührt, und wurde dann von ihrer Mutter in die Arme geschlossen.

»Jetzt ist es zu spät!«

Leapman öffnete die Wagentür, bugsierte Mutter und Kind auf den Rücksitz und setzte sich neben sie. Der andere Mann schob sich hinters Steuer.

Erst jetzt ließ Yamagata Diamond los, der starr vor Wut und Frustration war. »Zu spät, verdammt noch mal!« rief er.

Yamagata war offenbar anderer Ansicht. Timing ist beim Sumo von größter Bedeutung, und für ihn war der Kampf noch nicht vorüber. Der riesige Mann bewegte sich mit erstaunlicher Geschwindigkeit und eilte, noch ehe Diamond das letzte Wort ausgesprochen hatte, direkt zu dem Bett am Ende des Raumes. Zum Glück lag niemand darin, denn Yamagata griff mit beiden Händen darunter, kippte es, packte die Unterseite und hob es hoch, als wäre es aus Styropor. In einer einzigen, fließenden Vorwärtsbewegung stürmte er auf das Fenster zu und rammte das Bett mit ungeheurer Wucht dagegen. Der Aufprall war derart stark, daß der gesamte Rahmen und ein Teil der Wand herausbrachen und ein von gesplittertem Holz und Gips umrahmtes, klaffendes Loch hinterließen. Alle Wut, alle Erniedrigung der letzten Minuten lagen in diesem plötzlichen Ausbruch.

Yamagata fiel fast über das Bett, als es mit den Beinen nach oben in einem Blumenbeet landete, doch er konnte sich gerade noch aufrecht halten und darüber hinwegklettern. Der Kimono war ihm halb von der Schulter gerutscht, und er riß ihn sich vom Leib, ohne den Blick vom Ziel seines Zorns abzuwenden.

Der Wagen fuhr los, aber er mußte auf der schmalen Straße an Yamagata vorbei.

Yamagata beugte sich vor, die Beine gespreizt, und rieb sich die Hände, als bereitete er sich darauf vor, den Wagen anzugreifen wie einen Gegner im Ring. Dann begann er sogar mit einer Einschüchterungstaktik. Er legte die linke Hand auf sein Herz, streckte den rechten Arm aus, hob das rechte Bein hoch, die sogenannte *shiko*-Bewegung, und stieß den Fuß stampfend auf die Erde.

Er hatte keine Zeit mehr, das Ritual zu beenden. Der Wagen kam auf ihn zu. Yamagata ging wieder tief in die Hocke und wartete auf den entscheidenden Augenblick. Er würde dem zwei Tonnen schweren Wagen auf keinen Fall ausweichen. Es stand sehr viel mehr auf dem Spiel als seine Selbstachtung.

Mit wunderbarem Zeitgefühl stürzte er sich genau in dem Augenblick auf die Limousine, als sie ihm die Beine zu zerschmettern drohte. Sein riesiger Körper hob sich über die Motorhaube in einer Bewegung, die aussah wie ein Kopfsprung durch die Windschutzscheibe. Die spektakuläre Wirkung wurde noch dadurch erhöht, daß der Wagen Gas gab, so daß Yamagata nur den Oberkörper beugen und springen mußte, während die Motorhaube sich unter ihn schob. Sein Kopf durchschlug die Scheibe und traf mit ungeheurer Wucht den Fahrer. Der Wagen kam von der Straße ab und prallte gegen ein Tempolimit-Schild.

Peter Diamond stand in einer Staubwolke und war wie hypnotisiert von dem, was er gerade gesehen hatte. Er konnte nicht sagen, ob Yamagata überlebt hatte. Kopf und Oberkörper hingen im Wageninnern fest, und der Rest des Ringers lag auf der Motorhaube, beängstigend ruhig.

Diamond rappelte sich aus seinem tranceähnlichen Zustand und wollte gerade über den Schutt klettern, um Erste Hilfe zu leisten, als von hinten ein Warnruf kam, es war mehr ein Schrei als eine verständliche Warnung. Im letzten Moment blickte er sich um und sah, wie Leapmans zweiter Gorilla mit erhobenem Messer auf ihn zugestürmt kam.

Diamond war kein Sumo-Ringer. Und er war auch nicht besonders fit. Der rechte Arm tat ihm noch immer von der Prügel weh, die er in New York bezogen hatte. Aber er hatte nach wie vor gute Reflexe, und er hatte bei der Polizei ein paar elementare Judogriffe gelernt. Bisher hatte er den Schulterwurf in einem richtigen Kampf noch nicht anwenden müssen. Es war eine ganz schöne Verrenkung, sich so weit zu drehen, daß er den rechten Ärmel und das linke Revers des Mannes pakken konnte, ohne von dem Messer verletzt zu werden, aber er schaffte es. Er beugte die Knie, um unter den Schwerpunkt des Angreifers zu kommen, und wuchtete ihn hoch mit aller Kraft. Der Mann machte einen Purzelbaum über Diamonds Rücken und schlug hart auf dem Boden auf. Nicht schlecht für einen Amateur. Diamond packte das Messer, doch das war nicht mehr nötig. Der Mann war k.o.

Den Warnschrei hatte wohl die Krankenschwester ausgestoßen, die sich zuvor um einen der Komapatienten gekümmert hatte. Jetzt lief sie an Diamond vorbei auf den Wagen zu. Er folgte ihr.

Eine der hinteren Türen öffnete sich, und Leapman stieg aus, schüttelte sich Splitter der zerbrochenen Windschutzscheibe von der Kleidung. Als er das Messer in Diamonds Hand sah, hob er die Hände. Er war nicht der Typ, der selbst kämpfte. Diamond befahl ihm, sich mit dem Gesicht nach unten an den Straßenrand zu legen.

Naomi stieg als nächstes aus; sie gab ein unglückliches Wimmern von sich, war aber offensichtlich nicht verletzt. Dann kam ihre Mutter und nahm sie in den Arm.

Yamagata war mit Schnitt- und Platzwunden übersät, aber zu Diamonds großer Erleichterung bewegte er sich. Er mußte eine Weile bewußtlos gewesen sein – kein Wunder. Langsam, aber ohne Hilfe wand er seinen blutenden Oberkörper aus dem Wagen, setzte sich rittlings auf die arg zerbeulte Motorhaube und brachte sein Haar in Ordnung.

Die Krankenschwester hatte nach dem Puls des Mannes auf dem Fahrersitz getastet. Jetzt trat sie zurück und schüttelte den Kopf. Wie es aussah, war sein Genick gebrochen. Er hatte die volle Wucht von Yamagatas Schädel abbekommen.

Rasch tauchten von allen Seiten Mitarbeiter des Krankenhauses auf, einige, die nur zuschauen oder Fotos machen wollten – Japaner haben ihre Kamera stets griffbereit –, andere, um zu helfen.

Diamond hob eine von Yamagatas *geta* auf, den Zehensandalen, die er im Eifer des Gefechts verloren oder abgestreift hatte. Er suchte nach der zweiten und fand sie. Eine Ärztin, die Englisch sprach, stellte sich Diamond vor und sorgte dafür, daß die Sicherheitsleute sich um Leapman kümmerten und um seinen Handlanger, der überlebt hatte und langsam wieder zu sich kam. Die Polizei wurde gerufen.

Die Schaulustigen umringten Yamagata, bis eine Krankenschwester ihn überredete, von der Motorhaube zu steigen und sich verarzten zu lassen. Er war über und über zerschnitten, aber die Wunden waren nicht tief. Sie würden in wenigen Tagen verheilen. Diamond bahnte sich einen Weg durch die Fangemeinde und überreichte die Sandalen ihrem Besitzer. Er hätte sich gern dafür entschuldigt, daß er so rumgetobt und versucht hatte, sich loszureißen. Statt dessen verbeugte er sich. Sie verbeugten sich beide. Dann machte Yamagata eine großzügige Geste. Er zeigte auf Leapmans Gorilla, dem gerade ein Mann vom Sicherheitsdienst auf die Beine half, tippte dann Diamond mit dem Zeigefinger auf die Brust und nickte dabei, als wollte er seine Anerkennung ausdrücken. Er verbeugte sich erneut und gab Diamond mit einer gewissen Feierlichkeit die Sandalen zurück. Worte waren hier überflüssig. Einige Leute klatschten sogar. Diamond war froh, daß er nichts sagen mußte, denn in diesem Augenblick hätte er seiner eigenen Stimme nicht getraut.

Yamagata blickte sich um. Etwas bereitete ihm immer noch Sorge. Er entdeckte Dr. Masuda, die ein kleines Stück abseits stand und Naomi an der Hand hielt. Yamagata ging zu ihnen, sie verbeugten sich und wechselten ein paar Worte, und dann bückte er sich und nahm das kleine Mädchen auf den Arm.

Sie schien sich wohl zu fühlen. Wirkte sogar zufrieden.

Die Kameras klickten.

Kapitel dreiunddreißig

»Sehen Sie sich das an! Herrgott, was glauben die denn, was ich mache?« Die Handschellen, die man Michael Leapman angelegt hatte, waren eigentlich nicht erforderlich, aber da die Polizei von Yokohama auf dieser Formalität bestanden hatte, als sie Diamond erlaubte, ihn zu vernehmen, respektierte er es. Sie saßen einander in Ledersesseln im Büro des ranghöchsten Detectives gegenüber, der wiederum hinter seinem Schreibtisch saß, einen Dolmetscher neben sich.

Diamond wartete gleichgültig. Er war zuversichtlich, daß der Widerstand bald ein Ende haben würde. Wenn er jemals einen Menschen gesehen hatte, der bereit war zu reden, dann Leapman, der geradezu darauf brannte, seine Handlungen vor irgend jemandem zu rechtfertigen.

Und wirklich, die Einkehr der Vernunft ließ nicht lange auf sich warten. »Wissen Sie, in gewisser Weise bin ich erleichtert. Ich hatte mein Leben einfach nicht mehr im Griff. Was dagegen, wenn ich Ihnen meine Version erzähle?«

Diamond nickte, und schon redete er los.

»Ich kann mir selbst kaum erklären, wieso ich mich so idiotisch benommen habe. Noch vor knapp einem Jahr war bei mir eigentlich alles soweit in Ordnung. Ich war stellvertretender Vorstandsvorsitzender mit einem guten Gehalt in einem prosperierenden Unternehmen, obwohl ich sagen muß, daß ich allmählich dunkle Wolken aufziehen sah. Manny, der Vorstandsvorsitzende, wollte nicht einsehen, daß die Konkurrenz uns überrundete. Er war ein großartiger Mensch, ein richtig netter Kerl, ein phantastischer Manager zu seiner Zeit, aber im modernen Business war er, offen gesagt, nicht auf dem neuesten Stand. Das ist heutzutage ein Haifischbecken, und Manny hätte sich schon längst zurückziehen sollen. Ich kenne mich in der Pharmabranche aus. Ich war auf seinen Posten aus, und ich rechnete damit, ihn schon bald zu kriegen.«

»Durch eine Neuwahl im Vorstand?«

»Genau. Ich hatte einen todsicheren Plan, wie die Talfahrt aufzuhalten war, aber ich wußte, er würde nicht mitziehen. Ohne Mannys Wissen hatte ich grünes Licht für bestimmte

Forschungsprojekte gegeben, von denen er nicht die geringste Ahnung hatte. Nichts Unethisches, bloß Sachen, die Manflex meiner Meinung nach unterstützen sollte, um konkurrenzfähig zu bleiben. Ich habe Gelder völlig vorschriftsmäßig von anderen Projekten, die wir auslaufen ließen, abgezweigt, und als die Buchführung etwas kompliziert wurde, habe ich Kapital aus eigener Tasche beigesteuert. Für mich war das eine Art Investition. Wir hatten da ein sehr vielversprechendes Projekt in Indianapolis laufen.«

»Churchwards?«

Leapman nickte. »Sämtliche Pharmaunternehmen suchten nach einem Durchbruch in der Behandlung von Alzheimer. Alaric Churchward erzielte einige sensationelle Ergebnisse mit PDM3. Ich war mir absolut sicher, daß wir mit dem Mittel Erfolg haben würden, und ich wollte Manny damit abschießen. Ich wußte, daß er die Sache nicht unterstützen würde ohne alle möglichen Garantien, die wir ihm noch nicht geben konnten. Der Vorstand war mit Manny unzufrieden, und ich ging davon aus, daß ich irgendwann auf seinem Stuhl sitzen würde. Wenn ich erst mal der Boß war, konnte ich das Medikament fördern und Manflex wieder an die Spitze bringen.«

»Sie hatten Unterstützung im Vorstand?«

»Sicher. Aber der Vorstand wußte noch nichts von PDM3. Das war der Trumpf, den ich in der Hand hatte. Ich habe es niemandem erzählt.«

»Sie haben es der Mafia erzählt.«

»Ich brauchte Geld, um das Projekt zu finanzieren. Mehr Geld, als ich hatte.«

»Aber von der Mafia?«

Leapmans gefesselte Hände gingen auseinander, die Parodie auf einen Mann, der andeuten wollte, daß er in gutem Glauben gehandelt hatte. »Zu Anfang habe ich nicht gewußt, daß es die Mafia war. Sie haben sich an mich herangemacht. Ich wollte große Finanzspritzen, ohne daß Fragen gestellt wurden, und ich habe mich an jemanden gewandt, den ich von früher kannte und der mir versprach, mit jemandem zu reden, der Spekulationsgeschäfte machte, und so weiter. Eines Tages dann bekam ich einen Haufen Geld. Ich wußte nicht, daß es Mafia-

Geld war, bis sich irgendwann Massimo Gatti mit mir in Verbindung setzte, von dem jeder weiß, daß er Mafioso ist.«

»Und trotzdem haben Sie keinen Rückzieher gemacht?«

Er blickte Diamond zornig an. »Versuchen Sie mal, bei einem Mann wie Gatti einen Rückzieher zu machen.«

»Also hatte er Sie in der Tasche.«

»Die sahen eine Möglichkeit, an der Börse das ganz große Geld zu machen. Es war verrückt. Sie ließen ein Manflex-Werk in Italien völlig abfackeln. Wissen Sie, warum? Um die Kurse so weit zu drücken, daß sie zu günstigen Konditionen kaufen konnten. Damit hatte ich nichts zu tun, glauben Sie mir. Ich habe es erst später erfahren. Und da wurde mir klar, daß ich mich übernommen hatte.«

»Wußten Sie damals schon, daß PDM3 gefährlich ist?«

»Zu dem Zeitpunkt, als ich mir das Geld geliehen habe? Himmel, nein. Für was für ein Monster halten Sie mich?«

»Sie haben Professor Churchward vertraut?«

»Natürlich. Er ist ein ausgezeichneter Wissenschaftler. Glauben Sie mir, er hatte mit der ganzen Geschichte nichts zu tun. Na schön, er wußte, daß es einige Nebenwirkungen gab, aber er war überzeugt, daß sie sich mit der richtigen Dosierung auf ein Minimum beschränken ließen.«

»Wann haben Sie die Wahrheit herausgefunden?«

»Über Jantac? Vor sechs oder sieben Monaten. Aber da gab es schon kein Zurück mehr.«

»Wie ist sie ans Licht gekommen?«

»Alaric rief mich eines Nachmittags an und sagte, seines Wissens habe man schon früher etliche Studien mit dem Präparat gemacht, die dann aber nicht fortgesetzt worden seien. Das ist ganz normal. Die Erprobung neuer Arzneien ist manchmal ein langer und frustrierender Prozeß, und obendrein kann man sicher sein, daß man jede Menge Fehlschläge einstecken muß, bis sich herausstellt, ob ein Präparat für medizinische Zwecke überhaupt taugt. Er wollte wissen, ob wir darüber noch irgendwelche Unterlagen hatten. Ich versprach, im Computer nachzusehen. Also gab ich die chemische Formel ein ...«

»Und Sie fanden die Datei über Jantac?«

Bei der Erinnerung daran zuckte Leapman zusammen. »Es war ein echter Schlag in die Magengrube. Die wichtigen Entscheidungen waren 1985 getroffen worden, zwei Jahre, bevor ich zu Manflex kam. Dr. Masuda hatte im Rahmen ihrer Forschungen zu alkoholkranken Komapatienten zwei Jahre lang Versuche mit Jantac durchgeführt, das gleiche Präparat wie PDM3. Ich erfuhr, daß Manny höchstpersönlich die Einstellung des Projektes angeordnet hatte, nachdem Dr. Masuda festgestellt hatte, daß Jantac Leberschäden verursacht. Ich war geschockt, als ich das erfuhr. Zu diesem Zeitpunkt hatte ich schon meine Karriere und mein gesamtes Privatvermögen auf ebendieses Scheißmedikament gesetzt.«

»Haben Sie Professor Churchward nicht informiert?«

»Nein.« Leapman schüttelte den Kopf, und es war ein Ausdruck des Bedauerns. »Ich habe ihm ein paar von den anderen Studien rübergefaxt, die ich gefunden hatte, aber das mit Jantac habe ich ihm verschwiegen. Ich habe gehofft, daß das Problem vielleicht doch nicht so ernst war, wie es auf den ersten Blick schien. Manchmal war Manny Flexner wirklich zu vorsichtig. Bei Medikamenten ging er keinerlei Risiko ein. Jedes Medikament hat Nebenwirkungen, und ich sagte mir, daß Alkoholmißbrauch auch Leberschäden auslöst und daß es demnach sein konnte, daß die in Japan erzielten Ergebnisse nicht auf Patienten zutrafen, die nur mäßig tranken. Alaric Churchwards geniale Alzheimer-Forschungen durften nicht im Papierkorb landen, nur weil Manny so übervorsichtig war.«

»Schön, Sie haben sich was vorgemacht«, sagte Diamond, der ungeduldig wurde. »Und was haben Sie dann unternommen? Zunächst die Computerdaten geändert.«

»Das war kein Problem. Das konnte ich von meinem Büro aus erledigen.«

Diamond verkniff sich die Bemerkung, daß Leapman auch in den Keller hätte gehen sollen, wo die alten Karteikarten aufbewahrt wurden.

»Computerdaten sind leicht zu löschen«, sagte Leapman gerade. »Aber hier ging es um Menschen.«

Diamond nickte. »Und Menschen lassen sich nicht so ohne weiteres löschen.«

Leapman funkelte ihn trotzig an. »Ich bin kein Killer. Klar, es war abzusehen, daß es mit Dr. Masuda Probleme geben würde. Sie war ein echtes Risiko, falls sie von PDM3 erfuhr. Es war durchaus möglich, daß sie auf Manflex nicht gut zu sprechen war, nachdem man ihr die Förderung gestrichen hatte. Ich zog Erkundigungen ein und erfuhr, daß sie nach der Einstellung des Projektes die Forschung an den Nagel gehängt hatte. Also flog ich nach Yokohama, um sie zu besuchen.«

»Auf eigene Faust, ohne die Mafia zu unterrichten?«

»Ja. Ich hatte vor, ihr Wohlwollen zu erkaufen. Ich wollte sie dazu bringen, ihre Komaforschung wieder aufzunehmen, und zwar mit einigen sicheren Medikamenten, die wir kurz zuvor entwickelt hatten. Dann hatte ich vor, ihren Eintrag in unserem Computer zu ändern, damit es so aussah, als sei die Förderung ununterbrochen weitergelaufen. Aber es gab da ein Problem.«

»Naomi?«

»Wie bitte?«

»Das Kind. Ich nenne es Naomi.«

»Ach so. Verstehe. Ja, als ich entdeckte, daß das kleine Mädchen existierte, war das ein Schock, erst recht, als ich erfuhr, daß die Kleine autistisch ist. Sie mußte rund um die Uhr beaufsichtigt werden. Um Dr. Masuda dazu zu bringen, ihre Arbeit wieder aufzunehmen, mußte ich eine Ersatzmutter finden. Na ja, ich habe mit Dr. Masuda darüber gesprochen. Nachdem sie sich sieben Jahre lang um ein Kind gekümmert hatte, das nicht die geringsten Reaktionen zeigte, war sie mit meinem Vorschlag einverstanden, falls wir jemanden fanden. Ich erklärte mich bereit, die Kosten zu tragen. Sie kannte schon eine Frau an der Universität, deren Kind gestorben war und die gern eines adoptiert hätte, doch da sie alleinstehend war, ging das nicht.«

»Mrs. Tanaka?«

»Genau. Sie sollte das Kind nicht adoptieren, nur die Pflege übernehmen. Sie durfte sogar mit der Kleinen in Urlaub fahren. Theoretisch konnte eigentlich nichts schiefgehen. Mrs. Tanaka kannte das Mädchen ein bißchen. Ich habe ihr das Geld für eine Reise nach England gegeben, damit – wie haben sie das Kind genannt?«

»Naomi.«

»... damit Naomi nicht da war, wenn ich Manny Flexner stürzte. PDM3 sollte seinen Rücktritt erzwingen, und dazu mußte die Sache wasserdicht sein.«

»Aber wieso? Wieso der ganze Aufwand wegen eines kleinen Mädchens?«

»Weil die Kleine der lebende Beweis dafür war, daß Dr. Masuda 1985 mit ihrer Arbeit aufgehört hatte. Ich konnte mir zwar Dr. Masudas Schweigen erkaufen, aber wie hätte ich das Kind erklären sollen, wenn jemand nachforschte?«

»Vor wem hatten Sie Angst? Manny?«

Leapman schüttelte den Kopf. »Es war unwahrscheinlich, daß er auf die Verbindung mit Jantac kommen würde, obwohl er das Medikament selbst hatte fallenlassen. Er war kein Wissenschaftler. Nein, die Leute, vor denen ich Angst hatte, waren außerhalb der Firma. Die medizinische Fachpresse, unsere Konkurrenten in der Pharmabranche. Die sind verdammt schnell, wenn es darum geht, etwas Negatives über ein neues Medikament auszugraben. Es gab keine Veröffentlichungen zu Jantac, aber vielleicht hatte ja jemand irgendwo etwas flüstern hören.«

»Also haben Sie Mrs. Tanaka mit Naomi nach London geschickt.«

»Es schien mir die sauberste Lösung, aber sie hat dann alles vermasselt. Alles. Mrs. Tanaka kam nämlich nicht klar mit einem autistischen Kind. Das war einfach zuviel für sie, und eines Tages hat sie Panik gekriegt und die Kleine einfach bei Harrods ausgesetzt. Und schon ging es durch die ganze Presse und durchs Fernsehen. Es war die Meldung des Tages. Sogar in der ›New York Times‹ war ein Artikel. Wir hatten die Existenz des Kindes geheimhalten wollen, und plötzlich berichteten sämtliche Medien darüber. Unser Milliarden-Dollar-Projekt stand kurz davor, den Bach runterzugehen, und alles bloß wegen eines kleinen Mädchens.«

»Aber niemand wußte, wer das Mädchen war«, erinnerte Diamond ihn.

Leapman wurde plötzlich laut. »Verdammt noch mal! Die ganze Sensationspresse in England und Japan wollte wissen, wer das stumme Mädchen bei Harrods war. Es war eine tolle Herz-Schmerz-Story. Unsere Zeitungen haben sie gebracht. Die einzige Frage war, welcher neunmalkluge Reporter als erster die Mutter der Kleinen aufspüren würde.«

»Durch Mrs. Tanaka? Soll das heißen, daß Mrs. Tanaka deshalb ermordet wurde?«

»Hören Sie, ich stand selbst kurz vor dem Ruin. Hätte einer von den Typen Mrs. Tanaka gefunden, hätte sie das ganze Projekt zunichte gemacht. Sie hätte ihnen von der Vereinbarung mit Dr. Masuda erzählt. Die Verbindung zu Manflex wäre publik geworden. Sämtliche Klugscheißer, die nach einem Schönheitsfehler bei PDM3 suchten, wären hellhörig geworden. Ich mußte schnell handeln, und allein konnte ich es nicht.«

»Also haben Sie Ihren Mafiafreunden das Problem geschildert, und die haben einen Killer auf Mrs. Tanaka angesetzt.«

»Das waren nicht meine Freunde. Und ich habe mich an keinem Mord beteiligt.«

»Aber Sie haben sie auf dem laufenden gehalten. Mrs. Tanaka hat sich doch bestimmt mit Ihnen in Verbindung gesetzt, bevor sie mit Naomi nach New York geflogen ist.«

»Hören Sie, begreifen Sie doch, daß diese Leute mir im Nacken saßen. Als Manny seinen Sohn zum Nachfolger bestimmte und aus dem Fenster sprang, waren meine Pläne …«

»Zerschellt?« sagte Diamond mit dem Anflug eines Lächelns, aber an diesem Punkt der Geschichte konnte er kaum erwarten, daß Leapman lachte, was er auch nicht tat.

»Ich war entsetzt, als ich erfuhr, was sie Mrs. Tanaka angetan hatten. Erschüttert. Und wissen Sie was, zuerst habe ich gedacht, die Kleine ist auch tot.«

»Ich habe noch nie gehört, daß die Mafia Kinder umbringt.«

»Nein, das wohl nicht.«

»Aber sie hatten keine Bedenken, mich in den Hudson zu werfen«, fügte Diamond hinzu.

»Sie waren zu nahe an der Wahrheit dran. Als Sie das Treffen mit David Flexner vereinbart hatten, mußten sie handeln.«

»Ja, woher haben Sie das eigentlich gewußt? Gehe ich recht in der Annahme, daß in Flexners Büro ein paar Wanzen angebracht sind und Sie Ihren Mafiafreunden den Tip gegeben haben?«

»Verstehen Sie doch, zu der Zeit wurde ich selbst bedroht. Diese Leute vergeben einem nichts.«

»Aber so war es?«

»Im großen und ganzen, ja.« Er zögerte. »Sollte ich mich entschuldigen?«

Diamond zuckte die Achseln. Er konnte jetzt großmütig sein. »Und zu welchem Zweck sind Sie dann hierher nach Yokohama gekommen?«

»Ganz einfach, um Dr. Masuda zu liquidieren. Ich möchte klarstellen, daß ich unter Zwang hierhergekommen bin. Ich war ständig in Gefahr, selbst umgebracht zu werden. Die beiden, die mich begleitet haben, sind Mafiakiller. Ich sollte sie zu ihr führen, und Naomi sollte der Köder sein. Sie hatten vor, mit Mrs. Masuda aufs Land zu fahren, sie umzubringen und Naomi auszusetzen.«

»Glauben Sie wirklich, sie hätten Sie am Leben gelassen?«

Leapman dachte einen Moment darüber nach. »Vielleicht nicht. Wie ich schon sagte, ich bin froh, daß es vorbei ist. Ich bin auch bereit auszusagen, wenn die Sache vor Gericht kommt. Ich war ein verdammter Idiot, Mr. Diamond, aber mit Mord wollte ich nie etwas zu tun haben.«

Diamond spürte einen stechenden Schmerz im Rücken, als er aufstand, um zu gehen. Er war doch nicht die Kampfmaschine, als die er sich noch kurz zuvor gebärdet hatte. »Das sagen Sie, Mr. Leapman, aber für Ihren eigenen Reichtum und Erfolg hätten Sie in Kauf genommen, daß unzählige Alzheimer-Patienten ernste Leberschäden davontragen und sogar sterben. Für mich steht das auf einer Stufe mit Mord.«

»Reisen Sie ab?« fragte Leapman, ohne auf den Vorwurf einzugehen.

»Sobald ich einen Flug bekomme.«

»Und was wird aus mir?«

»Das sollten Sie einen Anwalt fragen. Ich nehme aber an, daß man Sie rechtzeitig ausliefern wird, damit Sie gegen Massimo Gatti und seine Killer aussagen.«

Leapman zuckte zusammen.

»Sie werden eine ganze Weile sicher hinter Gittern sitzen«, beruhigte Diamond ihn. »Und danach gibt es immer noch die plastische Chirurgie.«

Auf dem Weg nach draußen bat ihn eine Sekretärin in ein anderes Büro, wo zu seiner Überraschung Yuko Masuda und Naomi warteten. Der Dolmetscher folgte ihm.

Dr. Masuda stand da und hielt Naomi an der Hand. Sie verbeugte sich und fing an zu reden.

»Sie sagt, daß sie erfahren hat, welche Mühe Sie auf sich genommen haben, um ihrer Tochter zu helfen, und in welcher Gefahr Sie geschwebt haben. Sie sagt, Sie haben ihr Leben und das ihrer Tochter gerettet.«

»Das war Mr. Yamagata«, sagte Diamond.

»Sie besteht darauf, daß sie Ihnen ihr Leben verdankt. Sie würde sich gern irgendwie dafür erkenntlich zeigen.«

»Das ist nicht nötig.«

»Entschuldigen Sie, wenn ich mir erlaube, selbst etwas dazu zu sagen«, sagte der Dolmetscher. »In Japan ist das so Sitte. Es wäre schön, wenn sie Ihnen einen kleinen Dienst erweisen könnte, das würde ihr ein wenig die Last der Schuld nehmen, die sie jetzt zu tragen hat. Ein Zeichen der Dankbarkeit. Eine Kleinigkeit, aber sehr wichtig.«

Er blickte kurz Dr. Masuda an. »Also gut, ich würde gern für einen kurzen Augenblick die Hand ihrer Tochter halten.«

Als Dr. Masuda die Übersetzung gehört hatte, nickte sie.

Naomi stand neben ihr und starrte die Wand an.

Diamond trat einen Schritt näher und streckte die Hand aus.

Dr. Masuda sagte etwas auf japanisch.

Naomi legte ihre Hand in seine. Sie blickte weder zu ihm auf, noch tat sie sonst etwas, aber es genügte. Eine japanische Dame war zufrieden, und ein unsentimentaler Engländer hatte vor Rührung einen Kloß im Hals.

Die Decke der Souterrainwohnung in der Addison Road mußte noch immer renoviert werden.

»Ich besorge gleich morgen neue Farbe«, versprach er.

»Ein ziemlicher Abstieg nach deiner Globetrotterei«, sagte Stephanie.

»Überhaupt nicht. Auch Häuslichkeit hat ihre Reize.«

Sie lächelte schwach. »Das klingt aber nicht nach dem Draufgänger, über den ich heute morgen in der Zeitung gelesen habe.«

»Draufgänger? Bei meiner Figur?« Der Gedanke brachte ihn zum Lachen.

»Du hältst dich also nicht für einen Sumo-Ringer?«

»Absolut nicht.«

»In der Zeitung steht, daß du einen bewaffneten Mann über die Schulter geworfen hast. Da steht, daß du Großbritanniens Sumo-Champion bist.«

»Jetzt hör aber auf!«

»Das stimmt! Soll ich's dir zeigen?«

»Nein, es ist Blödsinn, und das wissen wir beide. Ich bin einfach nur froh, wieder hier bei dir zu sein.«

Ihr Lächeln wurde bestimmter. »Hast du übrigens an die Turnschuhe gedacht?«

So dick er auch sein mochte, jetzt spürte er, wie er zusammenschrumpfte. »Dazu war einfach keine Gelegenheit. Tut mir leid, Schatz.«

Sie sagte: »Ich hätte ja nicht davon angefangen, aber du hast doch extra aus New York angerufen, um nach der Größe zu fragen.«

Abrupt stand er auf und kramte in der Reisetasche, die er aus Japan mitgebracht hatte. Er nahm einen Schuhkarton heraus. »Aber ich habe die hier gestern nachmittag in einem Schuhgeschäft in Yokohama gekauft. Sie sehen zwar nicht ganz so bequem aus wie die amerikanischen Turnschuhe, aber man hat mir gesagt, sie sind besser für die Füße. Man nennt sie *geta*.«

Gespannt hob sie den Deckel. Dann warf sie Diamond einen finsteren Blick zu und hielt ein Paar traditionelle Sandalen aus Holz und Leder in die Höhe.

»Keine Turnschuhe?«

Er schüttelte den Kopf. Er war versucht, sie als japanische Turnschuhe zu bezeichnen, aber es gab Grenzen.

Sie zog ihre Schuhe aus und probierte die *geta* an.

»Passen sie?«

Sie kam auf ihn zugewankt und versetzte ihm einen gutgemeinten Klaps. »Du bist wirklich unmöglich. Aber ich kann sie ja im Haus tragen.«

»Schön«, sagte er und holte Yamagatas *geta* aus der Tasche. »Die hier habe ich geschenkt bekommen, und ich würde sie wirklich gern ab und zu mal tragen.«

18.1.00

Jerome Charyn

Marilyn the Wild

Supercop Isaac Sidel von der Lower East Side. Kriminalroman. Mit einem Nachwort des Autors. Aus dem Amerikanischen von Uschi Gnade. 206 Seiten. SP 5660

Die Lower East Side in New York ist das Revier des großen blonden jüdischen Supercops Isaac Sidel, der sich über seine Stadt keine Illusionen macht. Die offizielle Politik ist korrupt, das Schulsystem ein Witz, und neben der Polizei sind die einzig funktionierenden Ordnungsmächte das organisierte Verbrechen: die Mafia, chinesische Geheimgesellschaften oder eine Familie von südamerikanisch-jüdischen Kleinkriminellen. Sidels Feldzug gegen das Böse beginnt, als sich diese Guzmans in »seinem« Manhattan auf Zuhälterei und Mädchenhandel werfen und seine alte Mutter von einer Jugendgang in ihrem Second-Hand-Laden überfallen und schwer verletzt wird.

Blue Eyes

Supercop Isaac Sidel von der Lower East Side. Kriminalroman. Aus dem Amerikanischen von Uschi Gnade. 214 Seiten. SP 5667

Patrick Silver

Supercop Isaac Sidel von der Lower East Side. Kriminalroman. Aus dem Amerikanischen von Uschi Gnade. 189 Seiten. SP 5681

In Isaac Sidel, dem mächtigen jüdischen Supercop der Lower East Side, rumort es: Bei seinem Kampf gegen die Verbrechersippe der Guzmans hat sich Sidel einen tödlichen Bandwurm geholt, der ihn von innen aufzehrt. Auch die überraschende Beförderung auf den einflußreichen Posten zum First Deputy kann Sidel nicht aufmuntern, denn er befindet sich wieder auf Kriegsfuß mit den Guzmans. Er ist hinter Guzmans jüngstem, schwachsinnigen Sohn Jerome her, der kleine Buben bestialisch umbringt.

»Dieser Roman ist ein Meisterwerk voll Leben und voller Farben. Charyn hat den Bauch von New York untersucht.«
The New York Times

Der gute Bulle

Supercop Isaac Sidel von der Lower East Side. Kriminalroman. Aus dem Amerikanischen von Jürgen Bürger. 264 Seiten. SP 5678

Peter Lovesey

Die Frau im See

Peter Diamond – der letzte Detektiv. Aus dem Englischen von Ulrike Wasel und Klaus Timmermann. 367 Seiten. SP 5672

Peter Diamond ist über vierzig, übergewichtig, überempfindlich, sehr erfolgreich und vielen ein übergroßes Ärgernis. Er ist Leiter der Mordkommission in Bath, einem kleinen Badeort im Südwesten Englands, und er ist einer vom alten Schlag: ein echter Schnüffler, der an Intuition glaubt und Computern und Karrieristen grundsätzlich mißtraut. Eine nackte Frauenleiche wird in einem See nahe Bath gefunden, weder Spuren noch Todesursache können zweifelsfrei geklärt werden. Wochen später meldet sich der Ehemann und identifiziert die Tote als seine Frau, einst eine gefeierte Fernsehschauspielerin. Alle Indizien belasten zunächst den Ehemann, dann die alleinerziehende Dana Didrikson . . .

Stephen Solomita

Räche sich wer kann

Thriller. Aus dem Amerikanischen von Birgit Brandau. 345 Seiten. SP 5673

Warum haben die New Yorker Behörden den hirngeschädigten Mörder Jilly Sappone, zu lebenslanger Haft verurteilt, plötzlich auf Bewährung freigelassen? Einen Wahnsinnigen, der unberechenbar und gewalttätig ist! Haben Jillys einflußreiche Verwandte damit zu tun? Jilly läuft, wie zu erwarten, Amok: Er nimmt Rache an denen, die ihn ins Gefängnis brachten. Er entführt Theresa, die vierjährige Tochter seiner Ex-Frau. Ein Wettlauf mit der Zeit beginnt, FBI und Polizei sind machtlos. Stanley Moodrow, ein erfahrener und empfindsamer Privatdetektiv, nimmt zusammen mit seiner jungen Kollegin Ginny Gadd die Verfolgung des Verbrechers auf. Sie kommen ihm ganz nahe – als etwas entsetzlich schiefgeht und die Gewalt auf allen Seiten eskaliert.

Thomas Adcock

Hell's Kitchen

Ein Neil-Hockaday-Krimi. Aus dem Amerikanischen von Jürgen Bürger. 382 Seiten. SP 5674

Was ist los in Hell's Kitchen, dem verkommenen New Yorker Stadtteil der irischen Einwanderer? Kaum hat Detektiv Neil Hockaday, genannt Hock, von der SCUM-Patrol dort eine bezahlbare Wohnung gefunden, mehren sich die Leichen um ihn: Zuerst trifft es seinen Spitzel, dann liegt der verdächtige Mieteintreiber Griffiths nackt und tot in seiner Badewanne. Die Ereignisse überschlagen sich, als Hock offiziell den heiklen Auftrag erhält, den bedrohten schwarzen Prediger Father Love zu schützen. Als Neil die unheilvolle Verbindung der Fälle erkennt, ist es fast zu spät.

Feuer und Schwefel

Ein Neil-Hockaday-Krimi. Aus dem Amerikanischen von Jürgen Bürger. 352 Seiten. SP 5675

New York, sagt Polizeidetektiv Neil »Hock« Hockaday, zuständig für den sozialen Rinnstein, ist eine Brutstätte für Verrückte. Und einem dieser waschechten New Yorker Irren, dem heruntergekommenen, haßerfüllten Original, das sich Picasso nennt, begegnet Hock. Früher schuf er geniale Wandgemälde für Vergnügungsparks, doch heute ist diese Kunst nicht mehr gefragt. Picasso vegetiert als Penner und Gelegenheitsmaler dahin. Als plötzlich serienweise Bekannte von Picasso umgebracht und die Morde nach seinen blutrünstigen Bildern arrangiert sind, scheint klar, daß der Psychiatriepatient Picasso der Täter ist. Auf der Suche nach ihm gerät Hock in die Welt der Barbesitzer und Schausteller auf Coney Island, stößt auf Immobilienspekulationen, verwickelte Familiendramen und auf viele Menschen, die wie Picasso im Leben gescheitert sind.

SERIE PIPER

Sarah Andrews

Das Ölfeldkomplott

Emmy Hansen ermittelt. Aus dem Amerikanischen von Susanne Aeckerle. 348 Seiten. SP 5666

Emily (kurz Em) Hansen, jung, ledig, intelligent, burschikos, doch schüchtern und leicht zu verunsichern, hat sich ausgerechnet einen Männerberuf ausgewählt: Sie ist Geologin, hat gerade ihr Studium abgeschlossen und arbeitet nun bei einer Ölgesellschaft auf den Ölfeldern von Wyoming. Als Ems väterlicher Freund und Mentor durch einen dubiosen Autounfall ums Leben kommt, folgt sie ihrer Intuition und stellt hartnäckig Ermittlungen an. Irgend etwas ist faul in der Ölgesellschaft und mit dem vielversprechenden Bohrloch 17-1. Als schwerwiegende Arbeitsunfälle zunehmen und ein weiterer Kollege, inzwischen mißtrauisch geworden, durch einen seltsamen Unfall stirbt, gerät auch Em zunehmend in Lebensgefahr. Doch sie überwindet ihre Furcht und löst den Fall bravourös.

»Das Faszinierendste ist die Tour durch die Welt der Ölfelder, die Sarah Andrews selbst so gut kennt. Und sie belohnt uns mit einem sehr lebendigen Krimi.«

Tony Hillerman

Ein schlechter Tausch

Emmy Hansen ermittelt. Aus dem Amerikanischen von Susanne Aeckerle. 360 Seiten. SP 5680

Emmy Hansen wird als Geologin in die Zentrale der Blackfeet Oilgesellschaft in Denver befördert. Warum hat ausgerechnet Em den hochdotierten Posten erhalten? Noch während ihres Antrittsgesprächs beim Chef segelt ein Mann am Fenster vorbei und stürzt in die Tiefe. Em ist entsetzt. Entsetzt über die Kollegen, die herzlos dumme Witze über den Todesfall reißen, und entsetzt darüber, daß sie an ihrem neuen Arbeitsplatz weder ein konkretes Aufgabengebiet hat noch Informationen bekommt. Doch es bleibt nicht bei nur einem Todessturz aus dem sechzehnten Stock. Em läßt sich bei ihren Ermittlungen nicht abschrecken. Viele Fragen tauchen auf: Was haben zum Beispiel ihre Schulfreundinnen und deren Männer mit den merkwürdigen Todesfällen zu tun? Sie muß auch dieses Mal feststellen, welch tödliche Folgen Geld und Macht im Ölgeschäft haben.

Roger Graf

Die haarsträubenden Fälle des Philip Maloney

Kriminalstories. Mit Illustrationen von Christoph Badoux. 272 Seiten. SP 5662

Der ultraschräge Privatdetektiv Philip Maloney geht in Zürich seinem gefährlichen Handwerk nach. Seine Urteilskraft wird gelegentlich getrübt durch den übermäßigen Genuß seines Lieblingswhiskys und den Anblick schöner Frauen. Ständig knapp bei Kasse, löst er ohne Auto und ohne jegliche Computerkenntnisse mit Herz und losem Mundwerk bravourös seine kniffligen Fälle: ob die mordende Sekte im Internet, die verlorene Formel für schmelzsichere Schokolade oder die von einem Golfball tödlich getroffenen Vorstandsmitglieder des Golfclubs – immer weiß Maloney auf alles eine Antwort und hat das letzte Wort.

Ticket für die Ewigkeit

Ein Fall für Philip Maloney. 205 Seiten. SP 2302

Ein Leckerbissen für Maloney-Fans sowieso – und Krimisüchtige im besonderen.

Philip Maloney Tödliche Gewißheit

Kriminalroman. 237 Seiten. SP 5664

Philip Maloney, der schrullige Privatschnüffler, stochert im kalten Züricher Nebel herum und findet die Leiche eines äußerst zweifelhaften Kollegen, der eigentlich schon seit Jahren tot ist. Maloney kooperiert mit seiner klugen und verführerischen Kollegin Jasmin. Beide rollen die alten Fälle des Toten wieder auf und stoßen dabei auf häßliche Querverbindungen zu einem Kindermörder. Jasmins Büro wird auf den Kopf gestellt, in Zürich häufen sich obskure, tödliche Verkehrsunfälle von Mailboxbenutzern, eine merkwürdige Rücktrittswelle hoher Regierungsbeamter löst eine Regierungskrise aus, und Kommissar Hugentobler ist wie immer ratlos. Nichts scheint mehr zusammenzupassen, als ganz unerwartet alles in einem Bürogebäude zum großen Showdown zusammenfließt.

»Man heiße den legitimen Nachfolger jenes von Raymond Chandler geborenen Philip Marlowe herzlich willkommen. Philip-Maloney-Krimis – höherer Blödsinn besonderer Güte.«

Süddeutsche Zeitung

Sara Paretsky

Blood Shot
Ein Vic-Warshawski-Kriminalroman. Aus dem Amerikanischen von Anette Grube. 352 Seiten. SP 5589

Brandstifter
Ein Vic-Warshawski-Kriminalroman. Aus dem Amerikanischen von Dietlind Kaiser. 410 Seiten. SP 5625

Deadlock
Ein Vic-Warshawski-Kriminalroman. Aus dem Amerikanischen von Katja Münch. 246 Seiten. SP 5512

Eine für alle
Ein Vic-Warshawski-Kriminalroman. Aus dem Amerikanischen von Dietlind Kaiser. 438 Seiten. SP 5685

Engel im Schacht
Ein Vic-Warshawski-Kriminalroman. Aus dem Amerikanischen von Sonja Hauser. 476 Seiten. SP 5653

Fromme Wünsche
Ein Vic-Warshawski-Kriminalroman. Aus dem Amerikanischen von Katja Münch. 227 Seiten. SP 5517

Schadenersatz
Ein Vic-Warshawski-Kriminalroman. Aus dem Amerikanischen von Uta Münch. 272 Seiten. SP 5507

Tödliche Therapie
Ein Vic-Warshawski-Kriminalroman. Aus dem Amerikanischen von Anette Grube. 255 Seiten. SP 5535

Windy City Blues
Vic-Warshawski-Kriminalgeschichten. Aus dem Amerikanischen von Sonja Hauser, Renate Kunze und Vera Mansfeldt. 287 Seiten. SP 5650

Hände hoch, Kleiner!
14 exklusive Kriminalgeschichten. Herausgegeben von Sara Paretsky. Übersetzt von Sonja Hauser, Sylvia List und Michael Hofmann. 278 Seiten. SP 5651

Hamlets Dilemma
12 exklusive Kriminalgeschichten. Herausgegeben von Sara Paretsky. Übersetzt von Sonja Hauser und Michael Hofmann. 249 Seiten. SP 5652

Sister in Crime
Kriminalstories. Herausgegeben von Sara Paretsky. 246 Seiten. SP 5602

Vic Warshawskis starke Schwestern
Kriminalstories. Herausgegeben von Sara Paretsky. 238 Seiten. SP 5601

SERIE PIPER

Iain Pears

Der Raffael-Coup

Kriminalroman. Aus dem Englischen von Klaus Berr. 198 Seiten. SP 5586

Zunächst weist nichts auf eine langfristige, gute Zusammenarbeit hin zwischen Generale Taddeo Bottando, Chef des Kunstraubdezernats in Rom, seiner jungen Assistentin Flavia di Stefano und dem englischen Kunsthistoriker Jonathan Argyll mit Spezialkenntnissen über Raffael, den großen Künstler der Renaissance. Als Argyll in einer kleinen römischen Pfarrkirche aufgegriffen wird, tischt er den Behörden eine abenteuerliche Geschichte auf über einen übermalten und verschwundenen Raffael. Ehe die Frage nach Original oder Fälschung geklärt werden kann, beginnt in der Kunstszene eine Hetzjagd nach diesem Bild quer durch Europa. Zwei Morde, viele falsche Spuren und die ehrgeizigen Pläne eines recht zwielichtigen italienischen Museumsdirektors sorgen für Flair und Spannung in diesem ungewöhnlichen Krimi.

Der Tod des Sokrates

Kriminalroman. Aus dem Englischen von Klaus Berr. 240 Seiten. SP 5711

Jonathan Argyll, ein in Rom lebender englischer Kunsthändler, hat eine große Schwäche für Italien und eine noch größere für die hübsche Polizistin Flavia di Stefano vom italienischen Kunstraubdezernat. Jonathan transportiert für einen Kollegen aus Gefälligkeit ein Bild von Paris nach Rom. Etwas sonderbar ist es allerdings, daß ein Dieb versucht, bereits in Paris am Bahnhof das Bild zu stehlen, und daß der Käufer in Rom das Bild mit dem Titel »Der Tod des Sokrates« nach kurzem Betrachten doch nicht haben will. Jonathan muß mit dem höchst mittelmäßigen Bild wieder unverrichteter Dinge abziehen. Aber wer hätte ahnen können, daß dieser Käufer am nächsten Tag in seiner Wohnung grausam ermordet wird? Was ist an diesem unauffälligen Bild so besonders, daß ein zweiter potentieller Käufer umgebracht wird?

Torsten Tornow

Sills' Verhängnis

Kriminalroman.
286 Seiten. SP 5665

Sills ist pleite. Da ist ihm jeder recht, der in seiner zwielichtigen Agentur in Kreuzberg hereinschneit und ihm erklärt, er habe einen Job für ihn. Daß es dabei allerdings um eine übel zugerichtete Frauenleiche geht, paßt ihm ganz und gar nicht in den Kram. Schon bald steckt er ganz tief in einem Fall, in dem die Spuren nur einen Schluß zulassen: Er muß hinter das Geheimnis einer obskuren Pornofilm-Produktionsfirma kommen, sonst geht es ihm selbst an den Kragen ... Thorsten Tornow knüpft mit diesem Roman keineswegs nahtlos, sondern mit ironisch-parodistischen Nadelstichen an die Tradition der amerikanischen »hard boiled« Detektivgeschichten an. Und er beweist ganz nachdrücklich und vergnüglich, daß Kreuzberg und der Hollywood Boulevard gar nicht so weit auseinanderliegen und daß Lakonie eine hohe Kunst ist.

Unter Senkern

Kriminalroman.
336 Seiten. SP 2679

Berlin im November 1989: Im ostdeutschen Bruderstaat braut sich politisch Explosives zusammen. Nur Sills überhört die Signale der Völker und hängt stockbetrunken als Senker, sprich Sargträger, herum. Besorgt hat ihm diesen Job sein alter Freund Schlesinger. Sills soll herausfinden, was Gohlke, der zwielichtige Inhaber der Sargträgerfirma, mit dem Verschwinden des reichen Antiquitätenhändlers Osterrot zu tun hat. Als Sills statt eines Toten acht verfaulte Schweineköpfe versenkt, kommt eine Lawine ins Rollen. Die deutsch-deutsche Wende bringt nicht nur ein paar kleine Gauner, sondern auch die Stasi auf den Plan. Als Sills schließlich Schlesinger mit üblen Folterspuren tot auffindet, weiß er, daß Kommissar Reisz recht hat: Der Fall ist ihm einige Nummern zu groß. Er gerät in ernste Gefahr.